거울과 응시

거울과 응시

이송희 평론집

새미

펜데믹 시대, '자신'과 마주하는 길

페스트 이후 인류에게 닥친 감염병은 우리의 일상을 혼란에 빠뜨렸다. 그것은 출퇴근과 등하교를 비롯한 모든 일상에서 자유롭고 개방적인 대면활동을 기피하고 경계하게 만든다. 아감벤의 표현대로 이 '낯설고 수상한 타자'의 등장으로 인해 소상공인들의 삶과 꿈은 무너졌고, 그마저도 견디기 힘든 이들은 삶의 저편으로 떠났다. 대부분의 사람들은 얼굴을 가리고 스스로를 격리시킨 채 뿔뿔이 흩어졌다. 이제 우리는 서로의 눈을 마주하고 입모양을 읽어가며 차 한 잔을 마시는 여유조차도 잃어버린 것일까? 바이러스가 뒤바꿔 버린 삶은 사람과 사람 사이의 거리를 유지하게 하면서 보편화된 일상을 정지시켰다. 재택근무와 비대면 수업, 온라인 회의 등은 이제 익숙한 단어가 되었고, 이제는 대면의 삶을 오히려 더 낯설게 느낄지 모른다. 우리의 삶이 이전으로 돌아갈 수 없다고들 말한다. 그만큼 코로나19는 많은 것을 변화시켰다.

특히 코로나19가 가져온 대면접촉에 대한 기피와 경계는 인류가 스스로를 성찰할 수 있는 시간을 가져왔다. 사람들과 거리를 두면서 그동안 돌아보지 못했던 '나'와 더 잘 대면하게 되는 것이다. 온라인 수업을 진행하면서 화면에 담긴 내 모습을 볼 때면 낯선 타인과 마주하는 듯하다. 바쁘다는 이유로 '나'와 마주할 틈도 없이 살아 왔거나, '나'를 마주할 용기가 없어 '나'를 방치한 탓이다.

빈센트 반 고흐는 극심한 가난으로 인해 모델을 구하기 어려워 어쩔 수 없이 자화상을 많이 그린 화가로 알려져 있다. 하지만 40여 점이나 되는 고흐의 자화상에서 우리는 화가의 내면을 마주하며 그 순간의 그와 교감한다. 자화상을 보는 일은 단순히 그림을 감상하는 것이 아니라 화가의 삶이 투영된 세계를 경험하는 행위다. 자화상은 화가의 내면을 비추는 거울이다. 중국의 어느 화가는 늘 보는 거울이지만 자화상을 그리기 위해 거울 앞에 서면 전혀 다른 경험을 하게 된다고 말한 적이 있다. 처음에는 자신의 특징을 잘 드러낼 수 있는 각도를 찾다가 시간이 지나면서 거울 안에 서 있는 자신의 낯선 모습을 만나게 된다고 한다. 셀카를 찍기 위해 우리가 가장 예뻐 보이는 각도나 표정을 지어보이듯이 말이다.

약 100여 점의 자화상을 그렸다는 렘브란트의 작품 중 대표적인 것은 그의 고통스러운 황혼기를 담은 <웃는 자화상>이다. 보통 이 그림을 설명할 때, “몸도 마음도 푸석푸석해져서 손을 갖다 대면 부스러기처럼 바스라질 것 같은 느낌”이라고 표현한다. 실제 그의 자화상을 보면 구부정한 등, 총기 잃은 눈, 주름 많은 얼굴, 거무튀튀한 눈가의 묘사가 고스란히 담겨 있다. 1660년대 이후 그는 말년을 엄청난 빚에 시달리다가 죽는 날까지 파산자로 살았다고 한다. 게다가 1663년 흑사병으로 부인과 아들마저 잃고 쪼들리는 생활 속에서 어렵게 그림을 그리다가 1669년 세상을 떠난 것으로 알려져 있다.

‘나는 누구인가’라는 막연하고 철학적인 물음에서 시작되는 자화상이 화가로 하여금 붓을 들게 했다면, 글쓰기 역시 같은 이유와 맥락에서 시작되는 행위다. 그림이 ‘색’과 ‘빛’을 통해, 글이 ‘언어’를 통해 표현된다는 방식의 차이가 존재할 뿐이다. 당연한 말이겠지만 자아를 잘 이해하는 과정은 나와 세계, 나와 타인과의 관계 속에서 비판적이고 합리적인 ‘사고와 소통’을 하는데서 출발한다. 자신에 대한 이해 없이 타인에 대한 이해는 쉽지 않다. 이 말은 자화상이 자기 내면만이 아닌 타인을 향하고 있다는 말이기도 하다. 세상에 비춰진 우리의 모습이 바로 자화상이기 때문이다.

작가는 세상의 빛과 그림자를 함께 보여준다. 이를 통해 미처 의식하지 못해 놓쳐왔던 '세상의 이면'을 드러내, 조화롭고 온전한 삶의 방향을 제시한다. 이들의 글쓰기는 단순한 발설이 아니라 분리되고 분열된 것을 통합하려는데 목적이 있다. 이러한 발설의 시작점은 자기 자신에게서 출발한다. 그동안 필자가 읽은 시조들은 내면의 필터를 거쳐 바깥을 향하고 있다. 이들이 바라보는 풍경, 그 시선 너머에 가 닿아 본다. 내가 미처 알아보지 못한 존재의 무늬들이 거기에 숨 쉬고 있다. 낡은 거울 속 멀어져가는 누군가를 불러 세우며 그동안 담아 두었던 문장들을 엮는다. '나'를 돌아볼 기회를 주심에 감사하다.

2021년 가을에

저자 씀

차례

2부

3부

1부

침묵과 공백으로부터 울려 퍼지는 슬픈 전언
—박정호론

1. '자연'이라는 이름의 거울

박정호 시인의 첫 시집 『빛나는 부재』(고요아침, 2019)에 실린 이번 시들은 그가 1988년 『시조문학』에 추천이 완료되어 데뷔한 이후 30여 년의 시간 동안 축적해온 오랜 사유의 산물이다. 그는 일찍이 고등학생 시절 <전남학생시조협회>에서 송선영 시인을 만나 시조를 접하면서 마음에 품어 왔던 삶과 죽음의 문제를 이야기하며, 과연 문학이 심판받는 삶에 구원이 될 수 있을 것인지 끊임없이 고민해 왔다. 그러한 삶에 대한 고민과 내적 갈등은 자연스럽게 시집 출간을 늦추게 하는 이유가 되었고, 지금은 자신이 걸어 온 그 순간들을 성찰하며 자연을 만났던 시간을 한 권의 시집으로 묶는다. 그런 가운데 그는 「홍! 이다」라는 시를 통해 "땅이나 살피며 살아도 좋았을 것을." "시를 쓴다고" 몇 자 적는 일이 "이 무슨 고약한 일이냐"라며 시인으로서 삶을 자조하고 있다.

<한국시조시인협회> 본상을 수상하고 현재 <광주전남시조시인협회> 회장을 맡으며 지역의 시조문단 활성화와 시조를 통한 공감의 장을 만들고 있는 그의 최근 활동은 길지 않은 침묵과 공백이 무색할 만

큼 열정적이다. <역류> 동인 활동으로 시조 창작의 고리를 이어가면서 시인으로서의 존재감을 확인시켜 주었던 그에게 이번 시집은 그가 꿈꿔 온 이상에 대한 성찰과 동경, 그리고 꿈의 세계에 대한 관심과 시선이 어디를 향하고 있는지 알 수 있게 한다.

박정호 시인이 바라보고 있는 시적 대상은 자연세계다. 인위적인 색채를 배제하고 생장염장(生長斂藏)하는 자연의 이치를 이야기하며 그는 삶과 죽음의 문제를 자연스럽게 들어앉히는 시적 전략을 펼친다. 이는 요즘 시인들에게 많이 나타나는 도시적인 이미지나 인공물에 대한 관심이 두드러진 세계와는 확연히 변별되는 특성이다. 그들은 사람이 만들어내는 공간이나 인공적인 소재들로 시적 이미지를 도영하는데 반해 박정호 시인은 자연의 물상에서 이미지를 끌어오며 자연의 이미지를 통해 얻어내는 감성과 사고를 견지한다. 예측이 가능한, 한결같은 모습을 지닌 대상이 자연이다. 그런 점에서 자연물을 통해 시적 감흥을 일으키는 것은 많은 제약이 따르기도 한다. 그럼에도 불구하고 자연을 붙드는 이유는 자연 속에서 인간 삶의 마땅한 진리나 궁극적 세계를 엿볼 수 있기 때문이다. 자연의 이치를 통해 인간이 어떻게 살아가야 하고 어떤 태도를 유지해야 할지를 짐작해 낼 수 있기에 박정호 시인은 자연물을 보면서 자연물과 하나 되어 시를 쓰는 것이다.

박정호 시인의 시는 자연을 통해 생의 근원을 탐색하고 성찰과 반성을 모으는 지점에서 출발한다. 그는 "부러지고 휘어지는 것이 목숨이거늘 소나무처럼 청정할 수만"(「취가정 취가」)은 없는 것이 우리의 삶임을 안다. 그러기에 시인은 "비틀걸음으로 한번쯤은 흔들리"면서 "모나고 깨진 가슴"을 부여잡고 슬픔을 감당해가는 존재들을 품고 아우른다. 아무도 눈길 주지 않아도 "저 혼자 피었다 지는 한뉘의 노역"(「무명」)

이 여기 있음을 절실히 깨닫는다. 그래서 그는 "돌 속에 갇혀 있는/ 천둥소리"(「돌종」)를 깨우러 가고, "네 속을 간질이는 소리"와 "돌들 서로 부비는 소리"(「떠도는 봄」)를 가만히 들어보라고 권유하며 만물의 깨어나는 모습을 소리에 빗대어 표현하기도 한다. 그는 자연의 질서에 따라 호흡하는 존재들에 눈과 입을 맞추며, 오고 가며 피고 지는 생과 사의 존재들과 상생과 공존하는 방식을 공유하며 깨달음을 얻는 것이다. 이러한 깨달음의 길 앞에서 화자는 자신의 존재를 먼저 대면한다.

2. 깊은 슬픔과의 대면

풀숲의 들꽃이 피었다 지곤 하였다
거기 누가 있고 없고 눈길 주지 않았어도
저 혼자 피었다 지는 한뉘의 노역이었다.

애 닳아 몸 열리는 걸 보여주는 일이거나
스스로 빛을 내어 뿌려주는 일이거나
나누어 주고받는 것임을 몰라도 괜찮았다.

섬진강 흐르는 산에 지등 같은 달이 올라
겨운 생각 받아 넘겨 흘러넘친 상강霜降이었는데
그윽이 깊어져서는 앞뒤 끊긴 길이었다.

—「무명」 전문

무명(無明)은 뜻 그대로 밝지 않거나 밝음이 없다는 의미를 가진다. 근본에 통달하지 못한 마음의 상태로, 가장 근본적인 인간의 번뇌를 무명이라 한다. 즉, 잘못된 의견이나 집착 때문에 진리를 깨닫지 못하는, 어리석은 마음의 상태를 일컫는다. 누가 보지 않아도 피었다 지는, 한 뉘의 노역은 화자가 처한 힘겨운 삶의 은유다. 그러나 화자는 남들이 알아주지 못해도, "나누어 주고받는 것임을 몰라도" 괜찮다고 말한다. 공명(功名) 따윈 필요 없다는 이야기다. 계절적 배경이 되는 상강(霜降)은 추수가 마무리되는 때로 서리가 내리기 시작하는 시기인데, 이러한 시기에 "앞 뒤 끊긴 길"을 만난다면 어떨까? 화자가 오도 가도 못한 길을 만난 것은 마음이 쓸데없는 집착과 고집으로 진리를 발견하지 못했기 때문일 것이다. 그런 마음 때문에 길이 막힌 것인데, 그것이 바로 우리의 인생길이라는 것을 보여준다. 이렇게 살면 세상 있는 그대로의 아름다움과 성스러움, 참된 진리를 다 놓치게 된다는 것을 막다른 길을 만나고서야 깨닫게 한다. 그러다 보면 결국 거짓된 꿈속에서 살게 된다는 이야기인데, 이것이 무명이 아니겠는가.

> 선혈인 양 쏟아놓은 백일홍 그늘아래 놓인 앞길 디딘 뒷길 밟히는 그 꽃잎을 벗어둔 그림자 하나 외면하며 무심한 때.
>
> 가고 오고, 오고 가고, 그려 그려, 천 리 만 리 눈물도 회한도 없이 피고 지고 지고 피고 손길이 닿지 않아도 그려 그려 그런 것을.
>
> 꽃 피어 꽃 지는 일이 일도 없이 버거워라 파랑 일어 적시는 생각 없는 심중에 세간의 나비 한 마리 청산에 갇혔네.
>
> —「구름집에서」 전문

구름은 세속적인 삶의 무상(無常)함을 표상한다. 그래서 절집을 구름집이라고도 부른다. 구름으로 지은 집에 거하다 훌훌 털고 떠나는 구도자의 모습이 눈앞에 그려진다. '백일동안 피어있다'는 뜻에서 한자어로 '百日紅'이라고 하는 백일홍은 '오랫동안 시들지 않는다는 의미'를 담고 있다. 또, 백일홍은 꽃이 붉은 것이 특징인데 화자는 이를 "선혈인 양 쏟아놓은" 것 같다고 묘사한다. 6월과 10월 사이에 개화하는 백일홍의 꽃잎은 성급하지 않고, "그늘아래 놓인 앞길"과 이미 대다수의 누군가가 "디딘" 바 있는 "뒷길"을 "밟"으면서 천천히 진다. 그리고 그것은 화자에게 길이 백일홍 꽃잎을 입는 것 같은 착각을 불러일으킨다. 그런데 간혹 "그 꽃잎을 벗어둔 그림자"처럼 사소한 요소들조차 버거워 하는 삶들이 있게 마련이다. 그럴 때 꽃잎은 반드시 덜어내거나 극복해야 할 짐으로 인식된다.

그러면 그 짐은 어떤 경우에 생길까. 바로 미련이다. 이것은 다른 말로 집착이라고도 한다. 불가에서는 선한 마음을 해치는 삼독(三毒)으로 탐(貪) · 진(瞋) · 치(癡)를 꼽는데 집착은 탐에 해당한다. 이형기가 그의 시 「낙화(落花)」에서 "가야할 때가 언제인가를/ 분명히 알고 가는 이의/ 뒷모습은 얼마나 아름다운가."라고 했듯 오가야 하는 우주의 섭리를 깨달을 때, 인간은 진정 아름다운 존재이지만 집착의 마음을 버리지 못하면 언제까지고 추(醜)의 굴레에서 벗어나지 못한다. 그래서 불교에서는 끊임없이 방하착(放下着)을 강조한다. 그렇기에 화자는 "가고 오고, 오고 가고", "천 리 만 리 눈물도 회한도 없이 피고 지고 지고 피"는 생의 질서를 의심하거나 애써 부정하지 않는다. 마음을 내려놓는 과정인 것이다. "꽃 피어 꽃 지는 일"처럼 죽어가는 것들을 통해 또 누군가의 삶이 허락되며, 우리는 거기에서 자유로울 수 없다. 그래서 누구든지 꼭 한 번은 "청산에 간"힌 "세간의 나비"와 같은 모습을 보이기도 한다. 이 역시 언젠가는 지나가리라. 마음을 괴롭게 하는, 들끓는 모든 번뇌들을 가라앉혔을 때 비로소 마음에는 구름집 한 채 솟아 있을 것이다.

앞산에 불이야 뒷산에 불이야 꺼이꺼이 목이 타는 내 가슴에 꽃불이야 손대도 뜨겁지 않고 눈시울만 붉어진다.

영취산 휘어드는 진달래 길이어든, 섬진강 따라 오르는 마파람 길이어든 아, 정녕 붉어져서는 물에 뜬 길이어든.

오래도록 앉아서는 뚝, 뚝, 뚝 듣고 있는, 외마디 외침도 없이 난바다 건너와서 먹먹한 몸 질러가는 불이야! 꽃불이야.

무지렁이 꽃이거나 소시민의 꽃이거나 그윽하였더라 '그대'라는 밑천으로 넉넉했으니, 한 움큼 꺾어 든 향기 화인처럼 남았네 그려.

—「꽃상여처럼 흔들려 가는,……봄」 전문

화자가 눈시울이 붉어지는 것은 마음에 애잔함이나 슬픔이 담겨 있기 때문이다. 꽃상여처럼 흔들려 가는 봄은 슬픔이 화자 곁을 지나가는 과정일 것이다. 상여는 죽은 사람의 시신을 태우고 마을 한 바퀴를 돌거나 살아생전 고인이 의미를 두었던 곳을 돌며 고인에 대한 애도의 예를 갖추기 위해 준비된다. 이 시는 꽃이 만발한 봄의 이미지를 마치 꽃상여처럼 흔들려 가는 이미지로 비유하며 꽃불이 이는 향기로운 풍경과 화려함 속에서 더욱 슬픈 삶의 모습을 그리고 있다. 사방에 꽃이 만발하고 꽃불이 이는 것은 내면의 슬픔이 깊다는 것의 역설적인 표현이다. 흔들려 가는 봄이라는 제목에서 알 수 있듯이 모든 존재는 영원하지 않고 봄날처럼 스쳐간다. 이렇게 화려하고 멋진 계절도 한 때의 바람처럼 지나가고 마는 것이다. 꽃이 피어야 열매를 맺을 수 있다. 그러한 과정이 있어야 결실을 맺고 종(種)을 번식시킬 수 있는 것이다. "'그대'라는 밑천으로 넉넉했"던 삶도 "한 웅큼 꺾어 든 향기"를 화인처럼 남기고 결국, 흔들려 간다. 자연의 질서에 따라 우리의 존재도 그렇게 흘러가는 것임을 다시금 환기시킨다. 이렇게 시인은 구름의 덧없음과 청산에 갇힌 나비의 존재로 흔들리며 "오늘이라는 길"(「오늘島」)과 "오늘이라는 섬"에 서 있는 또 다른 존재들의 흔들림을 바라본다.

3. 길보다 낮은 집을 지나 다시 자연으로

늦은 잠을 깔아뭉개며 차들이 지나간다
송곳처럼 일어 선 뾰족한 신경을 피해
덜커덩, 무너질 듯한 무게를 굴리고 간다.

길을 건던 내 몸은 지친 발 위에 누웠다
이정표도 표지판도 없이 또 한 밤을 지나노라면
긁히고 깎인 가슴에 또렷한 타이어 자국.

기우뚱 돌아눕는 방파제 같은 가장이여
금 간 벽 하나로 세상과 대치한
길보다 낮은 집 속에 식구들의 부산한 꿈.

—「길 보다 낮은 집」 전문

길보다 낮은 집은 좋은 거처가 아니다. 좋지 않은 기운이 낮은 쪽으로 함몰되어 들어오기 때문이다. 길은 사람들과 차들이 오가는 곳인데, 오고 가는 길 아래 있는 집은 사람들이 밟고 가는 장소가 된다. 반 지하방 혹은 지하방을 연상케 하는 길 보다 낮은 집에는 "늦은 잠을 깔아뭉개며" 지나가는 자동차 소리에 시끄럽다. "무너질 듯한 무게를 굴리고

가"는 자동차 아래서 화자는 잠을 자고 밥을 먹는다. 그 아래 "긁히고 깎인 가슴에" 타이어 자국이 또렷하게 남아 있다. 누군가 화자의 몸 위를 짓밟고 지나간 것이다. "길을 건넌 내 몸"은 "지친 발 위에 누"워 있고, "이정표도 표지판도 없이 또 한 밤을 지나"간다. 이정표도 표지판도 없다는 것은 아무도 길의 방향을 알려주지 않고 갑작스럽게 예정도 없이 불쑥불쑥 위험요소가 눈앞에 나타날 수 있다는 것을 의미한다.

자동차 소리에 잠을 못 자는 것으로 보아 아마도 이 시의 화자는 밤에 일하고 낮에 자는 직업을 가진 사람이 아닐까. "방파제 같은 가장"의 삶은 "금 간 벽 하나로 세상과 대치한" 상황이다. 금이 갔다는 것은 온전하게 세상으로부터 자신을 방어하지 못하는 위태로운 상황임을 암시한다. 벽은 무언가를 보호하기 위해 존재하는 것인데, 이 벽이 허물어지면 화자도 언젠가는 세상으로부터 깊은 상처를 받을 수 있다는 것을 환기한다. 그럼에도 시인은 "길보다 낮은 집 속에"서 힘겹게 살아가면서도 꿈을 잃지 않은 소시민들의 모습을 그리고자 한다. 우리들의 지나가는 길 아래 "식구들의 부산한 꿈"이 놓여 있을지 모른다는, 역지사지(易地思之)의 생각을 품게 한다.

> 발에 대한 기억이 없다 발은 항상 부재중이다 집으로 들어가면 대문 밖에 남는 발 세상을 걷는 발 하나 길 위에 둥둥 떠 있다.
>
> 길에 대한 편력이란 지난 길을 잊는 것이다 숱한 발의 행방을 떠넘기며 재촉하며 걷다가 고꾸라지는 발을 버리고 돌아선다.
>
> 발과 발이 부딪힌다 발이 발에 밟힌다 주인 잃은 발, 거부당한 발, 말없는 발, 발 없는 발 그렇게 한 발 또 한 발, 뒷꿈치를 들고 가는 발.
>
> —「발」 전문

여기서 말하는 발은 화자가 살아온 인생길을 이야기하기도 하고, 여러 곳을 밟고 지나왔을 삶의 이력이기도 하다. 그런데 그 발이 부재중인데다, 화자는 발에 대한 기억을 갖고 있지 않다. 지나온 삶을 담아 두지 않은 채 잊어버리고 살아간다는 이야기다. 심지어 그 발은 "집으로 들어가"도 대문 밖에 남아 길 위에 둥둥 떠 있다. 화자는 길을 "걷다가 고꾸라지는 발"을 버리고 돌아선다. "발과 발이 부딪"히고, "발이 발에 밟"히다 주인을 잃어버린 발은 누군가로부터 또 거부당하고 말이 없다. 그러다 발은 뒤꿈치를 들고 조용히 가기도 한다. 발은 지나온 존재의 삶을 되돌아볼 수 있게 하는 계기를 준다. 그런데 그런 발이 부재중이라 하는 것은 지나온 삶을 애써 거부하거나 부정하는 것 아닌가? 길에 대한 편력이 있다는 것 역시 치우친 애착이나 고집이 있음을 방증한다. 발과 발이 부딪히는 것은 내면의 갈등이기도 하겠지만 함께 더불어 살아가는 사람들과의 갈등을 상징적으로 표현한 것이기도 하다. 발에 밟히는 것은 개인의 권력과 욕망을 위해 누군가가 누군가에게 무시당했거나 차별 받았거나 억압 받았던 삶들을 상징적으로 보여주는 것일 수 있다. 주인 잃은 발은 자신의 의지대로 살지 못한 삶을 이야기한다. 아직도 안정되지 못하고 갑의 횡포에 떠밀려 스스로의 생존권을 인정받지 못하는 비정규직과 노동자의 열악한 상황들을 여기저기 밟히는 '발'과 한 시도 쉬지 못하는 노동 현장의 '발'을 상징적으로 표현한 작품이다.

솔가지 건듯 흔들린다 흔들림이 이어진다 아무도 오지 않고 아무도 가지 않았는데 사천왕 발끝에 놓인 칼부림의 저 흔적.

기어이 꽃을 버리고 무심하던 백일홍의 밤 새가 운다 개똥밭에서 개똥지빠귀 새가 운다 사상도 진리의 말씀도 힘이 되지 못하는 때.

머리카락 쥐어뜯으며 혹은 쥐어뜯기며 팔만경문도 소용없이 들썩이는 길을 따라 한세상 힘겨움을 이기고 또 한 고개 넘어가는 이.

―「관망―직지사에서」 전문

바라보고 바란다는 의미의 관망(觀望)을 이야기한 작품이다. 시인이 바라보고 있는 시적 이미지는 자연세계다. 개똥밭은 이승[속세]의 상징이다. "아무도 오지 않고 아무도 가지 않"은 모습은 자연 그대로의 모습을 보여주는 것이다. 사상도 진리도 힘이 되지 못한 때라는 것은 참스승이 없음을 의미하는 말이다. 어디에도 의탁하고 기댈 수 있을 만한 곳이 없다는 의미다. 현대인들이 정신적으로 방황하고 갈등하는 이유가 여기에 있지 않겠는가. 지난 세월만큼 종교가 힘을 발휘하고 있는가. 지금 우리가 배우고 있는 학문이 인간에게 확신을 주고 깨달음을 주고 있는가에 대한 반성의 사유를 곱씹게 한다. 팔만경문은 불교의 교리가 녹아들어 있는 최고의 작품이지만 세상의 힘겨움을 이겨내는데 종교적인 것도 학문적인 것도 도움이 되지 않고 있음을 내포한다. 그저 혼자서 스스로 깨쳐 나가야 하는 고단한 삶의 인생길을 "한 고개 넘어가는 이"로 표현하고 있다. 가도 가도 끝이 없는 길에 대한 물음은 다시 자신을 품은 자연으로 향한다.

4. 그리하여 마침내 바다에서

똑바로 서서 넘어가는 나무는 고집스럽다 차라리 몸을 던지는 강골의 사내처럼, 마지막 한 획을 긋는 힘찬 붓질처럼….

일순간 나무는 무너지는 산이었다 아무도 비극이라고 말하지 않는 충격이었다 더불어 발 묻고 살던 나무는 사상이었다.

그래, 저 나무들도 이 땅의 자손이었던 것, 살을 나누고 숨결을 나눈 목숨의 근거였던 것, 이 땅의 피 내림일까 초목조차 의연하고나.

―「벌목」 전문

나무는 집을 짓거나 가구를 만들 때 목재로도 쓰이고 종이를 만들 때도 쓰인다. 관상용으로 나무를 재배하는 경우도 있지만, 대체로 나무는 죽어서야 자신의 쓰임새가 증명되는 존재다. 살아생전에는 열매도 제공하고 산소도 제공하고 그늘도 만들어 주지만 죽어서도 쓰임새가 많다. 벌목은 이러한 나무를 베어낸다는 것인데, 화자는 이를 "살을 나누고 숨결을 나눈" 목숨의 근거라 말한다. 나무도 나무를 낳고 계속해서 생존해 왔다는 뜻이다. 식물들도 자기 나름의 방식으로 오랜 세월 동안 생사를 거듭하며 살아 왔다는 것을 '벌목'의 과정을 통해 보여주고자 한 것이다. 화자는 벌목의 현장을 보면서 고집스럽고 꼿꼿하고 의연하고 당당히 살아왔다는 자신의 삶을 증명한다. 그것은 "강골의 사내"와, "힘찬 붓질"에 비유되며, 더욱 꼿꼿해진다.

유달산에 올라서면
보인다
…바다

늙은 작부의 젓가락 장단에 맞춰 흥청거리는가 취기어린 사내들 어깨 위로 넘실거리며 삼학도 감싸고 도는 이난영의 눈물바다 해넘이 마을로 간 지아비와 돌이 된 지어미가 하나의 물로 어우러져 숨쉬는 바다 우우우 바다 바다 바다 바다 먼 바다로 나간 사람들은 해

저 속 산호의 노래 들었을까 일생을 바다를 일구며 살아온 사람들은
홀로 선 등대처럼 잠들지 않고 깨어 소금기 가득한 배를 맞아들이고
베갯잇을 적시며 떠다니는 소망의 꽃들이 가라앉아 한 점 섬으로 솟
아오르는

오오오, 사람의 바다
이곳이 바로 삶의 터전이었음을
못내 겨워하는….

—「목포 바다」 전문

바다를 통해 삶을 유지하고 동력을 얻는 사람들의 일상이 담겨 있다. 희기동소(喜忌同所)란 기쁨도 꺼려하는 대상도 한 곳에 있다는 이야기인데, 가령 전쟁터는 장수에게 명예를 가져다주는 장소일 수도 있지만 동시에 장수가 전사(戰死)하는 장소일 수도 있다. 바다에서 먹고 살려면 바다로 나가서 많은 걸 얻을 수 있지만 잘못하면 배가 뒤집혀 죽을 위험도 있다. 자신의 생과 사가 바다에 다 맞물려 있다. 스스로에게 바다는 기쁨의 장소이며 동시에 공포의 장소다. 이 아이러니는 바다가 품고 있는 특징이다. 삶의 전설과 기쁨과 두려움이 모두 함께 녹아든 장소가 바다라는 이야기를 하며 화자는 생존을 위해 어떠한 가능성도 열어 놓는, "일생을 바다를 일구며 살아온 사람들"의 소금기 가득한 삶들을 마주한다.

나무가 있다
무심하게,
일별한 나무가 있다
땅 끝 바다 건너려다 창공에 걸려 있다
풍우가 스쳐가는 길,

걷다 서다 왔다
갔다가 왔다.

돌 많고 구름 걸린 가파른 능선이라도
주춤주춤 비집고
이쯤에
서야겠다
굽이쳐 흘러가는 길
더도 말고…,
말도 말고.

—「정처」 전문

결국 화자는 벼랑 끝에 걸려 있는 장소가 바로 자신이 서 있는 자리임을 깨닫는다. 나무도 땅 끝 바다 건너려다 창공에 걸렸다고 했으니 화자와 다를 바 없다. "풍우가 스쳐가는" 가파르고 위태로운 길을 걷다 서다, 왔다 갔다를 반복하다 결국 여기까지 왔다. "돌 많고 구름 걸린 가파른 능선이라도" 그 틈을 비집고 이쯤에 서야겠다고 다짐하는 화자, 땅 끝 바다 건널목에 나무가 서 있는 모습은 지금 화자가 서 있는 모습과 닮았다. 벼랑은 그만큼 삶이 위태롭고 아슬아슬하다는 것을 입증한다. 한 발만 잘 못 내딛으면 다른 세상으로 넘어가는 그곳에 화자는 위태롭게 서 있는 나무로 은유되어 있다.

박정호 시인은 「빛나는 부재」라는 시를 통해 "나무가 베어지고" 넓어진 마당을 보며, 이제 "흔들림이 멈추었고/ 그림자도 사라졌다"는 것을 경험한다. 그리고 "그렇게/ 간단한 것을…," 미처 몰랐던 것처럼 이제 햇빛이 가득 차 있는 마당을 본다. 나무가 없으니 마당에 빛이 가득하다는 것은 아이러니하게도 제목이 '빛나는 부재'가 되는 이유다. 마당에 나무가 있으면 그늘져서 빛이 들어오지 않으니 그럴 수밖에 없다. 이러한 존재의 역설을 이야기하며 시인은 단순하고 간단하게 생각하며 고단하고 힘든 현실을 받아들이기로 한다. "죽은 새의/ 입 속에서/ 으악! 하고,/ 꽃이 피는"(「시시비비」) 것처럼 여러 가지의 잘잘못과 옳고 그름을 다투어 따지지 않기로 한다.

"살아서는 다 갈 수 없는 희망가옥인 별의 길"(「세월의 숲」)을 꿈꾸며 "지상의 모든 나무가 로켓처럼 쏘아 올려"지는 천진한 상상을 펼치면서도 시인은 안다. 세월은 그저 왔다 가는 것이 아니라, 앙금처럼 내 마음 속에 쌓이는 것임을. 그것은 사라지는 것이 아니라 스스로의 마음 안에 있음을.

5. 무욕, 무착, 무소유를 위하여

길에서는 앉지 마라
풀꽃이라도 꺾지 마라

돌이며 풀꽃이
그냥 그대로이게

새 와서 부리를 닦고
노루 와서 얼굴 부비게.

—「그냥 가라」 전문

'있는 그대로 내버려 두어라'는 의미가 담긴 시로 시인이 궁극적으로 전달하고자 하는 메시지다. 사람이 손대면 뭐 하나 온전해지는 것이 없다. 욕심내지 말고 소유하려 들지 말고 집착하지 말고 그냥 왔다 가라는 의미다. 그렇게 욕심을 내면 다른 동 · 식물들과 함께 공생할 수 없다. 우리는 서로 상생하며 자신의 존재감을 확인하고 정체성을 찾아야 하기 때문이다. 우리의 존재는 모두 통(通)한다. 우리는 존재의 소중함을 생각하며 "그 처음"을 생각하고 기억해야 하지 않을까? "보세요,/ 어머니// 당신은 통로였어요// 내게 이어진 길은 당신께는 가시밭이었지요"(「생일」)라고 하며 "그 처음을" 생각하는 화자. 우리는 좁은 산도(産道)를 힘겹게 빠져나오며 태어나므로, 새로운 생명이 태어나는 것 자체가 가시밭길일 수밖에 없다. 통로는 모든 것에 통한다. 이 말은 아이가 태어날 때도 엄마의 산도를 통해서 태어나고 사람이 죽을 때도 마찬가지라는 말이 된다.

죽을 때 저 먼 곳의 빛을 향해 빨려들어 가는 느낌을 받는데 이것도 통로로 보면 된다. 빛 구멍 속으로 빨려 들어가는 느낌을 받는다고 임사체험을 한 사람들은 한결같이 말한다. 태어남에서 죽음으로 죽음에서 태어남으로 가는 과정에 통로가 있다는 것, 우리는 그 통로를 통해 만나며 관계를 맺어간다. 오랜 생각 끝에 나무가 "잎 하나를 버"리자 강이 "파르르 떨며/ 온몸으로 받아 들였"던 것처럼 "그렇게 강과 나무는 내통하고 있었"던 것임을 우리는 자연스럽게 받아들여야 한다. "그리고/ 아무 일 없었다는 듯/ 흘러가기 시작"(「그렇게 강과 나무는 내통하고 있었다」)하는 강물처럼, 우리는 이미 우리가 의식하지 못하는 지점에서 이미 그들과 상생하고 있다는 시인의 전언이 여기에 있다.

치유와 회복으로 나아가는 길 위의 서사
―임태진론

1. 숭고한 해방 : 조건 없는 사랑

인간이 보여주는 모든 언행은 사랑의 표현이자 사랑의 갈망이다. 사람이 분노하거나 슬퍼하는 것도 모두 사랑의 망각과 결핍에서 비롯된 것이다. 삶은 고통을 증명할 뿐이지만 그래도 삶을 지탱하는 힘은 조건 없는 사랑에서 시작된다. 고통에서 벗어나는 길에는 두 가지 방법이 있는데, 하나는 죽음(Thanatos)이고 하나는 조건 없는 사랑이다. 조건 없는 사랑을 가장 극명하게 보여주는 대상이 어머니라면, 죽음은 영원한 안식을 보장해 준다. 그 영원한 안식을 이야기하는 것이 종교다. 임태진 시인은 이번 시집 『나도 뜨거워지고 싶다』(시와실천, 2020)에서 조건 없는 사랑을 일깨워 뭇 생명들의 고통과 질병을 치유하고 회복할 수 있도록 안내한다. 가장 최선의 치유와 회복의 방법은 무조건적인 사랑일 뿐이다. 물론 죽음도 고통으로부터 해방되는 길이긴 하지만 삶을 거부한다는 측면에서 언급할만한 방향은 아니다.

시인은 우리가 사랑 그 자체였음을 각성해야 한다는 것을 알려준다. 진정한 용서와 화해는 조건 없는 사랑에서 가능하다. 죽음을 통해서는 관계를 회복시키거나 트라우마에서 벗어날 수 없다. 삶은 늘 우리가 얼마나 사랑을 각성하고 있는지를 시험한다. 우리는 항상 삶과 죽음의 기로 속에 있다. 고통에서 벗어날 때 우리는 두 가지—죽음과 사랑—를 한꺼번에 포용할 수 없다. 그래서 시인은 자기 경험과 깨달음을 통해서 고통 받고 질병 속에 살아가는 많은 소시민들의 삶을 치유하고 회복하는, 구원(사랑의 발현)의 방향을 제시한다.

그런 연유로 임태진 시인의 시집에는 소박한 일상과 잊혀져가는 망자에 대한 그리움과 연민, 슬픔 같은 것들이 가득하다. 지금은 곁에 없는 여러 존재들과 자신을 돌보고 키워온 고독, 사랑에 대한 고마움과 연민 같은 것들이 훙건하게 스며있다. '제주'라는 지형적 공간과 4 · 3 사건이 남긴 트라우마, 훼손된 자연에서 깨달은 자기 각성의 경험들과 이미 일상이 된 외로움들을 임태진 시인은 '지금 여기'의 순간들을 증명하는 자기 존재의 기제로서 품는다. 시인이 "닫힌 가슴을 열자// 뚝, 터져 나오는 눈물"(「소화전」)과 "잊으려 잊으려 해도 떠오르는 얼굴들"과 "사랑했던 가족들과/ 소중했던 사람들"(「별똥별」)을 외면하지 않고 소환하는 것은 그들과의 동행 속에서 구원의 길을 찾았기 때문이다. 그래서 "내 사랑의 깊이가/ 한 번 빠지면 결코 헤어날 수 없는// 사랑 늪"(「사랑 늪」)임을 확인시켜 주고 싶었을까? 그리워만 할 수 있는 존재들을 향해 그는 화재주의보를 울린다.

2. 온몸으로 호명하는 '역사의 상흔'

우리 민족에게 역사적 상흔으로 가득한 공간은 여전히 아픈 현재다.

우리의 원한이 오랫동안 지속되면서 수없이 뒤돌아보고 또 뒤돌아보았을 그날의 홍제천과 4 · 3의 현장들은 우리가 안고 살아 온 설움과 분노를 떠올리게 한다. 임 시인은 역사 속 트라우마가 된 사건을 소환한다. 정치적 권력이 휘두른 폭압적 기억이 아프게 떠오르지만 그 아픈 시간을 자꾸만 환기시킴으로써 지속적인 용서와 화해, 소통을 요청하며 진정한 치유를 경험해야 하지 않을까? 임태진 시인이 털어내지 못한 마음의 트라우마와 자가진단은 역사적 시·공간을 호명하는 것으로부터 시작된다.

슬픈 이름 하나 역사에 남아 떠돈다
쇠락한 조선 왕조 굴욕의 유물이 되어
나라와 가족들에게 버림받은 그 이름

한 맺힌 여인들이 몸을 씻은 홍제천弘濟川
성은에 감사하며 터 잡고 산 홍은동弘恩洞
역사는 잊혀져가고 붉은 욕만 남았다

화냥년, 화냥녀라고 함부로 욕하지 마라
우리의 딸과 누이 어머니의 어머니도
치욕의 세월 견디고 돌아온 환향녀였느니

오랑캐꽃 누명 쓴 채 평생 사는 제비꽃처럼
사백여 년 몸부림쳐도 남아 있는 주홍글씨
눈물로 닦고 닦아도 지워지지 않느니

—「환양녀」 전문

화자는 병자호란 때 청나라로 끌려갔다 돌아온 "슬픈 이름"들을 불러본다. "쇠락한 조선 왕조 굴욕의 유물이 되"었는데도 "나라와 가족들에게 버림받은 그 이름"들이 몸을 씻었다는 홍제천(弘濟川)과 "성은에 감사하며 터 잡고" 살았다는 홍은동(弘恩洞)은 그들의 상처는 잊고 "붉은 욕만 남"은 우리의 부끄러운 역사다. '환향녀(還鄕女)'라는 말에는 '고향으로 다시 돌아온 여자'라는 의미가 있지만 그들을 향한 비난 속에서 "화냥년, 화냥녀"라고 함부로 불렸다. "치욕의 세월 견디고 돌아"온 그들은 "우리의 딸과 누이 어머니의 어머니"였다는 것을 그들은 알까? 넓은 의미로 이 시는 일본의 위안부 문제와 연결된다. 무력한 나라에서 태어난 게 그저 죄가 되어, 적지(敵地)로 끌려간 게 환향녀와 위안부라는 존재가 된 것인데, 부끄러운 역사는 몸부림 친 긴 세월 속에서도 여전히 주홍글씨로 남아 있다. "눈물로 닦고 닦아도 지워지지 않는" 낙인을 누가 찍은 것인가. 우리가 우리의 상처를 끌어안지 않으면 우리는 똑같은 불행을 또 다시 겪게 된다. 그때 철저히 반성하지 않고 치유하려는 의지가 없었기 때문에 일제 강점기 때에도 험한 경험을 반복하게 된 것이다. 여전히 치유되지 않은 역사를 되새기는 과정은 우리에게 더 큰 트라우마를 안겨준다.

그 어떤 사연 있어 땅을 향해 피었을까
그 무슨 죄가 있어 얼굴을 들지 못할까
죄라면 큰넓궤* 앞에서 평생 숨어 산 죄

칠십여 년 지났어도 눈앞에 생생하네
짐승처럼 숨어살던 무자년 그 겨울을
소개령 초토화 작전에
짓밟힌 그 봄날을

다 잊고 살다보면 좋은 세상 온다더니
꿈인 듯 생시인 듯 그런 날 찾아왔지만
끝끝내 잊지 못하겠네
수줍던 내 누이 얼굴

—「동광리 때죽나무」 전문

시의 배경이 되는 동광리는 1948년 제주 4·3 사건 당시 서귀포시 안덕면 동광리 주민들이 군경과 서북청년단으로 구성된 토벌대를 피해 2개월가량 집단으로 은신했던 동굴이라 한다. 무자년 1948년, 이날을 다 잊고 살면 좋은 세상 온다고 했는데도 역사적 트라우마가 사라질 리 없다. 열매에 독성이 있어 그 가루를 빻아 물에 풀면 물고기가 떼로 죽어 떠오른다고 하여 때죽나무라는 이름이 붙었다고 하는데, 초토화되었던 "짓밟힌 봄날"의 떼죽음은 이를 연상시킨다. "때죽나무"의 "때죽"이라는 소리의 유사성이 우연처럼 느껴지지 않는 것도 이 때문일까? 군경과 서북청년단은 토벌대를 구성하여 제주도민들을 죽음으로 내몰았다. 해방 직후 제주에는 유독 심각한 흉년이 들었는데, 미군정은 이 와중에도 세금을 많이 거둬들여 제주도민들의 원성을 샀다. 당시에는 일제에 일했던 관리들을 미군정에서 그대로 등용하였는데, 이로 인해 3.1운동을 기념하는 의미의 행사조차도 제대로 치루지 못했다. 미군정이 이를 방해하고 해산 시켰기 때문이다. 여러 이유로 미군정에 대한 반발심은 커졌다. 그런 상황에서 1948년 5월 10일 남한만의 단독선거를 하게 되었고, 이 선거로 이승만이 남한의 초대 대통령으로 선출된 것이다. 이승만은 추후 북한과 전쟁을 치러서라도 반드시 통일을 이루겠다고 하였으나 제주도민들은 그런 이승만의 신념과 의지를 순수하게 받아들일 수 없었다. 미군정이 우리나라를 배려하지 않고 자기들 입

맛에 맞게 나라를 다스리려고 단독선거를 한 것이다.

남한 단독정부를 반대하면 사회주의 공산당원—속된 말로 '빨갱이'—으로 몰아서 모두 처형했다. 중요한 건 미군정이 들어왔을 때 확실하게 친일파 청산을 못했기에 생긴 문제가 아닌가. 외세에 빌붙어서 민족의 운명을 좌지우지 하려는 비열한 족속들을 확실하게 처단하지 못해 동족상잔의 비극이 일어났다. 제목이기도 한 '때죽나무'는 힘없이 당하는 민중들의 고통을 대변한다. "수줍던 내 누이의 얼굴"은 이미 초토화됐다. 광복을 우리 스스로 맞이하지 못한 대가라고 해야 할까? 광복이 전혀 기쁘지 않은 이유다. '일제로부터 자주 독립을 이루지 못한 대가로 우리 민족은 큰 비극에 직면하게 될 것'이라고 했던 김구 선생의 예언은 적중했다. 나라가 힘이 없으면 백성들의 삶에 피비린내가 진동한다. "그 어떤 사연이 있어 땅을 향해 피었을까". 그들의 잘못이라면 "큰 넓궤 앞에서 평생 숨어 산"것이 죄이니 칠십여 년 상처가 눈 감아질 리 없다. "짐승처럼 숨어 살던 무자년 그 겨울"의 트라우마가 여전히 무자년을 흘려보내지 못하고 신음하고 있다.

"어떻게 견뎠을까/ 4 · 3때 부모 잃고/ '살아시민 살아진다' 외할머니 그 넋두리가/ 칠십 년 나를 지켜준/ 한 구절 경전이"(「따라비오름 물매화」)되었다. "4 · 3때 남편 잃고 악착같이 견딘 세월/ 말 한마디 못하고 토해내던 숨비소리"가 "밤마다 한숨이 되어/ 포말로 부서"(「어떤 귀향」)지던 현실은 고스란히 트라우마로 남았다. "4 · 3때 행불 된 막내삼촌 기일 날에/ 뒤돌아 눈물 훔치던. 우리 할망 손등 같은"(「빙떡」) 빙떡의 사연, "말 못할 그리움"과 "못 듣는 서러움"(「수어(手語)」)을 가을 숲에 풀고 온 몸으로 편지를 써 띄워도 본다. "바래고 덕지덕지 얼룩까지 묻은 옷"들을 "빨고 다리던 기억"에도 울음이 배어있어 "옷장 속 깊은 곳에” 다시 또 걸어두(「오래된 옷」)어야 하는 것은 여전히 깊게 자리한 내재화된 상흔 앞에 진정한 용서와 화해가 이루어지지 않았음을 의미한다. “그 꽃/ 밟지 마라/ 광풍에 떨어진 꽃// 함부로. 말하지 마라/ 섧디 설은 그 꽃에 대해// 평생을/ 숨이 피다가/ 가슴 다 문드러진 꽃”(「제주 동백」)에 대해 우린 그 누구도 자유로울 수 없으며, 마땅한 치유와 회복의 시간이 필요하다.

3. 위태로운 자아가 발현하는 ‘길의 연금술’

시인은 ‘길’과 ‘꿈’의 대한 사유를 통해 자신의 실존을 끊임없이 묻고 되묻는다. “날개를 펼치고도 날지 못하는 산”(「단산」)과 같은 존재로 살면서 시인은 날개 돋친 자신의 존재를 들여다보지 않았을까? “비우고 또 비워도 차오르는 상념”(「극락사」)을 떨쳐내지 못하고 종착지도 불분명한 길 위에서 방황하는 임 시인의 길들이 펼쳐진다. “시간이 지날수록 꿈은 점점 멀어지고/ 나이가 들어갈수록 몸은 점점 망가지고/ 인생의 막다른 골목/ 비상구는 없어”(「송정동 1003번지」) 보이지만, 그를 살게 한 힘은 끝끝내 포기하지 말라고 외쳤던 “너의 꿈 나의 희망”(「자벌레」)에 대한 확신이 있었기 때문일 것이다. 그를 수없이 흔들던 바람과 장대비, 그 속을 견딘 순간이 오롯이 길 위에 놓인다.

날개를 펼치고도 날지 못하는 산이 있네
가파른 인생살이 등에 진 삶의 무게
무거워 너무 무거워 무릎 꿇고 말았나

추사의 유배길 따라 하소하듯 오르다보면
새소리 바람소리에 어질머리 맑아지고
마침내 도착한 정상 거칠 것이 없어라

동쪽으로 산방산 서쪽으로 모슬봉
남쪽으로 송악산 북쪽으로 한라산
저마다 이루지 못한 꿈 가슴에 품고 사네

사노라면 한 번쯤 날아볼 날 있으리라
세상 다하는 날까지 포기하지 않는 한
언젠가 어둠을 뚫고 박쥐처럼 날아보리라

—「단산」 전문

마치 박쥐가 날개를 펼친 모습 같다고 하여 붙여진 단산. 화자는 단산의 정상에 올라 "언젠가 어둠을 뚫고" 날아볼 꿈을 되새겨본다. 우리가 꿈과 희망을 이루는 것은 누가 더 오래 참고 버티고 기다리느냐 하는 시간과 인내력 싸움이다. 포기하는 순간 삶도 끝나는 것이기에 날개를 펼쳤으면 펄럭이기만 하면 된다. 준비를 해둬야 기회가 왔을 때 기회를 잡고 하늘에 오를 수 있다. 어둠은 시련과 역경, 막막함, 우울증을 동반하며 앞이 보이지 않게 가리는 속성이 있다. 어둠 앞에 서면 어디로 어떻게 날아가야 할지 알 수 없게 된다. 장애물이고 내 삶의 방해 요소이기도 한 어둠은 주변의 부정적 시선과 불편한 고정관념, 편견, 선입견 등을 포함한다. 상황을 감당하고 넘어가면 스스로가 성장하고 발전하는 길이 되기도 하는데, 안 된다고 부정하고 포기해버리는 사람이 다수다. 자신의 신념과 의지가 확고하다면 휘둘리지 않고 그것이 더 이상 제 인생의 무게로 느껴지지 않을 것이다. "등에 진 삶의 무게" 때문에 "날개를 펼치고도 날지 못하는 산"은 "무거워 너무 무거워 무릎 꿇고" 만 듯 보인다. 너무 무거운 무게를 반복하면서 "추사의 유배길 따라 하소하듯 오르다보면" 어느덧 정상에 이르고 "저마다 이루지 못한 꿈"을 품고 사는 풍경들이 들어온다. 날개를 펼친 단산의 형상처럼 아직은 펼치지 못한 꿈을 곱씹어 보는 것이다.

비우고 또 비워도 상념이 차오른다
초파일 그 언저리 길을 가다 눈에 든 절
극락사 그 이름에 끌려 무작정 들어선다

녹슨 철문 슬쩍 열고 안으로 들어가니
검붉은 장미 한송이 무심히 흔들릴 뿐
스님도 풍경도 없는 절 고요만이 감돈다

대웅전 난간에 앉아 눈 감고 있노라니
새소리 바람소리에 머리가 맑아진다
극락사 마음속에 있는 절
매일 짓고 허문다

—「극락사」 전문

쇼펜하우어는 살아 있는 것 자체가 고통이기 때문에 사람들이 고통을 잊기 위해서 쾌락을 좇는다고 했다. 쾌락을 좇는 것 자체가 인생은 고통으로 가득하다는 것을 입증한다. 이 삶을 묵묵히 다 살아내는 것 자체가 불행한 것이라고 그는 말한다. 우리는 고통스럽지 않기 위해서 온갖 쾌락을 추구하는데, 이는 쾌락이 진정한 즐거움을 주어서가 아니라 그저 고통을 잊기 위한 도구이기 때문이다. 또한 쇼펜하우어는 자신은 쾌락을 쫓지 않고 다만 고통스럽지 않기만을 바랄뿐이라고 말한 적이 있다. 그러나 우리는 고통을 잊기 위해 쾌락을 쫓는 듯하다. 그렇게 추구하는 쾌락은 영원한가? 그렇지 않다. 그래서 인간 세상에 극락은 존재하지 않는다. 극락(極樂)은 최고의 즐거움인데 그것이 가능할까? 매일 짓고 허무는 것이 상념이다. "비우고 비워도" 차오르는 것이 상념이다. 사람이 생각이 많은 것은 마음속에 결핍과 부재감이 커서이다. 무념무상(無念無想)으로 생각 자체가 텅 비어 있는 것이 극락인데 비워질 리가 없다. 우리는 항상 공포와 불안을 느끼며 살아간다. 지키고 보호해야 할 찰나적이고 유한한 '나'라는 존재를 인식하기 때문에 그렇다. 그 존재를 인식할 필요도 없다면 걱정, 근심, 번뇌도 없을 것이다. 화자가 들어선 극락사는 "마음속에 있는 절"이다. 모든 것은 오직 마음에서 만들어진다. 일체유심조(一切唯心造)다. 그런 마음 자체를 텅텅 비워 자유로울 때 진정한 극락에 들어간 것이다.

잘못 든 길이었나 아스팔트 위 저 지렁이
어쩌다 여기까지 와서 말라죽었을까
길이란 누구에게나
다 길이 아니었구나

지금 내가 가는 길은 제대로 가는 건지
오십여 년 달려와도 알 수 없는 종착지
그래도 가야만 하는
이제는 천형의 길

한 치 앞도 보이지 않아 헤매던 내 젊은 날
한 밤의 등대처럼 이 길로 인도해 준

한동안 길이었던 사람
어디쯤 가고 있을까

—「어떤 길」 전문

천형(天刑)은 하늘에서 내린 형벌이라는 의미를 갖는다. 거스를 수 없는 인생 과업이다. 종착지를 알 수 없어도 가야만 하는 이 길은 '천형의 길'로, 우리가 감당해야 할 몫이며 숙명이다. 그것은 물질적인 길이면서 우리의 내면에 펼쳐진 정신적인 길이기도 하다. 지렁이는 아스팔트 도로가 가서는 안 될, 죽음의 길임을 알지 못했을 것이다. 길을 걷는 것 자체가 고통스러운 시간이다. 아직 다다르지 못해서 헤매는 것이고, 종착지를 알 수 없으니 계속 걷는 것이다. 아스팔트 위에서 말라죽은 지렁이처럼 자칫 잘못하면 돌아올 수 없는 길이 되고 만다. 길은 누구에게나 죽음의 길일 수도, 위태로운 길일 수도 있고, 소중한 것을 얻거나 잃게 만드는 길일 수도 있다. 길은 보통 무언가를 이뤄내기 위한 방법과 과정을 뜻한다. 여정을 뜻하는 말인데, 이런 길이 스스로에게 깨달음과 희망을 줄 수도 있지만 경우에 따라서는 스스로를 파멸에 이르게 할 수도 있다. 길모퉁이를 돌기 전에는 그 무엇도 알 수가 없다. "지금 내가 가는 길은 제대로 가는 건지" 걸어 보기 전까진 알 수가 없는 것이 우리가 걸어가는 길이다. 바른 길인지 잘못된 길인지 체험하기 전까진 알 수가 없는, "한 치 앞도 보이지 않아 헤매던 젊은 날"에 화자를 인도해줬던 사람이 있었다. 대상은 등장하지 않지만 아마도 어머니일 수도 선생님일 수도 배우자일 수도 있겠다. 그러나 "한동안 길이었던 사람"은 "어디쯤 가고 있을까"라고 했으니 그는 이미 화자와 함께하고 있지 못한 존재임을 짐작할 수 있다. 이 막연한 길을 "그래도 가야만 하는", 숙명의 길 위를 걸어가야 하는 우리의 삶을 성찰한다.

4. 어머니라는 애달픈 종교

시인은 유독 '어머니'에 대한 애착이 크다. 자신이 부모의 사랑의 결실이고 분신이기 때문이기도 하겠지만, 그에게 '어머니'라는 존재는 자신과 가족을 아끼고 돌보고 위로하는 존재와 같기 때문이다. 또한 "절정에 이른 순간 떠오르는 단 한사람/ 어릴 적 꿈에서도 못 안아본 내 아버지"를 "오십년 에돌아 와서 내가 나를/ 안아"(「안아본다」)본다는 것은 나를 감싸는 것이 바로 아버지를 감싸는 행위와 같다. 아버지와 어머니의 사랑을 통해 자신을 보는, 비로소 그는 스스로를 안아줄 수 있는 마음의 여유가 생긴 것일까? 임태진 시인이 소환하는 어머니와 동료 소방관들의 이야기는 그의 또 다른 '자화상'이기도 하다.

어머니 입원하신 병원을 나서다가
보았네, 허공에서 눈처럼 흩날리는
벚꽃의 그 몸부림을 마지막 뒷모습을

오는가 싶더니 어느새 멀어지는 봄
꽃 떨어진 자리마다 아쉬움 수북한데
떠나네 손을 흔드네 하마 이별이라네

구순노모 가슴에도 봄이 다시 찾아올까
몸속에 암덩이를 덕지덕지 달고서도
가녀린 그 생명줄을 끝내 못 놓으시네

난분분 꽃눈 맞으며 그림이 되고 싶네
젊은 날 어머니와 나 웃는 모습 그대로
한 폭의 수채화 되어 봄으로만 살고 싶네

—「어머니의 봄」 전문

봄은 땅 속에 웅크리고 있던 생명이 부활하는 계절이다. 구순노모에게도 벚꽃 휘날리던 봄은 있었으리라. “오는가 싶더니 어느새 멀어지는” 봄의 속성은 늘 “아쉬움이 수북”한 존재다. 수북한 아쉬움을 두고 이별하는 그것은 구순노모 가슴에서도 이미 떠났다. “눈처럼 흩날리는 벚꽃의 그 몸부림을” 맞닥뜨리며 젊은 날 어머니의 봄을 가슴에 품어보는 시적 화자에게 회복과 치유, 갱생, 부활 등의 의미를 표상하는 봄은 “한 폭의 수채화 되어” 영원한 봄으로만 살아 있다. 임태진 시인의 시에는 어머니가 많이 등장한다. 조건 없는 사랑에 대한 그리움과 갈망이다. 어머니에게 받은 만큼 스스로 주변인에게 베풀어야 한다. “다 늙은 여자 몸이 뭐가 그리 좋다고/ 구순노모 가슴에 둥지를”튼 암세포“(「癌」)를 보며 나처럼 엄마 젖이 그리운 것이냐고 되묻는 시인, “한 평생 흔들리며 살아오신 어머니” 앞에 가까이 있어도 그리운 존재가 엄마였을까? “자식들에게 다 주고 뼈만 남은 몸이지만/ 오롯이 자릴 지”켜 주던 “영원한 내 안테나”(「안테나」)로서의 어머니를 시인은 아직 떠나보내지 못했다. “오던 걸음 멈추고/ 가만히 귀 기울이니// ‘가는 길 차 조심하고 서로 싸우지 마라’”던 “어머니 마지막 유언”(「어떤 유언」)이 밝힌다.

다급한 출동벨 소리 심장을 두드린다
하루에도 몇 번씩 주취자 구급출동
무시로 휘두르는 주먹에 멍이 들던 냉가슴

봄바람에 꽃이 지니 순직 소식 들려온다
취객 구급활동 중 폭행당한 지 한 달 만에
황급히 세상을 떠난 어느 119 구급대원

엄마로 아내로 며느리로 공무원으로

사명감 그 하나로 버텨온 이십여 년
무참히 깨져 버렸다 꿈과 행복 사랑까지

아들 둘 소방관 남편 유산으로 남겨놓고
머나먼 구만리장천 어찌 홀로 떠났을까
청명한 오월 하늘에 사이렌이 길게 운다
—「화재주의보 14—고, 강연희 구급대원」 전문

자식이 먼저 죽은 것을 천붕지괴(天崩地壞)라고 한다. 하늘이 무너지고 땅이 꺼지는 고통이다. "잊으려 노력하다가 가슴에 묻는거죠"(「화재주의보13—고, 강기봉 소방관 부자」)라고 하던 고(故) 강기봉 소방관의 아버지의 말은 아프게 가슴을 파고든다. 인명구조 현장이니 화재가 난 건물에 사람을 구하러 갔다가 돌아오지 못하는 상황을 묘사한 시다. 취객들 말리다가 폭행당해 결국 순직한 소방관의 꿈과 행복, 사랑이 재가 되었다. "아들 둘 소방관 남편"을 유산으로 남긴 채 "머나먼 구만리장천"을 홀로 떠나는 "청명한 오월 하늘에" 길게 사이렌이 울린다. 자신을 희생해서 어짐을 이룬다는 살신성인(殺身成仁)의 정신을 지키기 위해 엄마와 아내면서 며느리이자 소방관의 역할을 사명감으로 버텨내며 이십여 년 지켜온 삶이 "무참히 깨져버린" 현실은 그들을 지켜내지 못한 우리의 과오인지 모른다.

소방관으로서 임태진 시인이 본 현장은 목숨을 다투는 긴장과 불안의 연속일 것이다. "때로는 주취자의 폭행에 시달리고/ 때로는 보호자의 불평에 시달려도/ 끝까지 놓지 못하"는 "실낱같은 생명줄"(화재주의보12—119구급대원)이 그들의 희망이다. 고 강기봉 소방관의 아버지는 아들을 보내고 나서야 "너는 정말 의로운 소방관 이었다:"고, "너무나 자랑스러운 내 아들이었다"(「화재주의보13—고, 강기봉 소방관 부자」)고 고백한다. “이 시대/ 정직하고/ 외로운 청춘”(「자벌레」)들과 목숨을 담보한 그들의 희생과 슬픔을 공유하고자 시인은 화재주의보를 울린다. “이 세상/ 어떤 꽃보다/ 향기로운/ 내 사람”(「아내」)을 아끼고 챙기는 것이야말로 그가 이 세상에 존재하는 이유다.

5. 무한한 사랑으로의 항해

잘 알려져 있진 않지만 빈센트 반 고흐의 그림 중 ≪슬픔≫이라는 작품이 있다. 잔뜩 웅크린 자세로 얼굴을 파묻고 비탄에 잠겨 있는 나부裸婦를 그린 작품으로 주인공은 고흐의 연인이었던 시엔(Sien)이라 한다. 아무런 보호막도 없는 벗겨진 몸을 보여줌으로써 삶의 버거움을 고스란히 짊어진 그녀의 모습 속에서 우리는 인간의 운명과 고통을 읽을 수 있다. 반 고흐는 그녀를 그리면서 자연스럽게 슬픔이라는 감정을 이끌어냈다고 한다. 임태진 시인은 사랑하는 대상과 소중히 여기는 대상, 즉 자신의 분신 같은 존재들을 지켜내지 못한 데서 오는 슬픔을 선명하게 그려낸다. 거기에는 자괴감과 수치심 그리고 죄악감과 무력감이 녹아 있다. 그러나 그 마음의 밑바닥에는 조건도 보상도 바라지 않는 무한한 사랑을 통해 곪아 터져버린 오랜 ‘상흔과 고통’이 온전히 치유되고 회복되기를 기원하는 시인의 의지와 신념이 담겨 꿈틀거린다. 에밀 시오랑의 말처럼, 인간이 고통스러울 때나 사랑을 느낄 때, 서정적이 되는 이유는 고통과 사랑이 그 성질과 지향성은 다르지만 존재의 아주 깊은 곳, ‘나’의 중심으로부터 솟아오르기 때문이라 한다. 임태진 시인은 자신이 보고 듣고 지나온 시간을 온전히 받아들이는 방식으로 존재감을 회복하고 있는 것이다.

자존으로 쌓아올린 시(詩)의 탑
—노창수론

1.

"일상의 오름처럼 시조는 자존이다". 이 말은 2014년 노창수 시인이 펴낸 시조집 『조반권법(朝飯拳法)1』(고요아침, 2014)에 나오는 「시인의 말」의 일부다. 켜켜이 내려앉는 먼지처럼 일상은 우리 삶속에 쌓여 있다. 매일 반복되는 일상이 스스로를 일으켜 세우듯, 시 짓기 또한 스스로를 있게 하는 힘이라는 의미일 것이다. '스스로를 있게 하는 힘'이야 말로 시인의 자존을 세운다.

노창수 시인의 시조 쓰기는 밥 먹는 것처럼 일상이지만, 지극하며 진실하다. 쉬지 않는 "보법(步法)에도 불구하고 뒷걸음질로 차오르던 언덕"(「시인의 말」)은 어느새 자신을 정도(正道)로 가게 후려쳤다고 한다. 그가 걷는 시조의 길에는 스스로 내리는 회초리 자욱이 있다. 시인은 산과 바다의 풍경과 도심 속에서 사람살이를 들여다보며 감성의 칼날을 간다.

1968년 중앙일보에 시조 발표, 『현대시학』 시 추천(1973), 광주일보 신춘문예 시 당선(1979), 『시조문학』 시조 천료(1991), 『한글문학』 평론 당선(1990) 등과 같은 이력은 그의 걸음이 하루아침에 이루어지지 않았음을 알려준다. 한국문학상, 한국시비평문학상, 광주문학상, 무등시조문학상, 현대시문학상 등을 비롯한 다양한 수상경력과 『거울 기억제』, 『슬픈 시를 읽는 밤, 『조반권법』 등의 작품집을 보면서 그의 뜨거웠던 시간을 만난다. 이번에 만나는 노창수 시인의 신작에서는 인간과 생사(生死)에 대한, 뜨겁고 아픈 자존의 숨소리를 들을 수 있다.

2.

조여라 머리 질끈
해결하라 밀린 품삯

칙칙한 숱을 베며
노동 앉힌 자갈 밭

면도날 내리 긁다가
눈물 기우뚱 감전 된다

—「의자」 전문

현장은 언제나 날것이다. 노창수 시인은 신랄한 투쟁의 현장을 단시조 가락으로 풀어냈다. 그는 "밀린 품삯" 해결하라고 머리끈을 질끈 조이라고 한다. 신발 끈을 조이는 일이 몸을 던지는 일이라면 머리끈을 조이는 일은 마음을 던지는 일이다. 칙칙하게 자란 일체의 분노를 잘라내며 삶의 전부였던 노동을 자갈밭에 앉히는 일은 목숨을 던지는 일이다. 열악한 삶의 현장을 표상하는 "칙칙한 숲을 베며" 자갈밭에 앉아 투쟁하는 노동자들의 절박함이 긴장감을 만든다. 의자를 통해서 현장을 외면하지 않는 시인의 자리를 만난다. 시인이 만든 상징은 시가 삶과 붙어 있으면서도 매몰되지 않는 성찰의 시간을 보여준다. 눈물을 통해서 시인은 삶이 기울어지고 감전 된다.

> 우적우적 집어 씹는 젓가락질에 원숭이 권법
> 양지뜸에 축지법(縮地法), 맨발의 도강법(渡江法)처럼
> 취권(醉拳)에 바람을 훑듯 깨진 그릇 차린다
>
> 찌들린 마파람 앞 황야에 검객처럼
> 거멓게 웃긴다 김치가닥을 삼키다만 채
> 비로소 홀아비 투망을 바다엔 양 다잡는다
>
> 통김치와 전쟁술은 양분된 철권법(鐵拳法)에
> 손가락에 손가위에 포크손 마저 동원해도
> 굴곡권(屈曲拳), 용호상박(龍虎相搏)을 따를 도구는 없었다
>
> ―「조반권법(朝飯拳法) · 1―강건너 씨의 조반권법」 부분

홀아비로 살아가는 강건너 씨의 쓸쓸한 밥상을 무협지에서나 읽을 수 있는 권법을 통해 재미있게 그려낸 「조반권법(朝飯拳法) · 1」도 화려한 도심 한 구석에 살아가는 독거노인의 공허한 일상과 고독을 담는다. 사는 일이 무협지 속에 등장인물처럼 무공을 연마하는 일이 된다. "건너씨, 혼자 졸음을 독거 집에 쌓는" 모습은 "우적우적 집어 씹는 젓가락질에 원숭이 권법", "양지뜸에 축지법(縮地法)", "맨발의 도강법(渡江法)", "취권(醉拳)", "통김치와 전쟁술은 양분된 철권법(鐵拳法)"으로 표현하여 늙은 홀아비의 일상을 해학과 풍자를 통해서 드러낸다. 노창

수 시인의 현실인식은 뜨겁고 치열하다. 또한 시인은 역사를 과거에 묻어두지 않는다. 그는 1980년 오월, 광주의 아픔을 현재화한다.

무등의 5월 깊다
자유로운 세포로

고픈 배 가득히
민주주의를 채우려

휘파람 오므린 입술
주먹밥을 먹는다

―「무등산 솔방울」 전문

전두환 신군부 · 독재 세력에 맞서 민주주의를 외치던, 시민군의 함성과 울음소리가 들리는 듯하다. 솔방울과 주먹밥의 유사한 이미지 연속성 속에서 민중의 상징인 주먹밥이 고봉으로 쌓인다. "고픈 배 가득히/ 민주주의를 채우려"한 주먹밥은 "휘파람 오므린 입술" 같은 주먹밥이기도 하다. 채우고 오므리는 과정 속에서 더욱더 단단하고 꽉 찼을 민주주의에 대한 열망은 「아직 압력밥솥이 끓고 있다」로 이어진다.

죽창에 활활 타는 시민군이 우는 저녁
총칼부대 배를 갈기자 노을 질펀 뱉어내고
시뻘건 혼백 투사 깃발 가스불에도 실렸다

들리는 함성 예 와서 메아리처럼 빨리운다
긴 오월 혀가 놀라 다락방에 숨는 날
쉬 쉬 쉭, 쑤셔 찾아라 소총 소리 덜컥인다

들키자 목숨까지 차라리 더 황홀하고
서럽도록 네 총질 뜨거운 금남로로
푸 푸 푹, 수증기 분열 목구멍이 뜨겁다

―「아직도 압력밥솥이 끓고 있다」 전문

아직, 여전히, 압력밥솥이 끓고 있다는 것은 1980년 광주 오월의 현장이 식지 않고 있음을 의미한다. 맨손으로 저항하는 시민군을 총칼로 제압하는 군부대의 묘사가 압력솥이 펄펄 끓는 장면과 오버랩 되고 있다. "시뻘건 혼백 투사 깃발"은 가스 불에 고스란히 실린다. 화자는 밥을 하면서 그날의 함성과 잔혹한 기억을 메아리로 듣는다. "긴 오월 혀가 놀라 다락방에 숨는 날" 그 틈새를 비집고 쫓아오던 소총 소리가 떠나지 않는다. 그날의 분위기를 고조시키는 "푸 푸 푹" 수증기 소리가 아직도 펄펄 끓고 있는 광주 민중항쟁의 정신을 담고 있다. 이처럼, 노창수 시인의 의식 속에서 독재 정권에 맞섰던 광주 민중항쟁의 현장과 무고한 시민군들의 희생은 현재형으로 남아 있다. 진상규명에 대한 의문이 아직도 해결되지 않는 역사 속에서 여전히 목구멍을 뜨겁게 달구고 있기 때문이다. 오월의 민주정신과 당대 사회의 불합리에 대한 질타는 어느 순간 자기 자신으로 향한다. 삶과 죽음, 경계에 대한 관심과 인간에 대한 성찰의 지점이 여기에 있다.

3.

비탈 밭 꺾어 돌자 눈바람이 씀벅인다
실금조차 없애버리는 야바위 같은 세월에
발굽들 그것을 튕겨 궁기 마침 다다른다

비복한 울음들이 아픈 절규 덮누르고
돌아 세운 무릎으로 제 손등을 문지르듯
둥글게 바람을 밀어 무덤에다 보탠다

얼어붙어 침묵한 귀를 새벽별로 꿰매 달 때
흔들어 깨운 처형의 밤도 덮어버리는 그 오기로
겨울꽃 극기의 극력, 극명 극지로 나 떠난다

—「인동기(忍冬期)」 전문

화자는 겨울을 견디는 중이다. "극기의 극력, 극명 극지"에서 '극(極)'은 조화와 균형이 깨져, 한 쪽으로 치우친 상태를 말한다. 너무 덥거나 너무 추워서 견뎌내기 힘든 상황으로, 바꿔 이야기하면 음양(陰陽)의 조화가 깨져서 생존이 위태로운 상태라고 생각하면 된다. 상대적으로 어떤 것이 충만하면, 그에 반대 극성은 결핍될 수밖에 없다. 추위가 극에 달해 있으면 따뜻한 기온은 결핍될 수밖에 없다. 화자가 자꾸자꾸 극한을 찾아가는 이유는 반대의 극성이 극에 달하면 다시 새로운 반대쪽으로 돌아가게 된다는 걸 알기 때문이다. 더위가 극에 달하면 가을이 오고, 추위가 극에 달하면 봄이 온다.

겨울이 있으니 여름도 온다는 것은 사물이 극에 달하면 그로부터 반전(反轉)하는데 그것이 곧 도(道)의 움직임이라는 노자의 말, 반자도지

동(反者道之動)이다. 모든 움직임은 항상 균형을 맞추기 위해 나아간다. 극지로 가는 이유는 바로 출구가 곧 입구가 되기 때문이다. 완전히 극에 다다랐을 때 새로운 길이 열린다. 주역에 나오는 "궁즉변 변즉통 통즉구(窮卽變, 變卽通, 通卽久)"라는 말을 떠올리게 한다. 해가 뜨고 나면 반드시 저물고, 달이 뜨고 지고, 잠시도 멈추지 않는다는 대자연의 순리가 이 시에는 담겨 있다. 막히거나 어려움이 닥치면 변해야 하고, 변화하면 통할 수 있고, 또 통하면 오래 갈 수 있다. 겨울이 깊으면 새로운 봄이 오니, 이 과정 또한 결국 지나간다는 삶의 이치가 지금 이 순간의 추위를 견디게 할 수 있다는 깨달음을 안겨준다. 이 또한 삶의 '시나리오'일지도 모른다.

육신을 비우자고 거듭된 탈출입니다
바람이 거쳐 오는 익숙한 자유를 위해
인연들 적멸의 궁을 침침하게 빠져 나왔습니다

긴 두통 새벽 귀에 칼 갈아 지우고
저 세상 언덕으로 밀려오는 놈 하나씩
첫사랑 굳은 비수에 햇살 뿌려 없앴습니다

—눈(雪) 전문

불안과 두려움은 몸을 가진 모든 존재들의 뿌리 깊은 감정이다. 태어나는 모든 것(몸)은 필연적으로 부재와 결핍을 동반하며, 때가 되면 소멸할 수밖에 없기 때문이다. 그러나 소멸은 또 다른 꽃을 피우기 위한 숭고한 자기극복의 과정과 다름 아니다. 겨울 꽃에서 "극기의 극력, 극명 극지로"(「인동기(忍冬期)」) 떠날 때 인동초가 피듯이, 첫사랑조차도 "굳은 비수에 햇살 뿌려 없"애 버리는 시인의 극기(克己) 의지를 만난다. 이런 의지가 가난하고 허약한 우리의 삶을 견디게 해주며 겨울을 지나게 한다.

> 아내가 채근한 아침과
> 티브이가 떠드는 낮과
> 한 페이지도 못썼잖아 하는 기분과
> 고장난 자판기와
> 좀비 씬, 화려한 세트장에
> 휩쓸어 가는 옷자락과
>
> 복수하는 반전과
> 예측하는 승전과
> 주인공이 죽었다면 하는 사람과
> 그걸 바꾸어내던 화면과
> 나의 생, 막 뒤에 숨어
> 자빠지는 엑스트라와 참회의 펜과
>
> —「시나리오 내 인생」 전문

어차피 인생은 매 순간 돌이킬 수 없는 삶을 사는 것과 같다. 지나간 것은 다시 돌이켜 살 수 없다. '만약에'라는 부사어는 때로 부질없게 느껴진다. 그렇게 본다면 '참회'한다는 것 또한 의미가 없다. 자기가 스스로 선택하고 결정하는 것이기에 바꿀 수가 없다. "아내가 채근한 아침"과 "티브이가 떠드는 낮", "휩쓸어 가는 옷자락" 등과 같은 상황은 마치 시나리오가 짜여 진 것처럼 충분히 일상적인 삶이다. 부질없고 덧없는 일상의 반복, 아니면 바꿀 수 없는 숙명일 수 있겠다. 짜여 진 시나리오대로 살아간다는 것은 자기의 신념과 의지대로 바꿀 수 없다는 것을 말한다.

그렇다면 참회는 왜 하는가? 어차피 숙명으로 받아들였으면 참회할 필요가 없지 않을까? 참회했다는 것은 이미 잘못 살았다는 것을 스스로가 지각하고 있기 때문이다. 삶에서 겪어야 할 체험은 정해져 있지 않다. 어떤 것을 배우고 깨닫기 위해 반드시 그것을 경험해야 하는 것은 아니다. 또 다른 시나리오를 통해 얼마든지 이 삶으로부터 깨달음이나 소중한 것을 얻을 수 있다. 그런데 꼭 이런 시나리오여야만 했을까 생각해 보게 한다.

1205호로 들어가며
발길들은 종종거렸다
8시간 수술을 끝내자
묶인 표정들이 풀렸다
막힌 숨
둑을 무느고
생의 끝인 듯 토해진다

—「고비」 전문

삶의 끝자락은 들숨으로 매듭 짓기도 하지만 날숨으로 매듭 짓기도 한다. 아마도 들숨으로 생을 매듭 짓는 이는 생에 대한 애착이 남다르다고 생각된다. 그러나 여기 이 환자는 나가는 숨을 생의 끝인 듯 토해내고 있다. 한 고비가 지나간 것이다. 고비는 가장 힘들고 어려운 때다. 화자는 삶에서 죽음으로 넘어가는 위험한 시기에 직면한 그를 본다. 모든 경계에는 살기(殺氣)가 있다. 경계를 넘나드는 것 자체가 몹시 힘들고 어렵고 위험한 일이기 때문이다.

여덟 시간의 수술은 경계를 넘어가지 못하도록 잡아두기 위한 하나의 수단이다. 당연히 삶은 돌이킬 수 없는 소중한 것이자 그 무엇으로도 대신할 수 없는 유일한 것이니 어떤 수단을 써서라도 지켜야 하는 것이지만 죽음으로 향하는 우리의 길은 막을 수 없다. 우리는 죽음을 유예하는 것일 뿐 죽음을 피할 수는 없다. 엄밀한 의미에서 이는 고비라기보다 불안이나 두려움이다. 불안과 두려움을 감당할 수 없으니 자꾸 회피하려고 하는 것이다.

4.

노창수 시인이 보여준 가락은 무소의 뿔처럼 직선을 그리며 달려가지만 가볍지 않다. 그의 화법은 때로는 해학 속에서, 오버랩의 병치 속에서 뜨겁게 아프게 빛난다. 백성의 꺾이지 않는 자유의지를 사회 현장과 역사 현장, 삶의 일상 속에서 간명하고 단호하게 형상화하는 특징을 갖는다. 딴눈 팔지 않는 단호함이 그를 역사 속으로, 현실 속으로 인도한다. 이 땅 어디를 가나 만날 수 있는 상처받고 고통받은 존재들의 호명에 외면하지 않고 귀를 기울이는 것이 시인의 사명이라면 노창수 시인의 시편들은 그것을 증명하고 있다. "어둠 속으로 번져오는 노트" 사이로 "튕기고 사라지는 순간의 저 먹빛"(「한 짝 마블링은 어디 갔을까」)의 풍경을 시인은 고스란히 껴안는다.

노창수 시인의 시편에서 만나는 폭넓은 비유와 상징 은유는 시인이 걸어온 길을 짐작하게 한다. 매일매일 단 하루도 쉬지 않고 무사가 칼을 갈 듯이 문장을 갈아낸 흔적을 만날 수 있다. 시인은 스스로를 지키고 스스로를 증명하며 시의 탑을 쌓는다. 그 탑에서 먼 우주와 조우하는 우주인의 눈을 보고, 만남을 갈망하는 우물에 빠진 자의 절실한 목소리를 듣는다. 노창수 시인의 꺾이지 않는 시에 대한 열정을 보면서 "시인이 아니면 무엇도 되지 않겠다"(「룰루와 헷세의 밤을 찾아서」)고 말한 젊은 시인 헷세의 방황을 만난다. 고비를 넘어서 마침내 인동초를 피워내는 시인이 되리라 믿는다.

내원(內園)에 갇힌 존재들을 위하여
—전원범론

1.

전원범 시인은 1972년『전남일보』신춘문예에 동시「꽃시」가, 1975년『중앙일보』중앙문예에 동시「해」가 당선되었고, 1981년『시문학』에 시 천료, 같은 해에『한국일보』신춘문예 시조 당선이라는 화려한 이력으로 문단활동을 시작하였다. 그동안의 시집으로는『달개비꽃』(1982),『밤을 건너며』(1989),『맨몸으로 서는 나무』(1997),『허공의 길을 걸어서 그대에게 간다』(2000),『손톱만 아프게 남아서』(2009) 등이 있으며, 동시집으로는『빛이 내리는 소리』,『꽃들의 이야기』,『개펄에 뽕뽕뽕 게들의 집』, 연작동시집『해야 해야 노올자』, 시집으로『젊은 현재완료』,『달개비꽃』,『밤을 건너며』등이 있다.

그는 방정환문학상, 동백문화예술상, 광주광역시시민대상, ≪한국시조≫ 작품상, 고창문학상, 소월문학상, 대한문학상, 한림문학상, 평화문학 상 등을 수상하며 시, 시조, 동시의 세계에서 자신만의 세계를 구축해왔다. 그는 자연사물을 어루만지는 섬세한 손길로 동심을 사로잡으며 독자적인 아동문학의 세계를 펼쳐보였다. 또한 그가 지속적으로 보여준 삶과 죽음에 대한 성찰은 존재증명을 위한 새로운 시세계를 이끄는 동력이 되었다. 그는 고요한 길목에 놓인 외롭고 쓸쓸한 존재의 내부로 들어간다.

찰나적이고 유한한 꿈과 같은 삶의 세계가 그의 시에는 존재한다. 삶은 유한하고 찰나적이라서 더할 나위 없이 소중하다. 우리가 이 삶에 미련을 갖고 서성이고 붙드는 까닭이다. 삶이 영원하고 무한한 것이라면 미련을 갖거나 애착을 갖지 않을 것이다. 이승에서 저승의 세계로 넘어갈 수는 있지만, 저승에서 이승으로 되돌아오기는 어렵다. 이 사이에 미련과 집착이 있다. 다시 돌이킬 수 없는 것이어서 소중해질 수밖에 없는, 우리 삶의 존재에 대한 이야기가 시의 행간을 적신다.

2.

지울 거 다 지우고
버릴 것 다 버리고도

차마 떨치지 모하여
남겨 둔
눈빛 하나

日月
그 저쪽에 서서
서성이고 있을
너.

가을 떠난 빈 자리에
메마른 가지로
서서

하현달 하나로
불을 켜다가

내 영혼
깊은 곳으로
떨어지는
이름이여.

—「이름 하나」 전문, 『맨몸으로 서는 나무』, 동학사, 1997.

풀리는 태엽으로
하루를 보내며
헛짚어 온 나날을
털어 내면서
참된 내 자리에 와서
맷돌이
되고 싶다.

—「팽이」 부분, 『맨몸으로 서는 나무』, 동학사, 1997.

시적 화자에겐 "지울 거 다 지우고/ 버릴 것 다 버리고도" 차마 떨쳐 내지 못하는 "눈빛 하나"가 있다. 해와 달은 눈에 보이지 않는다고 사라진 것이 아니다. 다시 나타나는 존재로 늘 '나'와 함께 있다. 보이지 않는 것은 무엇인가에 잠시 가려져 있기 때문이다. 여기서 '너'도 마찬가지다. 너의 이름은 항상 "내 영혼 깊은 곳"에 남아 있다. 시인은 이렇게 "이름 하나"를 오래도록 붙들고 맨몸으로 걸어간다.

시적 화자는 「팽이」에서도 "이 고독한 운동으로부터/ 벗어나고 싶다"고 하며 "남루(襤褸)한 탈을 벗고/ 쓰러지고 싶"음을 고백한다. "죽어도 눈 감지 못할/ 그리움 하나 때문"이다. 팽이도 맷돌도 태엽도 돌고 돈다는 점에서 '삶과 죽음'의 윤회와 닮았다. 한 번 뿐인 목숨을 감아 왔다는 것은 삶을 태엽에 빗대서 표현한 것이다. 태엽은 감고 푸는 것이지만 감았다 풀면 이 한 목숨도 끝나게 된다. "헛짚어 온 나날을/ 털어내면서/ 참된 내 자리에 와서/ 맷돌이/ 되고 싶다."는 반성과 다짐이 연(鳶)을 띄우는 과정을 통해 더 간절해진다.

이승을 다 가고도 남을 아픔의 실 끝
짙은 빛 소망을 얼레로 감았다가
풀리는 인연 끝에서 펄럭이는 하얀 窓

접힌 듯 다시 펴며 놓이는 외로움으로
너는 늘 떠나야 하고 나는 여기 머물러
손 닿은 가직한 거리 등불을 켜 든다.

스치우는 바람의 빛깔이 고와서
부르는 소리만 하늘 가득한데
작은 내 주소 안으로 살아오는 꿈이여.

저승과 이승의 빛살이 비끼는 곳
묻어 둔 설움의 사무치던 하늘이
지금은 발자국마다 새가 되어 내린다.

—「연(鳶)을 띄우며」 전문,
『맨몸으로 서는 나무』, 동학사, 1997.

연(鳶)을 묶은 실이 풀리면 인연도 멀어진다. 이승에서 저승으로 넘어가는 것이다. 그런데 시적 화자는 연을 계속 붙들고 있다. 연은 "늘 떠나야 하고 나는 여기 머물러"야 하는 존재다. "저승과 이승의 빛살이 비끼는 곳"은 인연이 스치듯이 만났다가 헤어지는 곳이다. 하늘은 저승의 세계이며, 땅은 이승의 세계이다. 그리고 '새' 는 이 저승과 이승을 오가는 매체이다. 지나온 삶의 흔적을 이야기하는 발자국마다 새가 되어 내려왔다는 것은 지상으로 내려왔다는 것을 말한다. 저승의 존재가 내 삶을 변호해 주고 있는 느낌이다. 연은 시적 화자의 삶을 대변해 주고 있을까?

연(鳶)과 시적 화자의 물리적 거리는 시적 화자가 그렇게 붙들고 싶어 했던 삶이면서 그동안 살아 온 삶과 세월을 짐작하게 한다. "얼마나 아픈/ 사연들이기에// 구름이 쓸고 간/ 하늘 빈 자리에서// 메마른/ 혼백 하나로/ 낮게 떠"(「연」)있는 것일까? 시간은 물리적 거리감이 주는 환상이다. 화자는 연과 연을 띄우는 시적 화자의 물리적 거리를 통해 인연을 붙들고 있는 자신의 삶을 이야기한다. 과거는 이승이고 미래는 저승이다. 모든 사람은 이승에서 저승으로 넘어갈 수밖에 없다. 시간은 과거에서 미래로 흐르므로 우리는 절대 과거로 돌아갈 수 없다. 저승에서 이승으로 돌아올 수는 없다. 저승에서 이승으로 돌아왔을 때는 또 다른 세상이다. 연은 자신의 과거를 품고 있는 또 다른 '나'일 수도 있다. 그래서 끊을 수 없는 것이다.

모두들
비에 젖어
떠나는 시간.
내 마음

한 가닥
아슬한 자리에
가슴을
그싯고 와서
다가서는 그 사람.

마지막 주고 간
몸짓
잊을 수가 없어서
젖은 가슴
하나로
걸어가는 나무들.
십이월
어둠 속에서

서성이던
여자여

—「걸어가는 나무들」 전문,
『허공의 길을 걸어서 그대에게 간다』, 태학사, 2001.

비가 내린다는 것에는 하강의 이미지가 강하다. 더구나 12월의 겨울비다. 한 해의 마지막 순간으로 보통 헤어짐, 마무리의 의미가 있다. 그런데 이 어둠 속에서 여자가 서성이고 있다. 서성이는 것은 같은 자리를 맴돌고 있다는 것이다. 게다가 비에 젖어 있다. 모두 떠나가지만 유독 아픔을 두고 떠나간 이가 있다. "젖은 가슴/ 하나로/ 걸어가는 나무들"에서 시인은 아마도 걸어가는 나무보다 떠나가는 나무를 표현하려 했던 것은 아닐까? 나무가 걸어간다는 것은 나무의 자리를 버렸다는 뜻이다. 나무는 시간의 흐름 속에서 서서히 화자로부터 멀어져 가는 존재다. 나무가 걸어간다는 표현 속에서 우리는 나무가 뿌리 내리지 못한 상황임을 알 수 있다. 무슨 미련이 남아 여자는 어둠 속에서 서성이는 것일까? "마지막 주고 간/ 몸짓"에 대한 기억을 품고 젖은 가슴 하나로 떠나가는 나무가 여기 있다. 뛰어가지 않고 걸어간다는 것으로 보아 천천히 멀어져 감을 알 수 있다. 아주 깊고 묵직한 흔적을 남기고서 서서히 멀어져 가는 존재를 화자는 아직도 붙들고 있다.

삶은 세월을 넘어 무거운 돌이 되었던가
걸어온 마디마디 아픈 족적(足跡)만 남기고
어머니 식은 한 생이 저리 쉽게 떠나네

목숨의 끈을 놓고 인연도 벗어놓고
나직이 들리는 울음의 마른 입술
장엄한 제의(祭儀) 앞에서 눈물을 삼킨다

체온을 내려놓고 고달픈 혼을 풀어
이승의 둘레를 휘휘 돌아서 날으신다.
바람의 손으로 발로 떠나시는 어머니

—「하관(下官)」 전문, 『화중련』, 2016, 하반기호.

"시린 등 걸어온 단단한" 어머니의 마지막 가는 길을 배웅하며 입관하는 장면이다. 살아 있는 것은 온기가 있고 움직임이 있지만 죽음이 찾아오면 온기가 사라진다. 그녀의 가는 길목에서야 비로소 혼자서 고단하게 짰을 "생애의 아름다운 무늬"를 본다. "삶은 세월을 넘어 무거운 돌이 되었던가", "이 시간을 통해" "저리 쉽게 떠나"는 것이 인생임을 화자는 어머니의 입관 앞에서 깨닫게 된다. 혼비백산(魂飛魄散)이란 말처럼, '혼'은 바람의 손을 빌려서 어머니를 하늘로 모셔가고 '몸'은 땅에 뉘어져 지상에 흩어진다.

"이승의 둘레를 휘휘 돌아서 날으시"게 되는 것이다. 죽음은 힘겨운 삶의 고비에서 해방된 느낌을 준다. 어머니는 이제 허무하고 덧없는 돌이 되었다. '돌'이라는 자연물에 그녀의 삶이 응축된 것이다. 돌로써 삶의 족적을 남긴 것, 평생 살아온 삶이 단단한 돌로 응축되어서 땅에 묻히는 것이 아니겠는가. 그 돌은 무겁고 차디차다 "체온을 내려놓고 고달픈 혼을 풀"었기에 온기가 사라진 어머니의 몸 앞에서 화자는 "눈물을 삼킨다".

3.

마음에서 떠나보내지 못한 존재지만, 지상에서는 다시 만날 수 없다. 삶과 죽음의 경계에 놓인 존재들의 이야기, 남겨진 이들과 떠나보내는 이들을 위한 애착과 그리움이 미련과 상처로 남아 어둠 속을 서성인다. 시인은 시 「동해」에서도 "맨살의 가슴으로만 출렁이는 바다"의 모습으로 머물 수 없는 삶에 대해 이야기한다. "보이지 않는 실로 짠 아픈 내력"(「바람소리」)을 풀었다 감았다 하면서 "속 깊은 내원(內園)에 갇혀/ 오도 가도 못하는"(「벌레 두 마리) 삶이 여기에 있다. 어쩔 수 없이 우리는 "바람으로 만나는"(「거미가 되어」) 존재다. 그렇게 붙들고도 "닿아야 할 그리움은/ 가 닿지 못하고/ 아픔의 꽃대 끝에/ 불꽃만 타오는가"(「선운사 상사화」). 시인은 "주름진 나이로 서서 잎 하나로 떨군다"(「삶」).

이것이야말로 전원범 시인이 그려내는 존재 증명의 방식이 아닐까? 그의 시는 지속적인 존재증명의 시간 속에서 제 존재를 돌아보게 하는 성찰의 순간을 준다는 데, 그 미학이 있다.

기억의 시 · 공간에 머문 존재들에 대한 호명
—우아지론

1.

우아지 시인은 『꿈꾸는 유목민』, 『염낭거미』, 『손님별』, 『점바치 골목』(100인 선집) 등에 이은 이번 시집 『옥상달빛극장』(이미지북, 2017)에서 파도와 바람이 다녀간 마음 한 구석을 들춘다. "뿌리까지/ 빠지라고/ 큰 고약 붙여 놔도"(「튤립꽃」) 여전히 마음은 그 길을 뜨지 못하고 "박힌 채로 떠"돌고 있다. 우시인이 『염낭거미』에서 펼쳐 왔던 세계가 서민들의 현실을 따뜻하게 응시하는 건강한 시각을 보여주었다면, 『손님별』에서는 비정규직 삶과 실직의 아픔에 공감하는 우리 시대의 삭막한 현실을 보듬어 왔다. 그녀의 세상에 대한 드넓은 관심이 이번 시집 『옥상달빛극장』에서는 그녀 안과 밖에 머물고 있는 존재들의, 파도에 쓸리고 바람에 떠밀리며 안개에 갇힌 삶들로 향한다. 그들은 시인의 안과 밖을 맴돌며 때로는 언 발로, 때로는 흙 묻은 발로 걸어온다.

그녀 시의 존재들은 이렇게 맨발로 걸어간다. 맨발로 걷는다는 것은 아무에게도 보살핌을 받지 못했다는 것을 의미한다. 그러기에 화자는 홀로 막히고 억눌린 길을 혼자 걸어갈 수밖에 없다. 맨발은 잃을 것 하나 없는 막히고 억눌린 밑바닥과 다르지 않다. "별 아래 혼자 앉아 풀꽃 안고"(「마도로스의 아내」) 울면서 바다 한 가운데 '섬'으로 떠도는 화자는 출렁이는 파도 자락의 기억에 갇혀 여전히 슬프고 고통스럽다. 우시인의 시 세계에서 큰 줄기는 '길'이다. 갈 곳을 기약할 수 없고 되돌아 갈 수도 없는 길이다. "허기의 순간에도/ 길을 내고 길 버리는"(「보람끈」), "멀리 갔어도/ 말이 없"는 저 묵도의 길이 여기에 있다. 그래서 언제나 길 위를 걷는다는 것은 자신을 되찾아 가는 여행과도 같다. 그리고 길 위의 여행, 그 끝에는 돌아가야 할 집이 있다.

우아지 시인의 이번 시집은 존재의 시 · 공간에 머무는 또 다른 존재들을 호명하며 근원적 슬픔과 통증의 서사를 이끌어가는 언어의 힘이 돋보인다. 이 시집을 둘러싸고 있는 슬픔, 고통, 아픔이라는 이미지 속에서도 감정을 절제하고 그 자리에 존재를 성찰하는 시간을 들어앉히는 탄탄함을 보게 한다. 그동안 다녀간 길들이 아프게 뻗어 있고, 여전히 거기에 갇혀 휘청거리는 존재의 이면이 보인다. 비유의 이미지와 푸른 감성으로 파고드는 그녀의 "여문 이력"을 다시 읽는다. "오백 원 동전 넣고/ 아픈 곳 꾹 눌렀"더니 "스물셋/ 덜 여문 이력"(「마음약방 자판기」)이 비와 함께 흘러나온다.

2.

파도는 가라 해도 때론 잠시 쉬고 싶다

지친 몸 발 쭉 뻗듯 닻을 풀어 내리는 밤

먼 데서 그대가 올까 뭍을 향해 깜박인다

시간의 바다 위를 섬으로 떠 있는 배

가진 짐 다 부리고 달빛 가득 실어 놓고

생이란 한낱 꿈인가 노숙에 든 저 이방인

—「묘박지」 전문

계속 가라고 등 떠미는 파도 위에서 배는 잠시 정박하고 싶다. 지친 몸 풀어 내리고 "먼 데서 그대가 올까 뭍을 향해" 눈을 깜빡여 본다. 내가 여기 있으니 나를 찾아오라거나 혹여 누군가 자신을 기다리고 있을까, 하는 생각에서다. 화자는 "시간의 바다 위를 섬으로 떠 있는 배"같은 존재다. 마음의 길을 뜨지 못하고 여전히 바다 한 가운데 섬으로 떠 있다. 뱃길이 끊기면 오갈 수 없는 '섬'은 사방으로 고립된 공간이다. 화자는 여태 섬으로 떠돌며 정박하지 못하고 있다. 이 정박하지 못한 이방인의 걸음으로 화자는 끊임없이 해답 없는 길을 가는 것일까? "옆집도 빈 집인지 차가운 도시의 섬", "서 있는 넌 누구며 마주 보는 난 누군가"도 모르는 섬, 그 곳에서는 "파도 없이 파도가 친다"(「종점에 서다—고故 최화수 선생을 생각하며」).

이승과 저승이 존재한다면, '바다'는 바깥 세계, 즉 죽음 너머의 세계가 된다. 많은 망령들이 바다 깊은 곳에 잠들어 있다. 어찌 됐든 살아가야 하는 인생이라는 '파도' 위에 화자는 이방인처럼 떠돈다. 화자가 떠도는 시간의 바다에는 파도가 친다. 시간이 거스를 수 없고 돌이킬 수 없는 것이라면 파도는 한 번 주어진 삶, 다시 과거로 돌아갈 수 없는 현재 진행형의 삶이다. 그러니까 생을 '잠시' 쉬었다가 가고 싶은 마음일 수 있다. 고단한 일상을 파도로 비유한 것이다. 파도 자체가 떠오르고 가라앉는 인생의 고단한 부침浮沈을 의미하기도 한다. 또한 이는 삶과 삶 사이의 고요한 죽음을 열망한 것일 수 있다. 즉 육신을 벗고 잠시 쉬었다가 다시 육신을 입고 태어나고 싶은 것일 수 있다는 말이다. 마더 테레사의 말처럼, 어차피 인간의 삶은 하룻밤 여인숙에서의 꿈과 같다. "가진 짐 다 부리고 달빛 가득 실어 놓고", "생이란 한낱 꿈"이라고 생각하는 화자. "노숙에 든 저 이방인"이 바로 화자이면서 우리가 아니겠는가.

> 귓가에 닿지 않아 저 혼자 서러운 밤
>
> 먼 나라 그 곳에서 발이 붉은 어린 새야
>
> 그립다, 처음 그 말이 입 안에서 돋는다
>
> 아지랑이 실핏줄로 찰랑이는 유정한 봄
>
> 눈 감으면 환한 옛길 내 안에서 나무 되어
>
> 아직도 시린 골목길 불을 켜는 백목련
>
> 굳게 걸린 자물쇠를 한참 동안 흔들다가
>
> 엄마 없어 돌아서는 열두 살 갈래머리
> 휑하니 기억만 남은 벽돌집을 끌고 간다

—「마음의 문신」 전문

발이 붉은 이유는 맨발로 돌아다녔기 때문일까? 맨발이란 것 자체는 아무도 자기를 지지해 주거나 받쳐 줄 수 없는, 홀로 서야 하는 존재라는 의미를 지녔다. "먼 나라" 그곳은 "먼 데서"(「묘박지」)처럼 그리운 이와의 심리적인 거리감에서 비롯된 듯하다. 심리적으로 아무도 자신을 도와주지 못하고 지원하지 못하고 이끌어 주지 못해 홀로 서야 하는 참담한 마음을 표현한 것이다. "눈 감으면 환한 옛길"이 나무 되어 서 있고, 여전히 "시린 골목길"에는 백목련이 불을 켠다. 화자는 그 길을 쉽게 돌아서지 못해 기억만 "남은 벽돌집"을 끌고 간다. '집'은 화자의 안식처이고 벽돌집은 유년의 기억, 돌아가신 어머니와의 추억이 깃들어 있는 장소이기도 하다. 지금은 엄마가 안 계시지만 영원한 심리적인 안식처가 벽돌집이다. 화자는 시간을 떠돌면서도 그 공간을 버릴 수가 없다. 휑하니 기억만 남아 있다고 표현한 것으로 보아 어머니와의 추억만 남아 있는 벽돌집을 항상 마음에 두고 살아 왔나 보다. '혼자' 서러운 밤, 엄마는 가고 없고, 기억만 남은 벽돌집은 재건축에 사라진 또 한 자락의 길을 부른다.

햇빛도 뚫지 못한 대신동 벚꽃 터널
재건축 공사판에 떠밀려서 무너진다
텅 빈 길 혼자 남아서
지난 봄날 걷는다

설렘에 파문 그리며 어깨를 감싸준 곳
분첩 꺼내 바르던 그 마음도 시간 따라
꽃으로 떨어져 내린다
잊으라고 빗장 건다

녁녁한 쉼표였던 긴 의자 부러진다
흐르는 바람의 말 안개 몰아 길 지우고
기억을 따라온 저녁
필름에 물 스민다

—「안녕, 가로수길」 전문

벚꽃 터널이 재건축으로 사라졌다. 공사판에 떠밀려서 무너진 벚꽃길을 혼자 걸으면서 화자는 지난 봄날의 기억을 되살린다. "설렘에 파문 그리며 어깨를 감싸준 곳", "분첩 꺼내 바르던 마음", "넉넉한 쉼표" 등이 잊히고 떠내려가고 부러진다. 봄은 소생하는 생명, 청춘과 희망, 그리고 들뜬 마음을 의미하는데, 이 시에서 봄은 스산한 기억들이 사라져 가는 거리의 풍경만 남아 있다. "흐르는 바람의 말 안개 몰아 길 지우고", "기억을 따라온 저녁" 필름에 물이 스민다. 물이 스몄다는 것은 이미 지나가 버린 길이 되어 버렸음을 의미한다. 그러나 재건축은 더 멋진 것을 들여 놓기 위해 하는 것이다. 성숙을 위해, 지금의 것을 버린다는 의미로 생각해 볼 수 있겠다. 더 큰 아름다움을 갖추기 위해 지금의 추억을 버린다. 과거의 추억을 버리고 미래의 희망을 품는다고도 생각해 볼 수 있다. 다시 세우는 것이므로, 재건축을 하려면 지난 추억을 재구성해야 한다. 지나온 삶은 그대로 고정되는 것이 아니라 지금의 삶과 끊임없이 대화하면서 다시 새로운 의미와 가치를 부여받는다. 그럼에도 불구하고 "내 안에/ 들어앉은/ 지난날이 무성하다"(「슬픔이란」). "멀리 가/ 잊고 있던/ 이름"(「첫눈 오는 고향」)들, "별똥별/ 환한 이름표"들이 "어둔 방에 걸린다"(「산복도로」). 뜨거운 흉터의 기억도 예외는 아니다.

우리는 본디 백마, 눈부신 백마였다

진흙탕 튕긴 물에 그 빛을 잃어 가도

푸르른 야생의 눈빛 속일 수 없는 족보다

입천장 뚫고 나와 슬픔을 씹는 저녁

해고 당한 초원에서 컵라면에 속 덥히는

통째로 흔들린 세상 가는 끈이 위태롭다

꼬리털 잘린 갈기 때 되면 휘날릴까

어둠의 목덜미를 물어뜯고 헤쳐 나갈

내 맘에 시詩를 넣어 준 가슴앓이 월남아재

—「뜨거운 흉터」 전문

세상의 허물과 때를 알면서도 거기에 물들지 않고 타협하지 않는 순수한 존재가 백마로 묘사되었다. "진흙탕 튕긴 물에 그 빛을 잃어 가도/ 푸르른 야생의 눈빛 속일 수 없는 족보"다. 그런데 그 백마가 위태롭다. 백마는 순수해서 해고당하고 꼬리털이 잘린다. 백마가 달리던 초원은 전쟁터다. 월남전으로 끌려간 백마를 중의적으로 표현한 이 작품은 다쳐서 더 이상 전쟁을 치를 수가 없는 백마를 마치 비정규직처럼 끈이 위태롭다고 표현한 것으로 보인다. 몸이 다치면 삶의 전쟁터에서는 버려진 존재가 된다. 해고당했다는 것은 이제 사회적으로 아무것도 할 수가 없는 상황이 되었다는 의미가 된다. 인간에게 가장 큰 육체적 고통은 작열통(灼熱痛)이다. 마치 몸이 타 들어가는 것 같은 고통이 육체적으로 가장 큰 고통이라는 것이다. 삶의 뜨거운 흉터는 여전히 현재형인 고통의 기억으로 남아 있다. 화자는 뜨거운 흉터를 순백으로 물들이고자 한다.

3.

잔기침 토해 내는 가슴팍은 우울해서

불면의 방 속에서 익명으로 걷고 있다

할 말은 다 지워지고 어둠까지 씻어 낸다

언 발을 끌고 가는 시간이 깊어지면

콧잔등 찌푸린 채 먼 길을 재어 본다

지치고 풀어진 마음 순백으로 물들인다

—「눈 내리다」 전문

우울(憂鬱)이란 말에서 '우(憂)' 자는 근심과 걱정을, '울(鬱)' 자는 숲의 넝쿨이나 잎사귀가 너무 무성하여 햇빛이 들어오지 않을 만큼 답답하고 막힌 상태를 말한다. '익명(匿名)'도 이름이 감춰진 상태이다. 이와 같은 이치로 눈이 내리면 사물과 사물 간 경계가 가려지면서 구분도 모호해진다. 화자는 여기서 "어둠까지 씻어 내"려고 한다. 눈에 덮인 것들은 잠시 가려지는 것뿐이지 영영 사라지는 것은 아니다. 반면 어둠은 현실이다. 일단 이름을 감추면 편견이나 선입견이 사라지므로 있는 그대로를 볼 수 있게 된다. 눈이 덮는 것은 편견과 선입견이 개입하는 것을 잊게 만드는 것이라 볼 수 있다. 그러나 이 역시 잠시 잠깐이다. 눈은 언젠가 녹게 마련이라는 점에서 보면, 화자는 다시 "언 발을 끌고", "지치고 풀어진 마음"을 끌고 먼 길을 가야 한다.

바람난 봄을 따라 좋은 데 가려는지

청설모 낯 씻는다, 꽃마을 벚꽃 아래

햐, 그래 오늘만 같아라 이만 총총 걷는다

산이 품은 절 한 채가 먼 안부 묻는 나절

젖어 있는 발길에도 미쁜 눈빛 지어 주면

뼈란 뼈 죄다 녹여서 슬픔 흠뻑 쏟아 낸다

불면으로 새운 밤 굴레를 걸어 나와

어깨에 둘러 멘 미답의 캄캄한 길

상형문 자간 밝히 듯 햇살 들고 걷는다

—「참, 멀다」 전문

내가 찬란하게 빛나는 빛이라면 언제 어디에서라도 나는 빛만을 보고 빛만을 체험할 뿐이다. 이미 빛이 존재하면 어둠은 물러갈 수밖에 없기 때문이다. 가슴 깊숙한 곳에 희망의 빛을 가지고 앞으로 걸어가고 있는 듯한 느낌이다. 미답의 길을 가는 것 자체가 삶이 아니던가? 캄캄한 미답의 길을 비춰 주는 빛이 무엇인가? 길을 간다는 것 자체가 새로움을 만나거나 결국은 돌고 돌아서 자기 집으로 돌아가기 위한 여행이다. 화자는 그 길들이 참 멀다고 말한다. "생이란 한낱 꿈"이라고 보았던 「묘박지」에서처럼 인생이라는 꿈길을 걸어 자기 집으로 돌아가는 것이다. 돌아갈 집이 햇살로 표현된 것이 아닐까? 그러나 화자는 안다. 삶의 길에는 해법이 없다는 것을.

> 푸르고 골이 깊은 구덕산 밑 꽃동네
>
> 안개 그늘 속에 서 있는 나무 보다가
>
> 두 눈에 눈물 달고 선 풀잎도 다시 본다
>
> 한 십 년 쳇바퀴 돌 듯 아파트에 살다가
>
> 별보다 고운 눈매 다 잊은 듯이 살다가
>
> 꽃과 잎 다 잊고 살다가 휘파람을 불어 본다
>
> ―「그늘에 서서」 전문

누군가를 찾거나 부를 때 혹은 쓸쓸함이 밀려올 때 휘파람을 분다. 화자가 다 잊고 살았던 꽃과 잎은 아름다움, 청춘, 생의 가장 빛나는 순간이다. 그런데 한 십 년 아파트에 살다 보니 그런 시절 다 잊고 살았다. 그는 그늘진 삶을 살아왔다. 꽃과 잎이 좋아하는 것은 햇빛인데, 그늘에 서 있다는 것은 고단하고 근심 많은 삶을 살았다는 의미다. 즐거움 없이 자신을 잊고 살아온 화자는 나무다. 자신을 가두고 살아왔던 아파트가 화분이라면, 화분 속 분재처럼 살았던 '나무'는 화자가 되는 것이다. 안개 그늘에 쌓여 길을 잃고 같은 자리에서 한 십 년 쳇바퀴 돌 듯 살아온 화자는 이제 휘파람을 불면서 꽃과 잎을 다시 피우고 싶다. 꽃과 잎을 다 잃어 버린 고목 같은 존재의 화자가 여기 있다.

생(生)도 가끔 물기 젖어 햇볕에 습기 턴다

청량한
별을 바라듯
사는 동안 시詩를 읽는

책갈피
넘기며 가는
가을 바람의 독서법

—「계단을 오르며」 전문

삶에 물기가 있다는 것은 삶이 무겁고 눅눅하고 힘겹다는 의미다. 그래서 생은 가끔 햇볕에 습기를 턴다. 계단을 타고 오르면 햇볕과 가까워질 수 있다고 화자는 생각한다. 자기가 궁극적으로 돌아가야 할 집이 거기에 있다고 믿기 때문이다. 가을바람이 불면 헤어지는 시기가 더 가까워 온다. 계단을 오르는 것은 지상과 멀어지는 것인 반면에 하늘과는 가까워진다. 이 말은 때가 되면 우리가 왔던 곳으로 돌아간다는 이치와 같다. 계단을 타고 오르는 것은 성장과 발전의 의미도 있지만, 여기에서는 자기 자신을 넘어서는 행위가 될 것이다.

> 후포댁 늙어 가는 그물코를 손질한다
>
> 주인 잃은 수저 한 벌 살강 위에 얹어 두고
>
> 문 밖에 속울음 우는 삼월 파도 세워 둔 채
>
> 휘파람 길게 불며 뭍에 오른 후포댁
>
> 젖은 생애 볕에 널고 늦은 점심 한 술 뜨면
>
> 고단한 바지랭대에 넋두리가 걸린다
>
> 시간 앞에 접어야 할 멈춘 지 오래 된 말
>
> 저 혼자 버거워서 빈 바다도 끙끙 대면
>
> 은근히 새봄의 등을 밀며 따라오는 바람
>
> —「이별 후」 전문

봄맞이를 앞두고 있는 바닷가가 배경이다. 이 작품 속의 이별은 절기상 가을이나 겨울 느낌이 난다. 가을과 겨울이 지나면 새로운 만남의 계절인 봄이 시작된다. "주인 잃은 수저 한 벌"로 보아 화자는 남편을 바다에서 잃은 듯하다. 그래서 "휘파람 길게 불며 뭍에 오른 후포댁"은 혼자서 생을 꾸려가야 한다. "고단한 바지랭대에 넋두리가 걸"리고 "저 혼자 버거워서" 끙끙 대던 빈 바다가 되는 후포댁은 이미 "시간 앞에 접어야 할 멈춘 지 오래 된 말"을 넋두리로 푼다. 고단한 그녀 앞에 "은근히 새봄의 등을 밀며" 따라오는 바람이 머문다. "물빛도 오래 되면/ 낡아서 서러운지// 꾹 누른 속울음도/ 장대비에 들끓"(「청사포, 비」)어, "낱낱이/ 풀어져" 내린다.

세상일에 만 번쯤 앓고 보면 알 수 있다

천리를 헤매다가 돌아온 바람의 발

보름쯤 놔두었더니 눈물인 채 웃습니다

인적도 끊긴 문에 흙 묻은 발 들어온다

주위를 서성이다 한 생각 접고 보니

미구에 올 더딘 어법 어슴푸레 보입니다

—「해법은 없다」 전문

크게 깨달은 사람들은 삶 자체가 거대한 코미디라는 것을 안다. "미구에 올 더딘 이별 어슴푸레 보"인다는 구절에서 알 수 있는 것은, 굳이 설명하지 않아도 직접 경험해 보면 생명의 묵직한 질감을 알 수 있다는 것이다. 만 번쯤 겪어 내고 헤매다 보면 알게 된다는 것, 말로 형언할 수 없지만 알게 된다는 것, 느낄 수 있다는 것이다. "보름쯤"이라는 것은 때가 되면 자기가 살아온 것들이 어떤 의미로, 그 일이 내게 일어날 수 밖에 없었다는 것을 깨닫고, 수긍할 수밖에 없는 것을 깨달게 되는 시간이다. 그 무엇도 의미나 가치 없이 일어나진 않는다. 모두 필요하므로 겪어야 하니 일어난다는 것을, 살다 보면 자연스럽게 알게 된다. 그러니 이를 깨달았을 때 그저 웃을 수 있는 것이리라. 그러나 그 순간을 경험할 때는 뼈저리게 아프고 슬프다. 인생의 큰 맥락을 보면서 인생을 살아야 하는데 지금 이 순간에 너무 집착하고 있으니 해법이 없을 수밖에 없다. 지나고 나면 그것은 그런 필연성을 갖고 있었다고 깨닫게 된다. "천리를 헤매다가 돌아온 바람의 발"은 늘 붉은 맨발이다. "흙 묻은 발"은 어디서 씻지도 못하고 인적이 끊긴 문 앞에 서 있다. "한 생각 접고" 비로소 만난 화자는 "미구에올 더딘 어법"을 어슴푸레 구사한다. 그래서 쉴 수 있는 것일까?

> 널어놓은 콩 걷다가
> 미끄러져 다 쏟았네
>
> 주워 담다 보았네
> 발 아래 작은 풀꽃
>
> 내 안의
> 거친 숨소리
> 덩달아 뱉어 내는

—「휴(休)」 전문

숨소리를 뱉어 낸다는 것 자체가 휴식이다. '휴(休)'는 글자 그대로 나무 곁에서 사람이 쉬고 있는 모습을 본 뜬 것이다. 화자는 '숨'도 내려놓고 콩도 내려놓는다. 내려놓으니까 바람의 작은 풀꽃을 보게 되었다. 널어놓은 콩을 걷다가 쏟아 버린 것을, 내려놓은 것으로 해석해 볼 수 있다. 콩들을 주워 담다가 발 아래 존재를 보게 되는 우연한 설정이야말로 소소한 것에 휴식이 있다는 일상의 의미를 발견하게 한다. 이것은 "묻혔던/ 내 꿈을" 보는 일이면서, "먼 길 돌아와 다시 선"(「이븐 바투타」) 순간을 경험하는 일이다. "어디쯤/ 오고 있을/ 새로운 날 마중하듯", 화자는 "참았던/ 속내를 꺼내/ 실마리로 오는"(「그믐치」) 빗소리를 듣는다. 화자에겐 "그 길이 있고 없고"가 중요한 게 아니었다. 다만, 그것이 "걸어야 할 걸음이"(「입춘 무렵」)라는 것을 알기에 갈 수 있었던 것이다. 마지막으로 화자는 어두운 고개를 넘고 가파른 계단을 올라 옥상에 이른다.

수정산 산복도로 고개도 잠든 저녁
에코하우스 옥상으로 찾아온 명화극장
세상을 펼쳐 보는 일
지친 것들 껴안는다

가파른 만디버스 종아리 힘줄 세우고
숨이 꺽꺽 넘어갈듯 전봇대 잘도 피해
골목길 변두리 계단
달도 기웃 올라온다

먼 그대 좋아했던 장국영의 해피 투게더
분홍빛 문장 안고 새끼손가락 걸었던
뒷모습
정면으로 보며
여름 모퉁이 보낸다

—「옥상달빛극장」 전문

산복도로는 원래 산의 중턱을 지나는 도로를 뜻한다. 그런데 6 · 25 전쟁이라는 아픔의 역사 속에서 부산의 동구와 중구 그리고 서구의 지역적 특징인 나지막한 산을 중심으로 조성된 도로를 산복도로라고 부르게 되었다. 이 산복도로를 지나 숨이 꺽꺽 넘어가는 골목길 변두리 계단까지 만디 버스를 타고 오른다. '만디'는 '산의 정상, 그 곳에서 제일 높은 곳'을 뜻하는 부산 방언이다. 화자는"달도 기웃 올라"오는 골목길 변두리 계단에서 함께 행복 하자던(해피투게더) 분홍빛 문장을 읽는다. "뜨거운 흙터"가 있는 "여름 모퉁이"를 이제야 돌아 나오며, "세상을 펼쳐 보는 일/ 지친 것들 껴안는" 명화의 세계를 만난다. 한 편의 명화극장 속으로 한 존재의 맨발과 뜨거운 흙터가 함께 녹아든다. 해가 진 저녁, 옥상 위에서는 거친 맨발과 뜨거운 흙터로 얼룩진 지난한 삶이 달빛의 위로를 받고 있다.

우아지 시인은 어둠을 끌고 온 존재에게 "이제는/ 꿋꿋하고/ 독한 여자면 좋겠다"는 다짐을 받는다. "눈물로도 녹지 않는/ 시멘트길 걸어가도/ 두 주먹/ 불끈 쥐고서/ 함부로 풀지 않으리"(「결론」)란 다짐과 함께. 그리고 "세상을 펼쳐 보는 일"은 "지친 것들 껴안는"(「옥상달빛극장」) 것이라는 성찰의 길에 이른다. 이것이 바로 우아지 시인의 시가 애상적 서정에 매몰되지 않고 스스로의 부력으로 떠 있는 이유다. 존재 안에 들어앉은 또 다른 존재를 객관적으로 바라보는 힘이 그녀의 시 속에 내재해 있다. 그녀 시를 관통하는 서정성의 발현은 자기 존재를 의식하는 존재의 새로운 발견에 있다. 페타이어 화분 속의 존재가 비로소 길 밖에 길을 내듯이 말이다.

거룩한 변화의 소리
─박권숙, 김환수론

1. 진 · 선 · 미 · 성이 발산하는 푸른 불꽃

시(詩)의 한자를 보면 '말의 사원'으로, 그 말을 섬기며 지킨다는 의미가 들어 있다. 그러나 거기에는 말을 섬긴다는 뜻도 있겠지만, 말을 바친다는 뜻으로도 읽힌다. 사원에서 쓰는 말은 세상의 말과는 다르다. 말이 스스로를 태워서 정제되어 바쳐져야 한 편의 시가 만들어지는 것은 아닐까. 그래서 좋은 시(詩)는 거짓과 사악한 것과 추악한 것과 속되고 천박한 것과 거리를 둔다. 좋은 시(詩)는 좋은 말에서 생겨난다. 참되고 착하고 아름답고 거룩한 '진(眞) · 선(善) · 미(美) · 성(聖)'의 말이 인간 본연의 진정성을 되찾아주기 때문이다. 이번 계절에 읽은 두 시인들의 작품은 자신의 말을 정제하여 푸른 불꽃으로 내보내고 있다. 서정성을 바탕에 깔고 어두운 현실을 향한 불꽃을 피운다. 더불어 살아가는 삶의 가치와 의미에 대한 독보적인 신념과 의지를 제시하고 있다.

2. 존재의 성찰과 진화 – 박권숙의 시

박권숙 시인이 견지해온 시세계에는 탄탄한 서정성이 바탕에 깔려 있다. 그녀가 바라보고 가져온 이미지들은 어떤 대상에게 물리적으로 얽매여 있지 않고 존재의 깊은 의미의 차원을 동반한다. 그녀의 시는 기교나 상징으로만 시적 대상에 다가가지 않고 자연스럽게 대상 속으로 스며든다. 이러한 방식으로 그녀가 보여준 시들은 소외당하고 무시당하는 생명들의 고귀한 열정과 의지, 누군가를 위한 희생과 미래에 대한 믿음을 담는다. 그것은 그녀에게 그리움의 대상이기도 하고 안타까운 대상이기도 하다.

> 불가촉 천민으로 이 땅을 떠돌아도
> 너는 가을벌레처럼 흐느껴 울지 마라
> 풀밭에 온몸을 꿇린 소처럼도 울지 마라
>
> 세들 쪽방 하나 없어 어린 뱀밥 내어주고
> 흙 한 뼘 햇살 한 뼘 지분으로 받아든 죄
> 무성한 바람소리에 귀를 닫는 저물녘
>
> 뽑히면 일어서고 짓밟히면 기어가는
> 너는 끊긴 길 앞에서 아무 말 묻지 마라
> 허공에 흩뿌린 풀씨 그 길마저 묻지 마라
>
> ―「쇠뜨기」 전문

1947년에 폐지된 인도의 카스트 제도에는 여러 신분제가 존재한다. 지금은 법적인 신분제가 폐지되었지만 오래된 관행은 하루아침에 바뀌지 않아 여전히 신분에 따른 차별이 암암리에 이뤄진다. 가장 높은 계급인 브라만을 시작으로 크샤트리아, 바이샤, 수드라가 기본적인 카스트 제도의 신분제다. 그런데 그 신분제도에서도 배제된 계층이 바로 불가촉 천민이다. 브라만은 성직자, 크샤트리아는 귀족, 바이샤는 평민, 수드라는 노예인데, 이 불가촉 천민은 시신을 태우거나 청소, 세탁, 도축을 하는 일 등을 했던 것으로 알려져 있다. 사람들이 꺼려하는 일들은 그들의 몫이었다, '불가'는 가능하지 않다는 뜻이고 '촉'은 접촉한다, 만진다는 의미로 접촉하는 것조차 꺼려하는 계층이라는 의미의 신분이다. 어딜 가서든지 환영받지 못하고 무시와 차별을 받는 존재로서 쇠뜨기의 존재와 다르지 않음을 이야기한 것이다. 화자는 "너는 불가촉 천민으로 이 땅을 떠돌"며 억울함을 겪더라도 "가을벌레"나 "풀밭에 온몸을 꿇린 소처럼 울지 마라"고 당부한다. 쇠뜨기에 비유되는 이 땅의 민중들이야말로 어려운 시기에 나라를 구하고 가장 가치 있게 쓰인 존재들이 아닌가. 평소에는 환영받거나 대접받지 못하고 소외되거나 무시된 존재로 살았지만 위기의 상황에 그들은 다시 살아나서 나라를 살리는 역할을 했었다. 임진왜란, 병자호란, 일제강점기를 비롯한 국가의 위기 상황 속에서도 나라를 구한 것은 민중들이라는 것, 위정자들이나 자본가들의 욕망과 횡포로 무너진 나라의 기강과 경제를 살린 것은 쇠뜨기와 같은 민중들일 것이다. "뽑히면 일어서고 짓밟히면 기어가는" '풀'의 정신으로 민중들의 진정한 가치를 되새기게 하는 시인의 의도가 풀씨처럼 단단하다.

적막의 끌탕을 견딘 맹목의 울음으로
매미는 단 한 번의 여름을 무덤 삼고
뜨거운 생의 중천에 제 묘비를 세운다

막장의 지층을 견딘 불의 간절함으로
석탄은 단 한 번의 점화를 꿈꾸다가
뜨거운 생의 화덕에 제 묘비를 세운다

만년설 여백을 견딘 꽃 같은 점 하나로
아! 사내는 히말라야 빙벽에 매달린 채
뜨거운 생의 밧줄에 제 묘비를 세운다

—「뜨거운 묘비」 전문

희기동소(喜忌同所)라는 말은 내가 기뻐하는 것과 기피하는 것이 같은 곳에 혹은 함께 있다는 말이다. 군인은 전쟁터에서 명예를 얻기도 하지만 전쟁터에서 죽어 이름을 새길 수도 있고, 어부는 바다에서 생업을 이어가기도 하지만 바다에서 생명을 잃기도 한다는 것이다. 경찰도 도둑이나 범인을 잡는 과정에서 명예를 얻기도 하지만 그들에 의해 신변에 위협을 받을 수도 있고, 삶을 마감할 수도 있다. 산악인도 마찬가지로 등산을 통해 명예를 얻지만 그 산에 묘비를 세울 수도 있다. 결국 명예는 엄청난 자기희생과 절제의 대가로 얻어진 산물이다. 묘비는 비석에 그 사람을 기억할 수 있는 중요한 내용(업적)을 기록한다. 석탄은 "단 한 번의 점화를 꿈꾸다가" "뜨거운 생의 화덕에 제 묘비를 세"우는데, 이는 재가 되어서 자기의 명예를 드러내놓는 격이다. 매미도 여름 한 철 울다가 가을에 메마른 시신으로 껍질만 남기며 저마다 "뜨거운 생의 중천에 제 묘비를 세운"다. 산악인이 빙벽을 타고 가는 과정에서 죽는다면 산악인으로서 자기 삶을 온전하게 완수하는 것이 된다. 이러한 이치로 본다면 시인은 시로 죽어야 하고, 권투선수는 링 위에서 죽어야 하는 것이다. 총 세 수로 이루어진 이 시조의 종장은 뜨거운 "생의 중천에", "생의 화덕에", "생의 밧줄에" 각각 제 묘비를 세움으로써 자기 삶의 거부할 수 없는 사명처럼 스스로의 희생과 고통을 감내하면서 자신의 삶을 받아들여야 하는 것임을 깨닫게 한다. 제 묘비를 세우는 일은 결국 자기가 다녀간 생에 대한 열정과 확신이 어떠했는가를 짐작케 하는 메시지가 될 것이다.

서투른 초행길의 벌레 울음 따라가면

한 소절은 열대야에 한 소절은 가을밤에

간극의 까마득한 고요 발이 빠진 초저녁

누군가의 문 앞에서 오오래 서성이다

골짜기가 깊어진 사람들 가슴마다

가을의 예감을 짚고 혁명 같은 달이 뜬다

—「환절기」 전문

여름에서 가을로 넘어가는 길목, 8월말에서 9월초를 배경으로 한 작품이다. 가을은 보편적으로 이별의 계절이라 한다. 숙살지기(肅殺之氣)가 지배하는 시기라서 그렇다. '숙살'은 엄숙하게 쳐 내는 것을 말한다. 잎도 떨어지고 과일도 떨어지고 곡식도 바짝 말라 여문다. 나무가 이파리를 떨쳐 내는 이유는 씨앗을 만들어내기 위해서다. 제 몸에서 떨쳐 보내면서 내생(來生)을 준비해야 하는 것이다. 식물이든, 동물이든, 겨울은 죽음의 시간이다. 가을에는 씨앗을 만들고 겨울에는 씨앗을 잘 감추어 추위를 견뎌내고 봄이 되었을 때, 다시 새싹을 틔워 낸다. 씨앗을 만드는 것 자체는 움켜쥐고 붙드는 것으로, 삶을 지속시키기 위해서 반드시 거쳐야 하는 행위이고, 소중한 유전정보를 모아 보호하는 행위이다. 그리고 씨앗을 만들기 위해서는 잎사귀를 제거해야 한다. 이러한 환절기에 "누군가의 문 앞에서 오오래 서성이다", "골짜기가 깊어진 사람들 가슴마다" "가을의 예감을 짚고 혁명 같은 달이" 떠오른다. 여기서 골짜기가 깊어진 것은 그만큼 근심과 걱정이 많다는 것이다. 또한 가을을 정의(正義)가 실현되는 계절이라고도 하는데, 숙살지기가 뜻하는 또 하나의 의미가 정의로움을 뜻하기 때문이다. 그리하여 가을은 심판의 계절이다. 이를테면 추수를 했을 때 필요 없는 쭉정이는 불 태워 버리고 낟알만 거두어들이는 것이다. 이것이 가을이 갖고 있는 이중성이다. 그래서 시인은 '혁명'이란 단어를 붙였다. 혁명은 정의를 세우기 위해 일어난다. 불온하고 불의한 세력들을 몰아내고 새로운 세상을 몰아내겠다는 의지다. 화자는 환절기를 겪으며 그 속에서 새로운 변화의 바람을 익히는 중이며, 정의롭고 올바른 세상이 찾아오고 있다는 희망이나 기대를 품고 있는 것으로 보인다. 이는 환절기를 통해 드러내고 있다. 우주의 기운이 변하고 있기 때문이다.

> 우화의 일념으로 숨죽여 땅을 기던
> 물도 생애 한 번쯤은 저리 섬광 번쩍이며
> 순명의 지느러미를 잘라버린 빗줄기
>
> 가슴에 바람을 안고 온몸으로 투신하는
> 갑오년 먹장구름 그 하늘 어디선가
> 무수히 내려꽂히던 죽창이고 싶었다
>
> 뚝뚝 꺾인 제 울음이 마지막 과녁일 때

화들짝 느낌표로 눈뜨는 죽순처럼
죽음을 명중한 뒤에 만개하는 물보라

—「폭우」 전문

이 작품에 등장하는 '갑오년'의 배경에서는 두 가지 의미맥락을 생각해 볼 수 있다. 1894년 갑오년에는 동학 농민 운동이 일어난다. 또한 2014년 갑오년에는 세월호 사건이 일어나 수많은 희생자들이 물속에 수장된 해이기도 하다. 두 사건에는 무고하고 순결한 죽음이 수없이 깔려있다. 그 죽음은 죽음으로 끝나지 않고 새로운 세상을 향해 불꽃을 피운다. 이 작품에서"우화"의 꿈은 부활의 꿈이며 새로운 존재로 태어나는 나비가 되는 꿈이다. 이를 위해 모든 것을 던진 사람들의 이야기가 이 시에서는 생생하게 보인다. "가슴에 바람을 안고 온몸으로 투신하는" "갑오년 먹장구름 그 하늘 어디선가" 무수히 떨어지는 빗줄기를 죽창에 빗대서 표현하고 있는 것이다. 빗방울은 지면에 다다르면서 비명을 내며 죽는다. 뼈가 부러지는 소리를 내면서 울음 우는 고통을 경험하며 죽는 것이다. 빗방울이 떨어지면서 물보라가 만개(滿開)하는데, 그것은 목숨 걸고 싸웠던 동학농민군의 모습으로 오버랩 된다. 장렬히 전사해서 숭고한 민중의 뜻과 의지를 보여주었다고 생각한 것일까? 죽음을 통해서 현실세계를 변화시키는 것이다. 목숨 걸고 투쟁한다면 반드시 세상을 변화시킬 수 있으리라는 강한 신념이 "죽음을 명중한 뒤에 만개하는 물보라"에 오롯이 담겨 있다.

가다가 가다 듣는 시월 상달 가다 듣는
억새꽃 무리를 몰고 간월재 가다 듣는
은발의 가을발자국 해금을 켜고 있다

바람의 활을 당겨 능선이 우는 소리
능선의 현을 골라 바람이 우는 소리
내 마음 깊은 적소에 가다가 가다 듣는

—「해금산조」 전문

시인이 듣는 해금산조는 자연의 소리를 담고 있다. 모든 생명은 멈추지 않고 끊임없이 움직인다. 가다가 듣는 모든 소리들은 살아 있는 것들이 내는 소리다. "가다가 가다 듣는 시월 상달 가다 듣는" "억새꽃 무리를 몰고 간월재 가다 드는" 해금소리는 "바람의 활을 당겨 능선이 우는 소리"같고, "능선의 현을 골라 바람이 우는 소리" 같기도 하다. 두 수의 초장과 중장 마지막 마디의 반복은 해금산조와 자연의 소리를 결합하여 운율을 살리고 리듬을 강조하는 효과로 기능한다. 결국 귀로 듣고 눈으로 보는 모든 순간은 자연의 소리로 스며드는 것임을 박권숙 시인은 알려주고자 한 것이 아닐까? 그녀가 그려낸 이미지의 풍경들은 이미 존재 안에서 더욱 큰 존재감으로 스스로를 깨우고 있다. 그렇게 그는 시를 쓰며 시를 살며, 여러 존재들을 불러 모을 것이다.

3. 모순을 읽다 — 김환수의 시

2007년≪현대시학≫ 시조부문 신인상과 <부산일보> 신춘문예 당선으로 데뷔한 김환수 시인의 이번 근작은 변화와 혁명을 꿈꾸는 고단한 일상을 상징적이고 은유적으로 그려냈다. 그의 시조에는 언어유희와 위트가 있고 다소 해학적이다. 주제를 드러내는 이러한 남다른 개성은 「3대 조폭」이나 「명분 없는 싸움」, 「범꼬리」와 같은 제목의 작명

속에서도 번뜩이기도 한다. 그렇다고 그의 시를 단순히 가볍게 읽을 수 없는 이유는 그가 이러한 장치나 전략 속에 담아 놓은 의미망이 깊기 때문이다.

아래뜸 마늘밭에 얼굴 내민 3대 조폭

바랭이파 뚝새풀파 쇠비름파 패거리 모여

그믐날 어둠을 틈타 쇠울짱을 넘어 왔다.

마을회관 스피커로 조폭 출현 비상 걸고

괭이를 쥔 밭주인의 빈틈없는 검문검색

비트* 속 몸을 숨긴 채 먹물 푼 밤 기다린다.

밤도와 득실대는 찰거머리 조직폭력배

참다못한 인근 경찰 비상소집 회의 끝에

농약 탄 최루탄 발사, 계파조직 와해됐다.

—「3대 조폭」 전문

시선을 끌만한 '3대 조폭'이라는 제목 아래 그려낸 이 시조의 이미지는 마늘밭에 얼굴 내민 바랭이파, 뚝새풀파, 쇠비름파에 꽂힌다. 이들은 환영받지 못하는 존재들인데 "그믐날 어둠을 틈타 쇠울짱을 넘"었다. 쇠울짱을 넘어오자 마늘밭 주인이 농약을 뿌려서 풀을 없애 버렸다. 제초제 같은 독한 약을 뿌린 것이다. 농사일 할 때 가장 신경 쓰이고 손이 많이 가는 일은 잡초를 제거하는 일이다. 뿌린 씨앗만 여물어 결실을 맺으면 좋지만 잡풀이 많이 달라붙어 늘 제거해야 하는데, 시인은 이러한 풀을 3대 조폭이라 칭한다. 농작물이 성장하는데 방해를 주는 존재들인데, 이 잡풀들은 생명력이 강하다. 우리가 어떤 일을 할 때마다 우리를 위협하는 세력이나 적이 있다. 우리의 일을 성사시키는데 방해하는 존재들은 우리의 의지와 믿음이 강력할수록, 비례해서 우리를 강력하게 방해하고 억누른다. 화자는 이러한 방해세력을 향해 조직을 와해시키는 농약을 뿌리며 계파조직 폭력배를 와해시키는 것으로 존재의 믿음과 의지를 확인한다. 3대 조폭을 와해시키는 과정을 그리면서도 "마을회관 스피커로 조폭 출현 비상"을 알리고, "괭이를 쥔 밭주인의 빈틈없는 검문검색"을 하는 풍경을 보여주며, "몸을 숨긴 채 먹물 푼 밤" 기다리는 상상을 끌고 가는 이미지가 탄탄하다. "철거머리 조직폭력배"를 몰아내기 위해 회의 끝에 "농약 탄 최루탄"을 발사하여 이윽고 "계파조직"을 와해시키는 전 과정을 해학적으로 표현하고 있다.

동뜬 두메 그곳에도 물질하는 해녀 있다.

이생 가녘 버티고 선 새우 닮은 울 어머니

불청객 오랜 천식이 '호이, 호이*' 불러온다.

갯바다 물질 나가듯 마실 나온 걸음마다

느릅나무 껍질처럼 거칠어진 숨결 소리

그 길 끝 다리쉼한 자리 숨비소리 질펀하다.

생명줄 태왁인 양 꽉 움켜쥔 보행기에

목청 푸른 휘파람새 떼로 와서 울고 갔나

울 엄니 상군해녀가 골골샅샅 물질한다.

—「숨비소리」 전문

‘이생 가녘’은 조금만 방심해도 저승으로 넘어가는 지점이다. 시적 대상인 ‘울 엄니’는 물질하는 해녀를 닮았다. 두메산골인데 무슨 해녀인가 하는 의문이 들게 하는 첫 수의 초장이 분위기를 환기한다. 두 번째 수에 와서 “새우 닮은 울 어머니”를 만나게 되면 그 연유를 쉽게 파악할 수 있다. 어머니는 허리가 많이 굽었고, 천식을 앓고 있어서 마실 나온 걸음마다 숨결이 거칠어진다. 그 숨결 소리는 해녀 물질할 때 내는 숨비소리와 닮았다. 물질도 잘 하고 오래 버티는 해녀를 상군해녀라 하는데, “느릅나무 껍질처럼 거칠어진 숨결 소리”를 여기에 비유한 것은 어머니의 안타까운 모습을 극적으로 그리고자 한 것이다. 어머니는 새우를 닮아서 혼자 잘 걷지를 못해 보행기를 쥐고 이동을 하는데 그것도 힘들어서 ‘호이 호이’ 숨비소리를 내는 것이다. 위태롭게 걸어가는 어머니의 애처로운 모습을 그리면서 아직은 살아 계시다는 그 자체에 위안을 삼으며 현재의 순간을 붙들고 있는 것 아닐까.

재래시장 끄트머리 야채 장수 청도 아재
대파 쪽파 가는 실파 좌판 인생 삼십 년에
목숨 건

파들의 반란
손님 발 길 뚝 끊긴다.

물 건너온 신품종인가, 친일파가 등장하고
힘에 밀려 자리 내준 토종파 수난 시대
개량종
종북 주사파
시장 골목 점령한다.

휘말린 집안싸움 불똥 튀는 파 삼형제
계파를 따지자면 초본식물 후손 아닌가?
진창 속
명분 없는 싸움
파씨 가문 박 터진다.

―「명분 없는 싸움」 전문

정치는 명분이다. 바른 방향성을 잃었을 때 정치의 싸움은 개들의 싸움이 된다. 이 시는 정치계의 여러 계파를 야채가게 파들에 빗대어 표현하고 있다. 외래 신품종, 친일파, 개량종, 종북 주사파들 사이에 명분 없는 싸움이 계속 이어지고 있다. 정치 상황에 대한 실망감을 표현한 듯하다. 민중들은 없고 기득권만을 지키려고 기업들과 국회의원들, 즉 권력을 가진 자들의 욕망과 만행을 비판적으로 그리고 있다. 민중은 안중에도 없는 명분 없는 모습을 파에 빗대어 표현한 의미 설정이 감각적이다. 어떤 무리들은 친일파로 몰리고 또 어떤 무리들은 종북 좌파로 몰리고, 혹은 여기저기 왔다 갔다 하는 철새 무리도 있다. 또 어느 품종인지 근원을 알 수 없는 개량종과 어떤 소속인지 색깔을 드러내지 않는, 알 수 없는 종도 있다. 그런데 그런 종들이 자기 기득권을 지키기 위해 명분 없는 싸움을 하고 있다. 오로지 자기들의 이해관계나 기득권을 지키기 위해서다. "목숨 건/ 파들의 반란"에 손님의 발길은 뚝 끊겼다. 자신의 기득권을 지키기 위한 명분 없는 싸움을 하는 그들이 "시장 골목을 점령"하느라 손님은 안중에도 없다. 민중은 안중에도 없는 권력자들의 아귀다툼을 풍자적으로 보여주는 이 작품은 「3대 조폭」의 상상과 발상을 잇고 있다. "휘말린 집안싸움 불똥 튀는 파 삼형제"의 싸움은 마치 권력을 위해서는 형제도 없는 기업들의 왕자의 난을 연상케 한다. 기득권을 차지하기 위해서는 "초본식물 후손"인지 족보를 따져봐야 한다. 파씨 가문의 박 터지는 소리가 온 시장에 진동한다는 정치적 풍자가 빛난다.

쥐며느리 오글오글 세월처럼 모여 사는

돌확이 앉은 자리 그와 닮은 지하 동굴

칼바람 연직사자가 헐렁한 생 노려본다.

꼬리 감춘 어둠 앞에 한뎃잠 몰려오고

허허바다 유영하다 새우가 된 저 노숙인

데식은 떠돌이별이 5촉 등을 내다건다.

황제펭귄 겨울나는 허들링 비법 전수

수소문 끝 터득하고 깜냥깜냥 사는 거지

잡풀들 스크럼 짜듯 인간 띠를 잇고 있다.

—「허들링」 전문

허들링은 생존을 위해서 집단적으로 시위하는 모습이 아닐까? 새우가 되었다는 것은 약한 존재가 되었음을 표상하기도 한다. 시인은 새우처럼 힘없고 소외된 계층이 인간 띠를 이루면 이것도 큰 힘을 발휘한다는 나비효과의 힘을 보여주고자 한 것으로 보인다. 이들은 집단행동을 통해 서로를 지켜내고 변화를 이끌어 내는 노력들을 하고 있다. 허들링은 눈 폭풍과 추위를 견디기 위해 자리를 바꿔가며 서로가 서로를 끌어안는 행위다. 집단적으로 위기와 시련이 닥쳤을 때 서로를 껴안고 인간띠를 이루면서 어려움과 힘겨운 상황을 극복하려는 모습을 보여주려는 듯하다. 이 시에 등장하는 노숙인은 그 무엇으로부터 보호받지 못하고 미래가 불투명한 존재다. 여기서 노숙인을 낱낱의 민중이라고 생각할 수 있다. 집단적으로 가해지는 폭력과 위협을 극복하려는 모습이 아닐까 생각한다. 무소불위의 권력을 휘두르고 있는 검찰의 권력남용에 대한 위기의식과 두려움으로 검찰개혁이라는 시위 명분을 걸고 허들링을 하는 것은 변화를 이끌고 적폐를 청산하고자 하는 민중들의 새된 목소리의 힘을 보여주고자 한 것이다. 앞에서 살폈던 박권숙 시인의 시 「환절기」와 같은 의미에서 보이는 변화의 바람을 예감하고 있는 것이라 할 수 있다.

조선반도 범이란 놈 자취 감춘 이름인데
하늘 정원 노고단에 갓 시작된 여름 축제

소문의 뒤끝을 물고

맹수 제왕 나타났다.

비긋고 간 축제마당 구경 나온 수풀 가족
고라니 장수풍뎅이 딱따구리 각시원추리

맨 앞 줄 달팽이 오형제
빈자리를 차지했다.

억새 풀밭 몸을 숨긴 범꼬리 여러해살이풀
등골 오싹 깊은 숲 속 독기 서린 눈빛 뒤로

긴 꼬리 추켜세우자
숨을 죽인 저 여름 산.

—「범꼬리」 전문

범은 아니지만 범꼬리 식물을 범의 꼬리로 빗대어 한반도의 기개가 되살아났음을 표현하고 있는 작품이다. 「3대 조폭」과 「명분 없는 싸움」의 맥락을 잇는 비유와 감각이 살아 있음을 본다. 범이 나타나기를 바라는 마음이 숨죽인 저 여름 산에 담긴 것은 아닐까? 그런데 화자는 범이 왜 나타나길 바랄까? "조선반도 범이란 놈"은 이미 자취를 감춘 이름인데, 무언가 견제해야 할 세력을 경계하며 위엄을 보여야 할 상징으로서 의미를 갖는다. 김환수 시인이 견지하고 있는 시조세계는 단순히 내용에 있는 것이 아니라 내용을 표현해내는 전략에 힘이 있다. 현실에 대한 비판은 풍자와 해학을 동반한 시상전개와 감각적 착상으로 더욱 돋보인다.

사랑의 응시
—강현덕, 권정희론

1. 깃들임에 대한 사유 – 강현덕론

강현덕 시인은 데뷔 이래 많은 작품들을 발표하면서 어떻게 하면 아름답고 건강하게 더불어 살아갈 수 있을까에 대한 뜨거운 고민과 사유를 펼쳐 왔다. 존재의 의미와 가치를 찾아서 시인이 품어 온 그동안의 시심(詩心)은 우리가 어떻게 살아가야 할지, 어떻게 사는 것이 좋을지 삶의 길을 안내한다. 너와 나의 관계성 속에서 살아가는 방법을 찾는 것이다. 나를 통해서 너를 보고 너를 통해서 나를 보면서 우리는 미처 의식하지 못한 내 자신을 발견하게 된다. 그리하여 진짜 자신을 찾고 알았을 때 더불어 살 수 있는 방법도 깨우치는 것이다. 이러한 사유가 잘 담긴 다음의 시에는 기도실에서 타인의 슬픔을 통해 자신의 슬픔을 숨기고 돌아오는 화자가 등장한다.

울려고 갔다가

울지 못한 날 있었다

앞서 온 슬픔에

내 슬픔은 밀려나고

그 여자

들썩이던 어깨에

내 눈물까지 주고 온 날

—「기도실」 전문

기도실은 참회하고 회개하면서 자신의 잘못을 뉘우치고 용서를 구하는 곳이다. 그럼으로써 자기를 짓누르고 있는 죄책감이나 수치심을 드러내고 삶을 좀 더 밝고 긍정적으로 살아내고자, 마음을 정화시키는 장소다. 어떤 이유인지 슬픔에 빠진 화자는 울려고 기도실을 찾았다가 다른 여자의 슬픔에 밀려 제 "눈물까지 주고 온"다. 울려고 기도실을 찾았는데 자신보다 더 큰 울음을 우는 여자를 보고는 "앞서 온 슬픔에/ 내 슬픔은 밀려나" 버렸다. 자신의 슬픔보다 상대의 슬픔이 더 크다고 느꼈기 때문에 자신의 눈물을 닦으려다가 상대를 위해서 눈물까지 주고 온 것이다. 정화하러 갔다가 어떤 여자를 만나고 나서 차마 자기의 죄악을 솔직하게 이야기하지 못한 것이다. 시에 드러나진 않지만 기도실을 찾기 전까지 화자는 자신의 슬픔과 억울함이 제일 크리라 생각하고, 기도의 힘으로 그 슬픔을 극복하고 싶었던 것일지 모른다. 그러나 화자는 기도실에서 우는 다른 여자의 슬픔을 보면서 슬픔이 상대적일 수 있다는 것을 경험하며 깨닫게 된다. 상대를 통해서 나를 보는 진정한 자기 성찰의 모습을 기도실의 풍경과 두 여자의 슬픔을 대비시키며 자연스럽게 이미지를 그리고 있다.

> 길이 새로 나면서 옛집도 길이 되었다
> 햇살 잘 들던 내 방으로 버스가 지나가고
> 채송화 붙어 피던 담 신호등이 기대 서있다
>
> 옛집에 살던 나도 덩달아 길이 되었다
> 내 뒤로 아이들이 자전거를 끌며 오고
> 시간도 그 뒤를 따라 힘찬 페달을 돌린다
>
> —「길」 전문

길은 사람들에 의해 변화를 거듭하며 사라지기도 하고 만들어지기도 한다. 지금 여기 내 인생이 담긴 '옛 집'과 '나'는 이제 후손들을 위한 길이 된다. 화자는 이제 다음 세대를 위해서 길을 닦아 놓는 역할, 즉 밑천이 되는 역할을 해야 하는 것이다. '옛 집'이나 '옛 담' 등은 헐어지거나 사라지지 않으면 길이 만들어질 수 없으니 어찌 보면 희생당한 느낌도 든다. 옛 집에 살던 나도 덩달아 길이 되고, 그 길 위로 아이들이 자전거를 끌며 온다. 여기서 길은 무(無)에서 유(有)를 창조하는 것이 아니라 유(有)에서 또 다른 유(有)를 창조하는 것을 보여준다. 지나온 삶의 흔적과 역사가 또 새로운 길을 만들어 낼 수 있는 토대가 된다. 선조들의 삶을 통해서 후손들의 삶도 어느 정도 방향을 잡을 수 있다. 길이 되었다는 반복적 표현은 지나온 삶의 흔적과 역사가 후손들을 위한 새로운 발판이 되었음을 의미한다. 삶의 터전이 되었다고 보아야 할 것이다. 원래 길은 우리가 나아가야할 삶의 목적이나 비전으로 살아가야 할 이유가 된다. 길을 뚫어 놓아야 나아갈 수 있고, 목적을 가지고 살 수 있다. 길이 없으면 불가능하다. 그 길의 토대가 되는 것이 우리의 지난 삶의 유산이다. '옛 집', '내 방', '담', '신호등'을 토대로 길이 만들어 진다. 시간도 페달을 돌린다는 표현에는 살아가는 힘을 얻는다는 의미가 담겨 있다. 후손들과 함께 흘러가는 시간을 화자는 한 걸음 뒤에서 바라보며 미소 지을 것이다.

> 한산도 달빛을 켜 임진년 그날들 본다
> 당긴 활줄처럼 사위는 팽팽하고
> 수천의 표창으로 뜬 별들은 삼엄하다
>
> 어지런 물살에도 운주당은 꿈쩍 않고
> 병사들의 다급한 발 밤을 울리고 있다
> 바람도 칼날을 갈고 대열을 정비한다
>
> 칼집을 벗어날 시간 언제여도 좋으리
> 산도 물도 함께 붉을 그날을 바라며
> 서늘한 *장검 두 자루 장군의 맹세 또 듣는다
>
> —「한산도」 전문

나라를 지켜내겠다는 이순신 장군의 열의를 보여주는 작품이다. 한산도는 경상남도 통영시 한산면에 있는 섬으로 지명인 한산의 '한'은 '크다'라는 의미의 한자 '한(韓)'에서 유래하였다고 전해진다. 한산도 하면 떠오르는 대표적 인물은 단연 충무공 이순신일 것이다. 1592년 임진왜란이 발발했을 당시 옥포, 당포, 당항포 등지에서 수차례 왜적을 격퇴한 그는 한산도 일대에서 벌어진 해전에서 승리함으로써 제해권을 완전히 장악하게 된다. 이로 인해 보급로가 끊긴 왜군은 전란 내내 고전하게 된다. 이것이 진주대첩, 행주대첩과 더불어 임진왜란 3대 대첩

중 하나인 한산도대첩이며 이 싸움에서 이순신 장군이 사용한 전술인 학익진(鶴翼陣)은 너무나도 잘 알려져 있다.

그런 한산도에 여행을 가게 된 화자는 밤에 "달빛"을 보다가 "임진년 그날들"에 대해 생각한다. 그런 한산도의 밤 풍경을 "사위(사방)는" "당긴 활줄처럼" "팽팽하고", "별들은" 마치 "수천의 표창"으로 뜬 것 같다고 묘사한다. 조선을 침탈한 왜적이 경상도, 충청도를 거쳐 한양을 점령하고, 군왕과 신료들은 도성을 버리고 의주로 피난을 떠난 까닭에 민심은 삽시간에 "어지런 물살"처럼 동요했지만, "운주당(삼도수군통제사 이순신을 말함)은 꿈쩍 않"는다. 적에게 허점을 보이지 않기 위해서다. 누란의 위기에 처한 나라를 구하고자 하는 일념으로 "병사들"은 쉴새 없는 훈련으로 "밤을 울리고", "바람도 칼날을 갈고 대열을 정비한다". 그러나 성웅이라 불렸던 이순신 장군도 결국은, 우리와 다름없는 하나의 '인간'이다. 부하 장졸들을 사지로 내몰아야 하는 지휘관의 심경이 오죽했을까. 끝이 보이지 않는 전란 속에서 그는 "칼집을 벗어날 시간"이 "언제"인지 괴로움에 종종 몸서리쳤을 것이다. 그렇기에 "산도 물도 함께 붉을 그날"을 염원하며 검명을 새겼으리라. 최근, 시시각각으로 한반도를 둘러싼 정세가 급변하는 이때, 충무공이라면 어떤 판단을 했을까. 역사를 잊은 민족에겐 미래는 없다는 말의 의미를 다시금 상기해본다.

이 호수도 예전엔 조그만 웅덩이였으리

어쩌다 발을 헛딛어 주저앉는 바람에

두어 번 빗물 고이고 나뭇잎 떠다녔으리

이 호수도 나처럼 후회하고 있으리

어쩌다 널 헛딛어 여기 빠져 있는지

조그만 웅덩이였을 때 흙 몇 줌 다져줄 것을

—「호수」 전문

이 시는 거대한 호수도 작은 웅덩이였을 것이라는 추측으로 시작된다. “어쩌다 발을 헛딛어” 붙들린 탓으로 지금의 호수처럼 고여 있는 것인지, 화자는 그 모양이 마치 ‘널’ 헛딛어 빠져 있는 자신의 모습과 닮아 있음을 본다. 이는 왜 호수를 떠나지 못할까에 대한 고뇌를 품고 있다. “흙 몇 줌 다져”주면 벗어날 수 있을 텐데 그 흙 몇 줌을 다져주지 못해 호수를 빠져나가지 못하고 있다. 여기서 호수는 마음의 상흔이다. 원래는 조그만 상처였던 것이 호수만큼 커져 버렸다. 처음 상처가 생겼을 때 흙을 다져서 막았어야 했는데 그때 치료를 하지 못해서 상처를 키워 버린 것이다. 지금은 상처를 치유할 수 없고 그 고통에 계속 얽매여 있다. 어떠한 상처인지 표현되지 않고 있지만, ‘널’ 헛딛었다는 표현으로 짐작컨대 시련일 수도 있고 지독하게 아팠던 기억일 수도 있겠다. 지금은 치료가 불가능하다. 상처가 크지 않았을 때 흙을 몇 줌 다져줘서 웅덩이를 만들지 않았다고 한다면 호수가 생길 일도 없었겠다. 즉, ‘진심어린 사죄와 치유의 손길’로서 “흙 몇 줌 다져”넣지 않아, “조그만 웅덩이”(마음의 상흔)는 호수처럼 커져버린 것이다. 작은 상처를 치료하지 못하고 상처를 키워버린 화자의 응어리진 마음을 마치 웅덩이가 호수가 된 것에 비유하며 비로소 상대를 통해 알아가는 자신의 존재에 대한 성찰을 보여주고 있다.

내가 더 강하고 더 오래 살 것이라
내 강아지 밍끼 밥을 챙긴다 생각했다
큰 것이 작은 것을 품어 깃들이게 하는 거라고

그런데 올빼미가 나무에 안기지 않으면
잔잔한 물결에 고깃배들 나가지 않으면
저 숲도 부드러운 바다도 저리 반짝이겠는가

내게 목숨을 건 어항 속 금붕어야
닭장서 갓 태어나 눈 못 뜬 병아리들아
큰 것이 작은 것에 안겨 깃들이는 것이란 말이냐

—「깃들이다」 전문

사랑하는 관계는 포함하면서 초월하는 관계다. 큰 것이 작은 것을 품어 깃들이게 하는 것이 아니고 궁극의 실상은 전체를 포함하며 초월하는 것이다. 우리는 유기적인 한 생명체의 부분들로서 서로 공생하고 상생하는 관계에 놓여 있다. 그것은 깃들이는 것이 아니라 원래 처음부터 한 존재의 다른 부분이었을 뿐이다. 그것은 깃들인 것이라기보다는 더불어 살아가는 공생으로 보아야 한다. 깃들이는 것은 사랑하는 것이고 사랑하는 것은 서로가 분리된 적이 없는 '하나'라는 것을 각성하는 것이다. 바꿔 말하면 보는 자는 보고 있는 것과 이미 하나가 되는 것으로, 이것이 깃들임이다. 큰 것이 작은 것을 보면 큰 것이 작은 것에 깃들어진다. 상호 깃듦이라고 할 수 있다. 서로가 서로에게 깃들어가고 침투해 가는 것, 이것을 사랑이라고 부른다. 내가 너에게 완전히 동화되는 것이 아니라 서로가 서로에게 깃들어서 완벽하게 상생하는 것, 함께 더불어 나아가 깃들어지는 것이야말로 강현덕 시인이 이번 작품들에게 견지하는 세계다.

2. 무아경의 언어 – 권정희론

사랑하는 대상이 곁에 없다는 것, 내가 아끼는 소중한 대상이 떠났거나 영원히 헤어졌다고 느낀다면 그것은 내 자신의 존재 이유를 잃어버린 것과 같다. 권정희 시인의 시에 등장하는 화자들은 자신의 존재를 상실하거나 망각하는 과정 속에서 자신을 성찰한다. 이미 그리움이 된 풍경 속을 더듬어 그들은 나와 타인의 경험과 지나온 시간들, 돌아간 길들을 찾아낸다. 그것은 이미 떠나가고 없는 누군가이기도 하면서 젊거나 노쇠한 자신이고, 고단하고 쓸쓸한 현재의 '나'이기도 하다. 시인은 그 쓸쓸함의 한 복판에서 늘 만선의 깃발을 그리는 한 사람으로 존재한다.

마당귀에 둘러앉은
꽃들이 소란하다
자작자작 오는 비에
맘이 절로 설레는지
바람이 불지 않아도
한껏 몸을 흔든다

작약은 자락자락
수국은 스륵스륵
몸으로 풀어가는
저들만의 무한언어
좋아라
귀 세워 듣는
여름날의 무아경

–권정희, 「마당귀가 있는 풍경」 전문

작약은 미나리아재비 과에 속하는 다년생 초본식물로 꽃이 크고 탐스러워서 함박꽃이라고도 한다. 꽃이 아름다워 관상용으로 즐겨 심지만 예전에는 약용의 목적으로 재배되었다고 한다. 한편 '자양화'라고도 일컬어지는 장미목 범의귀 과의 수국은, 6월과 7월 사이에 개화하며 일본에서 개발된 품종이다. 자주색, 파란색, 붉은색, 백색 등 다양한 색을 지닌다. 두 꽃 모두 명실공히 여름을 대표하는 꽃이라 하겠다.

여름은 더위가 기승을 부리는 계절이기도 하지만, 장마와 태풍 등 우기가 빈번한 계절이기도 하다. 비 내리는 여름 어느 날 화자는 "마당귀에 둘러앉은/ 꽃들이 소란"한 광경을 본다. 모자라거나 지나치지 않은 정도로 "자작자작 오는 비에/ 맘이 절로 설레는지" 꽃들은 "바람이 불지 않아도/ 한껏 몸을 흔든다". 그러한 일련의 몸짓들을 바라보던 화자는, "작약은 자락자락/ 수국은 스륵스륵"이라는 방식으로 그들만의 "무한언어"가 "몸으로 풀어"지고 있다는 생각에 이른다. 정신이 한곳으로 온통 쏠려 그만 스스로를 잊어버린다고 했던가. 꽃들이 몸을 흔들어 내는 언어를 "귀 세워 듣"던 화자는 점점 마당의 꽃들과 동화되고 우아한 몸짓의 대열에 합류하게 된다. 이러한 "무아경"은 특별한 장소가 아닌 바로 내 일상, 내 옆에서 언제든 터득할 수 있다는 것을 화자는 마당의 풍경을 통해 독자에게 설파하고 있는 것이다. 이것은 곧 소확행(小確幸), 일상에서 느낄 수 있는 작지만 확실하게 실현 가능한 행복과 마주하기 위한 과정이기도 하다.

어지간한 소리들은 귀가 커서 잘 듣겠다
저 앞에 무릎 꿇고 지극히 원 세우면
두 귀를
허공에 걸고

피 닳도록 듣겠다

면벽한 자세로는 들을 수 없는 소리 있어
수천수만 귀를 열고 고심하는 저 사내
화엄꽃
곱게 피는 날
철 밖으로 나오겠다

—「반가사유상」 전문

반가사유상은 반가부좌를 틀고 현세에서 고통 받는 중생들을 위한 상념에 잠긴 미륵보살을 표현한 모든 형태의 불교공예품을 가리키는 유물명이다. 이는 가장 아름다운 고대 불교 문화재 중 하나로 손꼽힌다. 화자는 반가사유상이 귀가 커서 사람들의 "어지간한 소리들"를 잘 들어줄 거라고 여긴다. 잘 들어서 서로를 돕고 이해하며 산다면 사시사철 화엄꽃이 피어 비로소 화엄의 세계를 만든다고 말한다. 세상에 복잡다난하고 번다한 일들이 많은 이유는 다른 사람 이야기는 듣지 않고 자기 이야기만 하는 사람들이 많기 때문이다. 이야기를 잘 들어주는 것은 모든 치유의 기본이다. 왜냐하면 상대방은 하고 싶은 이야기를 못하고 있다가 상담자를 만나서 이야기를 하는 것 자체만으로도 마음속에 쌓인 울화와 체증이 풀리기 때문이다. 상대방을 이해하고 공감하는 첫 단추가 바로 경청이다. 부처님은 귀가 커서 다른 사람의 이야기도 잘 들어주고 사람들에게 자비를 베풀 수 있는 것이다. "두 귀를/ 허공에 걸고/ 피 닳도록 듣"는 행위는 자신과 함께 더불어 살아가는 타인과의 소통의 중요성을 일깨우는 표현이다. "수천수만 귀를 열고 고심하는" 사내의 모습을 보면서 우리는 입은 하나인데 귀는 둘인 이유를 비로소 되새겨 보는 것이다. 말은 줄이되, 상대의 말을 잘 들어주라는 채찍이 된 듯하다.

비바람 긋는 날도 눈발 치는 궂은 날도
눈에 익은 길을 따라 굽이도는 길을 따라
생필품 가득 싣고서 달려가는 저 트럭

무던히도 걸어온 길 캄캄했던 시간들을
마디마디 꺾고 바쳐 온몸으로 부딪쳐도
때 되면 달려 나가는 아버지 같은 얼굴

삐비꽃 하얗게 눕는 염전을 지날 때면
끝없이 흘러가는 눈물 같은 사연들이
줄줄이 걸어 나와서 짐칸에 실려 간다

함초 캐던 할매들은 가고 여기 없어도
환하게 반겨 맞던 그 얼굴을 어이 잊나
그리움 한 아름 싣고 또다시 달리는 차

—「만물트럭, 그 쓸쓸함의 저편」 전문

삶에 꼭 필요한 물건들을 가득 싣고 있기에 트럭을 몰고 가는 어깨는 더 무겁고 고단하기만 하다. "비바람 긋는 날도 눈발 치는 궂은 날도" 예외 없이 트럭은 "눈에 익은 길을 따라 굽이돈다. "눈에 익은 길"이라는 표현에서 알 수 있듯이 화자는 그만큼 같은 길을 여러 번 달리며 짐을 싣고 풀었으리라. 화자는 "무던히도 걸어온" "캄캄했던 시간들"이 "마디마디 꺾고 바쳐 온몸으로 부딪쳐도" "때 되면 달려 나가는 아버지"의 얼굴과 같다고 말한다. 삶의 십자가, 즉 숙명 같은 것을 싣고 이곳저곳을 돌아다니며 견뎌내는 쓸쓸한 뒷모습과 표정이 마치 가족의 생계를 짊어진 아버지의 얼굴 같은 것이다. 때 되면 달려 나가는 아버지의 얼굴과 트럭이 이미 동일시되어 트럭처럼 살아온 아버지의 쓸쓸함은 더욱더 부각된다. 트럭 안에는 아버지의 고단한 삶의 애환과 "눈물 같은 사연들", 지나쳐 온 "그리움 한 아름"이 모두 줄줄이 걸어 나와 실려 있다. 아버지의 무거운 삶의 상징성이 트럭이 되는 것이다. 트럭 속 생필품은 혼자만의 것이 아니라 사고파는 물건으로서 생계를 연명하는 수단이다. 그런 의미에서 트럭에 실린 물건들은 나 혼자만의 것이 아니라 타인과 함께 공유해왔던 경험이나 추억 같은 것일 수도 있다. 힘들고 고되지만 만물트럭 속에 담긴 무한한 그리움을 곱씹으며 달리고 또 달려야 살아갈 수 있는 가장의 삶의 무게를 트럭에 비유하여 표현한, 애잔함이 가득 실린 작품이다.

어디에도 닿지 못한 빈 배에 홀로 앉아
슬픔의 긴 뼈대를 바다에 내어주는
노인의 텅 빈 하루가 서서히 가고 있다

터지고 갈라진 바닥난 생이어도
미끄러져 들어가는 바다 닮은 저 눈빛
노쇠한 뼈마디마다 생의 꽃이 붉었다

먼 하늘과 저 바다 그리고 그 사이에
행여나 오늘일까 그려보는 만선 깃발
지워도 통증이었다 푸수수 지는 가슴

여기까지 오는 동안 흔들렸던 시간들이
뚝뚝, 꽃물 지듯 바닥도 없이 흘러가도
화끈히 불붙는 하루, 그 날을 기다린다

—「노인과 바다」 전문

여기, 항구에 닿지 못한 빈 배에 홀로 앉은 노인이 있다. 많이 노쇠해서 물고기 낚는 것이 그렇게 손쉽지는 않다. 그러나 그는 항상 만선의 꿈을 품고 산다. 물고기를 많이 잡아 만선이 되는 것은 노인에게는 더 살아야 하는 이유를 내어 주는 것이다. 만선은 노인에게 아직도 충분히 먹고 살 수 있고, 살아갈 수 있다는 힘과 희망을 안겨 준다. "터지고 갈라진 바닥난 생"일지라도 "미끄러져 들어가는 바다 닮은" 눈빛과 "노쇠한 뼈마디마다 생의 꽃"이 붉게 피었다는 것은 아직도 노를 저어가야 함을 깨우쳐 준다. 노인은 살아가야 할 이유를 찾기 위해 오늘도 바다로 나선다. 비록 만선의 깃발을 꽂지는 못하지만 그는 만선의 기대를 품고 "화끈히 불붙는 하루"를 기다린다. 그래야 삶의 의지가 된다. 만선의 깃발을 그리며 바다를 가로질러 "여기까지 오는 동안" 흔들렸던 무수한 시간들이 "바닥도 없이 흘러가도" 그는 여전히 살아가야 할 이유를 찾기 위해 홀로 빈 배에 오른다. 꿈을 꾸고 있기에 삶은 더 없이 살아가야 할 이유를 되묻고 만나게 된다.

구절초 꽃 숲에서 잠시 동안 흔들렸다
하얗게 불태우는 초록이 마냥 깊어

제 살을
덮고 부풀려
손 흔들고 있었다

가진 것 다 내주고
내려놓은 자리마다

한순간 풀린 생이 남김없이 타오른다

발치에
물살로 오는
그리움이 걸렸다

—「그리움이 걸어왔다」 전문

다시 만날 수 있다는 믿음이 깨져버렸기에 그리움은 더 깊어진다. 언제 만날지 모르는, 기약이 없는 시간의 문 앞에 화자는 서 있다. 아니면 너무나 사랑했지만 더 이상 다시 만나지 못하는, 돌이킬 수 없는 상황일 수도 있다. "가진 것 다 내주고/ 내려놓은" 것이었으니 사랑할 수 있는 것이다. 사랑하는 것은 사랑하는 그 대상이 되는 것인데, 사랑하는 그 대상이 죽었거나 다시는 만날 수 없게 되어버렸거나 만남을 다시 기약할 수 없게 되었다면 그것은 내가 죽었거나 나를 잃어버린 것과 같다. 그래서 그리움은 잃어버린 자기 자신을 되찾고자 하는 과정에서 오는 아픔일 수밖에 없다. 그래서 "한순간 풀린 생"이 그리움으로 남김없이 불타오른다. 권정희 시세계의 화자들은 스스로를 잃어버리는 과정을 거치면서 더욱더 그리운 존재들을 호명하며 저마다의 성장서사를 쓰고 있는지도 모른다.

숭고한 사랑의 풀무질
—박명숙, 정성호론

1. 서로의 존재 이유로서의 삶과 죽음—박명숙론

1993년 중앙일보와 1999년 문화일보를 통해 문단에 나온 박명숙 시인은 중앙시조대상을 비롯한 여타 문학상을 수상하면서 독자적이고 차별화된 서정성을 구축해왔다. 무상한 '자연 현상이나 일상의 삶'속에 오가는 존재들을 내면화와 투사를 통해 감각적으로 감응한다. 때로 그것은 자신의 성장서사가 되어 존재를 향한 깨달음과 성찰을 가져오기도 하고, 어떤 현상에 대한 새로운 발견이 되기도 한다. 이번에 그녀가 선보인 자선작과 신작에서는 세계와 내면을 향한 존재의 발견과 경험의 깊이가 고루고루 묻어난다. 우선, 「신발이거나 아니거나」에서 보여주는 우리가 걸어온 삶과 가야할 삶에 대한 생각들을 만나볼 수 있다.

저것은 구름이라, 한 켤레 먹구름이라
허둥지둥 달아나다 벗겨진 시간이라
흐르는 만경창파에 사로잡힌 나막신이라

혼비백산 내던져진, 다시는 신지 못할

문수도 잴 수 없는 헌신짝 같은 섬이라
누구도 닿을 수 없는 한 켤레 먹구름이라

―「신발이거나 아니거나」 전문

우리는 어딘가를 갈 때 신발을 신고 간다. 신발이 없으면 애초부터 길을 걷기가 힘들다. "한 켤레 먹구름이라"가 수미상관을 이루고 있는 이 시는 어쩌면 허망하게 보내버린 지난 시간과 혹은 자신의 이상과 꿈을 놓치고 살아가는 순간들에 대한 후회와 애환 같은 것을 담고 있는 듯하다. 다시 신지 못하고 누구도 닿을 수 없는 것이 한 켤레 먹구름 같은 신발이라 했으니 지나간 삶에 대한 미련과 애환이 아니겠는가. 아무리 그리워한들 그 시간 속으로는 다시 돌아갈 수 없다. 신발을 신는다는 것은 그 순간으로 돌아가, 다시 그 순간을 밟아 나갈 수 있다는 것을 의미한다. 시인은 정처 없이 떠돌다 가는 나그네와 같은 화자가 구름이고 신발이라는 것을 환유한다. 혼비백산 내던져졌다는 것은 이미 죽은 존재가 되었다는 것이다. 혼비백산(魂飛魄散)에서 '혼'은 혼령이며, '백'은 주검을 뜻한다. 즉 정기를 잃어버린 시신, 주검이다. 혼은 죽어서 하늘로 날아가고 죽은 육신은 땅에서 흩어진다는 이야기다. 날아가고 흩어지는 것을 다른 말로 하면 분리되고 이별하는 것이라 할 수 있다.

살아 있는 것은 모든 기운이 응집되어 있고 죽은 것은 흩어진다. 구름도 응집됐다가(수증기가 모였다가) 열이나 빛에 의해 흩어지면서 사라진다. 응집됐다가 흩어지면 죽는다. 우리의 삶이 한 켤레 먹구름 같은 신발 같고 고립돼 있는 섬과 같은 느낌이다. 테레사 수녀가 말한 '우리네 삶이 낯선 여인숙에서의 하룻밤 꿈과 같다'는 이야기와 비슷하다. 허망함을 상징하는 구름은 손에 잡히지도 않고 금방 생겼다가 사라지는 것이 우리네 삶과 같다. 다시는 신을 수 없는, 닿을 수 없는 먹구름이라 한 것에서 플라톤의 이데아론을 생각해 볼 수 있다. 죄수들이 동굴 속에 묶여 동굴 입구를 등지고 서 있을 때는 동굴 입구에서 들어오는 빛으로 보게 되는 동굴 벽의 그림자가 실상인 줄 알지만 동굴을 벗어나면 그것이 실제가 아니었음을 각성하게 된다. 꿈속에 있을 때 꿈이 아니라고 생각한다면 그것은 엄연한 현실이다. 지나간 삶에 대한 애착이나 미련 같은 것이 이 시의 주제가 아닐까?

생각을 겨루듯 까마귀들이 앉아 있다
나는 일은 언제나 거기서 거기일 뿐
칼집 속 날을 여미고 무장한 채 앉아 있다

칸칸이 한 채씩의 감옥처럼 들어 앉아
갑옷을 스쳐가는 낯선 바람은 쓸 만한지
골똘히 삼매에 빠진 풍찬노숙의 검객들

칼집 속 긴 생각은 언제쯤 꺼내 드나
외가닥 겨울 화두로 흐르는 검은 눈들이
타드는 전선 위에서 용맹정진 묵상 중이다

—「겨울, 전선」 전선」

겨울은 만권정지(萬權停止)의 계절이다. 만 가지 권리나 힘이 멈춰버렸다는 의미다. 그래서 움직이지 않는 상태가 된다. 그래서 겨울은 상념의 계절, 상상하고 꿈꾸고 계획하는 계절이다. 열망과 의지를 꿈꾸기 시작하는 계절인 이유다. '전선'이란 말 속에 언어유희처럼 전깃줄과 함께 전쟁터라는 의미도 생각할 수 있게 시인은 의도하였다. '풍찬노숙'하고 있는 모습은 바람도 많이 부는, 보호받지 못하는 곳에서 잠을 잔다는 의미다. 아마 겨울바람을 쌩쌩 맞으면서 전선 위의 까마귀들이 줄지어 앉아 있는 것을 겨울 노숙하는 모습으로 비유한 것으로 보인다. 움직이며 떠돌아다니는 것 보다는 한 곳에 조용히 앉아서 용맹전진하는 것이 어울릴 법 하다. 그래서 꿈을 꾸는 것이다. 따뜻한 봄이 오고 여름이 오면 거침없이 날아다니며 먹이도 낚아 채 가는 삶을. 화자는 지금 미래를 꿈꾸며 마음을 다잡는 계절을 건너가는 중이다.

맹꽁이마다 울음주머니에서 울음을 꺼내네
맹맹 꽁꽁 맹꽁맹꽁, 맹공을 퍼붓네

장마철, 바리케이드 친 웅덩이마다 뜨거워지네

삼엄해지네, 난장인지 전장인지 죽기 살기로

왁자한 목청들을 고삐처럼 틀어쥐고서
타고난 울음꾼들이 혀의 페달을 밟고 있네

—「울음 터」 전문

맹꽁이들이 울어대는 것은 짝을 찾는 울부짖음일 것이다. 울음을 내지 않으면 종족번식은 더 이상 이뤄지지 않고 끝나버릴 수 있다. 울음은 살아 있다는 것을 방증한다. 살아있음을 알리는 것이고 사랑을 위한 짝 찾기의 신호이기도 하며 종족 보존에 대한 열망과 의지를 보여주고 있는 그 모든 것의 총체다. 여름은 생존경쟁의 각축장이다. 대부분의 동 · 식물들이 살아남기 위해서 짝을 찾고 자기 존재를 드러내는 무한경쟁의 계절이다. 동 · 식물들은 짝짓기의 제철이 있어서 목숨 걸고 울음을 운다. 그런데 왜 이러한 삶의 신호를 울음이라고 할까? 매미도 개구리도 맹꽁이도 모두 울음소리라 한다. 짝을 찾지 못하면 삶이 끝나기 때문에 구슬프고 절실하기에 울음이라고 이름을 붙인 게 아닐까. 열심히 구슬프게 우는 이러한 행위는 곧 우리가 살아있다는 증거가 된다.

동해물과 백두산이 날 먹여 살렸을까
마르고 닳도록 날 먹여 살렸을까

한 하늘 닳고 닳은 달은 누굴 먹여 살렸을까

세상의 피를 돌리고 새살을 올리느라
녹슨 몸 모지라지며 그믐으로 패어가는

당신의 몽당숟가락은 동해물인가 백두산인가

—「하현에게」 전문

보름달에서 그믐달로 넘어갈 때 아래는 가려지고 위가 두툼하게 드러난 달의 모양을 하현달이라 한다. 아래쪽에서부터 점점 지워져서 그믐달로 변해가는 형상이다. 이 시는 하현을 닳고 닳아버린 달로 표현하고 있다. 누굴 먹여 살리려고 닳고 닳은 것일까? "동해물과 백두산"으로 표상되는 천지만물이 인간을 먹여 살렸다. 동해물과 백두산, 해와 달이 자신을 위해 존재한다는 의미인가? 당신의 몽당숟가락도 넘치도록 많이 사용하여 닳고 달아 몽당숟가락이 된 것 아닌가? 숟가락은 사람이 사람을 위해서 먹여 살리는 도구다. 자연이 인간을 먹여 살리는 것처럼 이야기 하지만, 부모가 자식을, 선생이 학생을, 사랑하는 사람을 위해서 헌신하고 희생하는 모습을 하현에 빗대어 표현한 것으로 보인다. 몽당숟가락이 자신을 사랑하고 돌보면서 스스로를 키우고 헌신

하는 사람들을 상징적으로 보여주고 있다.

> 절반은 솟아오르고 절반은 내려앉아
>
> 이승과 저승이 나란히 살아가는 곳
>
> 구름도 앞섶을 풀고 나른히 흘러갑니다
>
> 혼곤한 잔별 같은 신화며 전설들이
>
> 이 빠진 솔숲 사이로 꿈자리를 트는 곳
>
> 세상도 어둠을 켜들고 한오백년 건너갑니다
>
> —「왕릉 근처」 전문

묘가 곁에 있다는 것은 삶과 죽음이 늘 함께 있다는 것을 의미한다. '구름', '잔별', '신화', '전설'은 모두 지나고 나면 허망하다. 그러나 과거를 떼어놓고 현재를 이야기할 수 없고 현재를 떼어놓고 이야기할 수 없다. '지금 여기'에 모든 것이 함께 응축돼 있기 때문이다. 세월은 흘러가는 것이 아니라 차곡차곡 쌓여 가는 것이다. 그 이유는 우리가 삶을 살아오면서 모든 것을 가슴속에 품어왔기 때문이다. 지나온 삶도 미래도. 삶이 죽음을 포함하고 죽음이 삶을 끌어안고 그렇게 서로가 서로를 존재하게 만든다. 있는 것과 없는 것은 서로가 서로에게 의존하고 있다는 유무상생(有無相生)의 삶을 보여준다. 그렇게 한 오백년 흘러갔다는 이야기다.

2. 인고의 시간에서 재회를 소망하다 – 정성호론

2016년 경남신문으로 문단에 나온 정성호 시인은 당시 심사평에서 “안정된 보법과 전개하는 힘”이 뛰어나다는 평가를 받은 바 있는 신인이다. 이번에 선보인 자선작과 신작을 보면 그의 탄탄한 음보와 절제력 있는 화법을 만날 수 있다. 평범하고 소소한 들꽃에서부터 시작된 사유는 댓글로 인해 빚어지는 각종 이슈들을 거쳐, 북극항로에 이르는 에로티시즘적 상상력까지 확장된다. 늦고 작은 것에 대한 관심은 물론 시의성이 있는 소재들을 바라보는 시선과 감각의 발상들이 반갑게 다가왔다. “새로운 다짐과 인내의 다짐을 새”긴다는 당선소감처럼, 낯선 시각과 표현으로 존재의 내부를 어루만지는 시조세계를 확장해주길 기대하는 마음으로 그의 시를 읽어 본다.

내려다보지 마세요, 작고 못난 들꽃이라고

무릎 굽혀 숙이세요, 숨은 꽃내음 맡아지도록
날 올려 쳐다보세요, 뒤로 말간 하늘 보이나요

함초롬
젖은 요 입술
맨 처음
드릴게요

* 양달 풀밭에서 자라는 매우 작은 여름철 들꽃.

—「꽃하늘지기」 전문

풀밭에서 자라는 매우 작은 들꽃이라고 함부로 무시하거나 하대하지 말고 존대해주고 아껴달라는 이야기가 담긴 단아한 시다. 모든 꽃은 식물의 생식기다. 꽃은 가장 돋보이고 싶고 사람들과 다른 동 · 식물의 시선을 끌어들이고자 하는 욕망이 있다. 그렇지 않으면 생식에 실패하게 되므로 꽃향기와 모양으로 유혹하여 벌과 나비, 새 등을 불러들여 번식을 한다. 아무리 작고 못난 들꽃이라 하더라도 식물에게 있어서는 중요한 존재다. 그런 이유로 시인은 뒤로 말간 하늘이 보이게 "날 올려쳐다보세요"라고 말한다. 하늘을 배경으로 꽃을 바라봤을 때 꽃의 아름다움과 매력을 더 가득 느낄 수 있다는 것이다. 아래서 위로 올려다 보아라는 의미와 내려다보지 말고 하대하지 말고 자연을 있는 그대로 바라보았을 때 자연의 아름다움과 매력을 발견할 수 있다는 깨달음을 안겨 주는 듯하다. 시인은 「대숲 바람」을 통해서도 자연 그대로를 존중하며 자연을 만나고 느낀다. "눈 감고/ 귀도 닫아"보면 "대숲 묵언"이 파고드는 순간을 경험하게 된다고 노래한다. "어둠이 빛을 물고/ 깨우침 터는 외침"이 "비울수록 커져 간다"는 것을 묵언으로 전한다.

앞길 캄캄 멍해진다, 환한 빛 대낮에도
갈가마귀 떼로 몰려 발기발기 찢는 유희
끝없이 파헤치는 부리 핏빛 노을 쏟아낸다

두려워 떨 때 있다, 한 발자국 내딛는 일도
'카더라'로 몰아넣는 막다른 길 높다란 담
어둠 속 절벽을 향해 외줄 하나 던져 건다

담벽 넘다 내민 손길 숨 막힌 달 꽉 붙든다
하늘로 올라선다, 고요 찾는 환한 웃음

그 눈물 강물로 흘러 아늑한 저 은하 되리

—「댓글, 그 뒤」 전문

최근 다시, 잇따른 악성댓글로 젊은 연예인들이 사망하는 일이 있었다. 언론에 보도된 이들의 죽음 뒤에는 각종 풍문들이 따라다니며 애도의 순간조차도 무색하게 만들어 버리는 2차 피해도 난무하는 경우가 많다. 유명인이 아닌 경우는 위로조차 받지 못하고 악성댓글로부터 야기되는 피해들을 감수해야 한다. SNS의 허와 실, 사이버 공간의 윤리의식, 댓글의 실명제 등에 관해서는 많은 이들의 토론이 이어졌지만 여전히 악성댓글은 걸러지지 않은 채 무분별하게 사람의 목을 치는 수단으로 악용되고 있다. 이런 안타까운 세태를 담고 있는 이 시는 댓글 뒤 후폭풍의 상황을 예감하고 있다. "갈가마귀 떼로 몰려 발기발기 찢는 유희"는 무리지어 한 사람을 향해 악성댓글을 다는 모습을 비유한다. 이들은 "환한 빛 대낮에도" 아랑곳하지 않는다. "끝없이 파헤치는 부리"들은 누군가가 상처를 받고 피를 뚝뚝 흘려야 멈춘다.

사실 확인도 해보지 않고 "'카더라'로 몰아넣는 막다른 길 높다란 담" 앞에서 두려워 떨 때가 있다. 뜬소문만 잡고 일방적으로 사람을 비방하고 모함하고 모욕을 주는 것은 악성댓글에서 비롯된다. 그러나 댓글의 양면성은 위로와 공감의 아이콘과 상대의 입장을 이해해 주는 곳에도 있다. "어둠 속 절벽을 향해 외줄 하나 던"지는 것은 스스로를 일으켜 세워주는 희망적인 댓글이다. "담벽 넘다 내민 손길"이 "숨 막힌 담 꽉 붙"드는 순간이 있었기에, "하늘로 올라"설 수 있고 "고요 찾는 환한 웃음"을 지을 수 있는 것은 아닐까? 우리가 사는 현실과 환경을 새롭게 만드는, '아득한 저 은하"가 되리라는 믿음과 희망이 이 익명의 공간 속에 고스란히 녹아있다.

입 열수록 우람한 너, 하늘 한 켠 무너뜨린다
벗기고 지워내는 하얀 거품 녹아내려
감춰진 어둠의 신음 통성으로 끌어낸다

온몸 비워 일어서는 한 사내가 울다 웃다
핏빛 고름 종기 째고 도려내는 칼질 아픔
새살로 채우는 그날 빛살 품어 산뜻하다

쏟는다, 뛰어 내린다, 왜자한 목소리 안고
천 길 벼랑 디딘 발길 퍼런 웃음 섬뜩해도
만 갈래 속시름 훑는 저 직립의 간구, 간구!

끊임없이 솟음치는 물줄기로 서고 싶다
은빛 감아 올라가는 누군가의 힘찬 발원
다시금 세우는 기둥, 또 하나의 성전이다

—「폭포, 직립의 기도」 전문

"입 열수록 우람한" 폭포는 "하늘 한 켠 무너뜨"리며 "벗기고 지워내는 하얀 거품 녹아내"린다. 응어리진 앙금이나 고통, 상처로 표상되는 "감춰진 어둠의 신음"을 품은 폭포가 그 모든 것들을 통성으로 끌어내며 쏟아내고 비워내 새로운 살을 채우는 모습을 노래한 시다. 직립은 무언가를 세운다는 의미가 강한데, 그렇다면 그 전에는 온갖 어둠의 신음을 품고 있느라 온전하게 서 있지 못했던 것일까? "핏빛 고름 종기 째고", 살을 도려내는 "칼질 아픔"을 견디고 나니 새살이 채워지고 비로소 똑바로 서 있게 된 것이다. 직립 자체에 대한 희망, 똑바로 서는 것에 대한 강력한 열망과 의지를 보여주는 것이 아닐까. 물이 흘러 내려갈 때는 누워서 가지만 폭포는 아래로 떨어지면서 똑바로 선다는 이미지가 강해 온전해진다는 의미로 받아들일 수 있겠다. 폭포를 통해 온전하게, 똑바로, 단단하게, "끊임없이 솟음치는 물줄기로"서고 싶은 욕망이 여기 있다. 폭포의 떨어지는 모습을 "만 갈래 속시름 흩는 저 직립의 간구"로 보며 무너진 자신을 일으켜 세우는 열망으로 폭포 앞에서 직립의 기도를 한다.

다가오는 하늘마저 숨소리도 멈춰 선 곳
바람까지 얼어붙고 바닷새는 못 박힌 채
수평선
꾹 다문 입술
눈빛마저 굳고 있다

볕살 타고 쪼는 콧김 귓바퀴 맴돌아서
하얀 몸체 뒤집으며 밀어 넣는 더운 피톨
흰 빙판
금 가는 뱃길
저릿저릿 젖어 온다

혼자 아닌 가쁜 날숨 끓는 피 출렁일 때
바다가 열리는지 신들은 지켜본다
오로라
화려한 정사
쇄빙선은 땀범벅이다

이룰 수 없는 기약 엇박자로 비틀려도
잉걸불 밀회의 음모 환한 훗날 꺼내들고
문 여는
무르만스크항

살 냄새로 퍼덕댄다

—「북극항로 열리다—무르만스크항」 전문

지구온난화로 인해 유럽, 아시아, 아메리카로 통하는 북극항이 열렸는데 그것이 무르만스크항이다. 거대한 빙하로 이루어져 배로 오갈 수 없던 길이 열린 것이다. 언뜻 보면 생기가 도는 것처럼 보이지만 빙하가 녹아 북극곰 등은 삶의 터전을 잃기도 하는 등 여러 문제가 나타나기도 한다. 이 시는 빙하가 녹아 배가 북극항로 통해 나아가는 모습을 정사나 밀회로 표현하며 에로티시즘적인 이미지를 그려낸다. 배의 입장에서 봤을 때는 북극항로를 처음 들어가는 것이니 만남, 뜨거운 정사, 밀회로 표현하는 듯하다. "다가오는 하늘마저 숨소리도 멈춰 선" 이곳에는 "수평선/ 꼭 다문 입술/ 눈빛마저 굳고 있"는 모습은 다시 만남이 이루어지는 것을 의미한다. "볕살 타고 쪼는 콧김 귓바퀴 맴돌아서" "하얀 몸체 뒤집으며 밀어 넣는 더운 피톨"은 하얀 빙하 사이를 비집고 배가 지나가는 모습을 에로틱하게 묘사한 것이다. "흰 빙판/ 금 가는 뱃길"이 "저릿저릿 젖어" 오는 상상 속에서 "오로라/ 화려한 정사"에 "쇄빙선은 땀범벅이" 된다. 이들은 "이룰 수 없는 기약"을 둔 채 "엇박자로 비틀려도" "잉걸불 밀회의 음모 환한 훗날 꺼내들고" 어느덧 문 열고 "살 냄새로 퍼닥"댄다.

3. '모든 죽어가는 것들을 사랑'하기 위한 풀무질

모든 태어나는 것은 예외 없이 모두 죽는다. 그것은 바로 죽어가는 모든 것이 유일하고 특별하며, 돌이킬 수 없는 삶을 살아가고 있다는 의미다. 한번 주어진 삶을 다시 돌이켜 살 수 없으며, 또한 그 삶을 그 누구도 대신할 수 없고, 결국 유한하고 찰나적인 삶을 살다가 죽음에 안착하는 것이다. 그래서 우리는 윤동주 시인이 「서시」에서 언급하였던 '모든 죽어가는 것들을 사랑'해야 하는 까닭을 알게 된다. 더 이상 붙잡을 수 없고, 돌이켜 다시 만날 수 없는 수많은 인연을 통해, 우리는 사랑으로 살아가며, 사랑으로 서로 연결되어 있다는 것을 깨닫게 된다. 위 두 시인은 그렇게 잊힌 사랑의 불길을 일으키려 우리네 삶에 사랑의 풀무질을 하고 있다.

서정성 구현과 확장의 양상들
―신필영, 김영란론

1. 서정성의 발현과 회복

인간 본원의 서정성은 시를 통해 보다 선명하고 생생하게 발현된다. 이러한 서정성을 토대로 시인은 자기표현, 자연과 사회에 대한 이해를 추구한다. 서정성은 개인의 독자적인 산물이면서 동시에 사회적 흐름과 환경을 반영하는 사회적 산물의 가치를 지닌다. 획일화 되고 규격화된 현대사회에서 서정성 회복을 통한 자기표현과 성찰은 미적 가치를 창조하는 것에서 출발하여 개인(주관적인 내면세계)의 감정과 경험의 소중함을 발견하게 한다. 시인의 시 쓰기는 주어진 외부 환경과 사회의 역동적 흐름에 민감하게 반응하며 서정성을 구현한다. 다양한 사회 모습과 환경에 대한 인식 변화에 따라 단순한 내면묘사나 정서의 흐름을 밟아가는 것에 그치지 않고, 사회적인 메시지를 감각적인 메타포로 전달하고 있다.

이 계절에 만난 신필영 · 김영란 시인은 일상의 단면이나 자연의 미세한 변화에서 삶의 기미를 날카롭게 포착하면서 이를 내면화하고 사회적 의미로 인식 영역을 확장한다. 자연 사물에서 또 다른 자아를 만나며 스스로를 타자화 시키기도 하고 사회를 향한 메시지를 던지기도 한다. 감정은 일상에서 일어나는 소소한 사건에서부터 우리가 지각하는 대상을 경험하는 다양한 태도까지 포함한다.

2. 응축된 시·공간의 형상화 – 신필영론

1983년 ≪한국일보≫ 신춘문예로 등단한 신필영 시인은 『우회도로입니다』, 『둥근 집』 등의 시집을 통해 시 · 공간의 흐름과 함께 변화해 가는 인생의 여정을 탄탄하게 담아 왔다. 그는 근교에 있는 자연의 경관을 바라보거나, 자연의 흐름에 보조를 맞추면서 그 안에 숨 쉬고 있는 역사적 · 사회적 의미를 찾아내고 은유하는데 탁월하다. 그는 시적 대상이 주는 피상적인 인식의 차원을 넘어서 그 속에 담긴 시간과 공간의 의미를 파헤치고, 치열한 삶과 고뇌의 흔적을 읽어 낸다.

고래가 돌아온다, 파도를 앞세우고
돌 속에 잠들었던 신석기가 돌아온다
누군가 겉봉도 없이
전해 주신 만지장서滿紙長書

청동 빛 이두박근 푸른 작살 움켜잡고
우우 몰려오는 함성만은 묵음처리
바위에 우뚝한 고래,
환생으로 지나간다

누천년 지켜왔을 사내들의 격한 숨결

저만치 밀려나간 수평을 끌고 온다
바다가 걸어 논 무쇠 솥
햇덩이가 익는다

—「바다를 암각하다」 전문

화자는 바다의 이미지가 바위에 명료하게 새겨진 암각 앞에 서서 "저만치 밀려나간 수평을 끌고 온"다. 바위에 새긴다는 것은 오랫동안 간직하겠다는 지속성을 갖는데, 그는 이 지속적인 시간과 공간이 압축돼 있는 바위에 누천년을 거쳐 온 바다의 삶을 새기며 그 순간을 현재화한다. "파도를 앞세우"고 "고래가 들어"오는 장면이 도드라지면서 "돌 속에 잠들었던 신석기가" 복원된다. 시간과 소리가 멈춘 암각의 특성에 맞게 "청동 빛 이두박근 푸른 작살 움켜잡고" "우우 몰려오는 함성만은" 묵음처리가 된다. "바위에 우뚝한 고래"가 "환생으로 지나"가듯 생생한 표면을 보며 누천년 전 "사내들의 격한 숨결"을 체감한다. "누군가 겉봉도 없이/ 전해 주신 만지장서(滿紙長書)"라고 했으니, 바다의 이야기를 종이에 가득 채울 만큼 고대인들의 삶이 길고 깊게 기록되었음을 알 수 있다. 돌에 새겨져 있는 과거 시간과 공간에 화자는 직접 바다를 새기는 현장감을 불어 넣으며 생생한 감각을 재현한다. 신석기 시대에 바다에서 살아 왔던 삶의 이미지를 호출하며, 수천년 이상 쌓여 왔던 삶의 모습이 아직도 끝나지 않았음을 이야기하는 것일까? 여전히 "바다가 걸어 논 무쇠 솥"에서 "햇덩이가 익"어가는 현실이 암각에 의해 오돌토돌 되살아나고 있는 것이다.

아마도 섬이 아니라 아비 같은 뚝 이었다

거름 내 후끈하던 배추밭 호박밭들

물살에 떠밀리지 않게 억척으로 막아서는

똥지게 나르던 어깨 다 삭아 길이 됐다

키가 크는 새 아파트 그 사이 꺾인 길로

불 켜진 몇 동 몇 호에 아비들이 숨어든다

—「뚝섬」 전문

'뚝'은 '하천이나 강'의 물길 방향을 잡아주며, 호수의 물, 세찬 파도의 범람을 막아 주는 방파제 역할을 하는 존재다. 또한 논밭을 보호할 목적으로 강이나 하천 주변에 쌓기도 한다. 여기서 뚝섬은 단순한 섬이 아니라 자식으로 하여금 올곧은 길을 가게 하는 아버지와 같은 역할을 하는 은유적 존재다. 그것은 버팀목이면서 대들보와 같은 느낌을 준다. "물살에 떠밀리지 않게 억척으로 막아주는", 우리를 지켜주는 아버지 같은 모습의 뚝섬은 세파를 견디느라 이미 많이 지쳤다. "똥지게 나르던 어깨"가 다 삭아버린 건 평생을 자식 위해 일하고 늦게 귀가하는 아버지의 모습이며, 아버지가 살아 온 시대가 삭아서 위태로워진 길이기도 하다. 그마저 "똥지게 나르던" 논밭은 이제 없고 새 아파트만 즐비하다. 화자는 아파트 사이 꺾인 길로 "불 켜진 몇 동 몇 호에 아비들이 숨어"드는 것을 안다. 꺾여서 불안한 길을 걸으며, 작은 영웅들이 아파트에 뚝섬처럼 존재한다. 세상의 모든 세파를 감내하면서 가족이나 식구를 보호한 이 지상의 아버지들이 여전히 가족의 뚝섬이 되어 여기 있다.

1.
관악산 청계산이 좌우로 마주서서
느닷없는 재채기에 꽃망울을 터뜨린다
깐깐한 바위 틈새 건
젖은 나무 등치 건

2.
골목까지 빗장 걸고 애먼 입 다 봉인하고
눈물이 핑 돌도록 맹독을 푸는 봄날
꽃들도 기침을 삼키며
온 산자락 줄을 선다

—「꽃 피는 선착순」 전문

꽃은 남쪽부터 개화해서 중부에서 북부로 넘어가니, 이 역시 순서가 있다. 화자는 아직 꽃망울이 터질 때가 아니니 순서를 지켜야 한다는 이야기를 하고 싶은 것이 아닐까? 선착순을 지켜 줄을 섰다는 것은 꽃에게 있어서는 아직 개화되지 않았으니 기다리라는 것이며, 우리에겐 순서가 되지 않았으니 기다리라는 의미가 되겠다. 기다리면 때가 오고 순서를 밟아야 한다는, 당연하지만 무시되는 것들에게 대해 이 시는 말하고 있다. 만약 기다리지 않고 순서를 어긴다면 정작 필요한 누군가에게 기회가 돌아가지 않을 수도 있다. 무르익으려면 참고 버티는 성의와 노력, 의지가 필요하다. 봄이 왔다고 꽃은 그냥 피는 것이 아니다. 무언가 조건을 갖추어서 순서를 지켜 피는 것, 즉 자연(自然)의 순리가 있다. 조급하여 참고 기다릴 줄 모르는 인간에게 꽃이 피는 것에도 순서가 있다는 자연의 섭리를 일깨우는 시다. 조건이 갖춰지지 않고 준비가 덜 되었는데도 일을 도모하면 불미스러운 사건이 터지는 경우가 종종 있다. 기다린다는 것은 발효음식처럼 시간을 많이 들여 정성을 쏟는 행위다. 기다림에서 나오는 세월의 깊이, 세월의 맛, 시간이 응축되어 만들어 내는 맛과 멋을 확실하게 보여주는 것이 기다림의 미학이다. "골목까지 빗장 걸고 애먼 입 다 봉인하고" "맹독을 푸는 봄날", "꽃들도 기침을 삼키며/ 온 산자락 줄을" 서고 기다리는 이유다.

훨체어 떠다니는 무성영화 뒷마당은

버티고 선 나무들도 유공자 반열이다

안부는 시큰둥한지 비어있는 벤치 두 줄

훈장도 부질없는 무지근한 양 어깨 위

쓴 약에 입가심하듯 번지는 저 노을빛

링거액 거꾸로 매달려 한 눈금씩 줄고 있다

—「보훈병원」 전문

보훈병원은 국가 유공자들에게 무료로 개방된 병원이다. 타 병원에 비해 장기간 입원한 환자들이 많고, 생을 그곳에서 마감하는 경우도 많다. 아파서 병원 신세를 지고 있는 이들의 처지에 훈장이 무슨 소용이 있을까. "쓴 약에 입가심하듯 번지는 저 노을빛"이 상기하고 있는 것은 이제 빛의 세계에서 어둠의 세계로 넘어가는 상황을 암시한다. "거꾸로 매달린" 링거액이 한 눈금씩 줄고 있다는 것도 죽음이 멀지 않았음을 보여주는 것이다. 나라를 위해 몸을 바쳐 유공자가 되긴 했지만, 결국 아파서 병원 매트리스에 기대는 신세가 되었다. 죽음을 앞둔 이 상황에 안부를 물어 주는 이도 없는데, 나라에선 훈장을 준들 무슨 소용이 있냐는 이야기다. 나라를 위해 공을 세웠으나 곧바로 그 공을 치하 해주지 않고 죽음을 앞 둔 상황에 훈장을 주겠다는 역설적인 상황을 은근히 비판한 듯하다. 무성영화는 이미지만 있고 목소리가 없다. 마치 죽어 있는 것처럼, 생기 없이 느껴지는 뒷마당의 풍경이 먼저 와 닿는다. 휠체어가 떠다니는 것처럼 보이는 것은 활발하게 움직일 수 없고, 자유자제로 거동할 수 없어 지상에 안착하지 못하는 불편한 몸을 표상하는 환유적 기제다. 즉 보훈병원에 묶여 있는 신세라는 이야기다. 뒷마당 나무는 보훈병원과 함께 존재했던 것이니 유공자 반열이겠다고 말하는 이 시의 내면에는 나라에 세운 공을 제대로 치하하지 않았던 보훈 절차나 과정에 대한 비판의식이 깔려 있는 듯하다.

앞을 넣지 못하고 뒷밭으로 든다마는
선질꾼* 된 숨결로 넘어가는 십이령 길
첩첩 산 눈에 익더라 짚신짝도 정들더라

마음먹고 나선 길이 때로는 바위 벼랑
엎어질 듯 뒤집어지는 윷가락 탓을 할까
큰사리 한 두 번이면 살 궁리도 열리는 것

윷말 판 같은 세상 갈 길이야 널려있고
깜짝 돌부리 차다 막힌 수도 터지는 법
가다간 등짐을 부릴 주막집도 보이느니

—「윷놀이 말놀이」 전문

산길을 가다보면 개울도 만나고 벼랑도 만나며 사나운 산짐승도 만날 수 있고, 막다른 길을 만날 수도 있다. 잘못된 길로 들어설 수도 있고 길을 잃고 헤맬 수도 있다는 말이다. 하지만 화자는 산길을 걷다보면 어느덧 주막이 나타나 등짐을 부릴 때도 오니 희망을 가지란 이야기를 건넨다. 삶에는 겨울만, 벼랑만 있는 것은 아니다. 막힌 수도가 터지는 법도 있으니 너무 좌절하지 말라는 희망을 품게 한다. 인생사 말놀이와 똑같다. 모나 윷이 나오면 한 번 더 윷을 던질 수 있는 것처럼, 기회는 얼마든지 주어질 수 있고 의도치 않은 도움의 손길도 받을 수 있다. 막힌 길만 있는 것이 아니고 우회도로도 얼마든지 있다. 윷판에는 내 편의 말이 네 개가 있고 상대편 말이 네 개가 있는데, 말을 업어 탈 수도 있고, 상대편 말을 출발지로 보낼 수도 있고, 지름길이나 우회도로를 통해 바로 갈 수도 있다. 인생은 그만큼 복잡하다. 윷판에 빗대어 전화위복이 될 수도 있는 인생에 대한 담론을 펼친 시다. 재앙이 오히려 복이 될 수도 있으니 좋지 않은 상황에 몰두하지 말라는 이야기다. 신필영 시인의 시편이 단정한 듯 보이면서도 이면에 날카로운 비판의 촉수를 감추고 있다는 것은 여전히 그가 현실을 냉혹하게 직시하고 있다는 증거다. 대상을 인식하는 부드러운 시선 속에 감춰진 예리한 또 하나의 시선과 마주한 이 순간이 소중하다.

3. 일상의 목소리에서 사회적 메시지로－김영란론

2011년 ≪조선일보≫신춘문예에 당선되어 데뷔한 김영란 시인은, 『꽃들의 수사(修辭)』와 『몸 파는 여자』 두 권의 시집에서 직접적인 현실 체험을 바탕으로 하여 일상의 소소한 담론을 구체화하는 감각을 선보였다. 이 가운데는 시인의 체험적 현실이 시가 되기도 하고 사회적 담론이 서정적으로 내재화되기도 하는 등, 명료하고 또렷한 주제의식으로 독보적인 세계를 펼쳐 왔다. 그 저변에 깔고 있는 휴머니티라고 하는 인간 감정의 표현이 반짝이는 지점에 그의 시가 놓인다.

제사상 올릴 술
살아서 한 잔 다오

나 죽어 울지들 말고
지금 좀 울어다오

술 취한
아버지 눈에
흩날리던
진눈깨비

—「희끗희끗」 전문

단시조의 미학은 어떤 수사적 기호를 동반하지 않고도 많은 말을 절제하는 기능이 숨어 있다. '희끗희끗'이라는 상태를 나타내는 의태어는 흩날리는 진눈깨비와 아버지의 흰 머리카락을 연상케 한다. "흩날리던 진눈깨비"는 혼령처럼 육신을 벗어나서 피안의 세계로 넘어가는 것처럼 느껴진다. 진눈깨비는 지상세계를 벗어나는 혼령 혹은 지상세계에 왔다가 금방 사라지는 나그네나 불청객 같은 이미지도 동반한다. 비와 눈이 섞여 내리는 진눈깨비는 질척거리는 특성이 있다. 그래서 경우에 따라서는 진창 같은 느낌을 주기도 한다. 진창이 주는 느낌은 세상살이의 어려움과 힘겨움으로 지상의 삶이 평탄치 않았음을 암시한다. 화자는 "나 죽어 울지들 말고" 지금 자신을 위해 울어달라고 말한다. 죽어서 울지 말고 살아 있을 때 위안과 희망이 되어 달라는 의미다. 진창 같은 삶은 떠나가면 아무 의미가 없다. 단수로 처리된 이 작품에서 우리는 부모 앞에서 재산 다툼을 하며 제사마저 귀찮아하는 잃어버린 효(孝)와 도리에 대해 곱씹는 기회를 만날 수 있다.

세상천지 뒤져 봐라 이런 어미 어디 있나

지 잘 나서 그런 줄 알지 정신 차려 이것들아 주변머리 모자라도 맺고 끊게 가르쳤잖여 말 머리 잘라먹지 않고 네 뜻 고이 전하려면 어미 없인 안 된다 해볼 테면 어디 해 봐 세치 혀 나불거려도 동사 꼬리에 꼬리 물고 그 꼬리 다시 물고 의문 명령 감탄 청유 기타 등등 기타 등등 어말어미 선어말어미 종결어미 접속어미 이 어미 저 어미 정신도 사납다만

어쨌든 어미 잘 모셔 효자 한 번 되어 봐

—「별난 어미」 전문

어미는 문장을 종결시켜 주기도 하고 이어주기도 하고 시제를 나타내기도 하는 역할과 기능을 한다. 또한 어미에는 시제와 종결과 접속의 의미도 있지만 의문, 명령, 감탄, 청유의 기능도 있다. 즉 명사(名詞)의 정체성과 역할을 확실하게 잡아 주는 구실을 하는 것으로, 신필영 시인이 그렸던 「뚝섬」의 이미지와 닮았다. 이 시에서는 '어미(語尾)'와 '어미(母)'가 중의적인 의미로 사용되면서 언어유희 속에 담긴 효(孝)의 의미를 명료하게 부각하고 있다. 실제로 어머니라는 존재는 자식을 대할 때

자식의 정체성이나 성격을 확실하게 잡아주는 역할을 한다. 어미의 존재는 무언가를 강요하기 보다는 '어미'처럼 자식 곁에 붙어서 자식을 지지해 주는 역할을 한다. 어미가 있어서 자식의 사회적 역할이나 존재감을 세워 주고 이를 잘 표현할 수 있게 해 주는 것이다. 사설시조의 말맛을 잘 살린 이 시에서 궁극적으로 드러낸 주제는 자신이 태어난 뿌리가 어미라는 이야기다. '한 명의 영웅이 나오기 위해서는 주변의 천 명 이상의 희생이 있다'는 말이 있다. 자기 혼자 잘 나서 영웅이 된 것이 아니라 어미를 비롯한 주변의 많은 사람들이 키우고 가르치고 지원해서 영웅이 된 것이다. '어미'의 중의성과 끊고 맺는 호흡과 긴장, 구어체의 서술구조 속에서 또렷한 주제의식을 이끌어 내는 사설시조의 미학이 돋보이는 작품이다.

유채꽃 일생 위로
트랙터가 지나갔다

등뼈가 무너지고
혀가 잘려 나갔다

더 이상
최후변론은
필요치 않았다

―「꽃들의 예비검속 -코로나19」 전문

이 시에는 코로나19로 인해 20만 명 가까이 방문하던 축제까지 취소했지만, 상춘객과 관광객들의 방문이 끊이지 않자 서귀포시가 결국 유채꽃밭을 갈아엎은 제주시의 상황이 배경에 깔려 있다. 단시조의 전개

안에 현실적인 내용을 반영하기란 쉽지 않다. 제주도에 봄이 와서 축제를 해야 하는데 코로나19로 인해 사회적 거리 두기를 해야 하는 관계로 축제가 취소됐다. 유채꽃을 트랙터로 갈아엎자, "등뼈가 무너지고" "혀가 잘려 나"가는 희생이 뒤따랐다. 더 이상의 최후변론은 필요하지 않은 상황이다. 신안의 임자도 역시 튤립축제를 취소하고, 혹여나 튤립꽃을 보기 위해 찾아올 관광객의 입도를 막기 위해 튤립꽃을 모두 따냈다. 생살을 도려내는 듯한 고통을 감내하지 않으면 의도하지 않은 재앙이 닥칠 수 있으므로 뒤엎은 상황이다. 그러나 이 시에는 단순한 상황만 전달하려는 것이 아니라, 인간의 조급함과 안일한 대응에 대한 비판을 그 이면에 담아내고 있다. 코로나19 사태에 거리 두기를 지켰다면 유채꽃밭은 희생을 치루지 않아도 되었다. 사회적 약속을 무시하고 안전 불감증에 휩싸여 잠깐의 즐거움을 채우기 위한 인간의 욕망과 그 대가를 보여주는 것이다. 때를 기다리지 않은 인간의 욕심 앞에 짓밟힌 자연의 희생이 누구의 탓인지를 생각하게 한다. "지나갔다", "잘려 나갔다" "필요치 않았다"로 이어지는 종결어미는 인간의 욕심을 꾸짖는 단호한 어조이면서 이미 최후의 변론조차도 허용하지 않은 현실에 대한 책임을 곱씹게 한다.

젖퉁이 땅에 끌던
뒷집 누렁이

며칠 째
골목을 나와
서럽게 울었다

여름 밤

아득한 젖내

홀로
붉은

저

달

—「별別」 전문

이 작품 역시 이별의 슬픔을 단수로 담아내는 미학을 실현하고 있다. '별'은 '남다르다', '독특하다'라고 하는 의미와 함께 '헤어짐'의 뜻도 갖고 있다. "홀로/ 붉은// 저// 달"이라 했으니 홀로 있는 존재의 외로움을 시각적으로 표상하는 듯하다. 홀로 붉은 것은 피멍이 든 상태로 상처가 깊어서다. "젖퉁이 땅에 끌던/ 뒷집 누렁이"가 "며칠 째/ 골목을 나와/ 서럽게" 우는 행위로 보아 낳은 지 얼마 안 된 자식을 떠나보낸 것으로 보인다. 젖은 보통 어린 새끼를 양육하기 위해 존재한다. 무언가를 키워내기 위해 영양분을 주는 것인데, 그 기능을 하고 있지 못한 상황이다. 어미가 혼자 남겨지고. 골목에 아득한 젖내가 났다는 것은 끓어오르는 모성애의 발현이 아니겠는가. 달은 외로움도 상징하지만 너무 멀리 떨어져 있어서 다가갈 수 없는 그리움의 대상이기도 하다. 헤어짐, 외로움, 그리움의 대상이기도 하다는 점에서 달은 누렁이의 슬픔을 불러오는 환유적 연결고리라고 볼 수 있겠다. 나누어지는 것과 헤어지는 것은 살아있는 모든 생명의 어쩔 수 없는 숙명이다. 안타까운 것은 어미 개의 의지에 의해서가 아니라 타의에 의해 너무 어린 새끼와 헤어지는 비극을 동반한다는 것이다. 동물의 모성애를 시화하면서 외로움의 정서를 표현하기 위해 시인이 놓치지 않는 것은 "홀로/ 붉은" "저" "달"을 한 행으로 처리하는 발상이다. 시행배치라는 형식적 장치는 결국 외로움이라는 의미를 부각시키는 기능을 확장하는 효과를 준다.

갓 스물 아들이
불쑥 내민 사진 한 장

엄마,
내 딸!

할머니,
축하해요!

일순간 정지된 화면,
묵직하게 깔린 적막

적막을 깨고 나온 다섯 살 아들의 딸
첫 알바 월급날 가슴으로 낳았다며
삼만 원 후원 약정서 슬며시 내보인다

—「버킷리스트」 전문

버킷리스트(bucket list)는 죽기 전에 꼭 해야 할 일이나 하고 싶은 일들에 대한 목록을 작성하는 데서 유래하였다. 중세시대에 자살할 때 목에 밧줄을 감고 양동이를 차 버리는 행위에서 비롯된 것이라 한다. 그렇게 보면 이 시의 버킷리스트는 남다른 주제를 담고 있다. 갓 스물이 된 아들이 "내 딸!"이라며 엄마에게 사진을 건넨다면 어떤 기분일까? 바로 이어 할머니가 된 것을 축하 받는다면 일순간 많은 생각이 오갈 것이다. "일순간 정지된 화면"과 "묵직하게 깔린 자막"은 이러한 당황스러운 순간을 포착한 묘사다. 첫 번째 수가 이러한 상황을 전제로 하고 있다면 두 번째 수는 후원을 통해 가슴으로 낳은 딸의 존재를 알리는 또 하나의 장면이 된다. 즉, 둘째 수는 첫 수를 입증하는, 이른바 뒷받침 문장이 되는 것이다. 가족을 품는 여러 방법을 생각하게 하며, 화자는 결국 가슴으로 가족을 품어 보라는 메시지를 건넨다. 사랑과 애정으로 어렵고 힘든 아이들을 품고 가족으로 받아들이는 것은 시적 주체의 문제만이 아닌 우리 모두의 버킷리스트가 될 수 있다. 부모도 없고 자식도 잘 돌보지 않는, 근본적인 질서가 흔들리는 현대사회에 일침을 가하는 시가 아닐까.

「희끗희끗」과 「별난 어미」에 이어지는 효(孝)와 사랑의 실천적 담론을 펼치며 김영란 시인은 인간의 다양한 감정을 포용한다. 소소하지만 결코 소소하지 않은 담론이 행과 연을 허무는 형식의 도전을 통해 의미의 재배치를 이끌어내는 의도적 시도가 그의 시조미학을 완수하는 적절한 장치로 기능하였음을 만나는 의미 있는 시간이다.

고통(苦痛)을 뒤집어 소통(疏通)으로

—장은수, 김남규론

1. 자아로부터 자유로워지기

소통하는 것은 물길을 내는 행위와 같다. 두 주체 간에 소통이 되지 않으면 물이 흐르지 않고 결국 고여서 썩어 병이 되고 고통이 된다. 모든 생명체에서 수분이 빠져나가면 말라죽는다. 소통이란 것은 생명의 에너지로 마른 논에 물을 대주는 것과 같은 이치다. 그런데 시인의 눈에 포착된 물길이 마르고 끊겼다. 이들은 그 심각한 상황을 여러 가지 자연물을 통해 재구성하면서 인간사의 온갖 희노애락을 그려내고 있다. 길이 트이지 않으면 생명은 영속될 수 없다. 풍수 사상에 의하면 물길이 없는 곳엔 생명이 머물 수가 없다고 하였는데, 현대에는 차로나 인도를 생명이 흐르는 물길에 빗대어 이해하고 있다. 물길, 차로, 인도가 서로를 만나고 이어지게 하는 기제다. 길이 막히면 고립되고 썩으면서 생명이 다하게 된다. 이처럼 사람 사이에 소통이 원활히 이뤄지지 않으면 생명의 수기(水氣)를 다 잃는 것이다. 현대사회는 소통이 원활하게 이루어지지 않고 서로 간의 단절감이 크다. 각자의 삶이 다원화되고 개인화되어 타인을 애틋하게 품어줄 여유가 없는 탓이다. 여기에는 말할 것도 없이 미디어의 발달과 디지털 매체의 영향도 한몫을 하고 있다. 사이버 공간에서의 소통은 자기 자신마저도 단절시키는 병폐를 야기할 수 있다.

'FROZEN SECOND(얼어있는 순간)'이라는 말이 있다. 여기서 얼어있는 그 순간은 '멈춰진 시간'으로 외부와 차단되고 고립된 시간이라 할 수 있다. 다음의 시들은 폭넓게 소통의 부재, 단절, 고립의 형상을 인간의 내면과 정서에 비유하여, 그 얼어있는 순간을 포착하고 있다. 장은수 시인은 자연물에 인간 삶의 고달픔을 담아내며 끊임없이 자신과 타인과의 소통을 시도하였다. 또한 김남규 시인은 생에 대한 애착을 갖고 삶의 가장 어둡고 가려진 부분을 계속해서 들춰내 거기에서 삶의 동력을 얻고자 하는, 생의 의지를 보여준다. 소통(疏通)하지 않으면 고통(苦痛)이 된다는 명제는 자기 자신으로부터 자유로워지면서 말을 거는 방식에서 비롯된다. 이것은 스스로의 길을 찾아가는 모색의 시간이기도 하다. 어둠에 스며들어야 어둠을 걷어낼 수 있고, 눈빛을 마주쳐야 구체적인 표정을 읽어내며 또 다른 감각을 만들어내고 사유를 확장할 수 있다. 살얼음 낀 겨울을 견뎌내는 존재들의 생존방식은 눈과 귀로 인지하고 목소리로 전달하는 소소한 움직임에서 시작된다.

2. 절벽에서 만난 시마 – 장은수론

2012년 경상일보 신춘문예로 데뷔한 장은수 시인은 그동안 『서울 카라반』, 『새의 지문』, 『전봇대가 일어서다』, 『고추의 계절』 등의 작품집을 통해 자유시와 정형시가 추구할 수 있는 서정 미학과 감각적 사유를 확장해 왔다. 천강문학상과 한국동서문학 작품상, 한국시조시인 협회 신인상을 수상하며 자연과 인간과의 합일을 꿈꾸는 다양성의 세계를 천착하기 위해 생의 이면을 읽어내는 집요한 태도를 견지한다. 2003년 『현대시』에 자유시로 데뷔한 후에도 10년 가까운 세월을 축냈다던(『새의 지문』자서) 시인. 그의 정형시는 그동안 돌아보지 못했던 우리의 어제와 함께 이 땅에 새겨진 자연의 지문들, 그 퇴적된 시간들을 호명하는 의미로 우리 앞에 서 있다.

파도를 울리고 간 시 한 수를 요청하듯
오동도 산기슭에 새 한 마리 날아든다
바다가 짙은 해무를
다도해에 풀어놓을 때

안개를 헤쳐 가며 섬 한 바퀴 도는 동안
섬 안에 시는 없고 시인만 넘치는데
절벽 끝 가부좌한 채
미동도 없는 저 사내

긴 겨울 밀어내는 붉은 꽃 피우려고
바다를 면벽하듯 앉아있는 초록 성체
바람 찬 봄의 행간에
시마가 돋고 있다

—「동백」 전문

동백이 우거진 오동도 산기슭에 새 한 마리가 날아들어 화자를 동백숲으로 불러들인다. 화자는 안개를 헤쳐 "섬 한 바퀴를 돌아" "절벽 끝에 가부좌한 채" "미동도 없는" 사내를 본다. 아픈 전설이 담겨 있기도 한 오동도 동백꽃은 그 붉은 꽃을 피우려고 긴 겨울을 밀어내며 바다와 면벽하는 중이다. 옛날 오동도에 귀양 온 부부가 땅을 일구고 고기잡이를 하며 살고 있었는데 남편이 고기잡이를 나간 사이 도둑이 들어 아내의 몸을 요구하였다. 그러자 아내는 달아나다가 벼랑에서 떨어져 죽고 고기잡이에서 돌아온 남편이 섬 정상에 죽은 아내의 시신을 묻었다는 이야기가 있다. 그 뒤 아내의 무덤에서 핀 꽃이 동백꽃이라 한다. 이 시에서는 이러한 동백의 절개가 진정한 시적 영감을 불러일으키는 상관물로 기여하고 있다. "섬 안에 시는 없고 시인만 넘치는" 것처럼 그동안은 시인이었던 자신이 동백을 보면서 스스로가 시가 되어가는 과정을 경험한다. '시가 된다는 것'은 동백과 화자가 하나가 된다는 물아일체(物我一體)의 경지다. 모든 입장을 버리고 그가 내가 되고 내가 그가 되는 것, 그래서 서로가 서로에게 온전하게 스며들어, 하나가 되는 존재는 진정으로 시적인 것이 된다. 그가 헤쳐야 하는 "안개"는 세상을 향한 무지(어리석음)다. 모든 것을 가리고 제대로 보지 못하게 하기 때문이다. 하지만 안개의 장막 속에서도 동백꽃은 눈부시게 아름답다. 여기 한 마리 새처럼 화자는 동백을 찾아간다. 동백은 "시마(詩魔)"를 움트게 하는 에너지, 생명의 기운이다. 꽃은 식물의 생식기로 무한한 생명력[EROS]을 의미한다. 묵묵히 그 자리를 지키면서, 바다를 면벽하듯 앉아 결국 득도에 이른다. 비로소 시적 깨달음을 얻은 것이다. 이제야 각성한 깨달음이겠다.

> 놀빛 터는 날개들이 둥지로 돌아간 뒤
> 아득한 강의 허리 물길 따라 휘어졌다
> 하늘의 내면을 읽듯 물굽이가 출렁인다

이름 모를 물새 하나 수중보를 넘고 있다
새 울음 화답하듯 소리치는 물의 혓바닥
분절된 말의 조각이 물이끼로 쌓인다

산 아래 둘러앉은 빈 집들 손차양하고
돌 틈새 길을 내는 저 눈빛 다독일 때
숨죽인 강물 언저리 눈썹달이 선명하다

—「물의 혓바닥」 전문

놀빛은 서쪽으로 진다. 서쪽은 새들이 둥지로 돌아가는 귀소처(歸巢處)이기도 하다. 모든 것을 담고 거둬들이는 상징성을 갖는 서쪽은 인생의 황혼에 다다랐음을 비유한다. "아득한 강의 허리"가 "물길 따라 휘어"지고, "물굽이가 출렁"이듯 세월은 물살처럼 빠르게 흐른다. 나이를 먹고 몸이 쇠약해지면서 휜 허리와 굽은 몸을 굽이 도는 강에 빗댄 것으로 보인다. "이름 모를 물새 하나"가 "수중보를 넘고", "새 울음 화답하듯" 물이 출렁인다. 그리고 "분절된 말의 조각이 물이끼로 쌓"이는 풍경이 잇따른다. 말이 분절되는 것은 소통이 되지 않고 의미 전달이 되지 않은, 고립된 상황을 의미한다. 물이끼로 쌓이는 건 고통의 흔적이다. 통(通)하지 않으면 통(痛)이 된다. 나이를 먹고 마주할 상대가 없으니 분절된 말들이 쌓이고 쌓여 막혀 있는 느낌을 준다. 사람이 살지 않는 "빈집"은 고독과 외로움, 고립된 곳을 표상한다. 그래서 제목이기도 한 "물의 혓바닥"은 아무도 들어주지 않는 혼자만의 외침이겠다. 서쪽은 보통 빛이 사라지는 곳으로 죽음, 소멸, 입묘(入墓), 둥지로 돌아가는 순간을 의미하며, 동시에 '다시 태어남(부활)'을 기다리는 시공간적 의미를 갖는다. 강물은 바다로 흘러가고 따가운 햇볕을 받은 바다는 자신의 일부를 수증기로 피어 올려 구름이 되고, 구름은 다시 육지나 바다로 비나 눈이 되어 쏟아지는 것처럼, 서쪽은 단순히 지는 곳이 아닌 순환의 한 과정으로서의 소멸이며 또 다른 삶의 부활을 준비하고 곳이기도 하다.

> 지하철 환승통로 계단 바삐 내려갈 쯤
> 누군가 내 손을 툭 치고 지나간다
> 엇갈린 몸과 몸 사이 핸드폰의 비명소리
>
> 폰 속엔 언제부터 거미가 살고 있었나
> 액정화면 가득 덮은 새하얀 거미줄들
> 세상사 얽히고설킨 그 무엇을 증거하나
>
> 금이 간 틈새 너머 풍경도 깨져 보이고
> 주고받는 말과 글도 굴절된 허상 앞에
> 아득한 미로에 빠져 가는 길을 잃었다
>
> ―「핸드폰 속에 거미가 산다」 전문

거미줄은 거미에게 집이면서 먹이를 사냥하는 함정(덫)이기도 하다. 그러나 이 시에서 거미줄은 우리 말과 글이 거미줄에 걸려 옴짝달싹하지 못하고 깨지고 굴절되어, 원활하게 소통되지 않는, 현대인들의 답답한 일상을 담아낸다. 지하철 계단을 내려가면서 누군가의 손에 의해 깨져버린 핸드폰 액정이 거미줄처럼 금이 가고 마는 일상적 도입에서부터 담론은 시작된다. "풍경도 깨져 보이고", 누군가와 주고받던 말과 글, 영상 이미지들도 깨져 보인다. 풍경이 깨져 보이면서 화자는 가는 길마저 잃는다. 휴대폰으로 길을 찾고 메시지를 주고받고 음식을 주문하고, 실시간 결제가 이루어지는 세상에 대한 염려와 걱정이 내재된 시다. 직접 대면하지 않고 손바닥만한 액정을 통해 주고받는 말과 글들, 그리고 액정으로 바라보는 세상이 많이 왜곡되고 굴절될 수 있다는 것을 우리는 지각하지 못한다. 대면하지 않고서는 진정한 공감과 소통을 끌어내기 어렵다. 디지털 기기와 영상 미디어가 사람을 현혹시키는 시대다. 그것이 온전한 진실을 담는데 한계가 있음에도 우리는 부분적인 것을 통해서 세상을 이해하려고 한다. 단순하게 액정이 깨진 휴대폰으로 인해 우리가 겪는 당혹감을 그리려는 것에서 시인의 의도가 끝나지 않았으리라 본다. '디지털 치매'라는 신조어가 새삼스럽게 들리지 않는 것은 이미 우리가 휴대폰의 노예가 되었다는 사실조차 인지하지 못하는 현상일 수 있다. "아득한 미로에 빠져" "가는 길을" 잃는 이유다.

초록빛 블라우스 마지막 단추를 푼다
잎새 사이 하얀 나비 수줍은 눈빛 앞에
꿀벌이 산딸기나무
붕붕 돌다 돌아간다

세상을 바꿀 듯이 창궐하는 바이러스
거짓말처럼 봄은 가고 계절이 아프다
누군가 혼잣말을 하며
돌아앉은 숲속에

하늘이 흔들리고 산자락이 출렁이고
다가선 명지바람 온 몸을 감싸 안는다
아무 일, 아무 일 없다는 듯
봄은 다시 오리라

—「포엽(苞葉)」 전문

"봄은 가고 계절이 아프다"고 했으니 화자는 아픈 여름을 맞고 있는 듯하다. 여름은 모든 생명체가 자신을 드러내기 위해 스스로를 뽐내는 시기다. 그래서 여름은 자신을 드러내며 어떻게든 살아남기 위해 다투는 각축장일 수밖에 없다. 이렇게 치열하게 싸워도 새로운 생명이 움트는 봄은 다시 온다. 자연 순환의 원리는 동양의 원형적 시간관념에 기반한다. 서양에서는 선형적인 시간관념을 갖고 있다. 시간이 일직선을 따라 흐르면서 시작이 있으면 끝이 있다고 믿는 시스템이다. 희랍의 철학적인 관점에서 비롯된 종말론적인 사고는 동양사상과는 다른 측면이 있다. 동양의 전통 사상은 원형, 즉 수레바퀴처럼 돌고 도는 시스템이다. 죽어서 모든 게 끝나는 것이 아니라 죽음 이후에 또 다른 생이 반복된다고 믿는다. 삶과 죽음이 계속해서 교차하면서 영원을 산다. "세상을 바꿀 듯" 바이러스가 창궐해도 다시 봄은 올 것이다. 꽃이나 꽃봉오리를 싸서 보호하는 작은 잎처럼 자연은 서로를 감싸 안으며 "아무 일 없다는 듯" 봄을 기다리는 중이다.

전생에 어머니는 갈매기로 사셨던가

온몸이 흠씬 젖는 다도해 파시에서

하루를 열어젖히는 윤슬에도 젖어가며

붉어진 눈시울이 까치놀로 지는 바다

갯바위 닦듯 핥듯 일렁이는 하늘 아래

한평생 바다만 도는 날갯짓이 눈부시다

—「갈매기를 읽다」 전문

바닷가에서 갯바람을 맞아가며 생선 파는 어머니의 모습을 갈매기에 빗대어 표현한 시다. 갈매기는 "한평생 바다만" 도는 존재인데다 바다에서는 흔히 볼 수 있는 존재라는 점에서 바다를 업으로 살아가는 소시민의 모습과 닮았다. 어머니의 일과는 "하루를 열어젖히는" 것에서 시작해 "까치놀로 지"는 풍경을 보고서야 끝이 난다. 갈매기 모습을 보면서 다도해 파시에서 장사하는 어머니 모습을 떠올렸을 것이다. 새벽 시장에서 물건을 사고파는 강력한 삶의 의지와 온종일 바다를 떠나지 못하는 비린내 나는 생의 행간을 읽는다. 시인은 일상의 감각적 체험에 의존하여 그것을 형상화하는 데 능숙하다. 그가 그려낸 이미지는 소소한 일상적 풍경에서 마주친 감각들로 '나'와 더불어 사는 존재이며, '나'라고 인식하는 물아일체의 사유에서 비롯된다.

3. 우리는, 이월된다 – 김남규론

2008년 조선일보 신춘문예로 데뷔한 김남규 시인은 『집그라미』와 『밤만 사는 당신』 등의 작품집을 통해 시조의 새로운 보법(步法)과 발화에 관한 고민과 갈등을 표현해 왔다. 낯익은 세계를 가능하면 낯설게 형상화하면서 시조의 '낯설게 하기'에 도전하는 시도들은 호흡의 완급을 고려하면서 배행 방식의 자율성을 추구하는 감각으로 펼쳐진다. 그러나 그의 시도들은 실험이라 단정하기엔 아직 이르다. 그것은 하나의 과정이며. 가능성이기 때문이다. 가람시조문학상 신인상과 김상옥 백자예술상 신인상을 수상하며 입지를 다지고 있는 그에게 시조는 자아와 세계를 표현하는 하나의 방식이며 수단일 것이다. "그동안 쉽게 생각했던 사물들, 무심코 지나쳤던 시간들이 되돌아"(『밤만 사는 당신』 자서)오는 밤을 기다리며 자신의 시집 제목처럼 밤만 살고 있을지 모른다.

하늘은 필 듯 말 듯
손그늘에 드나들고
흘리듯이 말해도
서로를 흠뻑 적시며
떼쓰는
봄날, 봄의 날
소꿉놀이
허밍처럼

*

우리는 지는 사람
진다고 흔들리는 사람
저수지 한 바퀴 돌면
계절 하나 바뀌겠지
꽃나비
가만 내려앉듯
마음 툭 치는
일몰 한 점

—「화요일(花曜日)」 전문

이 시에서 화요일(花曜日)은 꽃이 폈다 지는 아주 짧은 순간(찰나)을 표현한 듯하다. "저수지 한 바퀴 돌면" "계절 하나 바뀌" 듯 이것은 찰나의 순간이다. 세상도 우리의 삶도 그와 같이 순식간에 흘러간다. "우리는 지는 사람"에서 알 수 있는 것은 우리의 존재는 때가 되면 다 이 세상을 떠난다는 것이다. 태어나는 모든 존재는 죽는다는 당연한 명제를 우리는 자주 잊는 듯하다. 해가 지는 서쪽으로 우리는 지게(저물게) 되어 있다. 그러나 그렇게 사라지기 때문에 죽어가는 모든 생명체는 그 무엇으로도 대체할 수 없는 특별함과 유일함을 갖게 된다. 그래서 우리는 서로에게 스며들 수 있고 서로를 통해 사랑의 의미와 가치를 얻을 수 있다. 때가 되면 결국 사라질 수밖에 없기 때문에 마음은 사라진 것을 기억에 새길 수 있다. 사라지지 않는다면 굳이 상기할 필요가 없다. 늘 곁에 있으니 잊는 것이다. 아이러니하게도 사라진 후에 소중한 대상의 가치와 의미를 각성한다. '화요일(花曜日)'은 우리네 인생이다. 꽃이 피었다 지는 것처럼 우리의 인생도 금방 피었다 지지만, 그 짧은 순간에도 인간은 서로에게 스며들고 젖어 들고 서로에게 큰 시마(詩魔)를 남긴다. 서로가 서로에게 존재할 수 있는 방법이겠다.

> 소년은 겨울에게
> 사정없이 끌려 다녔어
> 풀려났으나 갈 데 없고
> 끝내 도착한 소녀의 식탁
> 그들은
> 울 때까지 먹었어
> 아니 울지 않고
> 먹었지
>
> 소년은 말하지 않았어
> 소녀도 묻지 않았지
> 흥얼거린 노래와 이야기
> 손뼉 치면 밤 하나 끝나고
> 소년은

봄이라고 말했어
소녀가
안아주었지

—「이월」 전문

온갖 추위와 배고픔에 부들부들 떨면서 소년은 겨울에게 "사정없이" 끌려다니다 끝내 소녀의 식탁에 도착한다. 그들이 "울 때까지 먹었"다거나 "울지 않고 먹었"다는 언어 유희적인 표현에서 그들의 말할 수 없을 만큼 애틋한 계절을 짐작하게 한다. 굳이 말을 하거나 묻지 않아도 소년의 슬픔에 이미 교감이 된다는 이야기다. 소년은 나무이며 소녀는 나비와 같은 존재가 아닐까. 겨울에 시달리다 봄에 나비를 만나 꽃을 피운 것이다. 나비와 벌들이 윙윙거리는 소리를 흥얼거리는 노래로 비유한 것은 아닐까 생각해 본다. 겨울은 시련과 역경의 계절이다. 모든 것이 감춰지고 저장된, 원형 그대로 보존된 상태라 한다. 그리고 겨울은 시간이 정지된 계절로 인식되기도 한다. 겨울이 되면 대부분의 파충류들은 동면에 들고 활동성이 사라진다. 이런 겨울은 소년과 소녀가 극복하고 건너가야 할 성장통(成長痛)일 것이다. 소년은 소녀를 만나서 진정한 존재감을 얻는다. '이월'이라는 제목에는 2월(2月)이라는 시기적 의미도 있지만, '옮겨서 넘어간다'는 의미의 이월(移越)도 내포한다. 만남을 통해서 우리가 살아가는 환경이나 조건이 이월되듯 전환될 수 있음을 이야기한 듯하다.

아침 늦게
일어난 감정

여전히

베인 살갗처럼

빨갛게
물들을 하루

상처는
아물면 죽지

마음을
너에게 두었는데
어디 갔지
마음은?

*

말없는 마음 없지만
말 못할 마음도 있지

수많은 어제를 울리고
밤을 놓친 너를 울리고

결국은
하나의 우산 밑에
있을 거면서
왜 그랬지?

*

마음은 없지 않은데, 찾진 못하겠어

네게 방금 배웠는데, 지금 울면 되는 거지?

이 시가
여름날의 이야기로
남았으면
좋겠어

—「마음이라는 거리」 전문

상처는 트라우마를 상기시킨다. 즉, 상처는 '상처를 준 자'를 자연스럽게 떠오르게 한다. 그래서 상처가 아물어서 흔적 없이 사라지면 자신에게 상처를 준 자에 대한 기억도 가물가물해져 찾기 어려워진다. 분명 상처가 있는 그 자리에 마음이 가 있을 수밖에 없다. 몸을 의식하지 않는 것은 가장 건강한 상태이며, 몸의 특정 부위가 아프면 마음은 온통 그 아픈 부위로 다 가버리고 만다. 그러나 상처가 아물면 마음 둘 곳도 사라진다. 그래서 아픈 마음이 어디로 갔는지 찾게 되는 것이다. "말 없는 마음 없지만 / 말 못할 마음도 있지"라는 말처럼 드러내놓고 소통하지 못하는 마음도 있다. 혼자 속으로 삭혀야 하는 마음이다. 상처가 사라지면 상처가 나서 느꼈던 고통, 트라우마는 남을 수 있겠지만 상흔이 사라지면 그 트라우마를 어디다 투사해야 할지 알 수 없게 된다. 상처는 시간이 지나면 아물지만 "너에게 두었"던 마음의 행방은 찾기가 어려워진다. 그런데 그들은 "수많은 어제를 울리고 / 밤을 놓친 너를 울"린 후 결국 "하나의 우산 밑에" 서 있음을 인지한다. 수많은 어제를 놓치고, 누군가를 울리며 상처를 줬겠지만 그들은 함께 우산을 쓰는 존재다. 같은 울타리 안에 있을 만큼 가깝고 소중한 존재인데, 서로가 서로에게 왜 상처를 주었을까 되새겨보는 시간들이 "여름날의 이야기"로 첩첩이 쌓인다.

우리만 아름답도록
이야기를 망쳐갔다
우리가 가진 시계는
고장난 줄 모르고
무너질
기회를 엿보는
내기 앞에
우리는

멀리
도망가야 한다
세상은
멸滅할 것이다
노래는
멈추지 말고
밤에
눈감지 말고
여름이
우리를 다 쓸 것이다
속수무책
우리는

―「우리는」 전문

인간은 인간만의 편리와 안위를 위한다는 명목으로 자연을 망가뜨리고 있다. 자연의 입장에서는 코로나(COVID－19)가 백신이고, 인간의 입장에서는 코로나(COVID－19)가 바이러스라는 말이 나올 정도다. "우리가 가진 시계는 / 고장난 줄 모르고 / 무너질 기회를 엿"본다. 시계는 어떤 절차나 틀이나 규범, 세월의 무상함 등을 표상하며, 모든 것은 다 변한다는 인식과 영원한 것은 없다는 의미를 동반한다. 그 시계가 고장이 났다는 것은 질서나 규범이 무너지고 그야말로 무법천지가 됐다는 의미다. 자연의 질서나 규범, 규칙들을 무너뜨리고 인간은 제멋대로 행동하고 있다. 인간도 자연의 일부인데 이렇게 인간이 자연을 함부로 대하면 세상도 멸할 것이니 멀리 도망가야 한다고 말한다. 지구 입장에서는 인간을 추방시키는 것이고 인간 입장에서는 자연과 인간을 살리기 위해 지구를 떠나야 한다는 말이다. "노래는 / 멈추지 말고 / 밤에 / 눈감지 말"라는 것은 계속해서 소비하는 실태를 표현한다. 자연의 자원과 힘을 소모시켜 에너지를 고갈시키는 행위다. 그래서 인간은 결국 속수무책이 된다. 인간의 욕망과 오만에 의해 무너지는 자연을 보면서 우리 자신을 질책하는, 생태적 사유가 담겨 있다. '우리는'이라는 제목과 '우리는'으로 마무리되는 각 수의 배치는 이것이야말로 우리 모두의 책임이라는 동류의식을 형성하기 위한 시인의 의도로 보인다.

> 여름비에 친친 감긴 발목 비에 빗물이 뛰어드네
>
> 흠씬 비에 얻어맞으며 겁에 질린 밤과 나
>
> 막차가
> 오지 않았으면 하네
> 아침까지 비나 맞게
>
> 이곳은 서울 변두리 네 곁을 맴돌 듯이
>
> 빗방울이 어깨를 물자 그림자는 물이 되네

맨발로
막차가 오고 있다네
울음을 입에 물고

—「막차가 나를 기다리네」 전문

이 시의 제목에서도 알 수 있듯이 지금 시적 배경은 "내가 막차를 기다리"는 상황이 아니라 "막차가 나를 기다리"는 상황이다. 이제 돌아가야 할 때가 되었다. 보통 사람들은 자신의 집으로 돌아가기 위해 막차를 탄다. 그런데 막차를 기다리는 와중에도 여름비는 쏟아져 "친친 감긴 발목 비에 빗물이 뛰어"들고 화자는 "흠씬 비에 얻어맞으며 겁에" 질린다. 이 시에서 비는 긍정적으로 작용하지 않는다. 빗방울은 삶의 시련, 막차는 집으로 돌아가는 길, 즉 무덤으로 돌아가는 길을 의미한다. 비를 맞으면서도 화자는 "막차가/ 오지 않았으면" 한다. 그러나 기다리지 않아도 막차는 맨발로 오고 있다는 것을 그는 안다. 막차가 맨발인 이유는 태어나서 빈 손으로 왔듯이 떠날 때도 빈 손으로 가야 하기 때문일 것이다. 또한 막차가 "울음을 입에 물고" 오는 까닭은 세상의 온갖 설움과 역경을 다 겪고도 그것을 끌고 가야만 하는 삶을 보여주기 위함이다. 차라리 비나 맞겠다고 한데서도 알 수 있듯 화자는 그냥 힘겹고 험난한 "서울 변두리" 삶이라도 감당하겠다는 삶에 대한 애착이 강하다. 죽음이 '나'를 기다리지만, 아직은 막차를 탈 때가 아니다. 시인은 우리가 기다려본 수많은 막차의 상징성을 삶과 죽음의 경계를 건너가는 은유로 풀어내며 우리가 견뎌야 할 고통스런 삶 속에도 삶의 애틋함과 의미가 살아 있음을 깨닫게 한다.

인드라망의 사유
—김민정, 김강호론

1. 경계에 서서

자연에는 경계가 없다. 경계를 짓고 찾는 것은 인간의 마음뿐이다. 경계가 실재한다고 믿기 때문에 온갖 관계성과 대립 혹은 갈등이 빚어지는 것이다. 세상에는 분명한 경계가 있고, 독립된 개체가 존재한다는 믿음은 어디까지나 인간의 탐욕과 무지의 산물일 뿐이다. 몸속의 세포는 60조에서 100조 개가 있는데 이들이 낱낱의 자기 존재만을 생각하고 자기 자신만을 위한다면 결국은 하나의 생명으로서의 인체는 죽음을 맞게 되고, 그 인체의 구성원인 모든 세포들도 공멸할 수밖에 없게 된다. 자기 자신만 생각하는 세포는 암이 된다. 암세포는 주변 세포를 전혀 배려하지 않고 자기 혼자만 영양을 섭취한다. 암세포는 게(CANCER)처럼 혈관을 뻗어 주변의 영양분을 다 빼어 먹는다. 그 어떤 존재도 온전히 홀로 분리되어 존재할 수 없다는 인드라망(Indra網)의 관점에서 본다면 모든 생명은 상호의존성으로 서로에게 깊게 침투되어 있는 것이다. 공존과 상생이 아니고서는 우리는 모두 함께 멸망할 수 있다는 깨달음을, 김민정과 김강호의 시들에서 만난다. 이들은 시적 대상과의 거리두기 혹은 시적 대상에 이입되는 방식으로 세상의 존재들과 자신과의 내적 연결고리를 이끌어내며 모든 관계성에 관한 사유를 펼친다.

2. 손님이 오다－김민정론

누구의 입김으로 창밖이 흐려지나

그 누구 발자국이 가슴을 찍고 있나

나 몰래 다녀가시는 까무룩한 새 그림자

예고도 없이 벌컥, 문을 열고 들어서는

낯선 별조각이 이마에 부딪힐 때

혼곤한 어둠을 접듯 늦저녁의 새 울음

가지 끝 동박새가 목을 자꾸 갸웃댄다

고즈넉이 젖은 뜰에 홀로 환한 저 매화꽃

목청을 가라앉히며 제 부리를 묻는 새

－「손님」 전문

새는 바람처럼 한 곳에 머물지 않고 떠도는 방랑벽이 있는 존재다. 철새가 아니더라도 새는 계속 움직이며 장소를 이동한다. 손님처럼 다녀간 새는 "입김", "발자국", "그림자", "울음", "별조각" 등의 흔적만 남겨두고 사라진다. 다녀간 흔적들은 한순간 시적 화자와 함께 했던 존재들이기는 한데, 그 기억조차도 가물가물하다. 첫째 수의 시선이 창밖에 머물러 있다면 둘째 수에서는 "벌컥, 문을 열고 들어서는" 내부로 공간이 이동한다. "낯선 별조각"으로 온 그것이 이마에 부딪힐 때 "혼곤한 어둠을 접듯" "새 울음"이 들리고, 이미지로 머물던 새는 마지막 수에 와서 "가지 끝 동박새"로 구체화된다. "목청을 가라앉히며 제 부리를 묻는 새"는 여전히 시적 화자와 거리를 형성하며 손님처럼 머문다. 새의 부리는 지저귀거나 먹이를 먹는 행위를 하는데, 이런 부리를 묻어버리는 행위는 침묵했다는 의미가 아닐까. 시적 대상이 시적 화자와 어떤 연결고리가 있거나 특별한 정보도 제시되어 있지 않지만, "나 몰래 다녀가시는" 존재는 이미 지나갔고, 또 손님으로 누군가 와서 흔적을 남기고 갈 것이라는 예감이 든다. 즉 손님처럼 잠시 머물다 가는 존재에도 마음이 가 닿을 수 있다는 것에 대한 이미지들을 형상화하며 스치는 관계들에 관한 생각을 곱씹게 한다.

비에 젖자 하나 둘씩
잎새들이 말을 건다

어제의 뙤약볕도
나쁜 건 아니었어

때로는 목이 탔지만
그도 참아 내야지

언제라도 절정이다

이 아침 나팔꽃은

나 또한 마찬가지
언제나 절정이다

이렇게 푸름이 내게
사무치게 안긴다면

—「유월을 풀다」 전문

유월은 더위와 장마가 기승을 부리는 '음력 6월(流月)'일 수도 있고, 달을 넘어간다(踰月)는 일일 수도 있으며, 넉넉한 달(裕月)이라는 의미도 가질 수 있다. 음력으로 6월이면, 대략 양력으로 7월이 되는데, 초목이 가장 무성하게 자라 제 색과 빛을 온전하게 뽐내는 계절이다. 만물이 무성하고 온전하게 자신의 모습을 갖춰서 빛이 나는 모습을 이야기하는 것으로 보아 계절적 배경을 강하게 드러낸, 제목 그대로 6월을 푼 시다. 목 타는 시간을 참아내야 초록으로 무성해질 수 있지만 그보다도 이 시는 땡볕과 장마에 무르익은 초목의 아름다움에 대한 관찰이 선명하다. "언제라도 절정이다"라는 반복적 표현은 '언제라도' 유월의 푸르름을 품고 있다는 의미가 되겠다. 초목이 가장 완전하게 자신의 모습을 드러내는 7월(음력으로 6월)을 지나 차고 메마른 바람이 부는 가을에 열매를 맺고 낙엽이 진 후, 나목(裸木)되어 새 생명(씨앗)을 땅 속에 묻으며 겨울을 견뎌낸다. 자연의 흐름을 생각했을 때 유월은 가장 온전한 계절이 되는 것이다. 그러한 푸르름을 영원히 간직하겠다는 의미의 시다. 살아있음의 상징이기도 한 푸르름은 시인으로서의 존재감과 정체성의 발현이기도 하겠다.

산울림 우렁우렁 첩첩 산을 돌아 나와

새벽이 기침하자 아침새들 푸득인다

올곧게 서 있는 그대 변함없는 모습으로

저 붉음에 내가 들어 꽃이 되고 나비 되고

한때는 내 열정이 뿌리까지 닿았으니

꽃 져도 잊지 마옵길 잎맥 타고 흐를 테니

해 지고 별이 뜨고 나 그대 찾아갈 날

햇볕살 바람결의 살과 뼈로 무르익어

지상의 마지막 약속 향기롭게 놓이리

—「꽃무릇」 전문

사람들은 대개 꽃을 보지 꽃무릇을 보지는 않는다. 꽃무릇이 있어야 꽃이 핀다는 사실을 잊은 채 꽃에 모든 마음이 빼앗겨 있다. 꽃무릇 없이 꽃은 필 수 없는데 꽃은 꽃무릇을 기억하지 못하고 떠나버린다. 꽃이 떨어진 그 자리에 열매가 맺히는 것인데, 꽃무릇은 큰 역할을 하면서도 꽃에게 기억되지 못한다. 말하자면 꽃무릇은 꽃도 품고 열매도 품는 존재로 꽃과 꽃무릇의 관계는 상호의존적이다. 우리는 서로에게 필요한 존재이듯이 존재하는 그 무엇도 관계성이 없으면 자신이 갖고 있는 잠재된 능력과 매력을 뽐낼 수 없다. 스스로 독립해서 살아갈 수 있는 존재는 아무것도 없다. 서로가 도움을 주고받는 과정 속에서 자신이 가지고 있는 가능성과 잠재력들을 뽐낼 수 있는 것이다. 그런 관계성을 잊지 않고 회복하는 것 자체가 지상에서의 아름다운 약속, 향기가 되는 것이다.

올해도 어김없는
불청객 손님이라

자꾸만 기웃대며
태풍경로 찾아본다

어떻게
맞아야 하나
피할 수는 없으니,

고운 이는 너무 멀고
미운 이는 가까운 법

가을의 문턱에서
훼방이 한창이다

지축이
흔들린다 해도
내 꽃잎은 까딱없어

—「마이삭 행방」 전문

2020년 9월에 온 태풍이기도 한 마이삭(MAYSAK)의 위력을 언급하며 이 시가 궁극적으로 전하는 주제는 관계성에 관한 것이다. "고운 이는 너무 멀고/ 미운 이는 가까운 법"이라는 말에서 우리는 가장 가까운 사람들과의 어려운 관계성을 짐작할 수 있다. 우리나라의 이웃 국가인 중국도 일본도 우리나라와 오랜 원한과 적의로 원만하고 우호적인 관계를 맺고 있지는 못하다. '친구는 가까이, 적은 더 가까이' 라는 말이 있듯, 사방이 다 적이다. 태풍이 피할 수 없는 존재라면 우리는 이러한 관계에 꿋꿋해져야 한다. "지축이 흔들린다 해도" "내 꽃잎은 까닥없"다. 꽃잎은 식물의 생식기로 새로운 생명을 낳는 매개체를 표상한다. 그 무엇이 훼방을 놓아도 한결같이 임을 사랑하고 아끼겠다는 의미가 아닐까.

천만 겹 물결이든
만만 겹 햇살이든

우리의 한순간이
그대로 영원이다

달밤에
너를 꿈꾸는
여기, 내가 있으니

—「편지—황진이에게」 전문

편지는 진심을 담아 고백하거나 위로하거나 소식을 전하는 도구로써 기능한다. 황진이를 너무 사모했던 사내 머슴이 죽었는데, 마을 한 바퀴를 돌던 그의 상여가 황진이의 집 앞에서 움직이지 않자, 황진이가 옷고름을 풀어서 상의를 상여에 덮어 주니 상여가 그제서야 움직였다는 일화를 형상화한 듯하다. 편지를 띄웠으나 수취인불명이다. 편지의 도착 여부는 알 수 없다. 영원히 잊지 않고 기억하겠다는 의미로 한 순간의 스쳐지나가는 인연을 영원성으로 승화시킨 이미지를 담아낸 시다.

3. 향낭이 되고 싶다 – 김강호론

그리움 문턱쯤에
고개를
내밀고서
뒤척이는 나를 보자
흠칫 놀라
돌아서네
눈물을 다 쏟아내고
눈썹만 남은
내 사랑

–「초생달」 전문

초생달에는 처음 생겨난 달(初生月)이라는 의미가 담겨 있는데, 여기서 말이 계속 바뀌어 초승달이 된 것이다. 달은 보통 변화무쌍한 인생을 표상한다. 불안한 무의식으로, 그리움과 외로움, 밤의 수호신 등의 다양한 의미를 머금고 있다. 이 중 초승달은 보통 저녁에 뜨고 그믐달은 반대로 새벽에 뜬다. 그리운 이를 그리다 "눈물을 다 쏟아내고/ 눈썹만 남은/ 내 사랑"은 초생달의 형상이면서 화자의 정서다. 그리움은 모든 생명체가 겪을 수밖에 없는 숙명적인 감정이다. 영원히 함께 할 수 있는 생명은 그 어떤 것도 없기 때문이다. 우리는 자신의 삶의 한 부분을 차지했던 존재를 그리워하며 산다. 그리움에 가득한 시적 화자의 내면 정서를 초생달에 이입한 서정성이 단수 안에 압축되어 빚어진 시다.

> 차오른 맑은 향기 쉴 새 없이 퍼내어서
> 빈자의 주린 가슴 넘치도록 채워 주고
> 먼 길을 떠나는 성자
> 온몸이 향낭이었다
>
> 지천명 들어서도 콩알만 한 향낭이 없어
> 한 줌 향기조차 남에게 주지 못한 나는
> 지천에 흐드러지게 핀 잡초도 못 되었거니
>
> 비울 것 다 비워서 더 비울 것 없는 날
> 오두막에 홀로 앉아 향낭이 되고 싶다
> 천년쯤 향기가 피고
> 천년쯤 눈 내리고……
>
> ㅡ「향낭」 전문

지천명(知天命)은 하늘이 자신에게 내려준 운명을 알게 된 나이, 즉 인생 50대를 이르는 말이다. 지천명이면 삶에 숙달된 연륜 같은 것이 있어야 할 텐데, 시적 화자에겐 콩알만 한 향낭조차도 없다. 인생의 깊이 있는 향내가 뭘까? 타인에게 아낌없이 나눠주고 베푸는 사랑인가? "차오른 맑은 향기 쉴 새 없이 퍼내어서/ 빈자의 주린 가슴 넘치도록 채워 주고" 먼 길 떠나는 성자의 온몸이 향낭인데, "지천에 흐드러지게 핀 잡초도 못" 된 자신의 부족함을 비판 혹은 성찰한 시다. "오두막에 홀로 앉아" 오래 가는 향낭, 향을 품을 수 있는 향낭이 되고 싶다고 되뇌는 존재는 "비울 것 다 비워서 더 비울 것 없는 날"을 맞는다. 오두막은 외따로이 떨어진 고립된 공간이자 자연적인 환경의 표상이다. 화자가 향낭이 되고 싶은 이유는 친절과 사랑을 품고 아름다운 인품을 풍길 수 있는 그런 삶을 살고 싶은 까닭이다. 지천명이 넘어서도 탐욕과 이기심에 젖은 삶과 부도덕한 관계성에 대한 비판과 성찰을 향낭이 되고 싶은 시적 화자의 바람과 열망 속에 담아낸 시다.

너와 내가 마주 서서 물끄러미 보고 있다
십여 년 동행한 시간 트렁크에 채워둔 채
다 낡고 헤진 몰골로 풀썩 주저앉은 너

긴장과 스릴의 순간 축거에 걸려 있고
왕성한 청춘 달래던 냉각수는 말랐고
끓는 피 전달해주던 심장은 이미 굳었다
아찔한 순간들을 제어하던 브레이크
부화가 치밀 때면 거품 물던 라디에이터
왕성한 피스톤 혈기도 싸늘하게 식었다

사이드 미러 보며 손짓하고 돌아설 때
클랙슨이 부른다 한 번 안아 달라고
뜨겁다 도돌이표 되어 한 몸이 된 이 순간

―「폐차장에서」 전문

폐차가 되기 전에는 곳곳을 돌아다니면서 긴장과 스릴도 제공해주고 아찔한 순간도 체험하게 해줬는데 그 시간이 모두 멈춰 버렸다. 이제 더 이상 움직이지 못하는 차는 모든 것의 기능을 잃어버린 사람의 마지막 순간과 닮았다. "십여 년 동행한 시간"을 "트렁크에 채워둔 채" "다 낡고 헤진 몰골로 풀썩 주저앉은" 차는 때가 되면 돌아가야 하는 사람의 운명과 다르지 않다. "사이드 미러 보며 손짓하고 돌아설 때", 클랙슨이 부르는 것 같아. 돌아보면서 동행했던 추억을 또 한 번 곱씹었을 것이다. 달리는 차를 멈추게 하는 브레이크가 있는 것처럼 인간의 행동을 멈추게 하는 것은 인간의 의지나 신념뿐이다. 충동을 절제하고 억제시키는 속성이 마치 브레이크와 같다. 이 모든 충동과 절제를 잃는 순간 스스로 생을 놓게 되는 운명을 맞이하게 되는 것이다. 이 순간의 아쉬움과 덧없음의 정서들을 붙잡고 있는 듯하다.

지난겨울 나무들이 서먹하게 등 돌렸다
추위에 움츠렸던 자존의 항아리에
이른 봄 보송보송한 말들이 차올랐다

먼 산 보던 나무들이 꽃 입술 사뿐 열고
색깔과 의미 있는 말을 피워 올리자
겨우내 얼었던 침묵 삽시간 녹아내렸다

말과 말이 어우러져 산뜻하게 물드는 동안
툭툭 터진 향기가 DMZ을 덮었다
경계를 넘어선 나무 웃음소리 낭창했다

—「말하는 꽃나무」 전문

자연은 경계가 없다. 오로지 인간만이 경계를 짓고 반목하고 갈등한다. 자연은 경계 짓지 않고 함께 아름다운 봄을 맞이하고 있다. 말의 꽃이 툭툭 터져 향기가 덮인 DMZ를 보며, 인간도 자연을 닮아야 한다는 성찰을 담는다. 봄이 되니 꽃이 피고 그 꽃이 경계를 넘어서서 남북한의 경계를 허무는 풍경에는 꽁꽁 언 남북 간의 화해와 화합 모드를 갈망하는 시선이 담겨 있다. 2018년 동계 올림픽을 시작으로 같은 해 3차례에 걸쳐 진행된 남북정상회담은 화해모드의 실천을 보여주었다. 경계란 환상이다. 세상의 경계는 인간의 탐욕과 무지로 인해 빚어진 것일 뿐이다. 세계지도의 국경선은 인간이 그어놓은 것이지 자연적으로 존재하는 것이 아니다. 자연에는 적군이나 아군의 개념도 없다. 반목하고 갈등하는 관계가 아니다. 허물지 못할 경계가 DMZ의 풍경뿐이겠는가. 우리가 생활하는 모든 곳이 경계이면서 우리 내면에도 무수한 경계들이 있음을 지각하며 존재의 관계성에 대해 성찰하게 하는 경계에 선다.

폭죽을 터뜨리는 건
매운바람 한 줄기였다

뛰쳐나와 울부짖으며
흔드는 장엄한 불꽃

3.1절 만세소리가
붉게 피고 있었다

―「홍매」 전문

나무속에 숨어 있던 꽃, 감춰져 있던 꽃이 피었다. 진실은 아무리 감추려고 해도 드러나는 법이다. 삽시간에 지더라도 어떻게든 드러난다는 이야기다. 초봄, 짧게 개화하는 홍매의 아름다움을 "3.1절 만세소리가/ 붉게 피고 있"는 풍경으로 묘사한 단시조다. 시인은 자연 사물에 감정이입을 하거나 역사적 사건을 오버랩하는 방식을 통해 우리가 미처 다다르지 못했던 존재들의 관계성과 시·공간의 관계성을 불러들인다. 스스로가 향낭이 되고 싶고, 폐차와 한 몸이 되었던 순간을 잊지 못하고 초생달에 그리움을 담아내는 전략들은 그가 자신의 내면에 그어진 경계들을 허물고자 하는 의지와 실천이 아니었을까.

4. 경계를 넘어

절대성의 추구는 필연적으로 비극을 초래한다. 상대적이고 유동적인 현실세계에서 인간이 추구하는 모든 진실은 부분적이고 모든 가치는 불완전할 수밖에 없다. 무언가에 절대적인 의미와 가치를 부여하는 동시에, 현실세계의 일부를 이루는 자신의 그림자, 자신의 적과 끊임없이 갈등하고 투쟁하게 된다. 그리고 그와 같은 신념과 의지가 필연적으로 누군가의 희생을 강요할 수밖에 없다. 경계를 짓고, 홀로 생존할 수 있다는 무지와 탐욕은 결국 필연적으로 내가 포함된 희생일 수 있음을 위의 시들이 암시하고 있다.

존재의 회복과 모성의 자연
—정혜숙, 고윤석론

1. '자연'이라는 이름의 거울

자연에는 삶과 죽음, 고통과 치유가 섞여 있지만 시인은 그곳에서 나름의 질서를 찾아 미적 형상을 발견한다. 시인은 자연에 대한 시적 인식과 성찰로부터 출발하여 그것을 일상적 환경과 밀접하게 결합시킨다. 나아가 시가 감당하기 어려운 현실에서 붙잡은 기억이라면 더욱 치열한 삶의 언어로 형상화 될 것이다. 현실에 대한 고뇌이거나 외부로부터 받은 충격과 내상에 대한 기억은 시적 대상에 고스란히 합류한다. 그것은 자연 친화라거나 내재화의 방식에 매몰되지 않고 자연스럽게 왔다가는 존재들의 슬픔을 읽어내며 우리도 그 중 한 존재임을 깨닫는 지점으로 이어진다. 유독 자연에서 소재를 취하고 있는 정혜숙, 고윤석 시인의 시는 자연을 관념이나 추상으로만 데려오지 않고 이를 통해 일상과 현실과의 관계 속에서 의미를 획득해 가는 방식을 취한다. 자연이 담지하고 있는 아픔과 슬픔, 외로움, 고단함 속에서 현재의 존재를 표상하고 있다는 것이다. 즉, 여기에서 자연은 불완전한 존재의 표상이면서 상처에 대한 유대 의식을 드러내는 존재에 더 가깝다. 자연은 상처입은 인간을 위로하는 존재이기도 하지만 상처 투성이의 현존재를 드러내기도 한다. 정혜숙 시인이 그려내는 '5월'과 "영영 돌아오지 않는" '너'에 대한 서사가 그렇고, 고윤석 시인이 그려내는 '동행'의 이면과 '신사미인곡'의 삶이 그렇다.

2. 나무들의 전언 – 정혜숙의 시

정혜숙 시인의 시 세계의 근원은 자연을 매개로 한 존재 탐색에 있다. 첫 시집 『앵남리 삽화』에서 부터 『흰 그늘 아래』를 지나 온 문장들은 주로 자연이나 일상에서 소재를 취하고 있다. 시인은 존재에 대한 탐색을 자연으로 체현해 내면서 자연의 시간과 인간 존재의 구체적 삶을 결합하는 상상을 펼친다. 순수한 시선으로 생성과 변화, 소멸을 반복해 가는 자연의 섭리를 통찰하며, 인간의 욕망과 번뇌를 잠재우면서 겸허한 자연의 소리에 귀를 기울여 보는 것이다. 자연에는 경계가 없건만, 오로지 인간만이 경계를 짓거나 자연을 훼손하려 한다는 사실을 깨달아 가는 지점에 정혜숙 시인의 시가 놓인다. 자연에서 소재를 취하면서도 관념이나 이미지 묘사에만 머무르지 않고 현실과의 관계 속에서 구체성을 획득하며 의미를 생성해 가는 방식을 선보인다.

초록이 야위어 하마 핼쑥하겠다
에움길에 만났던 그늘 깊은 비수구미
저녁이 빨리 온다고
나무들이 말했다

어깨를 치고 가는 바람의 농담과
적막도 아랑곳없이 피고… 또 피던 꽃들
산목련 어깨 너머로
드문드문 구름 몇 점

그날 이후 길 위에서 자주 서성인다
음정을 잃은 새처럼 간혹 목이 메고…
걸어서 닿지 못하는
영영 초고草稿인 땅

—「나무들이 말했다」 전문

계곡이 깊다는 건 그만큼 산이 높다는 말이다. 해가 빨리 질 수밖에 없다. '그늘이 깊다'는 것과 '저녁이 빨리 온다'는 첫 수의 정보는 이 시의 이미지를 끌고 가는 포인트다. 초록이 야위고 산목련이 있으니 겨울에서 봄으로 넘어가는 길목인데, 화자는 야윈 초록과 깊은 비수구미를 보며 산길을 지나는 듯하다. 어쩌다 "어깨를 치고 가는 바람"과 "적막도 아랑곳없이 피고" 또 피기를 반복하는 꽃들, "산목련 어깨 너머로" 보이는 몇 점 구름이 배경처럼 놓인 풍경이 화자의 어깨를 스치고 시선과 마주한다. 그러다가 마지막 수에 오면 "그날 이후 길 위에서 자주 서성인다"고 고백한다. "음정을 잃은 새처럼 간혹 목이 메고…"로 이어지는 심경의 변화는 더 이상 말을 잇지 못한 채 끝이 난다. 야윈 존재들과 그늘이 깊은 존재들, 인위적으로 길을 내지 않은 자연 그대로인, 그래서 "영영 초고(草稿)"로 있을 것 같은 곳을 떠올리게 된다. 저녁이 빨리 온다고 말하는 나무들 때문일까? 이곳은 눈에 잘 띄지 않고 금방 어두워져서 존재가 있음을 놓치기 쉬운 곳이다. 여기에 우리가 살피지 못한 어둡고 추운 곳에 방치된 것들이 있다. 그러나 계곡은 눈에 잘 띄지 않아 놓치기 쉬운 곳이기도 하지만 생명이 태어나고 자라는 곳이기도 하다. 화자가 길 위에서 서성이는 건 무언가 확인하고 싶은 것이 있거나 미련이 남아서다. 지나쳐 온 것들에 대한 반성일 수도 참회일 수도 있다. 저녁이 일순간에 들이닥치고 빛들, 생의 짧은 기억은 금방 어둠에 묻혀 사라질 것이다. 그제야 주워 담지 못한 초록의 울음이 일순간 깊은 계곡을 채우는 것을 들었던 것이 아닐까. 그것이 처음 싹을 틔어 올린, 그러나 이제는 다시 만날 수 없는 시인의 초고草稿가 될 것이다.

> 시나브로 어둠이 번져 개밥바라기 눈 비빌 때
> 꽃들이 신음도 없이 얇은 몸을 누일 때
> 도처에 입술을 깨물며
> 밤을 건너는 사람들
>
> 말할 수 없는 것들
> 말이 될 수 없는 것들
> 입이 있어도 도무지 음音을 찾지 못한 채
> 쓸쓸한 꽃의 허밍으로
> 여기, 저무는 사람들
>
> —「꽃들이 신음도 없이」 전문

말없이 돌아가는 것은 모든 생명체의 최후다. 꽃들이 "신음도 없이" 몸을 누이는 행위는 고통스러우나 그 심정을 드러내지 못하는 상황을 보여준다. "도처에 입술을 깨물며 밤을 건너는" 사람들을 시인은 꽃이 지는 상황으로 은유한다. 이들은 침묵을 강요당한 존재들이다. 고통스럽고 힘든 일이 있지만 겉으로 드러내지 말 것을 누군가로부터 무언의 강요를 받았을 것이다. "말할 수 없는 것들"은 외부의 압력에 의해 차단

당한 진실이고, "말이 될 수 없는 것들"은 불합리하고 부조리한 강요가 되겠다. 입이 있으나 소리를 찾지 못하는 것이 그 이유다. 꽃은 아름답지만 금방 시들고 만다. 우리는 꽃이 피어 있는 한때만을 즐기면서 아무도 꽃이 지는 고통스러운 순간을 눈여겨보지 않는다. 한때 인기를 얻었다가 서서히 잊혀지는 사람들, 해고당한 사람들을 비롯한 사회적 약자들의 슬픔을 쓸쓸히 저물어가는 '꽃'에 은유한 시다. 각 수의 종장에 배치된 "밤을 건너는 사람들"은 "저무는 사람들"로 이어지면서 존재감도 없이 사라져가는 이들의 최후를 묘사한다. 그들은 소리는 나지만 의미전달이 되지 않는 '허밍'으로 존재감을 드러낸다. 쓸쓸하게 지는 꽃 같은 사람들의 허밍이 이 밤을 견디게 한다.

차 씨 별장 딸기밭에서
화약 냄새 맡았어요
아까시 꽃이 지고 장미꽃 붉던 무렵
멀리서 가까이에서
화급하던 전언들

높낮이 없는 톤으로 표정 없는 얼굴로
그날을 기억하는 상흔 아직 검붉어요
선명한 5월의 문장紋章
삭제할 수 없어요

그때 그 이야기는 멀찍이 놓아둔 채
아무 일 없었다는 듯 꽃들은 피고 지고
여전히 기차는 달려요
극락강 건너 칙칙폭폭

—「그날」 전문

여기, 오월의 선명한 문장들이 흩날린다. "차 씨 별장 딸기밭에서 화약 냄새"를 맡던 날, "멀리서 가끼이에서" 화급하게 전해온 말들엔 높낮이도 표정도 없었다. 아무 일 없는 듯 오월이면 꽃은 피지만 검붉게 살아나는 오월의 문장은 여전히 현재형이다. 앞으로만 달리는 존재를 표상하는 기차는 과거에 머물러 있지 않고 흘러간다. 그야말로 흘러가는 세월의 무상함을 잘 표현해주는 것이 기차다. 기차는 후진이 없다. 시간의 선형적인 흐름을 잘 보여주는 존재이며, 한 방향으로만 흘러가는 시간성을 잘 드러내는 표상이다. 기차는 극락강을 건너 여전히 달린다. 천국의 개념과도 동일한 극락極樂은 최고의 행복을 뜻하는 불교 용어로 번뇌의 불이 모두 꺼졌을 때 경험할 수 있는 지복을 이야기한다. 이 극락강 건너 기차가 달려가는 상황은 떠날 사람은 떠나고 다시 태어날 사람은 태어나면서 삶은 계속 이어진다는 것을 의미한다. 보통 강은 삶과 죽음을 가르는 경계인데, 이 강을 건너서 갔다는 이야기는 상흔이 남아 있지만 돌이켜서 없던 일로 만들 수 없다는 이야기가 된다. 시간이 흘러도 여전히 우리에겐 현재형으로 남아 지울 수 없는 오월의 정신, 그것은 화자를 "그날 이후 길 위에서 자주 서성"(「나무들이 말했다」)이게 하는 이유일 것이다.

요란한 굉음을 내며 기차가 지나갔다
억새들의 격문이 바람이 펄럭이고
한 번쯤 들를 거라던
너는 오지 않았다

바람의 갈피에 묻어 철새들이 다시 왔다
삼베옷을 걸쳐 입은 바람의 미간 어둡고
한 번쯤 들를 거라던 넌

영영 오지 않았다

—「너는 오지 않았다」 전문

"한 번쯤 들를 거라" 해놓고 "영영 오지 않았다"로 이 시는 끝난다. 오지 않은 것은 약속을 잊어버렸거나 영원히 돌아올 수 없는 길을 떠났기 때문일 텐데 이 시에는 왜 돌아오지 않았는지 드러나 있지 않다. 돌아오지 않은 이유가 드러나지는 않았지만 "요란한 굉음을 내며 기차가 지나"간 것으로 보아 이미 돌아올 수 없는 기억 속으로 떠나지 않았을까 짐작해 볼 수 있다. 앞의 시 「그날」처럼 공권력에 의한 것이든 계엄군에 의한 것이든 자신의 의지와 상관없이 죽임을 당한 것이라면 남은 자들에게 한없는 죄책감과 수치심을 안기며 뜻하지 않게 기약 없는 기다림을 요구했을 것이다. 소중한 친구일 수도 가족일 수도 형제자매일 수도 있는 수많은 그들은 광주민중항쟁을 비롯한 일제 강점기의 현장을 떠올리지 않을 수 없다. 일제가 패망하고도 일제에 의해 강제로 끌려갔던 조선의 노무자나 위안부도 살아 돌아오지 못하고 죽어서조차 고국에 돌아오지 못하는 경우가 많았으니 우리 역사에서 돌아오지 못한 자들의 슬픔은 치유 되지 못하고 현재형에 머물 수밖에 없다. 두 수로 이루어진 이 시의 핵심은 종장에 있다. "한 번쯤 들를 거라던/너는 오지 않았다"는 첫 수 종장과 "한 번쯤 들를 거라던 넌/영영 오지 않았다"는 두 번째 수 종장은 '오지 않은' 능동적 의미 보다는 무언가에 의해 돌아 올 수 없다는 의미를 '영영'이라는 부사어에 더 극명하게 담아냈다.

복면을 한 사람들이 저물도록 걷는다
눈으로만 하는 말은 난해한 시와도 같아
도무지 읽히지 않는다

우린 서로를 모른다

고립무원의 날들이다
침묵이 하염없다
이곳이 어디쯤인지 얼마나 가야 하는지…
흰 뼈만 남은 말들이
천지간에 가득하다

—「흰 뼈만 남은 말들이」 전문

복면은 자기의 진심이나 속마음을 가리거나 혹은 자기 정체를 감추는 도구다. 서로가 서로를 모른 척 해야 하거나 몰라야 하거나 알아서는 안 되는 상황에 직면한 것이다. 마스크를 쓰고 사회적 거리를 유지한 채 대화를 하는데도 온라인이나 SNS를 통해서 하는 일은 더욱 빈번해졌다. '고립무원', '침묵', '흰 뼈만 남은 말들'이 천지간 가득한 것은 영혼 없는 말들이기 때문이다. 백골은 영혼이 다 빠진 상태, 즉 형태나 형식만 남은 상태의 말인데, 이 말만 가득하다. 눈으로만 하는 말은 눈빛으로만 주고받거나 문자만으로 이야기를 주고받는 것과 같다. 마스크를 쓰면 서로를 알아보기가 힘들 뿐만 아니라 화자의 표정을 가려서 말의 의미를 제대로 받기가 쉽지 않다. 어디쯤 얼마나 가야할지 언제가 끝일지 누구도 말을 해 주지 않는 감염병 시대에 살고 있다. 감염병의 시대가 침묵과 고립무원을 강요한다. 시인은 모른다는 것을 말함으로써 알고 싶다는 절박한 심정을 드러낸다.

3. 동행한다는 것 – 고윤석의 시

고윤석 시인은 2019년 영주일보 신춘문예를 통해서 등단한 신인이다. 심사평에서 율격을 지키면서도 현대적 감각으로 쉽고 편안하게 시상전개를 보여줬다는 평가를 받으며 실력을 인정받았다. 당선작 「고무공 성자」가 평범한 사물의 속성을 예리하게 포착했다면, 2017년 중앙일보 백일장 장원작인 「문 밖의 문」에서는 스크린도어 수리 중 사고로 숨진 비정규직 청년의 애환을 불러내며 노동 현장의 슬픈 현실을 담아낸 사회시적 면모를 보여주었다. 작품의 제목이기도 한 '문 밖의 문'은 출구가 겹으로 막혀 있는 지하철 출입문을 제약된 현실을 상징하면서, 이중의 문에 갇혀 사망한 현실적인 사건을 추억하는 장치로 기능했음을 알 수 있다. 이런 현대적이고 선명한 눈을 가진 신인의 출발은 많은 기대를 동반하게 된다. 그가 선보인 이번 작품들은 단수로 이미지를 빚어내는 모습과 역사 속 존재를 현재화하며 우리에게 던지는 존재론적 화두, 고전적 소재의 가사 내용을 새롭게 구상하는 표현 방식의 다양성을 구축한다.

쿵! 놀라
발치 보니
연초록 까까머리
두텁게 각질 덮인
뒤꿈치 치받는다.
직진만 프로그램된
돌격대
깃발 들고.

–「봄」 전문

연초록 새싹이 돋아나는 모습을 묘사한 단시조다. 새싹은 얼었던 대지를 뚫고 나오니 직진일 수밖에 없는 봄의 속성을 형상화했다. 봄은 감춰진 요소들이 드러나는(보이는) 계절이다. 용수철처럼 통통 튀면서 드러나는 계절이라 하여 '봄'이라는 계절을 영어에서는 Sping이라고 하지 않는가. 탄생과 출생의 계절인 봄은 새 생명이기 때문에 사랑과 관심을 독점하고 싶어 한다. 스스로를 뽐내기 위해 감춰져 있는 것을 모두 드러내는 봄의 속성을 선명하게 형상화했다. 알을 깨고 태어나는 생명체와 같은 봄을 "돌격대/깃발 들고" 직진하는 당찬 모습으로 표현하면서, "쿵!" 하고 놀라는 동심의 상상력과 도치의 구문으로 리듬감을 부여하는 효과까지 자아내고 있다.

날달걀
깨서 먹듯

푸른 하늘
톡톡 치면

유리창
갈라지듯

사방으로
금이 펴져

우수수
머리 위로 다

쏟아지고

말겠네.

―「9월」 전문

한 문장의 이미지로 그려진 단시조다. 날달걀을 깨듯 9월 하늘을 깨면 윤슬처럼 빛이 쏟아져 내린다는 9월의 이미지가 아름답게 펼쳐진다. 가을 하늘의 맑고 눈부신 이미지를 '깨서 먹듯'하는 미각과 '톡톡 치'는 촉각을 거쳐 시각적으로 이어가는 상상이 흥미롭다. '깨다', '툭툭 치다', '갈라지다', '(금이) 펴지다'와 같은 이미지의 전환은 머리 위로 '쏟아지'는 것으로 수렴되며 9월의 이미지를 받아 낸다. 대비되는 계절인 「봄」과 「9월」은 각각 언 땅을 뚫고 새싹이 돋는 이미지와 맑고 푸른 가을 하늘의 이미지로 그려지며 절제 된 언어와 간명한 서정을 빚어내는 감각으로 발현된다.

사자(死者)의 비문이라 그 누가 말하는가?
오늘도 형형한 눈빛 대륙 쪽에 걸어놓고
홰치는 소리꾼 모아 붉은 새벽 달군다.

황톳빛 거친 들판 소맷자락 휘저으며
지평선 아득하게 장막 펼친 뿌연 흙먼지
산울림 몰고 다니던 말발굽 소리 쟁쟁하다.

무심한 듯 훑고 가는 황사 바람 북새통에
못다 전한 말씀들이 돌 속에 가득하고
누천년 새롭게 펼칠 장편 서사 되뇐다.

역사의 주름살을 밝혀주는 아침 동살
깡마른 잡풀들도 무릎 꿇고 조아릴 때

광개토, 광개토 하며 고구려가 일어선다.

—「호태왕릉비 앞에서」 전문

호태왕릉비는 중국 지린성의 지안현에 위치한 광개토대왕릉비를 말한다. “사자(死者)의 비문이라 그 누가 말하는가”로 시작되는 도입은 “오늘도 형형한 눈빛 대륙 쪽에 걸어놓고” “홰치는 소리꾼 모아 붉은 새벽 달”구는 광개토대왕의 활약으로 이어지면서 여전히 살아 있는 민족혼을 환기시킨다. 이 시는 비문에 대한 논란과 왜곡에 대한 관심에서 시작하여 고구려인의 기상과 정신이 살아 있는데 어찌 역사왜곡이 있을 수 있느냐는 숨은 의미를 담고 있는 듯하다. 크게 3부분으로 구성된 비문은 고구려의 건국자인 주몽의 출생담과 건국담이 담겨 있으며, 광개토대왕의 일반적 치적과 광개토대왕이 신성한 왕통의 계승자임을 상기하는 내용이 있다. 또한 재위 시의 주요 영토 확장 사업을 연도별로 정리하였고, 무덤을 지키고 관리하는 묘지기에 관해 기술함으로써 앞으로의 일을 보장하려 한 것도 남아 있다고 한다.

역사의 진실은 사라지지 않는다. 우리나라 역사에서 고구려는 다른 시대에 비해 유독 자주적이고 민족적이며 진취적이었던 시대였으며, 특히 외세에 휘둘리지 않았던 시대였다. 그런 의미에서 고구려의 기상과 정신을 되살려 내자거나 혹은 그런 고구려의 기상을 이어 받자는 내용을 담은 것은 아닐까. 호태왕릉비를 통해 민족적 자긍심을 되찾자는 의미를 민주의식을 잃어버린 이 시대에 던지고 있는 듯하다. 고구려인의 정신을 이어 받자는 의미 전달을 위해 객관적 상관물로 호태왕릉비를 데려오며 시인은 살아 있는 고구려 정신으로 우리의 기상과 정신을 이어가자는 취지를 담은 듯하다. “황톳빛 거친 들판 소맷자락 휘저으며” “산울림 몰고 다니던 말발굽 소리 쟁쟁”한데 어찌 역사 속에 가두려 하는 것일까. "누천년 새롭게 펼칠 장편 서사"를 되뇌며 "광개토, 광개토 하며 고구려가 일어"서듯 그 기상을 고스란히 이어받길 바란다는 의미가 담긴 시다.

손잡고 길 가는 건 말처럼 쉽지 않아요.
한 발씩 보폭 맞춰 서로 밀고 당겨주다
가끔은 털썩 주저앉아 엉엉 울고 싶지요.

먼 길 가려고 하면 어금니 꽉 깨물어요.
돌부리 걸릴 때마다 울퉁불퉁 튀는 마음
책갈피 사이사이에 고이 접어 묻고요.

수없는 이야기가 노을빛에 풀어지고
휘돌아 가는 바람 한갓 노랫가락 되면
산머리 깨금발로 선 그믐달도 웃겠지요.

—「동행」 전문

인간은 죽는 날 까지 함께 걸어갈 대상을 찾는다. 하지만, 동행은 쉽지 않다. 늘 어긋나고 틀어진다. 시인은 동행에 대한 자신의 깨달음을 보여준다. 동행한다는 것은 서로 부족한 부분을 채워주면서 발 맞춰 가는 것으로 같은 곳을 바라보는 것이다. 같은 목표를 갖고 나아가야 하는 것이지, 서로를 마주보면 정체될 수밖에 없다. 같은 곳을 바라보며 손잡고 가는 것인데, 이렇게 동행할 수 있다는 것만으로도 축복이라 생각해야 한다. "먼 길 가려고 하면 어금니 꽉 깨물"어야 하고, "돌부리 걸릴 때마다 울퉁불퉁 튀는 마음"을 가져야 하는 것은 동행하는 대상이 있기 때문이다. '노을빛'과 '그믐달'은 저무는 시간을 표상하는 것으로 한 평생 동행한 늙은 노부부를 비유한다. "수없는 이야기가 노을빛에 풀어지"듯 함께 살아온 시간들이 풀어진 곳에는 "책갈피 사이사이 고이 접어 묻어"두었던 희노애락이 있다. 불의의 사고로 배우자를 잃고 혼자가 되거나, 애초에 혼자 걷는 사람들도 많아지는 세상이다. "먼 길 가려고 하면 어금니 꽉 깨물어"야 하는 것처럼 동행을 하는 것에는 인내와 희생이 따른다는 것을 각오해야 한다는 각인을 해주는 듯하다.

1. 春
비린내에 코 틀어지고 줄행랑 바빴는데
한 줌 허리 아가씨가 생선을 토막 낸다.
꽃향기 보글보글 끓여 한 상 식단 준비한다.

2. 夏
몰아치는 비바람에 무시로 소스라치다
보채는 아기 울음 쏜살같이 앞가슴 열어
눈치는 저만치 두고 웃음꽃만 머금는다.

3. 秋
사춘기라 거센 물결 새가슴 덮칠 때마다
배냇짓 되새김하며 두 손 모아 기르는 나무
휘영청 보름달 되어 하늘 높이 솟아라!

4. 冬
한 짐 눈 뒤집어써도 늘 푸른 솔잎같이
축 처진 아들 어깨 훑고 있는 노모 눈빛
구구한 세월 타령에도 시간마저 비켜 가는.

*思美人曲 : 1588년 송강 정철이 선조에 대한 그리움을 계절별로

노래한 가사.

—「신사미인곡(新思美人曲)」 전문

사미인곡이 송강 정철이 선조에 대한 그리움을 계절별로 노래한 가사라면 신사미인곡은 엄마가 아들을 염려하며 챙기는 모습을 노래한 시조다. 지금은 함께 살고 있지 않은 아들을 그리면서 아들의 유년기부터 시간 순서대로 써 나간다. 술주정뱅이와 인연을 맺은 봄에 이어, 여름에 아기(아들)가 태어나고, 가을엔 그 아들이 사춘기가 되는 과정이 이어진다. 아이를 잘 기른 나무에 빗대어 표현하며, "휘영청 보름달 되어 하늘 높이 솟아라"고 염원하던 엄마의 마음이 담겨 있다. 겨울이 되자 "한 줌 허리" 아가씨는 아들의 노모가 되지만, 자식은 아무리 나이를 먹어도 어머니에게는 늘 아이일 뿐이다. 진정한 사랑은 이해도 아니고 지원도 아니고 관심도 아닌 바로 '사랑하는 그 대상이 되는 것'이다. 그래야 사랑하는 대상을 온전히 이해하고 공감하며 받아드릴 수 있게 되는 것이다. 조류 박사가 아무리 새를 열심히 연구하고 관찰해도 인간의 입장에서 새를 보면 새는 알 수 없는 대상이 된다. 왜 저런 모습으로 비행하고, 왜 또 저렇게 지저귀며, 왜 또 저렇게 알을 낳고 품는지 알 수 없다. 꿈에서 진정 새가 되어 보니 새가 하늘을 날고 알을 품고 지저귀는 것을 묻지 않고도 알게 되었다는 이야기가 있다. 내가 새가 되었기에 새가 하는 모든 몸짓이 이해가 되는 것이다. 사랑하는 그 대상이 됨으로서 그냥 다 알아버리는 것, 여기엔 논리나 납득도 필요 없다. 그것이 사랑이다.

2부

'거울 너머'의 존재 찾기

1.

우리는 자기 자신을 쉽게 잊고 살아간다. 인간 숙명의 오랜 과업처럼 우리는 자기 자신이 아니라 거울 속의 나의 모습을 볼 수밖에 없기 때문이다. 거울은 뒤틀려 있고, 구겨져 있으며 색이 입혀져 있으며, 볼록하거나 오목하게 형태가 변형되어 있다. 그래서 우린 언제나 자기의 진짜 모습을 인식하지 못하고, 왜곡되거나 변형된 모습으로 인식한다. 이번 호에 읽은 시들은 이렇게 잃어버린 우리의 본래 모습에 대해 반추하도록 이끈다. 우리의 고통과 질병은 바로 여기 '자기 망각'에서 비롯된다.

우리가 살아가는 세상을 종합병원으로 이야기하기도 한다. 우리가 고통을 느끼고 질병에 노출되는 이유는 바로 우리 자신을 잊어버렸기 때문이며, 이런 '유한성과 일시성'이 인간 삶에 주어진 질긴 카르마(Karma)일 것이다. 빛은 항상 우리 안에 있다, 하지만 우리는 그 빛을 등지고 항상 눈을 감고 있다. 그러면서 빛이 없다고, 사랑이 없다고, 배려가 없다고 투덜거린다. 빛은 언제나 어느 곳에서나 있다. 우리에게는 언제나 잃어버릴 수 없는 자기의 존재가 있다. 다음의 시들은 이렇게 자기 자신의 존재감을 찾아가는 긴 여정을 담고 있다. 소소한 일상에서 우리는 이 예민한 촉수를 세우고 이 거울 너머의 '나'를 더듬는다.

2.

설산 뵈면 절하고 공손히 다시 간다는
유목인 아니라도 절로 숙여지건만
내 혀를 내어 놓으렴, 그래서 고비라니

살이 타는 58℃ 불볕의 살바를 잡듯
은퇴한 벗들끼리 끄응 걷는 사막길
그나마 남은 등뼈도 다 발리네 웃다가

짧은 여름 경영하는 유목 마을 초원에서
매일이 은퇴라고 저녁 해를 따라 붉다
갈수록 고비만 느는 빈 노트를 일껏 씹다

은퇴 후 긴 유목에 미리 퀭한 은발들아
쥐꼬리 뭔 연금도 고료보단 나을지니!
젖은 등 툭툭 치면서 물병을 서로 건넨다

—정수자, 「유목 노을—실크로드 시편」,
『시조21』 2017, 하반기호

화자는 지금 몽골의 고비사막을 걷는 중이다. "은퇴한 벗들끼리 끄응 걷는 사막길"은 그들이 걸어 온 어제이면서 걷고 있는 오늘이면서 걸어가야 할 내일처럼 아득하다. 불볕의 시간 속을 걸어가며 "매일이 은퇴라"는 생각에 저녁 해를 따라 붉어지는 삶을 끌고 간다. "갈수록 고비만느는 빈 노트"같은 사막은 갈수록 채워야 할 것이 많은 사막 같은 화자의 빈 노트다. 사막의 불볕을 견디며 삶의 고비를 넘고 넘었던 화자에게 살아왔던 만큼이나 긴 유목의 길이 광활하게 펼쳐진다. 정착하지 못하고 사막을 떠돌며 지내는 유목민의 속성은 정규직이 되지 못하고 떠돌아야 하는 비정규직의 삶이면서 시인의 삶이 아니겠는가. "쥐꼬리 뭔연금도 고료보단 나을"거라는 말 속에 시인이 만날 수밖에 없는 유목의 시간이 놓인다.

"매일이 은퇴"가 되는 것은 매일 긴 유목의 길에 서 있었기 때문이다. 화자는 몇 개의 고비 속에서 여전히 허우적댄다. 여러 개의 고비를 넘어 왔지만 여전히 빈 노트를 채우지 못 한 채 삶은 고비다. 유목민 같은 시인을 위로하듯 "젖은 등 툭툭 치면서 물병을 서로 건"낸다. 사막에서 물병은 더할 나위 없이 소중한 생존도구다. 물병은 목마름을 해소해주는 '시'와 같다. 사막의 해질녘을 배경으로 삶의 귀가를 쓸쓸하게 바라본다. 해가 지면 유목민들도 게르로 돌아가야 한다. 이것이야말로 은퇴다. 은발이 되도록 유목생활을 하는 그들에게 목마른 시인의 삶을 실크로드에 비유하며 마른 목을 축여줄 시 한 편의 소중함에 대해 표현한 작품이다. 몇 개의 고비사막을 건너서도 시인은 결국 시로 돌아와야 한다.

오로지 한뜻으로 빳빳이 결기를 세운,
햇살이 지척이래도 한 발짝도 떼지 않는

나무도 그늘을 품어야
한세상을 버티느니

외로움을 견뎌내야 마침내 오를 수 있는,
일생 음지만 걸어온 대시인의 자조인 양

아프게 가슴 헤집는
서늘한 한 줄 문장

봐주지 않는다고 함부로 핀 꽃 있더냐
들어주는 이 없어도 연주는 계속되고

적자(赤字)의 귀갓길에도
불 밝히는 화한 웃음

—권갑하, 「음지론(論)」, 『서정과현실』, 2017, 하반기호.

'적자(赤字)'는 붉은 글자로, 두드러진 존재일 수도 있지만 가장 경계해야 하고 조심해야 할 대상일 수 있다. 빨간 줄 그어진 것에는 제명 혹은 위험하다는 의미가 있다. '음지'는 시련이나 악연, 아니면 자신의 어떤 부정적인 측면을 이야기한 것일 수 있겠다. 가려진 부분이면서 감추고 싶은 부분이거나 그다지 희망적이지 않은 어떤 의미를 갖는 듯하다. 그런데 이런 음지를 갖지 않으면 절대 양지를 찾을 수 없다. 음지가 있으니 양지를 찾을 수 있고, 그 가치와 의미를 발견할 수 있다. 볕만으로도 살 수 없고, 그늘만으로도 살 수 없다.

프로이드는 '예술은 욕망의 직접적인 충족을 유예한 대가로 얻어진 고통의 산물'이라고 했다. 욕망을 유예한다는 것 자체가 그늘이며 고통이다. "나무도 그늘을 품어야 한세상" 버티는 것처럼, 우리의 삶도 양날의 배경이 존재한다. "봐주지 않는다고 함부로 핀 꽃"은 없고, "들어주는 이 없어도 연주는 계속"되는 것처럼, "적자(赤字)의 귀갓길에도/ 불

밝히는 화한 웃음"이 있다. 그늘진 부분이 많을수록 별은 더 상대적으로 빛나고 화려해 보일 수 있다. 그렇다고 별이 더 위대하다는 것은 아니다. 별과 그늘은 늘 공존하고 공생하며, 상호 의존적인 관계라는 것을 이야기하는 듯하다. 산이 높을수록 골짜기도 더 깊은 법이듯이.

신분의 벽을 넘으려다 절름발이 된 아비는
전지전능 황금만능교 전전긍긍 신도였지요.
날마다 생의 바다에 낡은 그물을 던지던
그가 건져 올리는 건 변명 같은 쓰레기지만
술 취해 고래고래 고래를 끌고 돌아왔죠.
고래는 몸부림쳤죠, 시궁창이 넘쳐나도록

걱정 마라, 이 애비가 너를 두고 죽겠느냐

반년 만에 돌아온 그는 화약내가 났습니다. 한밤중 개 짖는 소리에 대숲으로 사라진 이, 느닷없이 깨진 안경만 덜컥 돌아왔습니다. 만삭의 그 아내는 열 길 우물에 몸을 던지고 빨치산, 빨갱이 새끼, 일곱 살 실어증이 발길질에 돌팔매에 붉게 물들었습니다. 그때부터 두려울 때면 나 발해로 도망쳤지요. 허상의 국경을 넘어 꼭꼭 숨어 울었습니다.

선지빛 석양을 지고 노신사 흐느낍니다.

—박해성, 「군산항」, 『좋은시조』, 2017, 겨울호

"신분의 벽을 넘으려다 절름발이"가 된 아비는 황금만능교의 신도였다. 세속적인 사람과 돈을 떠받들고 사는 사람을 상징적으로 표현한 전지전능 황금만능교에 심취한 아비는 "날마다 생의 바다에 낡은 그물을

던"지며 "변명 같은 쓰레기만" 건져 올렸다. 반년 만에 돌아온 그의 몸에선 화약내가 났다. 아마도 바다에서 고생을 하고 온 아비의 속이 타는 냄새였을 것이다. 자본주의나 공산주의나 돈이 있어야 투쟁을 하든, 운동을 하든 한다. 아버지는 빨치산이었고, 빨갱이었다. 공산주의는 원래 사람사이의 계급과 차별을 부정하고 정의와 평등을 기치로 내걸었던 이념이다.

여기에서는 신분의 벽이 없는 아비의 모습을 생각해 볼 수 있겠다. 그랬던 아버지는 결국 공산주의에서 자본주의로 전향을 한 것 같다. 그러면서 자본주의 사회의 노예가 됐다. 계급 없는 사회를 꿈꿨던 아버지는 빨치산 활동을 하다 절름발이가 되어 더 이상 활동을 할 수 없게 되자 다시 신분계급이 있는 자본주의 사회로 전향했다. 쫓기는 신세가 된 아비가 "대숲으로 사라진" 후 "깨진 안경만 덜컥 돌아"왔다. 그때부터 두려울 때면 도망쳤던 발해, 지금은 존재하지 않은 나라. 그 허상의 국경을 넘어 도피를 꿈꾼다. "꼭꼭 숨어 울"기 좋은 장소, 밀항하기 좋은 장소로서의 군산항은 화자의 삶의 공간을 상징적으로 표현한다.

> 경주 양남 해변에는 바위들이 누워 산다
> 지금껏 파도에, 쓰러지고 허물어져도
> 끝까지 남은 결기로 모서리를 갖고 산다
>
> 거친 세파에도 남은 날을 벼리면서
> 날 선 모서리로 모서리들을 불러 산다
> 서러움 서로 맞대어 모난 손들 잡고 산다
>
> 모두들 한때는 하늘 괴던 기둥인데
> 살다 보니 무너져 부침 속에 빠진 나날

어둠 속 여명을 찾아 부챗살로 펼쳐내고

이제는 누웠어도 피워내는 마음의 잎
남의 모서리를 서로 첩첩 안다 보니
바위도 꽃잎이 되어, 언제나 꽃으로 산다

—손수성, 「꽃으로 사는 주상절리」,
『좋은시조』, 2017, 겨울호

꽃으로 산다는 것은 아름다움으로 산다는 뜻인가? 사람과 생명을 뜻하는 꽃이 여기 있다. 경주 양남 해변에 누워 사는 바위를 보면, 수없는 파도에 쓰러지고 허물어졌어도 "끝까지 남은 결기로 모서리를 갖고" 있다. 원래 모서리는 다른 존재를, 타자를 배제하는 배척한다는 의미의 존재다. "거친 세파"를 버티며 "날 선 모서리로 모서리들을 불러" 사는 바위들을 보면서 화자는 그 온갖 "서러움 서로 맞대며 모난 손들 잡고" 사는 아름다운 풍경으로 읽는다. 각자만의 색깔을 가지면서도 조화롭게 더불어 살아간다는 뜻이다.

세파에 시달려도, 어려움에 닥쳐도 흔들리지 않는 올곧은 자부심과 자존감으로 버티고 있는 모습을 표현한다. 마치 주상절리가 바람을 막아주는 병풍처럼 생겼다는 점에서 보면 흥미롭기도 하다. 서로서로 힘을 모아 외풍을 막아주고 시련과 역경을 막아주는 존재라면, 빈 방의 고독과 사막의 모래바람도 잘 견뎌낼 수 있지 않을까? 그 모습이 마치 꽃처럼 아름답다는 평범한 깨달음이 담겨 있다.

땅끝 앞 돌섬 위에 저 소나무 꼴값 좀 보소 뒤틀려 휘어져서 어딜 보고 있는감요 지금 나 거기 선 채로 날 기다리고 있었구마이

그냥 칵 죽으면 될 걸 죽지 못해 살고 있지라 이 뺨 저 뺨 오지게 맞고

끗발이 죽었분디 뭔 일이 됐겠소만 잘못 만난 때는 있어도 잘못 태어난 사람 없지라 시작은 인자부터요 그렁께 땅끝인 기여

ㅡ최영효, 「해남」, 『좋은시조』, 2017, 겨울호

돌섬에 있는 저 소나무가 인생 막바지에 다다른 사람들의 모습을 대상화하고 있다. 뒤틀려 있고 휘어져 있는 인간의 삶이 땅 끝 돌섬에 있는 소나무와 같다. "끗발이 죽었븐디 뭔 일이 되겠소만" "시작은 인자부터요 그랑께 땅끝인 거여"에서처럼, 끝나는 곳에서 시작이 되는 것이다.

다시 태어나기 위해서는 먼저 죽어야 한다. 사는 것이 끝은 있어도 사는 이유는 없는 것이다. "잘못 만난 때는 있어도 잘 못 태어난 사람 없"다는 말은 세상 인연이 내 뜻대로는 되지 않지만 나름대로 태어난 의미가 있음을 말한다. 세상의 인연이 자신이 원하는 인연대로 만나는 것은 아니지만 태어난 것은 의미가 있고, 나름대로의 이유가 있다. 원래 땅 끝은 없다. 땅 끝은 인식하기에 따라 땅의 시작이기도 하기 때문이다. 자신이 서 있는 곳이 곧 시작이자 끝이다. 갈수록 고비인 사막도, 사람이 다 떠나고 없는 빈 동네도, 삶의 양면을 오가는 항구도 결국 제 삶의 시작이며 끝이다.

한 장면에서 잊어야 할 것이 더 있습니까?

한 명이 울자 여러 명이 운다

멀리서 오고 있는 이름, 이름이 길어서

돌아가는 대관람차

돌아가는 환풍기

얼마나 가쁜 숨결입니까, 부릅뜬 눈

이 잠은 돌지 않습니다

잠은 뭘까 골똘히

—김보람, 「옅은 잠」, 『시와표현』, 2017. 11월호.

깊은 잠이 다른 세상이라면, 옅은 잠은 경계, 모호함, 흐릿함, 애매함을 상징적으로 표현한 것일 수 있겠다. 꿈속에 드러나는 인물은 타자로 보이지만 사실 바로 자기 자신이다. 꿈은 내가 만드는 현실이다. 내 마음이 슬프면 세상 어디를 봐도 슬픔을 만나게 된다. 세상은 나와 공명한다. 현실은 내 마음의 투사다. 그것이 극명하게 드러나는 것이 꿈의 세계다. 이름이 "멀리서 오고 있"다는 것은 내가 미처 의식하지 못하는 세계임을 의미한다. 나의 모습, 나의 이름인데 애써 억눌렀거나, 부정하거나, 망각했던, 나의 모습이 대관람차처럼 돌고 돌아서 나에게 다시 돌아오는 것이다. 잊고 있던 대상이 내게서 나갔다가 한참 있다 되돌아온 것이다. 이 잠은 대관람차처럼 돌지 않는다. 돌지 않는다는 것은 계속 머물러 있다는 뜻이다. 왜 머물러 있을까? 내 곁에서 떨어지지 않은 그림자 같은 것이, 아직 곁을 떠나지 않고 머물러 있다. 옅은 잠의 애매하고 모호한 이미지의 조합으로 시조의 리듬을 만들어가고 있다.

3.

시인은 우리의 태곳적 모습, 본래 모습을 항상 상기시켜주는 진실한 목격자다. 우리가 잃어버렸던 자신의 모습을 시인은 잊지 않고 보고 느끼고 말을 한다. 그렇게 함으로써 본래 자기 모습을 잃어버렸던 사람들을 치유하고 회복시켜 주는 길을 제시한다. 원래적인 모습은 건강하고, 사랑이 넘치는 상태다. 평화롭고 사랑스러우며 '부재나 결핍을 느끼지 않은 상태'이고, 나와 너의 경계가 없는 상태다. 그런데 이것을 느끼지 못한다면 우리는 이미 자기 자신을 잊어버린 것이다. 그 잊어버린 자신을 되찾게 해주는 존재가 시인이다. 망각한 자신을 찾게 해주는 것이 곧 시인의 몫이다. 사랑은 늘 어디에서나 충만하다. 그런데 우리는 그 사랑을 망각하고 살면서 사랑을 부정하거나 없는 것으로 인식한다. 이러한 생각 속에서 고통과 질병이 싹튼다. 그런데 시인은 원래 우리의 모습을 기억하고, 인지하며 인간의 본래 모습으로 회귀할 수 있도록 길을 열어준다.

경계 위의 시간들

1.

시간은 물리적인 거리감이 주는 환상이다. 우리는 시간이 선형적으로 흘러가는 것처럼 인식하지만, 과거 · 현재 · 미래가 이미 동시(同時)에 동체(同體)로서 함께 존재한다. 우리는 스스로 유한하고 일시적인 위치성에 붙들려, 시간이라는 직선적이고 선형적인 환상을 쫓는다. 모든 가능성은 열려 있으며, 모든 경우의 수가 이미 주어져 있는데, 우리는 우리가 결정하고 선택한 유한하고 찰나적인 꿈만을 경험 할 수밖에 없다. 어떤 것을 경험할지, 어떤 것을 인식할지는 우리 선택의 몫이다. 우리가 꿈을 꿀 때, 인식하게 되는 꿈 속 세상이 오롯이 우리 의식에 창조물인 것과 마찬가지이다. 이러한 시간이라는 환상은 인간에게 고통과 질병을 유발한다. 이 고통과 질병을 통해 우리는 거짓된 자아상을 벗고, 진정한 자기 각성을 이끌어낼 수 있다.

진정으로 자기 각성을 한다면 더 이상 미몽 속에 머물지 않게 될 것이다. 진정 자기 자신을 깨닫게 되면, 이 미몽이 안겨주는 고통과 질병으로부터 자유로워질 수 있을 것이다. 그러나 우리는 너무 많은 것들에 둘러싸여 있다. 시간에 묶여 시간에 미련을 두고 시간에 좇기며 산다. 우리는 이 시간들로부터 자유롭지 못한 채, 어리석은 꿈을 무한반복하고 있다. 시간의 경계에 놓인 이들이 여기 있다. 삶과 죽음, 꿈과 현실, 버릴 것과 버리지 말아야 할 것, 아버지와 아들의 삶, 고용주와 노동자의 경계에 아스라하게 놓여 있다.

2.

"이제 그만 버리세요" 오래전 아내의 말

수십 년 내 품에서 심박동을 공명했던

버팔로 가죽 지갑을 오늘은 버릴까봐

몇 번의 손질에도 보푸라기 실밥들

각지던 모퉁이는 이제 모두 둥글어

가만히 들여다보면 나를 많이 닮았다

그냥저냥 넣어뒀던 오래된 명함들과

아직까지 괜찮은 신용카드 내려놓으며

어쩌나, 깊숙이 앉은 울 엄니 부적 한 점

—홍성운 「버릴까?」, 『내일을 여는 작가』, 2018, 상반기호.

버릴까 망설이던 기억쯤 가지고 있을 것이다. 화자는 오래된 버팔로 가죽 지갑을 오늘은 버리려 한다. 지갑 속에는 "오래된 명함들", "신용카드", "울 엄니 부적 한 점" 등 그냥저냥 넣어뒀던 것들이 들어 있다. 이 오래 되어 닳고 닳은 지갑은 자기와 닮았다. "몇 번의 손질에도" 삐져나온 보푸라기 실밥들, "각지던 모퉁이"조차도 둥글어진 화자의 삶은 이제, 왔던 길을 되돌아보는 길 위에 서 있다. 이 오래된 지갑이 자신을 닮았고, 그 지갑 속을 채우는 것은 어머니의 사랑, 돈, 인간관계 등이다. 결국 이것은 제 속을 채우고 있던 삶의 요소들이다. 그 동안의 인간관계를 표상하는 명함들, 돈을 표상하는 신용카드, 어머니의 사랑을 표상하는 부적 등 화자는 지갑 가장 바깥쪽에서 깊숙한 곳까지 살펴본다.

지갑 속의 명함은 계산적인 인간관계를 의미한다. "아직까지 괜찮은 신용카드"를 내려놓으면서 시인은 이제 버려야할 것과의 거리를 만든다. 지갑과 함께 버릴 것인지를 생각해야한다. 지갑 가장 깊은 곳에 있는 부적은 엄마의 사랑이다. 이 모든 것들은 '나'를 먹고 살게 하는 존재다. 자식 걱정하는 마음으로 넣어 준 부적은 쉽게 빼낼 수 없다. 버린다는 것은 소유와 집착으로부터 해방을 의미한다. 불가의 가르침 중에 가장 행하기 어려운 것은 가족과의 인연을 끊는 것이라고 한다. 엄마의 부적에는 삼줄보다 질긴 인연이 감겨져 있어 어떤 절단도 쉽지 않다. '나'를 채우고 있던 것들을 하나 둘 꺼내보면서 시인은 자신을 들여다본다. 버려야 할 것과 버리면 안 되는 것들의 경계가 눈앞에 펼쳐진다. 버릴까? 망설임이 곧 삶이 된다.

> 틀니를 걷어내자 우물이 드러났다
> 뉘 하나 빠질 듯이 깊숙이 파인 채로

고인 말 퍼내고 싶어
움찔거리는 파장으로

거친 껍질 부수고 깬 굴곡의 팔십 평생
모 닳다 모지라져 뿌리까지 뽑힌 자리

끝내 다 못 전한 말을
우물우물 삼킨다
—백점례, 「아버지의 말」, 『서정과 현실』, 2018, 상반기호.

치아가 빠진 자리엔 거친 굴곡의 팔십 평생이 들어 앉아 있다. 틀니를 걷어낸 아버지의 입 안의 모습은 시련과 역경이 가득한 아버지의 시간을 보여주는 듯하다. 우물처럼 깊게 파인 골에 고인 말들을 퍼내고 싶어 움찔거려 보지만 자꾸만 속으로 파고드는 아버지의 말들이 더 깊게 고인다. '우물'은 자기 모습을 비춰주며 자기 세계관을 보여주는 은유의 상징이다. 윤동주의 「자화상」에서처럼, 자기의 얼굴을 우물 속에 비추는 것은 곧 자기가 걸어 온 삶의 궤적과 현재의 모습이 담겨 있는 장소다. 틀니를 걷어내고 드러난 우물은 아버지의 팔십 평생을 고스란히 담고 있다. 닳고 닳아 뿌리까지 뽑힌 자리에 "끝내 다 못 전한 말"을 우물우물 삼키는 아버지. 우물 속 아득한 말들을 밖으로 퍼내지 못하고 우물우물 삼킨다는 언어유희로 인해 아버지의 퍼내지 못한 말의 슬픔이 더 크게 울린다. 아버지의 못 다 푼 시간이 여기 있다.

길바닥에 착 달라붙어 떨어지지 않았지
한겨울 얼음 바닥에 뒹굴던 그림자
두 갈래 갈라진 길 위에서 가시로 돋는다

높이 솟은 담벼락을 넘어본 적 있는지
돌개바람에 떨어진 방패연 같은 아픈 기억이
손바닥 선명하게 새긴 오른뺨으로 흐른다

발을 동동 구르며 손바닥을 비비며
출구나, 입김이 퍼지는 것을 보면서
파랗게 질린 입술로 설움에 입을 맞추다

실밥 뚫린 목장갑같이 구멍 난 시간이
굳은 살 박힌 아버지의 손을 잡아끌면
오래된 그림 한 장이 낡은 벽에 걸린다

—임성규, 「데칼코마니」, 『좋은시조』, 2018, 봄호.

한 쪽 면의 모습이 다른 한 쪽 면에 복사되는 데칼코마니의 기법을 통해 화자의 고단한 삶을 그리고 있다. 화자는 무언가가 똑같이 반복되고 재생되는 순간을 경험한다. 이 시에서 화자는 계속해서 아픈 이미지를 반복한다. 아버지와 같은 삶을 그대로 반복하고 있는 것일까? "한겨울 얼음 바닥에 뒹굴던 그림자"는 "길바닥에 척 달라붙어 떨어지지 않"는다. 이미 복제가 되어 버린 그림자다. 겨울이란 이미지는 춥고 힘들고 꽁꽁 얼어버린 자신의 마음을 표현하는 가장 적합한 시간적 배경이다.

"높이 솟은 담벼락"은 감히 넘을 수 없었고, "돌개바람에 떨어진 방패연 같은 아픈 기억"만 차갑게 남아 있다. "발을 동동 구르며 손바닥을 비비며" 추위에 입김이 번지는 것을 보면서 "설움에 입을 맞추"던 겨울이 반복된다. "굳은 살 박힌 아버지의 손을 잡아 끌자 데칼코마니가 완성된다. 아버지의 춥고 고단한 시간이 고스란히 화자에게 복제되어 한 장 겨울 풍경이 만들어진다. 아버지와 화자의 닮은 삶이 낡은 벽에 걸린다.

3.

높다란 벽 막고 있다, 손잡을 틈도 없이
뒷짐 진 배불뚝이 앞 주눅 든 까만 얼굴
섬이 된 이방인들의 동공 안이 촉촉하다

부등호 넘친 지구별 편을 가른 오답으로
겉만 보고 단정 짓는 잣대 기준 무엇일까?
속 비운 하얀 낮달에 식은땀이 매진 오후.

더하기 곱하는 길 어깨 위에 걸쳐 놓고
낯선 땅 공장 한쪽 학대 받는 딸깍발이
목이 멘, 이주노동자 같음표 주문한다

—송영일 「=」, 『정형시학』, 2018, 봄호.

제목에서 짐작하듯 이 작품은 동등하게 대우받지 못한 노동자들의 평등한 삶을 주문하고 있다. '낮달'은 존재하지만 사람들의 시선을 받지 못한 존재로, 이주노동자를 표상한다. 같음표를 주문한다는 것 자체는 불평등 구조에 대한 항변이며, 평등을 요구하는 목소리다. 이주노동자는 불법 체류자가 많아 법적 보호를 받지 못한다. 그러다보니 고용주들로부터 학대받거나 피해를 당한 경우가 많다. "높다란 벽"이 막고 있어 손 내밀어 볼 틈도 없다. 소통의 시도조차 할 수 없이 단절된 환경을 묘사한다. "뒷짐 진 배불뚝이"와 "주눅 든 까만 얼굴"은 고용주와 이주노동자들의 관계를 직설적으로 보여준다.

사방의 길이 끊긴, '섬'이 된 이방인들은 "겉만 보고 단정 짓는" 사람들의 희생양이다. 부등호는 너와 내가 같지 않다는 뜻이다. "낯선 땅 공장 한쪽 학대 받는" 이주노동자의 불평등한 처우가 다소 직설적으로 보고된 지점에 감정이 절제되지 못한 감이 있다. 고용자와 노동자의 불평등 구조가 어찌 이주노동자 뿐이겠는가. 우리 사회에 만연한 노사 간 갑을 구조는 상하 주종관계라는 불문율을 깨는 지점에서 다시 맺어져야 할 것이다.

> 제발 침묵으로 나의 남루와 작별해다오
> 갈가리 찢겨진 이름을 애써 파묻고
> 강물을 조금 길어다 흙 위에 뿌리리라
>
> 흔적 없이 울음도 없이 부디 잊혀지길
> 무수한 발자국들이 나를 밟고 지나가길
> 그 위로 한 톨 씨앗도 돋아나지 않기를
>
> 이 표표한 작별을 축복하지 말아다오
> 여윈 입맞춤으로 애도하지 말아다오
> 고요히 시간의 켜에 묻히어 사라지리
>
> —이달균 「침묵의 장례」, 『좋은시조』, 2018, 봄호.

침묵은 망각을 위한 수단으로 읽힌다. 수다를 떤다는 것은 무언가와 소통하고 공감하고 생각을 주고받는 것인데, 그것은 자기 마음속에 결핍과 부재가 많아서 갖게 되는 것이다. 사람은 아무런 생각이 없을 때가 가장 편안한 상태라 한다. 차라리 침묵해야 온전해진다. 진정한 떠나보냄이요, 진정한 작별은 침묵하는 데 있다. 무언가를 기억하고 이야기하는 것 자체가 아직 그 대상을 떠나보내지 않은 상태다. 침묵하고 망각을 한다면 이미 그 대상을 떠나보낸 것이다. 이 작품에서 화자는 정말 침묵하고 망각해 주길 바란다. '나를 놓아주세요' 라는 의미가 된다.

'나'에 대해 기억하는 것 자체가 '나'를 보내주는 것이 아니다. 보내주어야 새로 태어날 수 있으며, 내 자신으로서 살 수 있다. "제발 침묵으로 나의 남루와 작별해다오", "이 표표한 작별을 축복하지 말아다오", "여윈 입맞춤으로 애도하지 말아다오"라는 간곡한 부탁과 당부의 어조는 흔적 없이, 울음도 없이 사라질 존재와의 작별이자, 곧 '나'와의 작별이다. 결국 우리는 찰나에 다녀가는 존재인 것을, "고요히 시간의 켜에 묻히어 사라"질 숙명의 존재들이기 때문이다.

어둠이 깊어지면
마음 문이 환해지듯

맹물의 붓질 자국
꿈결인가 숨결인가

안과 밖
신몽유도원도
몽환에 빠져들다

—이두의 「경계의 미학」, 『좋은시조』, 2018, 봄호.

붓질에 의해 경계가 만들어진다. 이 경계를 통해 몽환(夢幻)이 만들어지고, 안과 밖의 분리와 통합이 이루어진다. 분리와 통합이 함께 이루어지므로 아름다울 수 있다. 음과 양을 단순히 쪼개면 음(陰)과 양(陽)이 사라지지만 그 경계를 다시 통합시킴으로써 또 하나의 아름다움을 이룰 수 있는 것이다. 경계는 단순한 분열이나 분리가 아니라 또 다른 조화로움이다. 붓질 자국을 남기고 경계를 그어 그 조화로움을 확실하게 보여주는 것이 '신몽유도원도(新夢遊桃園圖)'가 아닌가 한다.

조선시대 명작인 안견의 '몽유도원도(夢遊桃源圖)'가 현실세계에서 이상향을 찾아가는 험준한 길과 그 길 끝에 찾게 되는 아늑한 집을 그리고 있다면, 동양화가 석철주의 '신몽유도원도'는 캔버스 천에 아크릴 물감을 사용하여 물로 지우면서 그림을 완성하는 새로운 기법으로, 안평대군의 꿈을 더욱 환상적으로 표현하였다고 한다. 이러한 꿈과 현실, 그 경계를 허무는 아름다움과 조화의 깊은 시 · 공간을 단수 안에 잘 표현해내고 있다.

4.

사막의 신기루를 만나는 나그네는 바다의 물고기를 본다고 한다. 자기 부재와 결핍, 즉 자기 망각을 통하지 않고서는 진정한 자기 자신을 각성할 수 없다. 그래서 이 미몽이 때로는 고통스럽고 치명적인 질병으로 다가오더라도 우리는 기꺼운 마음으로, 이 꿈을 받아들일 수 있는 것이다. 시간의 경계 위에 위태롭게 서 있는 우리의 자화상에서, 우리는 잊고 놓쳤던 또 다른 우리 자신의 그림자를 뜨겁게 끌어안는다.

기억과 트라우마, 광장의 시학

1.

피로 물든 폭력의 역사와 시대의 아픔은 왜 늘 숙명처럼 반복될까? 역사적 트라우마와 아픔을 계속 품은 채 신음할 수 없어서, 우리가 애써 회피하고 지우려했기 때문은 아닐까? 그러나 그것들을 애써 망각하거나 무시한다면, 우리에게 더 이상 상생과 평화의 미래는 없을 것이다. 따라서 우리는 시대의 아픔과 폭력의 역사를 끌어안고 기억하며 살아가야 한다. 역사적으로 한 시대의 아픔을 끌어안고 산다는 것은 그 아픔을 아직 잊지 못하고 있다는 것을 의미하며 무의식적으로 그것을 잊지 않겠다는 다짐이 모순적으로 담겨 있다. 지우려 할수록 더욱 선명해지는 기억과 마주할 때마다 우리의 머리와 가슴은 그 고통 속에서 괴로워한다. 우리는 왜 그 기억을 잊지 못한 채 괴로워하며 왜 또 그 기억을 잊지 않아야 하는 것인가? 시인은 이런 물음을 안고 역사적 트라우마를 시화하며 시대적 망각에 저항하며, 혹은 동시대의 아픔을 공유해온 존재다. 이들은 사건을 직접적으로 체험한 세대들과 다른 방식으로 역사적 트라우마를 이야기하거나 동시대의 사건을 객관화하여 전달하고자 한다. 이번 계절에 주목한 시조들은 역사적 사건으로서 제주 4 · 3과 분단의 역사와 화합의 상징, 자본주의의 여전한 그늘을 관통하는 작품들이다.

2.

김덕남의 작품은 '인면조'의 상징을 통해 분단된 우리 역사의 화합을 상징화하고 있다. 우리는 자생적 근대화에 실패하고 일본의 침략으로 파행적 역사를 경험했음에도 아직도 완전한 독립을 이루지 못한 분단국가로서의 아픔을 겪고 있다. 이러한 역사적 파행은 우리 민족 구성원들이 감내해야 할 고통과 슬픔의 원천이 되었으며 미래 삶을 위협하는 동인으로 작용하기도 한다. 김덕남은 민족 수난의 슬픔과 분단 현실의 극복, 통일을 염원하는 목소리를 '인면조'의 상징 안에 담아내면서 분단 비극의 슬픔을 희망적으로 바꿔 놓는다.

캄캄한 하늘 질러 천년을 날아왔나
마른 목 축여주는 설원이 눈부시다
예맥족 숨결로 빚은 마중물을 붓는다

함성과 탄성으로 박차는 힘을 모아
세상 끝 달려가서 별자리를 잡을거나
은하에 씻은 몸으로 마중불을 댕긴다

쪽물 든 반도기로 백두대간 종단하다
봄 햇살 활짝 풀어 얼음장 녹일거나

째엉 쩡 금 가는 소리, 꽃샘추위 몸 푼다

—김덕남, 「인면조」, 『좋은시조』, 2018, 여름호.

인면조는 고구려 벽화 등에 나타나는 사람의 얼굴을 한 새로 하늘과 땅을 이어준다고 하여, 평창올림픽 개 · 폐막식에 등장하였다. 하늘과 땅을 이어주듯 분단된 남과 북도 이어 주고 냉전의 꽃샘추위도 풀어 준다는 염원을 담은 일종의 통일기원 시다. 인면조가 마중물을 붓고 마중불을 댕기며 남 · 북 화해모드로 전환되고 급기야는 한반도의 통합을 이룰 수 있다는 기원이 점층적으로 표현되었다.

신선 사상과 도가 사상이 녹아든 고구려 벽화에서 발굴한 인면조는 동남아시아에서 하늘과 땅 사이를 이어주는 신묘하고 상서로운 존재로 알려져 왔다. 고대인들은 동물에 신성한 힘이 있다고 생각했는데, 특히 신화에서 새는 보통 치유와 생명을 상징하는 영물로 알려져 있다. 이집트의 불사조 '피닉스'를 비롯, 인도의 가루다, 북아메리카 인디언들의 수호조인 선더버드, 중국의 봉황, 일본의 야타가라스는 전부 인간의 생명을 수호하는 것과 관련이 있으며, 이 외에도 여러 상징들이 존재한다. 평창동계 올림픽에 등장한 인면조는 백두대간을 종단하며 분단된 한반도의 평화를 기원하는 상징물로 의미를 더했다. "캄캄한 하늘 질러 천년을 날아"온 새는 마른 목을 축여주며 마중물을 붓고, 마중불을 댕기며 얼음장을 녹인다. 예맥족 숨결로 빚고, 은하에 씻은 몸으로 댕기고 봄 햇살 활짝 풀어 녹이는 '붓고 → 댕기고 → 녹이는' 과정들은 우리가 단일종족으로서 근본적으로 하나임을 의미한다.

그대, 사월은 이제 광장으로 가자

더는 어둠이라 슬픔이라 쓰지 않겠네

한라산 품어낸 땅에 당당한 시가 되자

살기 위해 산으로 내달렸던 바람도
벼랑 끝에 매달린 까마귀 저 울음도
끝끝내 돌아오지 못한 아버지의 약속도

죽창 같던 고드름 골짜기로 녹아 흘러
잃어버린 마을 어귀 자장가도 불러주며
다 해진 신발을 끌고 산이, 산이 내려온다

아직 누운 백비에 이름 새기는 날까지
너와 나 백두가 만나 춤추는 그날까지
동백꽃 함께 피워낼 사월 광장으로 가자

—김진숙, 「사월, 광장으로」, 『좋은시조』, 2018, 여름호.

광장(廣場)은 많은 사람들이 모일 수 있도록 만들어 놓은 공간이다. 비워진 공간이지만, 광장은 숱한 사건이 벌어졌던 역사의 현장이다. 역사적 사건은 광장에서 이루어진다. 단두대 처형도, 민중의 소리를 모아서 전하는 행위도 광장에서 나온다. 뜻을 알리고 전하는 것, 무언가를 선언하고 공표하는 것은 광장에서 한다. 서양에서 광장은 그리스 Agora에서 시작되어 로마의 Forum, 중세도시의 장소로 계승되어 왔으며, 지금도 도시 공간의 핵심에 위치한다. 우리 역사에서 최초의 광장은 청동기 시대 주거지에서 그 유래를 찾아볼 수 있다. 하지만 마을 공동의 행사나 분쟁 조정을 위해 만들어진 공간이었던 이곳은 점차 권위를 표상하고 귀족들의 목소리를 높이기 위해 활용되거나, 역사적으로 중요한 정변(政變)이 벌어진 공간이 되었다. 고대 그리스의 광장이 대화와 토론과 화합의 과정을 거쳐 고대 민주사회를 건설하는 터전이 되었던 것에 반해 우리나라의 광장은 삼국시대 이후부터 권력자의 권위를 과시하는 공간이었다.

광장 문화의 새로운 전기가 마련된 20세기 후반, 5.16광장(1997년 여의도 광장으로 개명)을 시작으로 도시마다 광장이 만들어졌지만 대중들이 광장에 모여 정치적 요구를 밝힐 때면 정부에서는 이를 막는 것에 급급해 광장 사용을 원천 봉쇄하기도 했다. 2002년 FIFA 한일 월드컵 길거리 응원문화의 영향으로 광장 사용의 주도권이 권력자에서 대중으로 바뀌는 중요한 계기가 되면서 박근혜 대통령 탄핵과 올바른 정권쇄신을 위한 촛불혁명 등이 광장에서 진행되었다.

4월은 제주 4 · 3항쟁, 4 · 19 민중항쟁, 4 · 16 세월호 사건, 4 · 27 남북정상회담 등 무질서와 혼돈, 뜻 깊은 일들이 유독 많은 달이었다. 시인은 그 중에서도 4 · 3의 아픈 그늘을 "너와 나 백두가 만나는"과 같이 화합의 모드로 이어가면서 독자를 광장으로 불러들인다. "광장으로 가자"고, "시가 되자"고 외치는 화자의 당당한 어조는 지난 1970~80년대 민주주의를 외치던 민중의 목소리와 닮았다. 4월을 이제 더 이상 "어둠이라 슬픔이라 쓰지 않겠"다는 화자의 결심에는 이제 어둠과 슬픔에서 벗어나 비로소 당당해질 수 있다는 의미가 담겨 있다.

"살기 위해 산으로 내달렸던 바람", "벼랑 끝에 매달린 까마귀 저 울음", "끝끝내 돌아오지 못한 아버지의 약속"들을 다독이며 "다 해진 신발을 끌고 산이" 내려온다. 다 해진 신발은 산 속에서 오래 헤매고 살아왔음을 보여준다. 당시 이데올로기 대립에 의해 무고한 이들의 희생을 부른 이 사건을 통일에 대한 염원으로까지 잇고 있는 것으로 보인다. 이 작품 속에는 동족 화합과 평화 구현의 희망이 살아 있다. 아직 아무것도 새겨져 있지 않은 비석에 이름 새기는 날, 한라와 백두가 만나 춤추는 그날을 기다려 보는 것이다. 동백꽃을 함께 피어낸다는 상징적인 의미로 차가운 겨울을 녹이고 봄이 오기를 소망하는 화합의 정신을 우리는 읽는다.

> 별도봉 오름자락 푸른 해안을 끼고
>
> 떠나고 남은 이 없이 잡풀들 무성한 곳
>
> 어디서 길을 잃었나, 어느 곳을 헤매나
>
> 곤을동 잠 깨어 물 위에 떠오르면
>
> 울담이 놓인 자취, 뿌리로 닿는 기억
>
> 바람은 고요를 삼키고 귀먼 산을 부르네
>
> —김미정, 「곤을동」, 『정형시학』, 2018, 여름호

김진숙의 작품이 4월의 광장에 오는 봄을 희망하고 있다면, 이 작품 역시 이념논쟁으로 무고한 희생자를 낳은 제주 4 · 3의 아픈 장소를 현장감 있게 옮겨 놓고 있다. 제주 4 · 3 현장으로 지금은 불타 없어진 곤을동의 쓸쓸함과 모두 떠나고 잡풀들이 무성한 고요의 순간을 만난다. 무고한 주민 3만여 명이 희생되고, 99개 마을이 불에 타 사라졌지만 반세기 이상 왜곡된 역사 속에서 불행이 이어지다가 2018년 항쟁 70주년을 맞으며 이제 비로소 봄을 찾은 제주다.

당시 영문도 모른 채 죽어간 아기들의 무덤과 고기 잡고 밭을 일구다 갑자기 참혹한 죽음을 맞은 주민들이 여기저기 뒤엉켜 있는 것을 상징

하는 비석이 널브러진 곤을동. 이곳은 4 · 3 당시 마을 전체가 불타 없어지고 집단학살을 당해 '잃어버린 마을'로 불린다. 1949년 1월 4일 67가구가 모두 불타고 수십 명의 주민이 국가권력에 의해 희생되어 현재는 빈터만 남아 있다. "어디서 길을 잃었"는지 "어느 곳을 헤매"고 있는지 떠난 이는 말이 없고 고적한 쓸쓸함만이 빈 터에 앉아 있다. "잠 깨어 물 위에 떠오"르자 이제야 "울담이 놓인 자취"가 드러난다.

제주 4 · 3항쟁은 권력의 욕망 앞에 무자비하게 학살당한 사건을 기억하는 이들에 의해 문학 작품 속에서 꾸준히 증언되고 재현되었다. 트라우마의 공간으로서 장소의 의미를 해명하는 데 있어 재현은 강력한 저항의지보다는 지배계층의 폭력 속에 살아가는 피지배계층의 고통을 존재론적으로 확인하고 증언하는 방식으로 기능하기도 한다. 이 작품은 제주 4 · 3항쟁이 낳은 폭력의 흔적을 거슬러 올라가면서 상흔으로 얼룩진 그날의 역사를 생생하게 묘사한다. 이처럼 역사적 사건에 대한 트라우마의 공유는 우리가 역사를 기억해야 하는 또 다른 이유가 되고 있음을 확인시켜 준다.

그늘 깊은 세상은 날마다 변방이었지
어둠 한껏 되감아 보름달이 떠올라도
메마른 그림자들은
눈을 뜨지 못하고

현관문 신발장에 쌓여있는 먼지처럼
안개 같은 침묵이 웃음 다 삼켰을까
따뜻한 달빛이지만
눈을 뜨지 못하고

웅크린 몸속에서 흘러나온 꿈이었나
그 흔적 매만지다 돌아 누운 봄밤에
창문이 수런거려도
눈을 뜨지 못하고

―최광모, 「독거」, 『문학청춘』, 2018, 여름호.

요즘 드물지 않게 뉴스에 보도되는 독거노인의 고독사를 다룬 작품이다. 봄밤에 잠을 자듯이 숨을 거둔 노인의 이야기는 이미 개인의 문제가 아닌 사회적 문제로 확산되고 있다. 가족 간의 단절뿐만 아니라 지인도 없다는 것으로 결국 혼자라는 의미다. 우리 생은 결국 혼자 왔다 혼자 간다. 노인의 기억 속에는 죽기 전에 살아왔던 삶이 삽시간에 스쳐 지나간다. 혼자서 외롭게 죽어가는 모습은 1인 가구 시대가 많아진 요즘, 더욱 흔하게 볼 수 있다. "그늘 깊은 세상"은 "날마다 변방"이다. "날마다"라는 부사어는 그의 삶의 소외와 고독을 더욱 부각시킨다. "보름달이 떠올라도" "메마른 그림자들은/ 눈을 뜨지 못"하고 여전히 변방의 존재다. "현관문 신발장에 쌓"인 먼지처럼 시간이 지나도록 그의 죽음은 고요하다. "따뜻한 달빛" 아래에서도 눈을 뜨지 못하는 그가 "창문이 수런거려도" 여전히 눈을 뜨지 못한다. 시인은 각 장의 종장에 "눈을 뜨지 못하고"를 의도적으로 반복함으로써 조용히 생을 마감하는 고독사의 안타깝고 절박한 상황을 부각시키고 있다.

고독사 혹은 노년층의 독거 문제는 우리 사회의 경제적 불평등 구조에서 그 원인을 짚어 볼 수 있다, 서민들의 저소득과 소외 현상과 결부되어 있는 불합리한 경제구조를 비판하는 문학의 대응은 제도권에서 소외되어 고통 받는 소수자들의 삶을 묘사함으로써 이들의 삶을 공유하고자 한다. 삶을 통해 사회의 구조적 문제를 드러내고자 하는 것은 문학적 응전으로서 당연한 과정이라 할 수 있는데, 이러한 과정 속에서는 윤리적 충동이 자리 잡고 있다.

오가는 일 짐만 같다
수역 넘는 보따리 상
큰 가방 바람막이로 시위잠 건밤 새고
북새통 여객 터미널 산더미 짐 쌓인다

하늬에 건너가는 봄 가뭄 뒤 황사였다가
서해 물길 둥둥 떠서 짐짝처럼 건너온다
카페리 사부랑사부랑 물멀미마저 저릿하다

어디에다 굽혀야 하나
내내 서서 뻐근한 허리
누구에게 꿇어야 하나
두 무릎 시큰하다
가없이 가파른 해리 살찬 하루 비늘 뜬다

—조성문, 「따이꽁」, 『정형시학』, 2018, 여름호.

따이꽁(代貢)은 중국과 한국을 오가는 보따리 상인을 지칭하는 말이다. '代貢'에서 따이(代)는 '대신하다' 또는 '대리하다'의 의미이고, 꽁(貢)은 '무언가에 이바지 하다'또는 '나라에 공물을 바치다'라는 의미라고 한다. 중국에 조공(朝貢)을 바치다는 의미로 쓰이는 한자다. 이 단어가 와전되면서 '중국과 한국을 오가는 보따리 상인'을 지칭하는 말로 통상 쓰이게 된 듯하다. 보따리상의 원래 의미는 주로 혼자서 봇짐이나 등짐(지게) 형태로 봇짐장사 또는 행상을 한다는 뜻인데, 나라를 오가며 고가의 명품이나 화장품, 잡화 등을 잔뜩 사서 자기나라에 가져와서는 시세차액을 보고 파는 사람들을 일컫는 단어로도 확대되어 사용되기도 한다. 최근에는 "水客"이란 표현도 쓰는데, 이는 보따리상을 하는 사람들 중에서도 '배편을 이용하는 보따리상을 한정적으로 지칭하는 표현'으로 보인다.

보따리상들에게 제일 힘든 건 이동하는 것이다. 수역을 넘어 온 보따리상들은 큰 가방을 바람막이로 삼아 시위잠 건밤을 샌다. "서해 물길 둥둥 떠서 짐짝처럼 건너온" 이들에게 하루하루는 가파르기만 하다. "어디에다 굽혀야"할지, "누구에게 꿇어야"할지 막막하기만 한 이들의 허리는 아프고 무릎은 시큰하다. 사는 일 버겁기만 한 이들의 삶이 모여 있는 인천항의 모습을 입체감 있게 표현한 작품이다.

> 쉼 없이 빛을 꿈꾸고 노래를 꿈꾸었다
>
> 캄캄한 꿈과 눈물로 탱탱 불어 오른 우리, 둥근 난생 신화로 탱탱 불어 오른 우리, 기회는 평등하게 탱탱 불어 오른 우리, 자유를 향한 일념으로 탱탱 불어 오른 우리, 어둠의 뿌리 박차고 하늘 열어젖히며 직립의 금빛 음표로 터질 듯 차오를 때 시루는 우리가 맛본 최초의 민주주의
>
> 자유와 평등의 온기, 콩나물국 한 그릇
>
> ―박권숙, 「콩나물에 대한 명상」, 『정형시학』, 2018, 여름호.

콩나물이 동시에 차오르는 모습을 민주주의가 싹트는 것으로 은유한 사설시조다. "쉼 없이 빛을 꿈꾸고 노래를 꿈꿨"던 삶은 그만큼 캄캄했던 시대를 건너온 우리의 과거이며 현재다. "캄캄한 꿈과 눈물"은 빛과 노래와는 거리가 먼, 우리가 감당해야 할 시련과 역경이다. 콩나물

을 키울 때는 비닐 포대기를 씌워서 빛을 차단해 주어야 한다. 온갖 시련과 역경 속에서 금빛 음표로 거듭 태어났다는 것은 콩나물에 은유된 우리의 모습이다. 캄캄한 꿈과 눈물 속에서도 자유와 평등의 온기를 찾아서 콩나물 국 한 그릇이 되었다는 의미를 이끌어 내기 위해 오래 참고 견뎌야 한다는 걸 이야기하고 싶은 것이다. "어둠의 뿌리 박차고 하늘 열어젖히"는 과정을 겪으면서 "직립의 금빛 음표로 터질 듯 차오른" 시루에 똑같이 자라나는 콩나물은 모두에게 평등한 기회를 부여하는 것처럼 보인다.

"콩나물국 한 그릇"을 나눠 먹으며 자유와 평등의 온기를 체감하게 하는 의도는 빛과 노래가 되지 못한 불평등의 세상에 대한 반성과 바람을 불러온다. 박권숙 시인의 이번 작품의 매력은 콩나물 키우는 순차적인 과정을 반복적으로 배치하면서, 우리의 민주주의가 여물어 가는 모습을 자연스럽게 들어앉히는 데 있다. 사설시조가 주는 반복은 단순히 리듬감만 부여하는 것이 아니라 그 안에서 이미지의 구현과 의미 생성을 위한 중요한 장치로 기능한다. 이러한 사설조 가락의 반복을 통해 빛과 노래를 꿈꿔왔던 민중들의 삶의 열망을 "우리"라는 보편적이고 공동체적인 사유 속으로 풀어가고 있다.

3.

문학은 역사가 된 시간을 기록하고 재현하는 공간이다. 이 문학의 공간을 통해 작가는 어떤 시대의 혹은 사건의 트라우마를 말하면서 사실적 경험을 바탕으로 재현하거나 과거의 사건을 기억해야 한다는 역설의 방식으로 형상화한다. 과거의 기억을 쉽게 잊어서는 안 된다는 것, 다시 말해 우리가 이 순간을 기억해야 한다는 요청이 강렬하게 자리 잡고 있다. 시는 이러한 요청들을 함축하여 우리 존재의 의미를 행간에 새겨 넣는다. 기억해야 하는 것과 망각하지 말아야할 것 사이에서 우리의 기억과 트라우마는 더 절실해지고 또렷해진다. 앞서 읽은 작품들은 이미 과거가 된 아픔과 고통을 현재에 반복하지 않기 위해 우리를 자꾸 시적 공간으로 자꾸 호명하고 있는 것이다.

불멸을 그리는 슬픈 예언자

1.

인생의 무상성(無常性)이란 말 속에는 영원한 것은 없다는 의미가 담겨 있다. 한 번 지나가버린 시절은 되돌릴 수 없으니 더 애착이 가고 미련이 남는 법이다. 다시 되돌리지 못하기 때문에 그리움은 더 깊어진다. 일기일회(一期一會)라는 말은 평생(平生)에 단 한 번 만나거나 그 일이 생애(生涯)에 단 한 번뿐인 일임을 강조하는 말이다. 모든 것이 인연(因緣)따라 만나고 헤어지는 연기적(緣起的)인 꿈과 같은 것이지만, 그래서 다시 못 올 순간이기에 더 소중하고 애틋한 삶이 되는 것이다. 이제, 이 애틋한 풍경 속에서 그리움의 동의어로 존재하는 가깝고 먼 순간을 기억해 보기로 하자.

2.

내려서는 일이란 얼마나 어려운지

물가에 앉아서도 미처 알지 못했네
천지간 어둠을 뚫는 꼭두새벽 저 물소리

은종을 팔다 말고 별 하마 돌아갈 시간
손 흔드는 작별 대신 소리 낮춰 물을 읽네
경전에 오르지 않은 두루마리 긴 편지

강물처럼 사는 일이 필부의 길이라던가
한사코 흐르는 물에 나를 자꾸 담그지만
잠시도 섞이지 못한 뼈저림만 환하네

—민병도, 「정음(正音)—새벽 물소리」 전문,
『서정과현실』, 2018, 하반기호.

화자는 도입에서부터 강물처럼 낮추고 내려가는 일이 쉽지 않음을 고백한다. 인간은 살아가기 위해 수없이 자연을 거스르는데, 자연은 때가 되면 가라앉고 내려가는 법을 안다. 봄철의 새싹도 가을엔 잎을 떨구듯 자연은 위로 솟구치다가도 때가 되면 낮추고 내려올 줄 안다. 시조의 제목인 '정음(正音)'은 말 그대로 바른 소리다. 시인은 강물이 위에서 아래로 흐르는 것이 겸손해지고 자기를 낮추는 소리로서 올바른 소리이며 바른 길이라고 말한다. 그런데 그 흐름에 섞이지 못한다고 했으니, 이는 곧 오만하고 독선적이고 항상 올라가려고만 하는 자신의 탐심(貪心)에 대한 반성이 아니겠는가. 경전도 넓은 의미에서 정음이다. 거기에 오르지 못한 "두루마리 긴 편지"는 속세의 어리석은 욕망과 애착이 되겠다. 불교에서 말하는 탐진치(貪瞋癡)는 탐욕(貪欲)과 진에(瞋恚)와 우치(愚癡)를 일컫는 말로, 탐내고 집착하는 마음, 탐하는 것이 자기 뜻대로 안 되니 분노하고 성내는 마음, 어리석음과 무지한 마음을 의미한다. 이 세 가지 번뇌는 열반에 이르는 데 장애가 되므로 삼독(三毒)이라 한다. 이런 마음 자체가 자기를 내려놓지 못하고 붙들고 올리려는 원인이 된다. "한사코 흐르는 물에 나를 자꾸 담그지만", 화자도 별 수 없이 "잠시도 섞이지 못한 뼈저림"을 어찌하지 못한다.

> 무슨 수로 다 헤아릴 것인가, 그 수심(水深)을
>
> 겨우 산문(山門) 아래 이르러 엿들은 말씀
>
> 바람이 일렁인 만큼만 물길 틔워 보냈단다
>
> 산빛 반 하늘빛 반 섞어 빚은 청옥(靑玉) 물빛
>
> 내설악 은밀한 속살까지 감추었구나
>
> 절 한 채 세우는 일도 저 물처럼 맑았으리
>
> —박시교, 「백담사 가는 길-무산 스님에게」,
> 『좋은시조』, 2018, 가을호.

구도자의 엄정한 수행과정 속에 번뜩이는 깨달음을 담은 시조를 쓰며 언어를 갈고 닦았던 시인 무산 조오현 스님. 그의 입적 후 박시교 시인은 그를 회상하며 백담사 가는 길에 오른다. 이 시조의 핵심은 마지막 수 종장에 있다. "절 한 채 세우는 일도 저 물처럼 맑았으리"라는 시구 속에 등장하는 '절 한 채'는 스님이 수행 속에서 얻은 진정성과 깨달음을 표상한다. 그것이 물처럼 맑다고 했으니 세상을 있는 그대로 보았던 마음을 말하는 것이리라. 물처럼, 자신의 욕심을 투영하지 않고 세상을 보는 것은 결코 쉽지 않다. '나무'가 있다고 가정하자. 나뭇꾼에게 나무는 땔감으로, 조각가에게는 목공예 조각품으로, 과수원 주인에게는 일용할 양식이자 돈벌이 수단으로 다르게 보일 것이다. 그런데 나무는 돈도 예술작품도 땔감도 아니다. 나무를 나무 자체로 보는 것처럼, 스님의 눈은 색 안경을 쓰지 않고 대상을 그 자체로 맑게 바라보았기에 절 한 채의 깨달음을 얻었을 것이다. 욕심을 버리고 보았을 때 맑은 물을 보듯 세상을 있는 그대로 꿰뚫어 볼 수 있다. 시인은 무산 스님의 '수심(水深)을'을 헤아리며, 선입견 혹은 편견을 비우고 대상을 있는 그대로 바라보고 대하는 법을 되새김질 하는 것이다.

때론 수련꽃이 물잠자리를 유혹하거나
버들치 잠결을 깨운 아라비안의 일출 혹은
물새알 훔치다 들킨 동화 속인가 했어

아니었어 안개 잔잔한 홰나무 밑 잠은 깊고
폭풍이 지나는 듯 검은 눈빛들의 축제장
종속(從屬)을 달리한 신들이 떠돌았어 한가히

살아서도 죽어서도 불타는 건 똑같네만
살아 불타는 이는 감춘 몸 여기 와 씻고
떠나도 못 떠난 이는 매운 연기에 휩싸여

수채 물감 붓을 씻던 회색 물통 생각나네
눈 감으면 켄트지에 덧니로 돋은 색상들아
손잡고 함께 잘 가라 긴 침묵의 갠지스.

—권혁모, 「새벽 강」, 『좋은시조』, 2018, 가을호.

겐지스는 강고트리에서 시작해 수백 킬로미터에 걸쳐서 인도 북부의 초원 지대를 가로질러 벵골만으로 흘러가는 강이다. 신성한 강이라 하여, 힌두교 순례자들은 바라나시로 와서 겐지스 강물에 몸을 담그는 의식을 치른다. 모든 죄를 씻는 의식으로, 길한 죽음을 맞이할 수 있는 곳이기도 하여 생명줄이라고도 한다. 화자는 지금 새벽 무렵, 겐지스 강가에 나가 삶과 죽음이 만나는 가장 친밀한 의식이 거행되는 광경을 바라본다. "살아서도 죽어서도 불타는 건 똑같"지만, 살아서 불타는 이는 감춘 몸 겐지스 강에서 씻고, "떠나도 못 떠난 이는 매운 연기에 휩싸여" 간다는 점이 다르다. 여기서 불에 탄다는 것은 삶과 죽음의 경계 위에서도 번뇌하는 마음이 여전히 지속된다는 것을 의미한다. 번뇌(煩惱)는 속세의 모든 근심 · 걱정을 타오르는 불로 표현한 것이고, 그 불이 꺼진 상태를 열반(nirvāna)이라 한다. 불 태워진 주검은 매운 연기가 되어 하늘로 올라가야 하나, 여전히 이승에 붙들려 열반에 이르지 못하고 있다. 죽음의 탄생이 삶에 대한 애착과 미련을 가져오는 있는 것이다. "수채 물감 붓을 씻던 회색 물통" 같은 겐지스 강에서 몸을 씻거나 존재들의 삶과 죽음을 바라보며, "손잡고 함께 잘 가라"는 그들의 모습을 묵도하는 시적 화자가 여기 있다.

사나이는 바다란다!
입에 달고 다니셨던
영정 속 아버지가 나를 보고 웃으신다
얼굴엔 소금꽃 몇 점 하얗게 피워 물고

눈짓으로 가리키는 수평선 좇다 보면
하늘까지 잠겨 있는 광대무변 푸른 평원
가슴속 녹슨 닻줄이 파도처럼 출렁인다

지금은 가 닿았을까, 평생을 찾던 항구
그 새벽 해미처럼 향불 연기 자욱한데
창밖의 바람 소리가 뱃길 다시 열고 있다

물빛보다 푸른 핏줄 팔뚝에서 꿈틀대는
아버지 품은 바다 나도 따라 안기고파
만선의 제사상 위로 배 한 척을 띄운다

—임채성, 「사나이의 바다」, 『좋은시조』, 2018, 가을호.

화자는 지금 영정 속 아버지를 마주하고 있다. "사나이는 바다"라는 말을 입에 달고 다니던 아버지가 평생을 찾던 항구에 지금은 가 닿았을지, 화자는 아버지의 안부가 궁금하다. 항구는 휴식의 공간으로서 아버지의 집이면서 자궁, 무덤, 사랑하는 연인 등으로 표상될 수 있다. 닻줄이 녹이 슬었다는 것으로 보아 아버지는 한동안 바다로 나아가지 못했다는 것을 알 수 있다. 평생의 안식처를 찾고자 하였지만, 바다라는 존재 자체가 아버지의 안식처가 되어 버린 것이다. 배를 한 척 띄워서 바다로 나가 있는 것 자체가 평온하고 안식을 취할 수 있는 마음의 공간이 된다. 결국 바다가 아버지를 영영 품은 것이다. 그런데 화자도 바다로 나가고 싶다고 고백하는 이유는 무엇일까? 바다는 영원히 머물러 있을 수 없는 장소이기에 항구를 찾을 수밖에 없다. 바다는 계속해서 움직이고 항구는 머물 수 있는 곳이기 때문이다. 화자의 아버지는 지금쯤 항구에 가 닿았을까. 그리움의 안부가 바다 위에서 출렁인다.

그 길을 돌아서 간 그는 끝내 오지 못했다 토담엔 이끼가 끼고 해마다 풀이 나고,

그 위를 비, 바람들이 수없이 지나갔다

지금은 이사를 하고 집들마저 허물어진 채, 치매 앓는 노파가 맞아야 할 밤이 있거나

모르는 사람들이 와서 새 삶을 일구고 있다

역사가 되었을까 피안으로 갔을까, 달 밝은 밤이면 자주 그를 보고파 하던

나이든 피붙이들도 뒷산으로 가고 없다.

―이우걸, 「고향」, 『개화』, 2017.

도시로의 이촌향도(離村向都) 현상을 새삼 말 할 것도 없이 지금의 고향은 텅 비어 혈육도 없고 친구도 없다. 한때 고향에 살았던 그 누군가인 '그'는 끝내 돌아오지 못했다. 돌아오지 못했다는 것으로 보아 돌아 올 수 없는 필연적인 사유가 존재하는 듯하다. 세월이 이렇게 많이 흘렀으나 돌아오지 못하고 떠나버렸을까? "이사를 하고 집들마저 허물어진" 동네에는 치매 앓는 노파만 우두커니 앉아 있다. 여기서 치매는 과거를 잊어버렸거나 자기 자신을 잊어버린 상황을 의미한다. 고향은 자기의 뿌리이고 자기의 정체성을 알려주는 곳이면서 과거가 묻혀 있는 곳인데 "치매 앓는 노파"를 등장시킨 것은 그 모든 시간들이 기억나지 않고 지워졌음을 상징적으로 표현하기 위한 장치로 보인다. 빈집들이 늘어간 것이나 고향사람들이 돌아오지 못하는 것은 더 이상 고향이 고향답지 않기 때문이다. 즉, 고향이 사라져 버린 것을 의미한다. "역사가 되었을"지, "피안으로 갔을"지 모를 '그'를 보고파하고 그리워하던

피붙이들도 이제는 함께 뒷산으로 가고 없다. 서로의 임종을 지켜주지 못하고 되돌아간 곳엔 빈집만 즐비하다. '그'를 보고파 하는 사람이 있었지만, 끝내 그는 오지 못했고, 그 또한 떠났다. 오직 "모르는 사람들이 와서 새 삶을 일구고 있"는 고향은 더 이상 고향이 아니다. 모두가 다 떠나고 기억마저 사라져 가는 고향 풍경에 대한 애틋한 그리움과 서운함이 여기 와 머문다.

새벽 풍경 지켜보는 새라 해도 좋겠다
내 몸 안에 흐르는 강물이면 어떤가
산책로 비탈에 놓인 빈 의자도 좋겠다

버리기 전 세간 위에 지문으로 새겨진
눈물 흔적 비춰보는 달빛이면 또 어떤가
그날 밤 술잔 위에 뜬 별이라도 좋겠다

깨알같이 많은 어록 남겨놓은 발자국에
비포장 길 얼룩 같은 달그림자 지는 시간
빈 방을 돌고 나가는 바람이면 더 좋겠다

—김삼환, 「그리움의 동의어」, 『정형시학』, 2018, 가을호.

이 시조에 등장하는 그리움의 동의어는 새, 강물, 빈 의자, 지문, 달빛, 별, 바람 등이다. 새는 떠나가는 존재며, 강물도 흘러가는 존재로 한 곳에 머무를 수가 없다. 빈 의자 역시 잠시 앉았다 가는 곳에 불과하다. 새, 강물, 빈 의자는 만남과 헤어짐이 공존하는 대상이다. 달빛과 별은 저 멀리 떨어져 있는 존재이므로 잡을 수 없어 늘 그리운 존재다. 더구나 바람은 지나간 흔적만 남길 뿐 아예 형체도 없다. 존재감은 있지만 형체가 없는 데다 짧은 순간 왔다 가버리는 존재라서 영원히 그리움의 대상이 될 수밖에 없다. 화자의 그리움은 이렇게, 짧은 순간 왔다 가는 자연사물의 존재에 동화되어 있다. 그러나 화자는 새, 강물, 빈 의자, 달빛, 별, 바람이라도 좋겠다고 반복적으로 말하면서 그리움을 키우고, 또 그리움의 동의어가 된다. '~이면 어떤가', '~라 해도 좋겠다'와 같은 유사한 통사구조의 반복 속에서 멀리 있어 그리운 존재에 대한 간절함은 더 깊어진다.

시조에 대한 저항으로써의 시조 쓰기

1.

우리 사회는 미디어 네트워크 문화가 강력한 자장을 형성하고 있다. 모든 시는 현재형이라는 말이 있다. 그 자장 속에서 오늘의 시가 창작되고 있다. 전통 서정시가 서정시의 동일화의 원리에 충실한 일관된 정서의 흐름을 심상으로 구축했다고 한다면, 오늘의 시는 이러한 일관된 흐름으로부터 이탈된 언어들이 다소 무질서하게 보이는 방식으로 던져진다. 이는 디지털 문화에서 만들어진 이미지가 순간에 생산되고 빠르게 사라지는 문화적 속성과도 닮아 보인다. 순간의 제시가 관건인 시대에 문학은 어떤 목소리를 가져야 하는가에 대한 물음이 자연적으로 발생한다. 오늘의 시는 이러한 시대의 요구에 대해 끊임없는 변화와 실험을 거듭하고 있다.

이즈음, 우리는 시의 매우 중요한 장르적 요소인 '율격'에 대해 생각해 보지 않을 수 없다. 근대의 기계적인 음수율에서 벗어나 외형적인 운율보다는 심상에 의존하는 현대시에 이르러 외형적인 운율에 의존하는 시는 점차 위축될 수밖에 없다. 그것이 '시조'의 경우에도 예외가

될 수 없다. 복잡하고 다양한 현대인의 삶을 가볍고 얇게 압축해야하는 현대 사회의 담론을 일정한 틀을 갖고 있는 시조의 그릇에 담아낼 수 있을 것인가, 하는 것이 여전히 관건이 되고 있다. 그것은 이 시대에 왜 시조여야 하는가에 대한 물음으로 이어진다.

시조가 기존의 형식에서 어느 정도의 변용을 허용하면서 운율을 잘 살릴 것인가? 운율을 잘 살리면 시조다운 시조가 되는 것인가? 디지털 시대 시조는 내용을 잘 담아 낼 수 있는 그릇인가를 문제 삼는 의구심과 함께 리듬에 대한 논의도 자연스럽게 언급되어 왔다. 이러한 물음은 시조의 현대성, 정체성과 관련된 논의로 이어지며, 시조는 어디까지 왔고, 또 어디를 향해 가고 있는가 하는 포괄된 논의로 확장된다.

시조는 음보율과 음수율에서 파생되는 일정한 리듬이 있다. 3장 6구라는 일정한 형식과 종장 첫 3글자, 5자 이상의 음보, 전체 4음보의 가락이 빚어낸 리듬은 시조의 불문율이다. 시조의 오래된 옷을 이 시대에 입는 것이 부담스럽고 어울리지 않아 보인다는 의견이 많이 있다. 정해진 시조의 리듬에 끼워 맞추듯 시조를 쓰는 것이 답이 아니라면 새롭고 참신한 내용과 표현으로 새로운 시조의 리듬을 만들어가는 것은 어떨까?

기존의 시조 리듬을 깨자는 이야기가 아니다. 시조의 리듬이 어디까지 담아 낼 수 있는가에 대한 고민으로부터 시작하여 다양한 시조의 내적 리듬에 대한 모색이라고 할 수 있다. 현대 시조 쓰기에 대한 고민이 거기에서 시작된다. 현대 시조는 시조의 정형 안에서 내용 구성을 통해 자기만의 리듬을 구사할 수 있어야 한다. 단순히 리듬에 맞춰 글자들을 풀어놓는 일이 아닌, 시조 형식에 충실한 시에 대한 시인의 고민과 결과를 독자와 향유하고 소통할 수 있어야 한다. 시조의 형식이라는 일정한 통제기제에 어떻게 말을 붙이는가를 내용과의 연장선상에서 철저하게 성찰하여 구체적으로 고민해야 한다. 이러한 고민의 첫 머리에 젊은 시인 시조 몇 편과 최근 데뷔작 몇 편을 읽어보기로 하자.

2.

첫날 밖의 다음날
모든 날의 이튿날
하루가 천천히
낡아가고 있다
그것을 쓰려고 한다
좋고 나쁜 또 다른 기분

어둠으로 끌리는 말
어둠으로 밀리는 밤
달아나는 사이
떠오른다, 첫
슬픔이 전체라는 책
첫은 자란다

책장을 넘기면
자꾸만 유일해지는
첫날 밖의 다음날
모든 날의 이튿날
없어도 있던 것처럼
검은 윤곽처럼

ㅡ김보람, 「첫, 이튿날」, 『시와표현』, 2017. 11.

첫날이 아닌 모든 날을 이야기하는 제목부터 관심을 끈다. 화자는 이미 지나간 날이면서 낡아버린 날을 쓰려고 한다. 그는 좋기도 하고 나쁘기도 한 또 다른 기분과 같이, 양립되는 감정이 함께 공존하는 것을 말한다. 두려움에는 용기가, 분노에는 용서가, 혐오에는 애착이, 열등감에는 우월감의 감정이 상호의존적으로 공존한다. 그래서 새로운 날은 역설적이게도 늘 낡아버린 날이 되고 만다. 흘러가는 시간 속에서 늘 '첫' 날은 낡아간다. 반복되는 '어둠'은 낡아간다는 이미지의 표현이다. "없어도 있던 것처럼", "검은 윤곽"처럼 첫날은 낡아 간다. 그러므로 첫날은 자꾸만 유일해지는 날이다. 정말 첫날은 아니지만 첫날 같은 날이다. 어제와 그제와 과거도 있지만 어둠에 밀려 가버리고 또 오늘이 첫 날이 된다. 항상 새롭고 낯설 수밖에 없다. 시간의 무한한 연속성을 이야기하기도 하고, 그 연속성 속에서 현재를 살아갈 뿐이고, 지금 이 순간을 살아갈 뿐이라는 인식을 담고 있다. 지금 이 순간은 첫 날의 다음날 혹은 첫 날의 연장으로 읽힌다. '첫'이 자란다고 했으니 무한한 첫 날의 연장이다. 첫 날 밖의 다음 날이 아니라 자세히 보면 첫 날의 무한한 연장이고 첫 날의 다른 모습이다. 직관적인 언어표현과 불안한 음보가 존재하지만 낡아가고 있는 '첫'에 대한 이미지를 구현하기 위한 리듬으로 볼 수 있다.

점심엔 이걸 먹자
저녁엔 무얼 먹지?

두들기던 타자기에 늘어 붙는 한숨들이

재빨리 혀 끝에 모여

퇴근을 재촉한다

한 모금 들이키자
그제야 피어오른다

한밤중 봄꽃처럼 오므라졌던 내 입술이

쓴 맛을 맛보고서야
참 달다고 내뱉는다

불쾌한 쓴맛들은
내게로 와 득이 된다

말 빠른 맛의 궤도에 진입한 혀의 능력

하나로 점철되는 맛?
어디에도 없는 맛

—이나영, 「쓰고 달다」, 『열린시학』, 2017, 겨울호

쓴 만큼 단맛을 느낄 수 있다. 염세주의자 쇼펜하우어는 다음과 같이 말했다. "나는 쾌락을 원하지 않는다. 쾌락은 잠시 고통을 잊게 하는 마약에 지나지 않는다. 약기운이 다하면 우린 다시 고통의 세계로 돌아온다. 그래서 나는 그저 고통이 없기를 바랄 뿐이다". 사람이 단맛에서 즐거움을 얻는 것은 사는 게 너무 쓰고 맵고 짜고 고통스럽기 때문이다. 하지만, 그것은 궁극적으로 평화나 위안을 주지 않는다. 그것은 일종의 일시적인 눈속임이고 망각이다. 말하자면, 고통 없이 강건한 원래적인 상태를 알 수 없고, 쓴맛을 모르고서 단 맛을 안다는 것은 불가능하다

는 것이다. 결국 쾌락과 고통 모두 온전한 자기 각성의 상태가 아니다. 인생의 아이러니와 역설은 바로 여기에 있다. 우리가 쓰는 문학 역시 모두 결핍과 부재가 낳은 결과물이기 때문이다. 단 것도 쓴 것도 혼자만으로 온전할 수 없다. 시인은 '쓰고 달다'는 다소 이질적이고 서로 다른 맛의 조합으로 시조의 리듬을 생성한다.

> 움푹 팬 벼루 같은 밤, 그저 먹먹할 뿐
> 누가 붓 들었을까 번져 가는 바람줄기
> 말려볼 틈새도 없이 속수무책이었네
>
> 사라지지 않았는데 마지막이라 했네
> 어깨를 들썩이는 뒷그림자 굽어보며
> 강둑에 선 버드나무 머리칼만 흩날렸지
>
> 달빛 화선지처럼 펼쳐진 물결 아래
>
> 아래로
> 아래로만
> 깊숙이 박혀 있는
>
> 가슴 속 심지 같은 것,
> 아버지의 그 얼굴
>
> —이가은 「그 얼굴」, 『시와표현』, 2017. 12월호.

화자의 아버지는 돌아가셨는데 가슴 속 심지처럼, 사라지지 않고 있다. 기억하지 않고 추억하지 않으면 살아 있어도 죽은 존재다. 가슴 속 아버지의 얼굴을 떠올리자, 먹먹한 밤과 속수무책으로 떠나보내야 했던 시간이 밟힌다. 아래로 아래로만 박힌, 심지 같은 슬픔을 결국 어찌해 볼 수 없었다는 뜻이다. 다소 서정적이고 안정된 시상전개를 따르고 있는 작품이다. 그러나 함께 발표한 「둘도 없는 애인 재인」은 어감이 다르다. "너를 보면/ 도달하고 싶어져/ 힘껏 말야// 끓는점 잊은 물은 미지근한 온도에도/ 뾰그르, 미리 볼웃음 짓고 있으니 말야// 각진 마음/ 헤실헤실 녹아버린/ 얼음 같아// 어찌해 볼 도리 없이 이럴 수밖에 없이 / 냉각된 이 하루 속에 너마저 없었다면"에서 재인은 사랑하는 사람의 이름인데, 말장난처럼 '두 번이나(再) 반복된 사람(人)'이 되어버린 역설적인 표현이 담겼다. "냉각된 이 하루 속"을 헤실헤실 녹여줄 '너'를 향해 힘껏 도달하고 싶어지는 마음을 표현한 것일까?

스무 년 치 스스로를
양손으로 모아잡고
굽힌 허리 교육처럼
뻗은 팔은 계획대로
완벽한 스트라이크,
알람에 꿈을 깬다

'이미'란 한 마디에
발끝이 걸려서는
일상은 공중묘기
데굴데굴 굴러가기
저만치 멀어져만 가는
볼링핀을 쫓아서

희망이 무첨가된
4분기 점수판에도

잘 닦인 소개서를
온 힘껏 굴려보냈어
트랙에 닿기 직전을
반짝이기 위하여

—이중원, 「그 쇠공이 구르는 법」, 『시와문화』, 2017. 겨울호

화자는 꿈속에서 볼링공을 굴려 스트라이크를 친다. 볼링공을 잡듯 "스무 년 치 스스로"를 양손으로 잡고 그동안 배운 대로 허리를 굽히고 계획대로 팔을 뻗고 완벽한 스트라이크를 치지만, 그것은 꿈이었다. 첫 수에 많은 이야기들이 숨 가쁘게 담겨 있다. '이미' 지나버린, 돌이킬 수 없다는 말의 부사어에 발끝이 걸려서 잡을 수 없는 볼링 핀을 무너뜨리겠다고 하는데 잘 안 되는 상황이다. 일상에서는 "공중묘기"와 "데굴데굴 굴러가"는 상황을 잘 견뎌야 한다. 화자가 좇아가는 볼링 핀은 좇아갈수록 멀어져가는 삶의 목표다. "희망이 무첨가된" 아득하고 먼 길목에 또 한 번 "잘 닦인 소개서"를 힘껏 굴려보지만, 쉽지 않은 트랙 앞에 화자는 놓여 있다. "트랙에 닿기 직전" 반짝이기 위한, 쇠공의 화자가 여기 있다. 취업이라는 볼링 핀을 좇아 공중묘기와 데굴데굴 구르기를 반복하는 시적 화자의 안절부절 하는 걸음이 급박하게 담긴다. 내용의 전환이 무척 빠르게 일어난다.

오늘은 결심했지요, 당신과 함께 가기로
사산된 새끼 고래가 해변에서 부활하는
그곳은 은고사리 땅, 시작 없는 세상의 끝

북풍의 영혼들도 준비를 마쳤다네요
비워야 채워지는 평범한 진리를 익힌

암갈색 피크닉 상자도 잊지 말고 챙기세요

아무도 우리 여행엔 관심조차 없답니다
그러니 걱정 마세요, 당신이 돌아온 날
세상은 언제나 그렇듯 아파하고 있을 테니

다시 오지 않을 것을 기다리는 문지기처럼
종말 없는 예언을 찾는 중세기의 수도사처럼
출발은 도착 없어도 의미 있기 마련입니다

두 손을 흔드세요, 기약 없는 인사지만
눈물 없는 환송과 남겨진 존재를 위해
침몰한 범선의 항로를 잊지 못한 자를 위해
—김상규, 「백색 돛의 항로」, 『시와표현』 2017, 12월호

'백색'은 죽은 자의 혼령, 영혼의 존재를 표상한다. 북풍의 영혼들도 준비를 마쳤다고 했으니 이 범선은 죽은 자들을 위한 배로 보인다. 인생을 항해에 비유하여 표현하고 있으므로 침몰한 범선은 침몰한 삶과 같은 의미다. 사산됐다는 것은 이미 죽어서 태어났다는 이야기다. 그래서 시작이 없는 끝이라는 표현이 가능하다. 화자는 인생을 소풍가듯 "암갈색 피크닉 상자"에 비유했다. 이 상자를 통해 "비워야 채워지는 평범한 진리를 익"혔다. 윤회나 환생도 여행이라 할 수 있다. 인간 세상을 살아가면서 해결하지 못한 것에 대한 미련이 남아, 인생의 미몽(迷夢)에 대한 집착과 미련이 느껴지는 듯하다. 미처 이루지 못한 꿈을 이루기 위해 이미 죽은 영혼이 다시 오는 것처럼.

방심하다 모인 감정 새 노트가 될 것이다

조만간 쓸 것이다 쓸 일이 있을 것이다
한 번만
사용한 서운함이나
두 번 볼 일
없으리라

쓰다 만 감정마다 X표 그리면서
뒷장을 기다린다 기다리다 뒷장이 된다
우리는
뒷장만 가졌다
버려질 것
알면서

—김남규, 「이면지가 쌓인다」, 『시조21』, 2017, 하반기호.

이면지는 두 번 활용되는 종이다. 처음 썼던 감정은 폐기되고 다시 '새 노트'로 써진다. 그 뒷면을 쓰는 것이다. 재활용은 시행착오다. 그냥 버리기 아까워서 다시 쓰는 것이다. 이면지는 이면지로 재활용될 수도 있지만 그냥 버려질 수도 있다. 그런데 한 번만 사용한 서운함이나, 두 번 볼 일 없으리라고 말하고 있으니 다시 써지길 바라는 마음으로 이면지는 기다리고 있다. 원래 앞장이 뒷장이 되고 뒷장이었던 곳이 앞장이 되는 것이 종이면서 우리 삶이다. "우리는/ 뒷장만 가졌다./ 버려질 것/ 알면서" 말이다. 우리는 이면지로 활용된다. 처음 썼던 앞부분이 쓸모없게 될 때 이면지로 써지는 것이다. 그래서 우리는 뒷장만 가진 존재가 된다. 다시 쓰기 부적당하거나 쓰임새가 없어진 것이다. 용지가 쓰임새가 있었으면 무엇으로든 쓰였을 텐데 쓰임새가 사라져버렸다. 표면과 이면, 그것이 뒤바뀌는 상황이다. 뒷장을 기다리다가 뒷전이 되는 존재다. "쓰다만 감정마다 X표"를 그리는 것은 자신의 감정을 계속 부정하고 싶은 마음의 표시다. 자꾸만 감정을 버리다 보니 이면지가 쌓이는 상황이 반복된다.

빨리 와주세요, 빨리
파도치는 방파제

한 사내 넋을 잃고 주저앉아 있다

달려온 구조대가 파도를 한 장 한 장 들춰냈다

끝끝내 아들은
미궁 속으로 사라지고

거액의 보험금을 아들 대신 안고 사라진 사내

몇 달 뒤

pc방에서 아들이
파도 앞으로 걸어 나왔다

—정지윤, 「미궁」, 『좋은시조』, 2017, 겨울호

보험금을 노린 한 사내의 자작극을 그린 듯하다. 빨리 와달라고 구조대를 부른 후 파도치는 방파제에 주저앉은 사내가 있다. "달려온 구조대가 파도를 한 장 한 장 들춰냈"지만 결국 아들은 미궁 속으로 사라졌다. 몇 달 뒤 PC방에서 파도 앞으로 걸어 나온 아들, 포털을 통해 아들의 죽음이 알려지게 된 것으로 보인다. 사내는 보험금을 노린 사람으로, 화자의 아들을 죽인 것이다. 거액의 보험금을 아들 대신 안고 사라진 사내, 그 알 수 없는 세상에 대한 이야기를 은유적으로 쓴 작품이다. 이런 사건 · 사고의 이면에는 누군가 이득을 취하고 무언가 개인적인 영광을 누릴 수 있는 사람들이 있다는 것을 암시한다. "힘겹게 독이 오른 간도 쓸개도 버리"고, "내장을 다 빼내도 잘라내도 죽지 않고" 꼿꼿이 살아가는 불사신 같은 존재를 해삼에 비유한 「해삼 같은 그 남자」 역시 시사적인 문제의 핵심을 한 장 한 장 들춘다. 보는 것도, 듣는 것도 안 되고 내장을 다 잘라내도 죽지 않는 해삼에 비유된 사내의 이야기를 통해 자기를 재생해서 살려내는, 강한 생명력을 표현한다.

다음은 제 3회 백수문학상 신인상을 수상한 신인의 노련한 리듬을 만나보자.

> 얼마나 간절해야 내 몸이 저리 휠까
> 당신의 깊은 심중, 전율처럼 콕 박힐까
>
> 노인은
> 접골원 앞에
> 꼬부라져 앉아 있다
>
> 마지막 화살일까 지팡이를 움켜쥐는
> 골목도 막다른 곳 나락 같은 담장 위엔
>
> 자벌레
> 제 몸을 휘어
> 한 걸음 내딛는다
>
> 한때 나는 애기살, 이미 떠난 통아 속

살 없는 사위 홀로 모질게 울었던가

깡마른
오늬바람이
손을 떨며 뼈를 챈다

—이토록, 「활」, 『좋은시조』, 2017,
겨울호 (제3회 백수문학상 신인상 수상작)

고양이가 멀리 뛰려 할 때 몸을 움츠리듯이 활이 멀리 날아가려면 더 많이 구부려져야 한다. 시로 말하자면 상대방의 심중을 울리기위해 활은 더욱더 구부려져야 한다. 심중에 감동을 주고 내 안에 있는 것들을 독자들에게 내보내려면 활은 더 많이 몸을 구부려야 한다. 자벌레도 잔뜩 몸을 구부렸다 펴야 멀리 갈 수 있다. 애기살은 그냥 화살이 아닌, 작디작은 화살이다. 애기살을 감싸고 있는 통아는 활을 쏘면서 떨어져 나가는데, 이 애기살은 일반 화살보다 두 배 이상 멀리 날아간다. 작지만 비거리와 살상력이 더 크다. 더 멀리 날아가고자 하는 간절함, 더 멀리 뻗치고자 하는 간절함이 있을 때 저 노인처럼 등이 휘는 것이다. 휜다는 것은 그 만큼 삶이 간절했다는 것을 의미한다. 휨은 살아내고자 하는 열망의 표현이다. 더 멀리 날아가서 과녁에 제대로 박히기 위해 활이 더 구부러져야만 힘 있게 박힌다. 등이 휜 노인을 활에 비유한 이 작품은 단순한 기교가 아닌 노인의 삶에 대한 이해와 사랑을 통한 인생 전반의 통찰에서 우러나오는 산물이라는 점에서 의미가 있다. 내용을 압도하는 언어의 힘이 이 시조의 리듬을 살리고 있는 것으로 보인다.

3.

지금까지 젊은 시조 시인들의 시적 감각과 삶에 대한 이해, 사물의 비유로 시상을 안정되게 전개하고 있는 두 부류의 작품을 살펴보았다. 시조라는 정형으로서만 시조를 이해하고 있다면, 앞의 작품들 중 일부는 시조의 형식에서 많이 벗어났다고 생각 할 수 있다. 각 장의 압축과 긴장보다는 한 수가 한 문장으로 이루어진 연결문이거나 기존의 문법적 질서에서 다소 자유로워 보이는 시상전개, 이질적인 이미지의 결합, 산문적으로 느껴지는 이미지 등이 있기 때문이다. 종장이 명사로 끝나거나 짧거나 긴 음보 등도 거론될 여지가 있다. 문법적 논리와 율격적 휴지 사이의 긴장관계 행갈이나 연 갈이, 쉼표와 물음표, 말줄임표의 장치에도 불구하고 이들에게서 일상적인 서술과는 다른 담론을 제시하는 대항적 자세가 없다고 판단될 수 있다.

하지만, 이들 시조에서는 순간에 생산되고 빠르게 사라지는 디지털 문화적 속성을 가진 이미지들 속에서 현대 시조 시인에게 던져진 물음과 모색이 절실하게 살아 있음을 느낄 수 있다. 이것이 바로 오늘의 시조가 일정한 주제의식을 담기 위해 기존 시조의 질서 안에 새로운 리듬을 부여하는 작업으로 읽히는 이유다. 이미지와 이미지의 결합에 일정한 규칙이 존재하지 않을 수 있다. 기존의 규칙은 일정한 주어와 술어가 결합된 의미를 형성하지만 새로운 시조의 형태는 일정한 흐름이나 구조를 형성하는데 주술관계의 의미구조에 구속되지 않는 경향도 있다. 오히려 자유로운 이미지의 리듬 속에서 의미가 생성되고 그것은 보다 강한 리듬으로 재생된다.

시조를 선택하면서도 시조의 정형성을 벗어나려는, 다소 모순적인 의도에 대한 고민과 관심으로 시조 쓰기를 이어가야 하지 않을까? 시형의 정형과 일탈의 긴장을 섬세하게 다스리면서 시조에 새로운 리듬을 만들어 가는 길이 우리 시조단의 숙제가 아닐까 싶다. 시조적인 것과 시조적이지 않은 것 사이에서 갈등하며 고민한 과정들이 여기에 있다.

현대인의 아픔과 불안에 대한 비망록

1.

하나의 '사건'은 무언가 해명해야 할 여지를 준다. 사전적 의미로 사건은 "사회적으로 문제가 되거나 주목을 받을 만한 뜻밖의 일"이다. 그러니까 사건은 의도치 않게 겪게 되는 갈등이자 상처가 된다. 그러나 시간이 지나도 그것이 여전히 '사건'인 이유는 흔적이 남아 있기 때문이며 해명하지 못한 무엇이 남아 있기 때문이다. 때로는 트라우마로, 흉터로 존재하는 그 시간은 지금 이 순간의 삶을 죽이기도 살리기도 한다. 우리는 일본의 지배하에 36년의 치욕을 견디고, 남북 분단으로 휴전이 되는 아픔을 안고 있고, 세월호 침몰로 인해 많은 희생자를 냈다. 역사의 페이지에 한 줄 기록도 남지 않은 많은 사건과 이름들이 보이지 않는 곳에 여전히 남아 있다. 4차 산업혁명 시대의 우리는 여전히 불안하고 위태로운 노동 환경 속에 살면서도 인간을 존재의 변방으로 내몰고 있는 인공지능을 개발해가고 있다. 우리는 이 복잡다난한 길 위에서 있다.

2.

끊어진 백두대간을 유산으로 물려받은
거대한 포크레인 조종간을 잡은 사내
켈 켈 켈 눈보라 뚫고 무한궤도 굴린다

음속으로 질주하는 마하 2.5 제트 굉음
SCM4 특수강이 용광로에 처박히고
쇳물이 혈관을 뚫고 울컥울컥 솟구친다

달이 해를 갉아먹는 일식은 끝이 났다
일백오십 킬로톤 우라늄이 펄펄 끓던
원자로 무제한급이 콘크리트에 봉인된다

허리께 멍든 곳에 덧대는 무쇠 철판
영변 약산 진달래꽃 다시 피길 기다리며
검붉은 사회주의의 DNA가 녹고 있다

－변현상 「상징 1－반도조감도(半島鳥瞰圖)」,
『정형시학』, 2018, 봄호.

분단의 슬픔과 상처의 시간이 여전히 아프게 흐른다. 지난 4월 27일 남북 간 정상회담 이후 화해모드로 전환된 분위기를 담고 있다. "끊어진 백두대간을 유산으로 물려받은" 사내는 거대한 포크레인 조종간에 앉아 "마하 2.5 제트" 굉음을 내며 핵무기 실험발사를 계속해 왔다. "SCM4 특수강이 용광로에 처박히고", "쇳물이 혈관을 뚫고" 울컥울컥 솟구치는 상황의 묘사는 그동안의 핵무기 실험 과정을 보여준다. "원자로 무제한급이" 콘크리트에 봉인되면서, 이제 핵실험장이 문을 닫는 지점에 와 있다.

"검붉은 사회주의의 DNA가 녹고 있다"는 마지막 수 종장은 이 작품의 핵심으로, 점차 사라져 가고 있는 사회주의 독재체제와 평화모드로 전환되는 한반도의 분위기를 상징적으로 표현하고 있다. 대량살상무기가 폐기되고, 평화와 화해의 국면에 접어드는 모습은 "허리께 멍든 곳에 덧대는 무쇠 철판"의 이미지 속에서 여실히 드러난다. "영변 약산 진달래꽃 다시 피길" 기다리는 상황은 우리의 오랜 희망이자 염원이다. 반도의 조감도를 그리면서 끊겼던 우리 민족의 숨통이 다시 트이기를 기원한다.

잉크를 듬뿍 찍어 가만히 적어본다
기억 니은 디귿 리을 꽃 같은 선과 행간
떨어진 생 살점들이 파르르르 떨렸다

별들이 반가워도 이젠 별이 아니었고
난초도 냉이꽃도 이름을 빼앗겼다
곱씹어 다시 써 보는 별들아 냉이꽃아

종이 위로 피어나는 미안한 이름들아
환하게 웃어주는 내 힘찬 획 사이로
올곧게 마음을 내린 그 뿌리가 실하다

—정용국, 「습자(習字)」, 『좋은시조』, 2018, 봄호.

일제강점기 시절, 일본은 우리 말과 글을 못 쓰게 하고 일본식 성명을 강요하는 등 민족 말살 정책을 폈다. 창씨개명(創氏改名)이라 불렸던, 이 일제의 만행은 한민족의 뿌리와 정체성을 송두리째 부정하고 유린하는 행위였다. 그런 일제의 억압에 맞서 조선어학회 회원들은 조선어대사전 편찬을 진행하였으나, 1942년 10월 회원 33명이 종로경찰서에 체포되어 완성된 사전 원고를 압수당하고 갖은 고문을 당했다. 광복 전에 일부는 순국하고, 광복 후 출옥한 일부는 사전 집필을 계속하여 발간한 것이 우리말 큰 사전이다. 국문학자이자 시조시인인 가람 이병기는 1938년 조선어 과목이 폐지되자 「습자(習字)」 과목만을 가르치며 민족정신을 고취시켰다.

"기억 니은 디글 리을 꽃 같은 선과 행간"을 따라 "떨어진 생 살점들이" 파르르르 떨린다. "별들이 반기어도 이젠 별이 아니었고" "난초도 냉이꽃도" 이름을 다 빼앗긴 상황에, "곱씹어 다시 써 보는" 이름들이 가슴에 맺힌다. 그 미안한 이름들 획과 획 사이에 올곧게 내린 실한 뿌리들은 우리 것을 지켜내고자 하는 의지와 저항과 민족정신 아니겠는가? 빼앗긴 우리말을 안으로 삼키며 살아야 했던 36년의 시간을 견디고 비참하게 짓밟혔던 우리 생의 이름들이 오늘도 빛나는 것은 이들의 아름다운 희생과 헌신이 있었기 때문이다. 우리네 아픈 역사의 한 길목을, 빼앗기고 짓밟혔던 이름들을 부르고 새기며 걸어 본다.

불은 어디서 와서 이 한밤 어딜 가나 핏물 밴 노래들이 저음으로 너울 너울댄다. 용오름, 먼 바다에서 와, 시가지를 밀고 간다

촛불이 날 부른다 툭툭 튀는 맑은 소리로, 손목들 치켜들고 몸통을 휘저어대며, 춤추듯 날 빨아들이는 소용돌이의 급물살

그건 헛기침이 아녀, 치솟는 장대비여, 탁 뱉은 붉은 침몰 가슴에 저미어 들 듯, 들끓다 터진 가슴이고 눈물 질척한 깃발이여

허옇게 죽었어도 시퍼렇게 머리 풀고 어둠을 속살까지 까발리며
타오를 거여 들녘에 온몸 부리며 떠오르는 햇살이여

—정휘립 「불의 행진」, 『시조시학』, 2018, 봄호.

2014년 4월 16일 세월호 침몰로 인해 많은 이들의 영혼이 떠난 뒤, 우리는 진상규명을 위해 촛불을 들었다. 불은 불같은 피를 나타내는 주요 색상이다. 열정이 불타오르면 모든 것을 삼켜 버리는 불은 추위와 어둠의 권력도 추방하는 힘을 가졌다. 모든 것을 파괴하면서 정화한다는 점에서 불에 저항할 그 무엇도 없다. 위로 솟구치는 불의 속성은 하나 둘 모이면서 더 강력한 힘을 발휘한다. 촛불의 위력을 실감하듯 진상 규명 작업은 진행되고 있지만 이미 바다 속에 수장된 이들의 영혼은 위로 받지 못했다.

"핏물 밴 노래들이 저음으로 너울"대는, 먼 바다에서부터 시가지를 밀고 가는 촛불은 누구의 가슴에 가 닿을까? 충분히 살릴 수 있었는데도 구하지 못하고 억울하게 비명횡사한 영혼들을 달래기 위한 위령제이자 진혼제의 장면을 묘사한 작품으로 보인다. "툭툭 튀는 맑은 소리로" 촛불이 '나'를 부른다. "손목들 치켜들고 몸통을 휘저어대며" 춤추듯 '나'를 빨아들인다. "들끓다 터진 가슴"이며, "눈물 질척한 깃발"의 영혼이 여기 있다. '나'는 "어둠의 속살까지 까발리며" 불꽃이 되어 나타난다. 비록 불의의 사고로 죽긴 했지만 '나'는 어디에도 없으며, 어디에도 있는, "들녘에 온몸 부리며 떠오르는 햇살"이다.

3.

강물이 불어나 기슭이 허물린다
내 눈물에 답하여 낡은 노 젓고 있지만
저 배는 강에 붙들려 내게 오지 못한다

그때마다 하늘이 터져 종일 비 내리고
뱃전을 향하 목울음만 붉게붉게 번졌다
언제나 기다리는 건 쉽게 오지 않았다

영흥도 낚싯배엔 구조선이 오지 않았다
제천 여 사우나에 망치가 오지 않았다
꺼지는 기슭에 서서 울고 있는 사람들아

—강현덕 「기슭에서」, 『열린시학』, 2018, 봄호.

제천 스포츠센터 화재 사건과 영흥도 낚싯배 사건 구조의 문제를 다루고 있다. "강물이 불어나 기슭이 허물"리는 상황에 화자는 낡은 노를 희망 삼아 젓고 있지만, "배는 강에 붙들려" 오지 못한다. "영흥도 낚싯배엔 구조선이 오지 않았"고, "제천 여 사우나에 망치가 오지 않았다". 화자는 "언제나 기다리는 건 쉽게 오지 않았다"는 이야기를 하고 싶은 것이다. 무언가를 간절히 원하고 기다리면 오히려 그것이 쉽게 오지 않는다는 역설적인 내용은 지금 이 순간 그것의 결핍과 부재를 더욱더 명징하게 드러낸다.

기슭은 볕이 들지 않는 곳, 그늘진 곳, 감춰진 부분을 상징한다. 이처럼 낮고 어두우며 소외된 곳이야말로 무엇보다 희망의 빛과 구원의 손길이 필요하지만, 안타깝게도 이와 같은 곳이 인간의 오만과 탐욕으로 오히려 격리되고 쉽게 잊혀 진 것이다. 죽음 너머의 세계마냥 그곳은 낯선 이방인의 땅처럼 버려졌다. 영흥도 낚싯배의 경우 새벽에 나가 사고를 당한 것인데, 새벽은 해가 아직 뜨지 않아 가장 어둑어둑하고 캄캄한 시간대다. "꺼지는 기슭에"서 울고 있는 사람들은 유가족이자 피해자다. 사람이 죽고 사는, 그 한 순간이 기슭에 머물러 있다.

처음 내가 왔을 땐 명쾌한 해답 같았다
턱 괴고 펜을 들면 달려오던 질문들
차가운 안경과 모자, 사각형의 단호함

폐를 다친 사내의 창백한 겨울은
주인 없는 서가를 맴돌다 떠나고
오늘은 서창의 해를 비스듬히 바라본다

닳은 것은 책상과 문턱만이 아니다
견고한 침묵처럼 덮어둔 일기장도
나약한 가슴을 찢고 떨쳐 나오지 못했다

그토록 간절했던 사랑은 무엇인가
녹슨 철학인가 위험한 사상인가
저만치 가장자리를 지킨 먼지의 시간이여
—이달균 「오래된 책상」, 『좋은시조』, 2018, 봄호

오래된 책상 위에 사상이 있고, 녹슨 철학이 있다. 처음엔 오래된 책상에 앉아 명쾌한 해답을 찾고자 했으나, 시간이 지나 생각해 보니 해답이 모호해졌다. "먼지의 시간"이란 것은 세월만 쌓였다는 것으로, 아무도 들여다보지 않고 오랫동안 방치되었음을 의미한다. 해답을 찾지

못하고, 한동안 책상을 찾지 않다가 오랜만에 왔으니 먼지가 쌓여 있는 것이다. 책상 주인은 아파서 얼마동안 여기 있는 책상에 오지 못했다. 닳고 닳은 것은 책상과 문턱만이 아닌, 책상 주인의 마음이다. 환경이나 조건이 바뀌면 마음도 바뀌어야 하는데, 종교적 신념이나 학설에 매몰되어 벗어나지 못했다. "견고한 침묵처럼 덮어둔 일기장도/ 나약한 가슴을 찢고 떨쳐 나오지 못했다". 그만큼 새로움을 찾지 못하고, 과거에 매몰되어 앞을 보지 못하고 있는 것이다. 이 닳고 닳은 것들은 그만큼 자주 사용했다는 것을 의미하면서 한편, 거기에 매몰되어 있었다는 것을 말해준다. 쓰던 것만 계속해서 썼던 행동은 지나가 버린 것에 대한 집착이나 함몰, 맹신의 의미도 갖는다.

"서창의 해"는 해질녘의 시간을 표상하며 오래된 책상에 앉아 그 옛날 해답을 찾았던 존재의 자리를 돌아보게 한다. 그러나 먼지의 시간이라고 해버리면 영광스럽지 않고 값어치 없는 시간, 소소한 시간이 되어버린다. 지난날 "그토록 간절했던 사랑은 무엇인가" 화자는 묻는다. 우리가 사랑이라고 믿었던 것은 무엇인가?, 녹슨 사상 혹은 위험한 철학인가? 아니면 간절했던 사랑이 너무 덧없던 것인가? 화자는 그가 쫓고 찾았던, 철학이나 사상들이 덧없고 부질없는 먼지의 시간이었다는 걸 깨닫는다. 결국 아프고 떠나면, 그것들이 다 무슨 쓸모가 있겠는가 하는 것이다. "폐를 다친 사내의 창백한 겨울"이 "주인 없는 서가를 맴돌다 떠"난 방에 햇살 하나 비스듬히 기운다.

어느 날 문득 그대가 내게 온다면
내게 와 소통한다면 우리 사이 어떨까
갑과 을 그런 관계 말고
형 아우 하는 사이

굳이 그대 먼저 도우미를 자청하면
나는 그대에게 내 신상을 털겠네
복잡한 회계 같은 것
그대가 맡아주고

하늘은 인간에게 감성을 주었지만
인간은 그대에게 지능만을 주었으니
한순간 감성이 깨면
우리 관계 어쩌지

설령 그럴지라도 글일랑 쓰지 말게
먼 하늘 별무리 같은 그대의 무한 지능
사람은 시 한 구절에
눈물 필 때 있으니

—홍성운 「인공지능에게」, 『열린시학』, 2018, 봄호.

4차 산업혁명으로 인간의 삶은 더욱 편리해진다. 입력, 실행, 출력 기능을 수행하던 기계들이 스스로 학습하고 인지하여 처리하는 인공지능 능력을 갖게 되면 단순 프로그래밍 된 행동을 반복하는 것에서 벗어나 더욱 복잡하고 정밀한 작업을 수행할 수 있게 된다. 그래서 인공지능에 대한 편리함과 함께 이에 우려되는 점들로 인해 논란이 지속되고 있다. 인공지능이 인간의 경지에 다다른다면 인간의 '노동'이 필요할까 하는 것이 가장 큰 문제다. 우리가 쓸 재화와 서비스를 인간이 노동으로 생산했다면 이제 기계가 이를 대신 하게 되는 세상이 될 것이기 때문이다.

이 시에서처럼 "어느 날 문득 그대가" 온다면, "갑과 을 그런 관계 말고/ 형 아우 하는 사이" 될까? 이 말 속에는 인공지능이 갑이요, 인간이

을이라는 의미가 담겨 있다. 갑과 을은 고용주와 노동자의 관계처럼 권력구조가 분명한 관계다. 화자는 "그대 먼저 도우미를 자청하면" 자기 역시 그대에게 신상을 털고 대신 "복잡한 회계 같은 것"은 인공지능이 대신해 줄 것을 말한다. 인공지능은 사람이 만든 지능이다. 이에 화자가 염려하는 것은 인간의 감성이 쏙 빠지고 인공지능에게 감성이 생긴다면 어떻게 될까 하는 것이다. 인공지능에 대한 불안과 우려가 드러난 부분이다. 그럼에도 화자는 "설령 그럴지라도 글일랑 쓰지 말게" 라고 당부한다. "사람은 시 한 구절에"도 "눈물 핑 때 있으니" 감성은 인간의 영역이라는 이야기다. 이 시는 4차 혁명의 도래로 등장하는 인공지능에 대한 불안과 인간의 미래에 대한 우려를, 인공지능에게 말을 거는 방식으로 노래하면서 눈앞에 닥친 현실 문제를 자연스럽게 끌어내고 있다.

오늘도 손목에는 24시간을 채웠지만
홀로 길을 나설 동안 방향을 잃어버렸다

세상에 태어나는 일은
셀프가 아니었지

몸을 불린 전신망이 너와 나를 이어질 때
사람과 사람 사이 옭아매는 숱한 그물

문 닫은 방 안에 앉아
SNS의 불을 켤까

정규직 꿈을 꾸다 알바마저 놓친 하루
점점의 순간들이 제 발로 멀어지다

오늘도 셀프서비스로
내일의 문 두드린다

—김태경 「셀프라이프」, 『문학청춘』, 2018, 봄호.

세상에 태어나는 것부터가 셀프다. 셀프라이프는 누군가의 도움 없이 스스로 알아서 살아가야 하는 각자도생(各自圖生)을 노래한다. 결국 삶은 스스로 사는 것이다. "오늘도" 화자는 손목에 24시간을 채운다. "오늘도"라는 부사어에는 '어제도', '그제도'라는 보이지 않는 단서가 붙는다. "홀로 길을 나설 동안 방향을 잃어버"리고, 화자는 어디로 가야 할지 알지 못한다. 화자는 "세상에 태어나는 일"이 셀프가 아니었다고 하지만 우리가 태어나는 것 또한 셀프다. 그럼에도 셀프가 아니라고 말하는 것은 스스로가 왜 태어나게 된 것인지, 그 까닭을 잊어버려서 비롯된 듯하다. 어딘가에 정착하지 못한, 비정규직 일상의 노고가 이어지면서 현실을 회피하고 싶은 이유다.

"사람과 사람 사이"를 옭아매는 그물망에 서로 모르는 너와 내가 섞이고, 부대끼던 하루를 닫고, 오로지 나 혼자만의 공간에 앉아 SNS에 불을 켠다. "정규직 꿈을 꾸다가 알바마저 놓친 하루"는 스스로 먹고 사는 것이 너무 힘든 현실을 이야기한다. 세상에 왜 자신이 태어나게 된 것도 잊은 채, 세상은 그저 스스로 혼자 살아가야 하는 곳이 되어버렸다. 이것이 셀프라이프의 숙명이다.

4.

'사건'은 의도치 않은 상황에서 일어난다. 그리고 그 사건은 늘 뻬아픈 고통과 질병을 통해 우리의 무지와 미욱함을 일깨운다. 창씨개명과 남북분단, 세월호 침몰과 촛불혁명, 인공지능의 도래는 잊고 있었던 우리의 슬픈 그림자를 되살펴보게 한다. 그렇다면 우리는 왜 이러한 사건들과 마주쳐야 할까? 우리가 경험하지 않고서는 절대 우리의 어리석음을 포기하지 않기 때문이다. 우리는 경험을 통해서 우리가 진실로 깨달아야 할 것이 무엇인지를 알게 된다. 그것은 바로 우리의 본래 모습일 것이다.

자본주의적 삶의 욕망, 나무의 방식으로 사유하기

1.

자본주의는 돈으로 모든 것이 생산되고 소비되고 폐기되는, 일종의 자본에 의한 가치나 의미의 서열화를 보여준다. 이러한 세계에서는 새로운 계급이 만들어지고 보이지 않는 신분사회가 형성된다. 오히려 자본주의는 그것을 더 조장하기까지 한다. 더 낫고 계급에 맞는 삶을 유지하려면 돈을 지속적으로 써야 하는데 이것은 결국 사람들에게 압박과 스트레스를 가져다준다. 그것은 돈을 가진 자에게는 편리하고 여유로운 삶을 보장하지만, 차별과 가학적인 권력을 조장할 수 있다는 점에서 양면성을 갖는다. 자본주의는 만족을 불만족으로 만들어낸다. 더 좋은 차, 더 좋은 집, 더 좋은 음식을 찾게 해서 인간의 욕망을 부추기는데, 이 때문에 인간관계는 서열이라는 감옥에 갇히게 된다. 자본주의가 생존의 차원을 넘어선, 불필요한 인간 욕망을 자꾸 극대화시키는 것이다. 자본주의에서는 소박하고 단순한 삶을 실패하고 도태된 삶이라고 여기기 쉽다.

우리는 이러한 자본주의의 유혹에 쉽게 빠진다. 많은 사람은 이러한 일탈을 통해서 자기 삶을 찾고 또 읽으며 의도했던 방향과는 다른 욕망 때문에 흔들리기도 한다. 자본주의의 길목에서 삶을 위해 고개를 조아리기도 하고, 무릎을 꿇기도 하고 자신의 나아갈 바를 잃어버리기도 하지만, 자기반성의 기회를 지속적으로 찾는다. 자본의 유혹을 극복할 수 있는 길을 모색하며, 그 감옥으로부터의 자유를 꿈꾸기도 한다.

이 계절에 읽은 작품들은 이러한 여러 존재의 방황과 성찰, 자기 인식의 새로운 국면을 열어가며 삶의 진정성이 어디에 있는지를 체감하게 한다.

2.

수레가 목을 비틀며 뒤꿈치로 밟고 갔다
발길에 채였을 땐 오기가 발끈 솟아도
허리를 낮추지 않고 무릎도 꿇지 않았다
단전에 힘 모으면 뱃심도 두둑해져
이승이 낫다는 말 참 좋아 믿기로 했다
맞아도 웃을 수 있다 그런 너의 발밑이라면
썩을 놈 빌어먹을 놈 마음껏 욕해다오
너 대신 비굴하게 엎드려 빌어주마
상처는 흉이 아니라 살아온 계급장이다

—최영효, 「깡통에 관한 명상」, 『시와표현』, 2018, 7월호.

강해서 살아있는 것이 아니라 살아있기 때문에 강하다는 말이 있다. 어떠한 역경과 시련에도 제 존재를 지키는 것들은 자기 존재에 대한 강한 신념이 있다. 깡통은 이리 치이고 저리 치이는 아무런 권력도 없는 서민들의 모습을 비유한다. 그만큼 많은 시련을 겪어서 강철처럼 단단해졌다는 이야기는 상처가 흉이 아니라 살아온 계급장이라는 의미를 받쳐준다. 그 말속에서 견디고 감내해야 할 삶이 얼마나 각박한가를 짐작할 수 있다. 이런 많은 상처에도 불구하고 살아남았다는 것을 보여주는 것. 깡통은 그것을 잘 보여준다. 깡통처럼 발에 채이고 밟히고 까이는 이런 모든 것들이 오히려 제 삶을 지탱한다. 이런 시련 속에서도 화자는 살아남는다는 것을 보여줌으로써 당연하지만 견디기 힘든 삶을 지탱하게 한다. 깡통의 운명을 좌지우지 하고 있는 '너'에게 무릎 꿇는 일도 마다하지 않을 수 있다. 살아 있다면 맘껏 욕먹어도 좋다. 계급장은 자부심이고 명예다. 깡통은 안에 내용물이 다 빠지고 더 이상 쓸모가 없어진 통이다. 욕먹고 발에 차여도 해고하지 말아 달라는 하청 고용인의 입장을 대변한 듯하다.

누군가 날 떼어놓나 자꾸 길은 사라져

점멸등 저 한 점, 위로마저 멀어지는

산등성 내리는 안개 또 어디쯤에 와 있나

길을 놓쳐 드러난 침엽수림 저 바리케이드

닿을 수 없는 손길이 저렇듯 빽빽하다

텅 비어 못 받아들인 안개의 벽 틈새 젖는다

—김윤숙, 「안개지대」, 『좋은시조』, 2018, 여름호.

안개는 비밀, 은닉, 몽환적 분위기를 표상하는 존재로 우리의 일상을 항상 감싸고 있다. 작품의 제목이기도 한 안개지대는 감춰진 장소, 쉽게 공개할 수 없는 장소, 그 누구도 알아서는 안 되고 그 누구에게도 밝혀져서는 안 되는 비밀스러운 지대다. 화자는 안개 속을 향해 쉼없이 들어간다. 자꾸만 사라지는 길 위에서 점멸등 한 점의 위로마저 뒤로하고 도달한 곳에는 범접할 수 없는 자연의 신비가 눈앞을 막고 있다. 안개지대는 일종의 출입통제구역 같은 곳이다. 안개가 껴서 사방분간이 안 된 화자는 길을 놓쳐 침엽수림으로 들어간다. 침엽수림은 오도 가도 못하고 항상 그 자리를 지키는 존재다. 때로는 방어막 혹은 보호막이자 장애물이 되기도 한다. 침엽수림과 안개는 이런 면에서 닮은 존재다. 그러나 아무것도 보여주지 않고 가려버리고 감춘다. 젖는다는 것은 감화되는 것, 또는 심리적, 정서적으로 동일시되거나 빠져드는 것이다. 여기에 안개는 자기 안의 상처나 트라우마 같은 것을 명확하게 인식하지 못하고 망각하게 하는 존재다. 결국 자기 인생의 길을 잃게 만드는 존재가 아니었을까? 자기의 현실을 직시하게 못하게 하기 위해 바리케이트가 쳐져서 들어가지 못하게 하는 것이다. 침엽수림은 바로 대하기엔 어렵고 불편한 자기의 또 다른 모습일 수 있겠다. 젖어든다는 것은 불투명한 자기의 어둠도 받아들인다는 것은 아닐까? 명확하지는 않지만 나의 일부로 수용한 것은 아닐까 싶다. 텅 비어 실체가 안 잡히지만 그 텅 빈 것이 자신에게 불안감을 주는 존재임에도 불구하고 받아들이기로 한다.

> 우화를 꿈꾸는 나는 한 마리 갑각류
> 치명적인 욕망은 이미 극지에 들어
> 단 한 줄 비명까지도 안으로 가두었다

얼음마녀여
더 단단히, 주술을 걸어다오
거칠은 밧줄로 내 영혼을 결박해다오
두터운 그 침묵 앞에 절명시를 바쳤느니

거대한 한 덩어리 흰 문장을 다 깨고서
피 묻은 돛을 씻어 높푸르게 내걸면

마침내 소름처럼 돋는,
투명한
날개
날개

—서숙희, 「쇄빙선」, 『좋은시조』, 2018, 여름호.

갑각류는 껍질을 벗어야 날개를 달 수 있다. 그러나 거대한 얼음덩어리로 표상되어 있는 단단한 껍질을 벗어나는 일은 자칫하면 얼음에 갇힐 수 있는 위험을 동반한다. 아직은 번데기 신분인 화자가 단단한 껍질을 벗고자 하는 욕망은 극지에 들어 "단 한 줄 비명까지도 안으로 가"둔다. "거칠은 밧줄로 내 영혼을 결박해"달라는 주문을 더욱 단단히 걸고 "두터운 그 침묵 앞에 절명시를 바"친 존재의 욕망은 치명적이다. 거대한 얼음덩어리는 흰 문장으로 표현된다. 깨져서 상처가 나고 피 묻은 돛은 내면에 감춰져 있던 욕망이 비로소 외부로 표출되는 상황이 펼쳐진다. 이제 화자는 보이지 않는 날개를 달게 된다. 쇄빙선이 지나가면 얼음이 두껍게 언 극지의 침묵이 깨지고 감춰졌던 바다의 길이 드러난다. 자기 내부의 두꺼운 침묵을 깨는 과정이 쇄빙선을 통해 비유되고 있다.

책방 거리 들어서면 시간의 지층 있다
베일 듯 모서리가 무릎 나온 바지 같은
포개진 영상 너머로
텅 빈 버스 지나간다

책의 지문 찾지 못한 스마트폰 검색 범위
전쟁통 흔적 하나 여기 아직 쌓여간다
엘피판 흘러간 노래
머리 맞대 흐른다

—최성아, 「보수동」, 『시와표현』, 2018, 7월호.

전쟁 통 흔적이 아직 남아 있는 보수동 책방골목. 이곳엔 여전히 가난과 고통 속에 저당 잡힌 시간의 지층이 형성되어 있다. 6 · 25전쟁으로 당시 피난 온 사람들이 모여 살았던 보수산 자락에는 부산소재 학교는 물론 피난 온 학교까지 보수동 뒷산에 노천교실과 천막교실 등을 열어 수업을 했다고 한다. 이에 보수동 골목길은 많은 학생들의 통학로로 붐볐고, 다른 피난민들이 가세하여 노점과 가건물에 책방을 하나둘 열어 책방골목이 만들어졌다 한다. 가정형편이 어려운 학생과 지식인들이 자신의 책을 내다 팔고, 헌책을 구입하면서 성황을 이루었던 소중한 공간이었다. 이곳은 현재도 헌책과 새 책이 함께 유통되며 북새통을 이루는 관광명소로 알려져 있다. 스마트폰으로 검색할 수 없는 책들이 지층을 이루고 있는 책방 골목에는 아직도 전쟁의 아픈 지문이 남아 있다. 과거는 현재를 뜨겁게 만드는 힘을 가지고 있다. "엘피판 흘러간 노래"처럼 이곳은 지금도 과거와 현재가 만나는 공간이며 살아있는 역사다. 갈수록 디지털화 되는 공간에서 스마트폰 검색 밖의 책의 흔적과 책의 길목들을 더듬으며 열악한 환경에서도 배움으로 불 태웠던 역사적 순간을 읽어본다.

나무는 늘 고요다 결코 나대지 않아
번지르르 허세 허식 그런 류 아니야
묵묵히 제 길을 가는 오로지 한 길 가는
비바람 마다 않아 눈보라 마다 않아
간에 붙은 적 없어 쓸개에 붙은 적 없어
암벽 그 가장자리서 혼신의 생을 엮는
무시로 그리움 하나 입술 질끈 씹으며
넉넉히 그늘 드리우네 뭍새도 깃들이네
발아래 세상일이사 안중에 아예 없는

—강문신, 「나무」, 『좋은시조』, 2018, 여름호. 188쪽.

나무의 매력은 항상 그 자리를 지키고 있는 한결같은 모습에 있다. 한 곳에 있으면서도 사시사철 새로운 모습을 보여주고, 날짐승들을 비롯한 모든 생물의 거처가 되기도 한다. 하지만 나무는 자기 덕분에 새가 살고 다른 동물이 산다고 자랑하지 않는다. “발아래 세상일이사 안중에 아예 없는”이라는 표현에서도 알 수 있듯 나무는 세상 속된 욕심이 없이 소박하게 살아가는 소시민들의 삶의 모습과 닮아 있다. 시인은 자신의 존재가 훌륭해서가 아니라 당연히 스스로 해야 할 일을 한 것이니 세상 욕심 없이 겸허하게 받아들이는 나무의 태도를 그리고자 한다. 나무는 더울 때는 그늘을, 평상시에는 새들에겐 둥지를 틀 수 있는 공간을 제공하며 열매도 제공하고 죽어서는 자기 몸을 헌납하여 목재로도 사용할 수 있지만 속된 욕심 없이 자기 몸을 내세우지 않는다. 이러한 나무의 정신을 본받자는 이야기다. 비바람과 눈보라와 같은 시련을 묵묵히 견뎌가며 살아가는 삶의 모습, 군소리 없이 암벽, 그 가장 열악한 곳에서 겸허하게 자기 자신을 인식하는 자세를 나무를 통해 되돌아 보게 한다.

때 맞춰 갈 때 가고 돌아올 때를 알고
멈출 때 멈춰서고 나아갈 때 나아가는
인연이 다할 때까지
경배하며 살 일이다

말 속에 허우적대다 빠져 죽을지라도
함부로 제 무늬를 못 바꾸는 표범처럼
한바탕 난장칠 세상
박수 치며 놀 일이다

하루가 주어지면 그 하루만 사랑하고
하늘이 허락하면 백 년을 살다 가는
뜨거운 한 방울의 피
증언하며 갈 일이다

—오종문, 「각설하고」, 『시와표현』, 2018, 7월호.

어느 누가 분수대로 살고 있다고 자부할 수 있는가? 살면서 무수하게 만나는 갈등과 대립, 반목하고 전쟁하는 이유가 무엇인가? 가야할 때 갈 수 없고 돌아올 때를 알지 못하고 멈출 때 멈춰서고 나아갈 때 나아가지 못한 까닭에 우리는 전쟁을 하고 갈등한다. 오고가는 인연을 소중하게 다루며 살 일 아닌가라는 시인의 반성적 사유는 갈등과 대립의 삶에 대한 비판적 성찰에서 비롯된다. "인연이 다 할 때까지/ 경배하며 살 일", "한바탕 난장칠 세상/ 박수 치며 놀 일", "뜨거운 한 방울의 피/ 증언하며 갈 일"이라는 각 수의 종장은 삶의 소중한 순간에 대한 경배와 감사가 부족한 현실을 꼬집는, 이 작품의 핵심이다. 그 어떤 경험도 잘못된 것은 아무것도 없다. 그것을 겪고 넘어가야 한다는 점에서 스스로가 선택한 것이니 경배하듯 받아들이면 될 일이다. "뜨거운 한 방울의 피"는 우리에게 주어진 한 번의 생이다. 결국 한 번뿐인 생을 소중하게 증언하며 살 일이라고 알려주는 것이다. 지금 여기를 견디는 일이 무엇보다 성스럽게 읽힌다.

3.

허세 부리지 않고 자신의 공을 내세우지 않고 생색내지 않는 나무처럼 사는 것이 결국 자본주의 폐해로부터 보다 자유롭게 사는 길이 아닐까? 미니멀리즘, 최대한 안 갖추며 소박하게 사는 것이 자본주의 사회에서 자신을 지킬 수 있는 가장 소박한 처세다. 그러나 자본주의는 그러한 소박한 처세를 비웃기라도 하듯, 인간 욕망을 극한까지 부추긴다. 더 많은 것을 갖추고, 더 많은 것을 소비하고, 더 많은 것을 지배해야 보다 행복하고 안전한 삶을 보장받을 수 있다는 탐욕을 심어주는 것이다. 그러나 그러한 탐욕이야말로 진정한 삶의 가치와 의미를 망가뜨리는 장애물이 된다. 탐욕을 부추기는 자본의 손길을 외면하고 살아간다는 것은 어렵겠지만, 자본의 허상이 만들어낸 거짓된 욕망으로 자유로운 삶을 위해서 소박하고 단순한 삶을 찾을 때, 우리는 진정한 우리 자신을 만날 수 있다. 길 한쪽에서 가지를 흔드는 한 그루 나무 같은 시에서 우리는 새로운 삶을 향한 절절한 열망과 깊은 숨소리를 듣는다.

공생(共生), 서로를 비추는 거울

1.

자신의 입장을 버리고 세상을 있는 그대로 본다는 것은 쉬운 일이 아니다. 자신을 내려놨다는 말 속에는 진실로 세상과 하나가 되었다는 의미가 담겨 있다. 세상과 하나가 되었을 때 우리는 비로소 막힘없이 서로와 통(通)할 수 있다. 노자의 『도덕경』에는 '상선약수(上善若水)' 즉, '으뜸 되는 선(善)은 물과 같다.' 는 말이 나온다. 물은 네모난 그릇에 담으면 네모의 모양이 되고, 둥근 그릇에 담으면 둥근 모양이 되듯, 자기 색을 드러내지 않고 상대를 거스르는 일이 없다. 또한 물은 항상 낮은 곳으로 흐르면서 낮은 곳에 이르는 겸손의 미덕을 지녔다. 물처럼 살아가는 것이 최고의 미덕이란 이야기다. 가장 낮은 곳으로 향하며 양보하고, 차별하거나 위계질서를 세우지 않으면서 물은 세상을 깨끗하게 만들어 주는 속성을 가졌다. 자기를 내세우지 않으면서도 세상을 위해서는 많은 일을 하고 있는 셈이다.

이것은 불교의 근본교리인 '무아(無我)'의 개념과 통한다. 즉, '나'라는 존재가 없다는 깨달음의 정점을 보여주는 것이 물이다. 이 계절에 만난 작품들은 삶에 대한 근원적인 물음과 그 물음 속에서 진정한 삶의 의미와 관계들에 주목하는 존재들과 조우한다. 기억 속에서도 지워진 고향과 스스로의 존재조차도 잊어버린 화자(「고향」), 그림자 속으로 스스로의 존재를 감추는 화자(「산 그림자 속으로」), 모든 것을 끌어안을 수 있는 것은 스스로를 낮췄기 때문이라는 깨달음을 바다를 통해 알게 된 화자(「품」), 내리는 것의 속성을 통해 삶의 의미를 곱씹게 하는 화자(「내리는 것에 대하여」), 내가 있으니 네가 있다는 연기(緣起)적인 관계성을 보여주는 화자(「도미노게임」) 등이 여기에 존재한다.

모든 것은 함께 있어야 존재할 수 있다는 상호의존성이 있다. 이번 계절에 만난 시들은 '나'라는 정체성을 강조하지 않아야 공생(共生)이 가능하다는 삶의 이치를 견지한다.

2.

1. 봄비

사운사운 내리는 봄비 천지가 생명입니다
시작이야 수런거림과 씨앗들의 묽은 귀엣말
옹알이 새싹 손들이 쥐얌쥐얌 손을 쥡니다

2. 꽃비

꽃 터널 환한 잠이 꿈결처럼 갔습니다
실족한 사랑들이 흔들리고 무너집니다
미리내 운율인 듯 성령인 듯, 하늘 땅 아득합니다

3. 소나기

갈증 난 들과 숲이 일시에 해갈입니다
통통 튀던 음표들이 물장구를 칩니다
죽었던 개울물들이 흰 치아를 다닥거립니다

4. 미세먼지

몇 만 리 그리움이라도 코와 입 꽉 막힌 도시
복면한 사물들의 뒤통수만 보입니다
최악의 악성 루머들이 연좌농성 중입니다

5. 첫눈

갓 생겨난 햇살 같이 양같이 지평선같이
애애로운 하늘 날개, 겟세마네기도 같이
참회의 맑은 눈물에 뼛속까지 맑아집니다

—이지엽, 「내리는 것에 대하여」, 『시와문화』, 2018, 가을호.

'내리는 것'에 대한 이미지를 표현하기 위해 시인은 봄비, 꽃비, 소나기, 미세먼지, 첫눈 등의 내리는 속성에 주목한다. 내리는 것은 인간에게 주어진 거부할 수 없는 숙명이다. 그것은 때로 축복이 되기도 하고 저주가 되기도 한다. 시인은 '봄비'를 생명으로, '꽃비'를 숨결로, '소나기'를 해갈로, '미세먼지'를 악성루머로, '첫눈'을 참회의 맑은 눈물로 이미지화 했다. "사운사운", "쥐얌쥐얌"이라는 의성어와 의태어의 활용이 돋보이는 '봄비'는 '시작', '씨앗', '옹알이', '새싹'의 이미지와 결합하면서 생명성과 활력을 더욱 부각시킨다. '봄비'의 생명, '소나기'의 해갈은 축복을 주는 존재이며 '꽃비' 역시 꿈과 희망을 주는 긍정적인 존재다. 그러나 '미세먼지'는 저주이자 원망을 가져오며 진정한 소통을 단절시키는 존재다. 마스크를 쓰고 있어 얼굴을 온전히 볼 수 없는 상황은 "코와 입 꽉 막힌 도시"로 묘사된다. "복면한 사물들의 뒤통수만 보"이니, 말이 통할 리 없다. 참회의 맑은 눈물로 표상된 '첫눈'은 그 하얀 속성으로 인해 고난 끝에 자기 자신을 각성한다는 의미를 생성한다. 시인은 '첫눈'을 마지막에 배치하면서 지난날의 잘못을 깨우치고 "뼛속까지 맑아"지는, 즉 새 사람으로 거듭나는 과정을 표현하고자 한 것으로 보인다.

가장 낮은 곳에 머리를 두어야만

드넓게 번지는 걸 땅 끝에 와서 안다

달마산 발치를 두른 바다를 다 보느니

내세울 거 더 없도록 내려와 누웠다고

미황사 주춧돌에 물고기가 일러둔다

물결도 주억거리며 제 몸을 다 여느니

—이승은, 「품」, 『열린시학』, 2018, 가을호.

여기, 땅 끝에 서 있는 화자가 있다. 그는 더 이상 나아갈 길이 없는 땅 끝에 와서 "가장 낮은 곳에 머리를 두어야만 드넓게 번"진다는 것을 깨닫는다. 가장 낮아졌을 때 가장 넓어질 수 있다는 의미인가? 달마산 발치를 두른 바다는 가장 낮지만 가장 넓은 존재다. “내세울 거 더 없도록 내려와 누”운 바다의 존재, 바다는 자신의 몸을 낮추고 대상을 하염없이 품는다, 여기서 ‘품다’는 의미를 가진 ‘품’은 끌어안는 것, 포용하는 것을 말한다. 한 없이 낮아졌을 때 품어 안는 바다의 미덕을 발견한 것이다. 해남 미황사에 올라서 풍경소리를 들으며 모든 걸 다 품는 바다를 내려다보면서 깨달음을 얻는 행위는 결국 자신을 내려놓지 못해 누군가를 품을 수 없었던, 스스로에 대한 반성과 성찰이다. 가장 낮은 곳으로 임해야 비로소 대상을 품을 수 있음을, 물결도 낮아지기 위해 “주억거리며 제 몸을 다” 열고 있음을, 화자는 바다를 바라보며 이제야 깨닫는 스스로를 품는다.

두 발의 평형은
철길처럼 외롭다

앞서간 발자국들
끝없이 이어져

그늘 속
산 그림자만
높이를 키운다

산 그림자 속으로
당신이 걸어간다

안간힘 쓰면서
어긋나는 중이어서

죄 없는
한 순간들과
우두커니 이별한다
—김보람, 「산 그림자 속으로」, 『시조정신』, 2018, 가을호.

각각의 걷는 발은 외로울 수밖에 없다. 계속해서 평행선을 달리는 철길의 존재와 닮았기 때문이다. "앞서간 발자국들"이 "끝없이 어어져" 산 그림자만 키워간다. 산 그림자는 해가 산 뒤로 넘어가서 그림자가 진 것인데, 산 그림자가 지면 마치 산 앞의 마을을 그림자가 집어삼키는 것처럼 보인다. 그렇게 산 그림자 속으로 길도, 마을도 들어가고, 당신도 들어간다. 산 그림자로 들어가면 자신의 그림자는 사라진다. 밝은 빛 속에 있을 때는 자신의 그림자가 선명히 보이는데 산 그림자로 들어가면 자신의 모든 모습은 감춰진다. 화자는 이러한 자신의 모습을 감추는 것이 죄가 된다고 인식한다. "안간힘 쓰면서 어긋나는 중"인 상황은 스스로를 드러내놓고 누군가와 부대끼며 살아왔던 지금까지의 삶이 힘들었음을 증명한다. 따라서 산 그림자 속으로 들어가는 것은 죄가 되긴 하지만 더 이상 힘들지는 않겠다는 이야기가 되겠다. 여기서 죄 없는 한 순간은 찰나가 아니라 잠시 덮고(가리고) 싶은 어느 시간이 되는 것이다. 그가 산 그림자 속에 가려지는 것이 아니라 자신의 그림자를 가리기 위해 스스로 산 그림자 속으로 걸어가는 이유다.

블록과 블록 사이
손길 머문 여백마다
함께 한 시간들이 켜켜이 쌓여간다
가면 쓴 극중극처럼 속엣말은 숨겨두고

그 만큼의 간격이 너와 내가 앉은 자리
블록을 놓을수록 내 가슴도 불룩해진다
닿을 듯 닿지 말아야 할
고백만이 남더라도

눈동자 흔들리지 마
엔딩 없는 게임 앞에
스치는 눈빛에도 쓰러질지 모르니까
구름이 마음 달래듯 하현달을 세운다

—김태경, 「도미노 게임」, 『시와문화』, 2018, 가을호.

도미노는 앞의 블록이 넘어지면서 뒤의 블록을 넘어뜨리는 현상을 말한다. 간격을 제대로 지키지 못하거나 블록 하나를 잘못 건들면 그 순간 모든 블록이 와르르 무너진다. 마지막 블록을 놓을 때까지 끝난 것이 아니다. 넘어지는 블록이 하나도 없어야 비로소 도미노 게임을 시작할 수 있다. 조금만 빈틈이 있어도, 조금만 스치는 듯한 눈빛을 보내도, 조금만 감정을 흔들리게 하는 고백을 해도 모든 것이 다 무너지고 만다. 우리는 어느 정도 간격을 유지해야 한다. 여백이 있어야 관계를 유지할 수 있다. 모든 블록을 제대로 쌓아서 진정한 도미노 게임을 시작할 수 있을 때까지 긴장을 놓쳐서는 안 된다. “닿은 듯 닿지 않아야 할” 긴장감에는 끝이 없다. 도미노 블록처럼 스스로가 자신을 방어하고 지키고자 하는 마음이 앞서는 행위다. 마음을 열지 못하니 그만큼의 간격이 생길 수밖에 없다. “가면 쓴 극중극처럼 속엣말은 숨겨두고” 와르르 무너지지 않기 위해 서로를 방어해야 하는 삶은 우리가 견디고 건너야 할 시간이다. 네가 있으니 내가 있다는 연기(緣起)적인 관계성을, 도미노 게임의 규율을 통해 보여주고 있다.

3.

굳이 '나'의 존재감을 내세우지 않을 때 우리는 서로의 존재 속에서 스스로의 존재를 발견하게 된다. 내려놓는다는 것은 버린다는 의미가 아니라 비우는 것에 가깝다. 하늘에서 내리는 것이 축복이든 저주든 그것을 거역할 수 없는 것이 우리의 숙명이라면 어떻게 공생할 것인가를 생각해야 한다. 그것을 거스르고자 욕망할 때 삶은 도미노처럼 무너지고 만다. 시인은 시적 체험을 내면화하는 과정을 통해 내림과 비움, 낮춤과 품음의 미덕을 발견해가는 존재들을 보듬는다.

상생과 공존, 안과 밖을 향한 열린 사유

1.

우리가 인식하고 감각을 통해서 받아들이는 외부의 현실은 무상(無常)하다. 그 때문에 끊임없이 변화하는 세계에서 참된 '나'의 존재를 찾는다는 것은 어쩌면 무모한 일인지도 모른다. 하지만, 시인에게는 변화하는 것 중에서도 감춰진 영원한 실체(힘)를 찾아내고자 하는 욕망이 있다. 우리는 변하지 않는 고요한 실체를 '나'라고 여기고, 이를 끊임없이 찾고자 한다. 그것은 이 꿈을 지속하고자 하는 강한 체험의 욕구에서 비롯된다. 강한 체험의 욕구를 풀어가다 보면 무언가 소중한 것을 잃어버렸다는 것을 알 수 있다. 그러나, 그것의 실체를 확인 할 수 없어서 시인은 고통스러워하고 혼란을 겪는다. 그것을 치유하기 위해서는 과거로 회귀하거나, 때로는 현미경과 청진기를 통해서 자세히 들여다보고 크게 들어야한다. 그래야 순간의 고통으로부터 벗어 날 수 있다. 당면한 고통을 회피하지 않고 직시한다면, 우리는 시 · 공간이라는 환상이 안겨주는 온갖 번뇌와 불안으로부터 해방될 수 있다.

'벽'은 필요하지만 항상 벽을 쳐 놓으면 안 되는 것처럼 모든 존재는 필요하므로 태어나고 필요가 다하면 사라진다. 그런데 거기에 집착하여 그것을 붙들고 있으면 병이 된다. 강을 건널 때는 뗏목이 필요하지만 강을 다 건넌 후에는 더는 뗏목이 필요하지 않다. 사람들은 왔다가는 인연 혹은 특정한 어떤 대상에 대해 미련과 집착을 가지기 때문에 치유할 수 없는 고통과 아픔이 생길 수밖에 없다. 시인은 오고 가는 인연에 민감하게 반응한다. 아프고 병든 이들을 치유하기 위해서다. 인간관계에서든 환경에서든 초연해질 수 있도록 '있는 그대로'를 직관(直觀)하고자 한다. 그러므로 해방감도 느끼고 치유도 가능한 것이다. 시인은 늙고 병든 존재의 삶도, 실직의 슬픔에 빠진 존재도, 일상의 고통에 갇혀 사는 여럿의 존재들과 서로를 믿지 못하고 벽을 치며 살아가야 하는 현실조차도 불러내며 그들의 삶에 관여한다. 그들을 위한 치유와 해방, 자유를 꿈꾸는 삶이 여기 있다.

2.

늙고 병든 사내가 저녁을 안친다
한 봉지의 청춘이 냄비 가득 잠긴다
불꽃이 연탄불 위에 흑백으로 타오른다

일생을 달고 다닌 비릿한 냄새와
빗길에 찢어진 발바닥의 상처가
오래된 기억을 태우며 부글부글 끓는다

내려놓을 때를 놓쳐버린 것일까
욕망의 거품을 가까스로 걷어내면

시간의 얇은 뚜껑이 하염없이 들썩거린다

발목의 통증이 늑골까지 쌓여와
스르르 내리는 노을을 뿌린다
몽돌로 꾹 눌러놓은 슬픔이 툭 터진다

—임성규, 「저녁을 끓이며」, 『정형시학』, 2018, 겨울호

여기, 늙고 병든 사내가 저녁을 안친다. 그는 자기의 삶을 혼자서 책임져야 하는 존재다. "한 봉지의 청춘"을 넣고 끓이면서 화자는 흑백으로 타오르는 오래된 기억과 마주한다. 기억은 "비릿한 냄새"를 풍기며 빗길에 찢긴 "발바닥의 상처"를 불러온다. 흑백으로 타오르는 기억 속에서 화자는 "내려놓을 때를 놓쳐버린" 삶을 후회하며 안타까움에 젖는다. 화자는 이제 과거의 추억을 먹고 사는 나이가 되었다. 비릿한 냄새를 평생 달고 다니면서, 맨발로 빗길을 걸었던 수치와 좌절의 나날을 되돌아보면서 화자는 흑백의 시간 속에서 회한이나 아픔 같은 것을 끌어낸다. 이제는 시간이 흘러 그 모든 것을 이해하고 받아들여야 할 달관할 나이가 되었는데 아직도 내려놓지 못하고 있음을 안다. 그 앎은 통증으로 번진다.

시간의 얇은 뚜껑이 하염없이 들썩거리는 것은 시도 때도 없이 지난날의 과오나 실수, 아픔 같은 감정들이 불쑥불쑥 튀어나오기 때문이다. 원하지 않았으나 지나온 삶이 떠오르는 것, 아무리 오랜 시간이 지나도 불쑥불쑥 솟아오르는 기억이 저녁을 끓이는 풍경 속에 고스란히 담긴다. 그러다 결국 사내의 마음에 쌓여 있던 회한이나 두려움, 아픔 등이 상기되어 툭 터지고 만다. 기억이 세월이 흐를수록 치유되는 것이 아니라 압력을 받으면서 결국 터져 버린 것이다. 임성규 시인은 일상의 저

녁 속에 늙고 병든 사내의 고독과 슬픔을 자연스럽게 들여놓으면서 1인 식탁과 마주하는 독거 인생을 내면화하고자 했다. 한편 다음의 배경희 시인의 작품에서는 중심에서 밀려난 화자의 좌절과 극복의 과정을 내면화하는 장면이 펼쳐진다.

> 한때는 가까웠던 세상이 너무 멀다
>
> 한복판에 올랐다가 집으로 돌아오던
>
> 한 주먹 모래알들이 몸에서 흘러내린다
>
> 메마른 밥은 수시로 목이 메어도
>
> 끈끈한 어둠을 향해 가시를 세우며
>
> 오늘도 남아 있다고 온몸을 긴장한다
>
> 뿌리가 들려지는, 두려움의 겨울날들
>
> 마음을 다잡으며 별빛을 떠올린다
>
> 현실을 살만큼씩만 바람을 내어준다
>
> ㅡ배경희, 「선인장처럼」, 『좋은시조』, 2018, 겨울호

한때는 "한복판에 올랐다가 집으로 돌아"온 화자가 있다. 아마도 화자는 생의 터전을 잃고 아직 마음의 방황을 극복하지 못한 듯하다. 한때 그가 올라가 있던 "한복판"은 거듭된 승진과 명예를 안겨줬던 자리

였겠지만 "집"은 그 모든 것을 놓고 돌아와야 하는 곳이다. 아마도 화자는 누군가에 의해 세상의 중심에서 밀려 났을 것이다. 한복판에서 내려온 길은 화자에게 가도 가도 끝없는 모래사막이다. 선인장에 가시가 있는 이유는 사막의 환경에서 생존하기 위해서인데, 화자는 이러한 환경에서도 스스로를 지키고 보호하기 위해 뾰족하고 날카로운 가시를 세우는 선인장의 속성을 닮아가며 이 순간을 살아내고자 한다. 제 몸의 수분을 몸 밖으로 쉽게 배출하지 않기 위해서도 선인장은 더 뾰족해지고 날카로워진다. 한때는 가깝게만 보였던 세상이 지금은 멀게만 느껴지는 건 "한복판에 올랐"던 화자가 좌절과 실패를 맛본 경험이 있었기 때문이다. 화자는 이제 "뿌리가 들려"질 만큼 두려운 겨울날들을 견뎌내기 위해 가시를 세우며 "오늘도 남아 있다고 온몸을 긴장"하기로 다짐한다. "별빛"의 희망을 떠올리며 자기 안에 있는 "현실을 살만큼씩만 바람을 내어"주기로 한다. 배경희 시인이 그려낸 선인장의 삶은 절망이나 시련에 매몰되거나 현실을 원망하지 않고 선인장의 생존방식과 닮아가면서 극복하려는 긍정적인 이미지를 생산하는데서 출구를 찾고 있다.

5인치 감옥에서 갇힌 채로 살아가요
전등이 꺼지지 않는 인공섬 안에서
매일을 백스페이스, 쉬지 않는 손가락

시간을 저당 잡아 빌렸던 기억들은
깜빡깜빡 눈동자 따라서 사라져요
매일을 백스페이스, 불멸의 순환고리

—김 샴, 「스마트폰?」, 『시와문화』, 2018, 겨울호

5인치 스마트폰에 갇힌 다수의 사람들이 있다. 스마트폰의 이름인 '아이 폰'은 '나만의 의사소통 도구', 그리고 또 다른 스마트폰의 이름인 '갤러시'에 '은하'라는 거대한 공간이 내장되어 있다. 이 작은 "5인치 감옥" 안에 우주가 들어있는 것이다. "전등이 꺼지지 않는 인공섬"과 "쉬지 않는 손가락" 등은 매일매일 스마트폰에 취해 삶을 살아가는 현대인의 일상을 은유적으로 표현한 것이다. "매일을 백스페이스"한다는 말 속에는 과거에서 현재로 돌아가는 우리의 삶이 담겨 있다. 여기서 백스페이스는 과거를 만나는 손이 된다. 사람들이 인간에 의한 관계보다는 스마트폰에 집중한다는 이야기다. 사람들이 쉼 없이 머물러 있으니 인공섬에는 전등이 꺼질 리 없다. 마주 보고 있어도 스마트폰으로 대화하고, 길에서도 스마트폰만 바라보는 현대인의 삶을 떠올리게 한다. 현대인들이 스마트폰에 중독되는 가장 큰 이유는 생각을 하는 것 자체에 대한 귀찮음과 고통스러움 때문이다. 생각은 '부재나 결핍감'이라는 환상이 안겨주는 불가피한 부산물로, 부재나 결핍에서 비롯된 '생각 자체'는 스트레스와 피로감을 가져오기 때문이다. 그래서 생각을 잊게 하는 중독이 일어나고, 중독된 시간만큼은 생각이 안겨주는 고문으로부터 해방될 수 있는 것이다. 사실, 이 두 수의 시조는 이러한 삶이 대단히 안타까운 것처럼 그려져 있지만, 현대인들은 너무나 많은 생각 속에서 살아가고 있다. 그래서 스마트폰에 빠지는 역설적인 상황이 발생하는 것이기도 하다. 스마트폰으로 인해 시간을 잊고 싶은 것이고 구속받고 싶지 않은 것이기도 하다. 앞의 임성규 시인의 「저녁을 끓이며」가 과거의 시간에 완전히 묶여 있다가 시간이 흐를수록 압박을 받아 결국 터져버린 것과는 상반된다. 이제, 다음의 시를 통해 대상을 관찰하며 자신의 삶을 투영하는 시인을 만나보기로 한다.

난도질에 익숙한 도마는 중립이다
두려움과 갈라짐에 무덤덤한 신경세포
반복된 그의 일상은 피 냄새로 시작한다

기쁨으로 다가오는 마지막 저 파닥임
산소통에 의지한 파도 없는 수족관 속이
얼마나 괴로웠으면 해방 춤을 저리 출까

따뜻한 한마디 없는 방조자라 해도 좋다
그는 알고 있었다 갇혀 산다는 것이
차라리 죽음보다 더 깊은 죽음인 걸

폐부 깊숙이 스미는 소리 없는 비명들
죽죽 긋는 칼자국을 맨몸으로 받는 도마
뜨거운 땔나무가 되리
절대 포기 않는다

—변현상, 「횟집 도마의 꿈」, 『좋은시조』, 2018, 겨울호

시적 주체는 도마에 감정을 투영하여 "난도질에 익숙한" 도마의 갇힌 일상과 이로부터 벗어나고픈 꿈을 제3자의 입장에서 관찰하고 있다. 이미 "난도질에 익숙한 도마"는 중립을 선언하고 두려움이나 갈라짐에도 무덤덤해졌다. 주체는 도마 위에 누운 횟감의 마지막 파닥임을 "기쁨으로 다가오는 파닥임"이라 보고 답답한 수족관에서 벗어나 해방 춤을 추는 것이라 표현한다. 보편적으로 수족관에서 나오는 것은 해방이 아니라 죽음인데, 이를 반어적으로 해방이라 표현했으니 갇혀 사는 것이 죽는 것보다 더 큰 괴로움이라는 의미를 만들어 낸다. 파도 없는 수족관과 갇혀 있는 삶이 연결되면서 자유가 제한된 삶을 그려내고 있

다. 그 삶은 곧 화자 자신이 처해있는 사회적인 상황과 맞물려 있다. 그런 자유가 박탈된 존재들에게 "땔나무"와 같은 존재가 되리라고 화자는 도마에 오롯이 자신을 투영해 일체가 되고자 한다. 도마는 횟감이 되어가는 물고기를 돕는 방조자로 표현되고 도마 역시 해방을 꿈꾸는 대상으로 표현되어 있다. 사물을 면밀하게 관찰하며 여러 각도에서 심도 있게 바라보고 인식하고자 한 시인의 의도로 보인다. "폐부 깊숙이 스미는 소리 없는 비명들"을 상상하며, "죽죽 긋는 칼자국을 맨몸으로 받는 도마"를 대변해주는 주체는 차라리 "뜨거운 땔나무가 되리"라는 도마의 꿈을 받쳐준다. 사물의 본질과 속성을 파고드는 통찰 속에서 생존을 위해 어딘가와 누군가에게 저당 잡힌 우리의 삶을 은유적으로 표현하였다. 이 작품은 나무도마의 상징성을 잘 살려내서 시의 압축미와 치밀함, 그리고 냉철함을 경험하게 한다.

그의 꿈은 오로지 지상에 가 닿는 것
무거운 몸의 이력 한 줄씩 지워내고
선명한 지문을 따라 앞으로 날아간다

뒤돌아보는 여유도 사치인 인생이다
중력을 거스르며 날아오른 새떼처럼
하얗게 온몸 흔들어 허공 속을 읽는다

태양의 역광으로 외로움 모두 씻어
희미해진 꿈의 음표 하늘에 새기면서
마음껏 솟구친 상상 태평양을 건넌다

—최광모, 「비행기에 대한 보고」, 『정형시학』, 2018, 겨울호

사람은 누구나 갈망하는 이상이 있다. 삶이 몹시 신산할 때, "무거운 몸의 이력 한 줄씩 지워내"듯 현실로부터 차츰 거리를 두고 상상의 나래를 펼친다. 환상에 젖은 화자에게 현실을 "뒤돌아보는 여유"는 "사치"다. "중력을 거스르며 날아오른 새떼처럼/ 하얗게 온몸 흔들어 허공 속을 읽"는 행위에 오롯이 온 감각을 집중함으로써 화자는 비로소 "태양의 역광으로 외로움 모두 씻"는 치유의 상태가 된다. 이는 일종의 정화작용으로, 잠시나마 세상의 모든 괴로움으로부터 자유로워진 것이다. 그것은 더 나아가 "희미해진 꿈의 음표 하늘에 새기면서" "태평양을 건"너는 쾌락의 정서로 나타나게 된다. "그의 꿈은 오로지 지상에 가닿는 것"이지만 결국 지상에 내려오지 못하고 솟구친 상상 속에서 휴식을 취하고 있는 것이다. 진정한 휴식이 허락되지 않았고, 계속 노동을 해야 하는 현실은 후진을 허용하지 않고 앞으로만 날아갈 수밖에 없는 비행기의 속성과 닮았다. 결국 비행기에 대한 보고는 한 순간의 쉬는 시간도 허락되지 않은 화자의 일상에 대한 보고가 되는 것이다.

사방이 둘러 싸여 숨을 쉴 틈이 없다
의미 없이 주고받는 싱거운 위로 속에
점점 더
높아만 진다
내밀어도 닿지 않는,

오늘도 담을 쌓는 우리를 물끄러미
첫발을 내딛는 나, 세상물정 하나 몰라
앞뒤로
부딪치는 데
옆에 선 너는 누구?

한 뼘씩 멀어진다 우리들 얽힌 거리
관계와 관계 속을 밀다가 당겨가며
등 뒤로
딴청을 피면서
악수를 청하다니

—서희정, 「벽」, 『열린시학』, 2018, 겨울호

벽이 왜 필요한가? 벽은 바람을 막아줄 공간 혹은 사유화 시키는 공간을 만들어주기도 하지만 무언가를 감추거나 외부와의 관계를 차단하는 역할을 하기도 한다. 또한 벽은 소중한 그 무언가를 지키고 보호하는 기능을 하기도 한다. 이 시에서는 인간의 관계성에 초점을 맞춰가며 수많은 관계 속에서 서로에게 치이는 벽과 서로가 벽이 되는 상황을 이야기한다. 우리는 수없이 벽을 치며 살아간다. 세상이 다 적이라고 생각하니 벽을 만들게 된다. 나를 지배하려 하거나 통제 혹은 위협하려 하니 서로에게 벽을 치는 것이다. 그러다 보니 서로의 사이는 한 뼘씩 멀어진다. 그럼에도 우리는 더불어 살아가야 하기에 관계는 맺되 적당히 벽을 친다. 일정한 거리를 두고, 표면적으로 필요에 의해 관계를 유지하는 삶을 벽의 은유를 통해 이야기한 작품이다. 마음을 다 열어 보이는 관계는 위험하다. "사방이 둘러 싸여 숨을 쉴 틈이 없"도록 벽은 나와 외부를 단절 혹은 차단시킨다. "의미 없이 주고받는 싱거운 위로 속에" 높아만 가는 벽은 그만큼 우리의 관계들이 진정성을 상실했음을 의미한다. "관계와 관계 속을 밀다가 당겨가며" 등 뒤로는 "딴청을 피면서" 상대방과 악수를 청하는 모습은 그야말로 관계의 속임수를 보여준다.

불 끄고 밝아진 방
누가 나를 들여다본다

만지고 부수다가
구석으로 밀기도 하고

암호를 기억하느라
발끝까지 뒤적인다

잊어가는 방식에 대해 불 켜고 어두워진 방

아무도 보이지 않아 이름만 불러본다

어떻게 그림자들을 놓을까요, 서로를
—최양숙, 「나랑 놀았다」, 『열린시학』, 2018, 겨울호

불 끄고 밝아진 방이라는 것은 비로소 내면의 방에 불이 켜졌음을 의미한다. "나랑 놀았다"고 했으니 불이 꺼져야 나를 만날 수 있다는 의미가 된다. 불 끄고 자기 마음만 들여다봐도 안 되고 불 켜고 자기 밖만 바라봐도 안 된다. 이렇게 그림자들을 내려놓기 위해서는 어두워져야 한다. 그러면 비로소 자기 자신과 놀 수 있다. 우리가 살아가는 공간을 이분법적으로 나뉘어져 있다고 생각한다. 삶과 죽음이 그 대표적 예라고 할 수 있으며 이 외에도 기쁨과 슬픔, 밝음과 어두움 등이 있다. 그것들은 우리로 하여금, 어떤 모습이 진정한 자아인지 고뇌하게 한다. 온갖 번뇌로 마음이 어지러울 때 우리는 눈을 감고 명상의 순간에 들곤 하는데, 그 상태는 '불이 꺼진 방'과 같다. 그 때에서야 비로소 온전히 자아에 집중하게 되는 것이다. 코끼리의 신체 일부만으로 코끼리임을 장담

할 수 없듯, 자아의 탐색은 결코 쉽게 이루어지지 않는다. "만지고 부수"고 "구석으로 밀"거나 자신도 모르게 걸려 있는 "암호를 기억"해내기 위해 머리부터 "발끝까지 뒤적인다". 즉, 기존에 내가 알고 있던 허상이나 다름없는 자아에 대한 끊임없는 저항과 탐구가 뒷받침 되어야 하는 것이다. 뒤집어 놓고 보아야 보이는 그림 같다. "어떻게 그림자들을 놓을까"라는 화자의 말은 그래서, 스스로에 대한 애착(자기애)으로부터 어떻게 자유로워질 수 있을지 고민하는 목소리로도 읽힌다. 그런 의미에서 "잊어가는 방식"은 '진정한 자아의 모습을 찾아가는 방식'인 것이다.

3.

이제, 소리 없이 어둠을 지키던 그림자들이 스스로 자신의 모습을 드러내기 시작한다. 시인은 수족관 밖을 꿈꾸는 열대어이거나, 차라리 땔감이 되기를 열망하는 침엽수림이다. 그들은 지상에 닿기를 희망하며 스스로를 세상 속으로 던진다. 그들은 누군가를 향해 벽을 치면서 자신의 공간을 만들고, 만지고 부수다 구석으로 밀기도 하는 자기만의 놀이에 빠진다. 이를 통해 자신과의 간절한 만남, 외부현실을 주도적으로 끌어안기, 진정한 해방과 자유의 길로 나아간다. 그것이 바로 시인이 자기 내면에 갇히지 않고 스스로를 해방시키는 용기와 상상이며, 자기 자신을 구제하는 길이며 자신을 놓아주는 방법일 것이다.

3부

정형의 틀 안에서 발아하는 생의 사유

1.

옴베르트 에코가 말한 "통제된 무질서, 제한된 잠재력"이란, 일정한 형식과 틀 안에 인간이 지닌 무한한 창조력과 상상력을 담아낸다는 것을 의미한다. 이것은 시조가 정형의 양식적 조건 하에서도 무한히 펼칠 수 있는 형태적 · 내용적 새로움과 가능성을 지니고 있음을 설명하기에 충분하다. 그것은 시조창작의 미학적 새로움에 대한 도전이면서 시조의 현대성 구현을 위한 방법이다. 시조가 단순히 자수와 음보에 근거하는 것이 아니라 자연의 율격에 의해 창작된다는 것은 자수를 의식하지 않는 의미화의 과정과 주체의 발화에서 찾을 수 있다. 주체와 대상이 어떻게 관계를 형성하는가에 따라 시의 형식과 내용이 도출되고 의미구조가 형성되기 때문이다. 내용의 다양성은 형식의 틀에 의해 구속되어 협소해질 수밖에 없는 시조의 특성을 극복한 경우에 해당한다. 시조는 현대인의 다채로운 경험과 중층적 사유를 표현하기 위해서 시조의 양식적 확장은 물론 소재의 확장에 꾸준히 관심을 갖는다. 이번 계절에 읽은 작품들은 색다른 비유와 화법으로 담론을 펼치고 있는 경우와 보편적 화법을 견지하면서도 감정에 얽매이지 않는 객관적 거리감으로 자기를 응시하는 개성적 실례를 보여준다. 시인은 존재탐색의 과정과 현실공간에 대한 성찰을 통해 인간의 실존에 대해 지속적으로 묻는다. 다양한 주체들의 언술에 의해 빚어지는 의미화와 담론화의 과정을 통해 주체가 현실을 대면하는 전략들을 공유해 보고자 한다.

2.

그날 그 거리에서 널 만난 건 심한 불운,
시간의 틈을 비집고 치사하게 난 웃었고
약속이 성립되지 않은 악수를 주고받았다

ㅡ꽁초를 비벼대던 보도블록 깨진 곳에서 민들레가 꽃을 달고 표정을 바꾸었으나 아무도 이 거리의 변화를 알아채지 못했다

ㅡ비정규적 생에 관한 종단적 연구라는, 논문을 제출하든가 하려다 말든 간에 뒤따라 걸어간 이들이 길을 자꾸 헛돌았다

그날 이후 널 잊으려 했는데
또 다가왔다
가식적인 길거리에서 다시 만난 상처였으니
희망을 둘 곳 없다, 는
그 말이 날 찔렀다.

ㅡ염창권, 「길거리에서의 용서」,
『서정과 현실』, 2019, 상반기호.

매 순간을 불안하고 위태롭게 살아가는 존재가 여기 있다. 정해져 있지 않은 길을 걷는 상황이므로 그는 늘 불안하고 초조하다. 눈앞에 어떤 위험이 도사라고 있을지 알 수가 없다. 이 시에서 화자는 우연히 과거에 묶어 두려 했으나 시간의 틈을 비집고 다시 나타난 존재와 마주한다. "약속이 성립되지 않은 악수를 주고받았"지만 내내 불편하기만 하다. 그들은 한때 대학의 조직적인 구조 속에서 고용주와 노동자와 같은 불편한 관계로 함께 한듯하다. 이름 없고 대접 받지 못하는 존재를 표상하는 민들레가 꽃을 달고 표정을 바꾼다 한들 아무도 민들레에게 눈길조차 주지 않는다. 이 민들레를 따라간 사람들도 마찬가지로 길을 헛돌 수밖에 없는 것은 나약한 이들의 움직임을 사회가 알아주지 않기 때문이다. 민들레 혼자 감당하지 못하는 현실이면서, 혼자서 변화를 추구한들 세상은 그대로라는 의미를 담고 있다.

신분적 한계, 직업적 한계 등 자신이 처한 환경을 쉽게 바꿀 수 없는 것이 현실이다. 시인은 보이지 않는 벽을 표상하는 유리천장처럼, 현대판 골품제의 현실을 그리고자 했을 것이다. 아무리 올라가고 싶어도 사회는 그 자리를 쉽게 허락하지 않고 자꾸 제약을 둔다. 만인의 시선에 노출된, 길거리에서 그를 다시 만나 상처가 아물 것처럼 이야기 하지만 실질적으로는 허락되는 것은 아무것도 없다. 그래서 우연한 만남이 불편해질 수밖에 없는 것이다. "희망을 둘 곳 없다"는 말이 자신을 찔렀다는 것은 냉혹한 현실이 스스로에게도 상처였다는 의미를 환기한다. 결국 성립되지 못하는 악수는 희망 둘 곳 없는 현실과 연결된다. 무언가를 희망하고 기대했을 때에 용서도 가능하나, 아무런 희망도 없고 기대감도 없다면 용서 또한 불가능하다. 비정규직의 삶을 독특한 화법으로 전개하면서 끝나지 않은 계층 간의 구조적인 모순을 내적인 경험과 성찰로 이끌어내고 있다.

> 대숲이 우는 까닭은 걸리는 말 많아서다
> 한 발만 헛디뎌도 칼바람이 이는 언덕
> 밤마다 빗장을 지른다, 흔들리지 않으려
>
> 너에게 가는 길은 수만 갈래 바람의 길
> 간이역을 세워 둔다, 단숨에 갈 수 없어
> 열두 개 마디를 지어 잠시 숨을 돌리고
>
> 텅― 비우고 나면 외발로 설 수 있을까
> 하루에 한두 번씩 목이 긴 기도를 한다
> 휘어도 꺾이지 않는 붓 닮아 가고 싶어서
>
> 마침내 둥글었는지 먹물에도 향이 돌고
> 허공에 적신 붓끝 내리긋는 굵직한 획
> 화선지 스며든 글귀 죽순으로 돋아난다
>
> ―김석인, 「바람의 필법」, 『문학청춘』, 2018, 봄호.

어두운 밤에는 앞이 잘 보이지 않아 제대로 걷기가 힘들다. 밤은 헛발 딛기 좋은 시간이다. 그래서 화자는 흔들리지 않기 위해, 칼바람을 맞지 않기 위해 밤마다 빗장을 지른다. 바람은 빈 틈이 있어야 지나가는 존재다. 크게 열린 장소나 틈이 넓은 곳에서는 칼바람이 불 수가 없다. 비좁고 갈라지고 구멍이 뚫린 곳이라야 칼바람이 찾아온다. 이런 곳을 통해서만 너에게 갈 수 있는 게 현실이다. 수만 갈래 바람 길이 만들어 지려면 틈이 많아야 한다. 그 틈 사이로 파고들어야 하기 때문이다. 화자는 이 길을 단숨에 갈 수 없어 간이역을 세워 둔다. 단숨에 가려하지 말고 간이역을 두면서 욕심을 버리고 쉬엄쉬엄 가라고 스스로에게 말을 건다.

텅 비우고 나면 외발로 설 수 있을 거라는 희망이 화자에겐 남아 있다. 이 시는 바람에 대숲이 휘청거리는 모습을 마치 목이 긴 기도를 하는 것으로 표현한다. 그리고 이를 "휘어도 꺾이지 않는 붓 닮아 가고 싶"은 욕망이라 생각한다. 화자는 "마침내 둥글었는지 먹물에도 향이 돌"기 시작함을 본다. 모나지 않은 곳에서 아름다운 바람소리가 난다. 이러한 바람결을 따라 죽순을 그린 과정을 바람의 필법이라고 하였다. 이 시는 속을 텅 비워서 아름다운 바람을 머물게 만드는 법을 알려준다. 텅 빈 곳이라야 바람이 머물 수 있다. 죽순처럼 돋아나는 글귀에서 마침내 휘어도 꺾이지 않는 삶을 만나게 해 준다.

> 나를 따라다니던 어둠을 내다 버린다
> 화창하게 좋은 날 울다 그친 꽃 바라보며
> 맘 놓고 밀어버린다, 숨 끊어질 듯 끊어질 듯
>
> 층층이 자라나던 지독한 독(毒) 쏟아내고
> 거친 감정들까지 따뜻하게 지나가면
> 무결점 가수처럼 와서
> 목청 붉은 노래하겠다
>
> 열창을 받아먹고 날아가는 청동오리야
> 바람 얼굴 다 만져보고 날 만나러 오느라
> 만 볼트 박장대소 한 잔
> 불콰하게 마셔보자
>
> ㅡ임성구, 「웃어버리다」, 『정형시학』, 2019, 봄호.

어둠을 버리면 자기 자신도 버려진다. 화창하고 좋은 날일수록 어둠은 더 두터워지고, 선명하게 드러난다. 화자는 지금 웃을 수 있는 상황이 아님에도 그냥 웃어버린다. "나를 따라다니던 어둠"은 무엇일까? 어둠의 의미는 다양하지만, 내다버릴 수 있는 어둠이라면 의식적으로 받아들일 수 없는 불온한 상상이나 감정, 충족되지 않은 내밀한 혹은 유예된 욕망 등이 아닐까? 상처, 수치스러움, 죄책감 같은 감정들도 어둠 속에 있다. 화자는 감추고 싶었던 기억들을 내다 버린다. 그러나 화자는 어둠이야말로 내다 버릴 수 없다는 것을 알고 있는 존재다. "층층이 자라나던 지독한 독(毒) 쏟아내고", "거친 감정들"도 지나가면 "목청 붉은 노래"를 하겠다고 말한다. 이 노래를 하면서 내면에 쌓여 있는 어둠을 몰아내고 밀어내고 내다 버리는 의식을 행하는 것이다.

자기감정과 상처를 똑바로 직시 혹은 응시하면 그것은 더 이상 어둠이 아닌 것이 된다. 똑바로 바라보고 표현해 내는 것으로 자기의 내면에 쌓인 어둠을 내보낸다. 진짜 어둠을 떨쳐내는 것이 아니라 직면하고 직시해서 어둠이 자기를 더 이상 힘들게 하거나 괴롭히는 존재가 되지 않게 수용하는 것이다. 그러므로 '내다버린다', '밀어버린다'는 표현은 엄밀히 말해 반어적인 의미를 지닌다. 철새처럼 계절은 반복적으로 움직이고 어둠도 되돌아오겠지만 이제는 어둠을 증오하거나 경멸하지 않고 품고 웃어버리겠다는 달관의 의미가 담긴 작품이다. "만 볼트 박장대소 한 잔"을 "불쾌하게 마셔보자"고 스스로에게 다짐을 거는 것도 이 때문이다.

공기는 차고 얼음판처럼 미끄러워

개가 긁고 가는 오후가 파랗다

풀들은 유쾌한 듯이 볼륨을 높이고,

이제는 수북하게 꽃이 피려고

마음 한 구석이 참 달고 불룩하더니

오늘은 이별이 찾아와

개의 허리가 야위다

—손영희, 「오후를 논하다」, 『정형시학』, 2019, 봄호

얼었던 대지가 녹고 새싹이 돋으려는 봄날 오후의 생생함을 명징한 이미지로 논하고 있는 작품이다. 만물이 소생하는 계절의 이미지는 '파랗다', '높이다', '피다', '불룩하다'와 같은 상승적 이미지를 보여주는 술어의 순차적 배열을 통해 표현되고 있다. 꽃망울이 터지려고 할 때 망울은 잔뜩 부풀어 오르는데 시인은 이것을 마음 한 구석이 참 달고 볼록하다고 말한다. 만물이 소생하는 계절의 이미지는 개의 허리가 야윈 것으로 묘사되기도 한다. 암캐가 새끼를 낳고 허리가 야위었다는 의미를 담고 있는 듯하다. 새끼가 태어난 것은 또 하나의 헤어짐이다. 비로소 엄마의 몸에서 분리된 것이기 때문이다. 탄생은 또 하나의 이별이라는 공식은 만물이 생성되는 봄의 상징 속에서 또렷하게 드러난다. 또한 꽃은 식물의 생식기다. 생식기는 자손들을 번창시키기 위해 존재하는 것이다. 시인은 봄의 오후를 논하면서 이러한 생명의 아이러니를 이야기한다. 탄생의 기쁨과 함께 이별이 찾아온다는 생명의 아이러니를 개의 허리가 야윈 상황과 꽃망울이 불룩하다는 대비적 상황을 통해 표현하고 있다. 봄날 오후의 풍경을 병치함으로써 이미지를 보다 선명하게

이끌어내면서도 단순한 이미지의 나열에 그치지 않고 생명의 아이러니를 표현하는 감각과 상상이 돋보이는 작품이다.

> 산나물을 다듬는 할머니 까만 손톱을
> 박스를 싣고 가는 할아버지 굽은 등을
> 몇 년간 병상에 뿌리 내린 남자의 퀭한 눈빛을
> 택배 아저씨 잔등에 땀으로 그린 지도를
> 출근길 신호등이 된 모범기사 수신호를
> 노숙자 식판에 국을 뜨는 자원봉사자 손길을
> 퀴어 축제에 나부끼는 무지개 깃발을
> 부지런히 올라간 교복치마와 마스카라를
>
> 읽는다,
> 자기 인생의 저자가 된 사람들

—이소영, 「사람책」, 『시조시학』, 2019, 봄호.

'~을 읽는다'는 통사구조의 반복과 행 · 연갈이의 자유로운 배치를 통해 '사람책'의 의미를 담론화하는 과정을 보여주는 작품이다. 화자는 저마다 자기의 정체성을 지키기 위해 일상에서 힘겹게 투쟁하는 사람들을 다양하게 제시하며 이들의 삶을 관조하고 있다. "산나물을 다듬는 할머니"부터 "박스를 싣고 가는" 할아버지, 오랜 시간 병상을 지키고 있는 남자, 택배 아저씨, "출근길 신호등이 된 모범기사", 노숙자, "퀴어 축제"의 깃발과 "교복치마와 마스카라" 등 직업과 환경이 다양하다. 이들은 대개 제 삶을 스스로 책임지며 살아가야 하는, 변방으로 내몰린 우리 삶의 또 다른 풍경들이다. 자신의 삶이 수치스럽지 않기 위해서 열심히 살아가는 모습들은 지위고하를 막론하고 소중하고 값지다.

삶이 누구에게나 두려운 이유는 유한하고 일시적인 것을 지키고 보호해야 하기 때문이다. 제 몸을 지키기 위해, 또 우리가 사랑하는 것을 지키지 위해 우리는 늘 투쟁 속에 살아간다. 영원하고 무한한 것에서 자기 자신을 찾는다면 두려움이 없겠지만, 세상을 살아가면서 삶을 지속시키려면 유한하고 일시적인 것을 붙들며 지켜나갈 수밖에 없다. 한 번 주어진 삶은 다시 돌이켜 살 수 없어서, 삶에 대한 애착은 쉽사리 포기할 수 없는 것이다. 생존의 욕구는 인간에게 주어진 최상의 욕구로, 자신의 삶을 스스로 만들어가는 원동력이 된다. 각자의 삶에 있어 저자가 된 사람들의 페이지는 주체의 '읽는 행위'에 수렴되면서 스스로가 소중한 삶의 가치라는 의미를 만들어낸다.

1. 삼각형

불안한 꿈들이
파편처럼 떠다녔다

스물에서 서른 시절
사랑했다
쓸쓸했다

꽉 쥐면 핏물 배어도
차마 놓을 수 없던 시(詩)

2. 사각형

반듯하게 잘라서
차곡차곡 가지런히

책상과 태극기
방과 집, 빌딩과 거리

엄연한 불혹의 질서가
세상을 지배한다

3. 원

가장 강한 것은
직선이 아니라 원

둥근 것에 수렴된다
여자 지구(地球)
이순(耳順) 하늘

골목길
휘파람소리에
자꾸 목이 마른다

―이지엽, 「삼각형에서 원까지」, 『열린시학』, 2019, 봄호.

도형을 통한 이미지의 형상화가 흥미로운 작품이다. 삼각형은 모서리 모두가 날카롭고 뾰족하다. 모가 나서 꽉 쥐면 손에 상처를 낸다. 화자에게 시는 마치 삼각형과 같은 존재였다는 고백이다. "불안한 꿈들"과 "스물에서 서른 시절"을 지나온 사랑과 쓸쓸함이 시이기 때문이다. "꽉 쥐면 핏물 배어도/ 차마 놓을 수 없던 시(詩)"는 화자에게 모난 삼각형처럼 아프지만 놓을 수 없는 운명이었을 것이다. 한편 사각형은 정형화된 질서, 틀, 안정감을 표상하는 반면, 융통성 없는 삶도 표현한다. 쉽게 바꿀 수 없는 제도적인 것들 즉, 우리가 살아가는 사회 질서와 규범이 여기에 있다. 책상은 정형화된 지식을 공부하는 곳이며, 집도 방도 태극기도 빌딩도 모두 각진 사각형이다. "엄연한 불혹의 질서가" 지배하는 세상을 사각형에 비유하고 있다. 마지막으로 원은 가장 조화로운 힘을 갖고 있는 도형이다. 여자와 지구, 이순(耳順)의 하늘은 모두 둥근 것에 수렴된다. 휘파람도 입술을 동그랗게 말아서 숨을 뿜어야 나오는 소리다. 평화, 조화 등을 상징하는 원은 불교의 윤회사상과도 연관성을 갖는다. 처음과 끝이 없는 무한한 순환의 고리를 갖는다. 인간 삶을 빗대서 표현하기 좋은 상징으로 모나지 않아서 다툼이 없는, 평화로움과 갈등이 없는 깨달음을 상징하기도 한다.

모든 것을 하나로 묶었기 때문에 전부를 뜻하는 말이기도 한다. 화자는 여자, 지구, 이순, 하늘을 원의 이미지로 보고 있다. 나이 60을 이순(耳順)이라고 하는 것은 귀에 거슬리는 것이 없이 내가 원하는 대로 살아가도 법에 위촉되는 일이 없다는 것을 의미한다. 또한 동양적 우주관에서 보자면 하늘은 천원지방(天圓地方)이라 했다. 하늘로 표현된 원은 포용력, 수렴하는 것, 어머니성의 의미를 담고 있기 때문이다. 삼각형에서 원까지를 이야기하며 점점 둥글어지는 삶, 원으로 수렴되는 삶을 이미지화한다. 바윗돌이 강 상류에서는 모가 나 있다가 바다에 도착하여 파도에 오래도록 쓸려서 둥글어지는 삶의 모습을 빗대어 표현한 것이 아닐까. 그러나 화자는 원으로 수렴되지 못한 현실에 목이 마른 것 같다.

> 한글이 한반도면 'ㅏ'는 백두대간
> 아아(峨峨)한 높이에서 남서로 돌아가면
> 북녘에 이르기 전에 명치끝이 아려온다.

아픔과 아름다움이 '아'로 시작되는 건
아파도 '아' 하고 아름다워도 '아'하기 때문
아픔과 아름다움은 '아'자 항렬 피붙이다

—문무학, 「한글 자모 시로 읽기 15—홀소리 ㅏ」,
『좋은시조』, 2019, 봄호,

문무학 시인은 한글의 자모의 형태나 위치를 통해 일상을 풍자 혹은 성찰하기도 하고 사회담론을 펼치는 새로운 시적 전략을 선보인다. 이 작품은 한글 자모 중에서도 '홀소리 ㅏ'의 발음과 위치를 통해 역사의 단절에서 오는 아픔과 현실적 고통에 관한 이야기를 형상화하고 있다. 아픔은 조화가 깨져서 뒤집히고 억눌리고 막혀 있을 때 오는 것이고, 아름다움은 소통하고 조화롭고 균형이 있을 때 찾아온다. 아픔 없이 아름다움을 느끼는 것은 가능하지 않으며, 아픔과 아름다움은 한 몸이다. 한반도의 산맥을 이어서 가다 보면 북녘에 이르기 전에 명치끝이 아파온다. 이 시는 한글의 자모를 통해 분단의 아픔과 민족의 슬픔을 이미지화 하고 있다. 한글이 한반도라 가정하면 모음체계에서 맨 먼저 나오는 'ㅏ'는 백두대간이 된다. 모음체계를 통해 존재의 역설을 이야기한 상상력의 기발함을 보여준다. 선과 악을 떼어놓고 이야기할 수 없는 것처럼 아름다움도 아픔을 떼어놓고는 이야기할 수 없다는 것을 알고 있기에 슬픔이 공존하는 역사의 길목을 따라갈 수 있는 것이다.

3.

시인(詩人)이 시인(視人)이기도 한 것은 시인이야말로 시적 대상을 있는 그대로 보는 주체이기 때문이다. 본다는 것은 표면적으로 드러나지 않는 대상의 속성이나 사회의 이면을 그것 자체로 보고 인지한다는 것이다. 인간의 욕망과 왜곡된 현실 등을 선입견 없이 순수하게 바라보는 존재로서 그들은 이미 보는 주체에서 벗어나 보여 지는 주체이기도 하다. 정규직과 비정규직의 불편한 현실을 마주하고, 자기 내부의 쌓인 어둠의 상징들을 몰아내는 의지적 표명을 하고 다양한 군상들의 삶과 이미지를 논하고 비유와 상징적 기호의 속성으로 굴곡진 삶의 희노애락을 담론화하는 과정은 보는 주체로서의 시인의 역할이며 책무다. 이러한 보는 주체로서의 시인은 바로 자신이면서 타인이면서 또 혼자이면서 여럿이 될 수 있다. 이번 계절에 만난 시들은 보는 주체와 보여 지는 주체로서 여럿의 시선들과 함께 하는 모습을 견지한다.

공생 그리고 사랑의 회복

1. 공멸을 초래하는 '암세포적 사고'

왜 함께 더불어 살아가는 게 어렵고 힘겨울까? 다수의 사람들이 '자신만 살아남으면 된다'는 일종의 암세포적인 사고방식을 버리지 못하고 있기 때문이다. 암세포는 자신의 생존을 위해 주위에 혈관을 뻗쳐 정상세포에게 골고루 배분되어야할 양분마저 모조리 강탈해오는 만행을 저지른다. 중요한 것은 암세포 주변에 있는 정상세포가 암세포를 물리쳐야할 적(敵)으로 생각하지 못한다는 점이다. 암세포가 정상세포로 다시 돌아오거나 정상세포로 돌아오는 게 불가능하다면 암세포를 확실히 제거해야 하는데, 그렇지 않고서는 다 같이 공멸할 수밖에 없다. 게르만 민족이 가장 위대한 민족이라 여겨, 유대인을 학살했던 히틀러의 나치정권도 마찬가지다. 이렇듯 암세포와 같은 독선과 오만한 사고방식이 주변인을 힘들게 하고 결국 공멸을 재촉하는 것이다. 지금 우리나라에 대한 일본의 경제침략(수출규제)도 일본 제국주의 부활을 꿈꾸는 암세포적인 발상에서 비롯된 게 아닐까?

이 계절에 읽은 시들은 인간의 비뚤어지고 일그러진 욕망을 가감 없이 보여주고 있다. 그 어떤 생명도 온전하게 개체로서 독립적으로 살아갈 수 없다. 생명은 언젠가 서로에게 의존하면서 태어나고 살아가다가 사라진다. 연기적(緣起的)인 우주실체를 망각하고 진정한 자기 자신의 모습을 성찰하지 못한 인간이라면 이러한 암세포적인 독자생존의 열망에 사로잡힐 것이다. 자기 생존에 집착해서 자기 삶의 영속과 안전을 위해 다른 대상을, 다른 생명을, 내 이웃을 도구나 수단으로 이용하는 것이야말로 우리가 직면한 근본적인 문제일 텐데, 더불어 살아가는 상생(相生)을 꿈꾸지 못하는 것이 더 큰 문제다. 사람들은 남과 더불어 살아간다는 것을 망각하고 자기만 살겠다고 주변 사람들을 배려하지 않고 발악하며 살아가는 무지한 만행을 종종 보여준다. 우리는 땀 흘리는 농부와 노동자들에 의해 먹고 입고 돌아다니며 살아간다. 이 모든 것들이 서로 도와가며 살아간다는 의미를 담고 있는데 나의 존재만 특별하고 소중해서 남을 이용하고 수단시해도 된다는 사고방식이 문제를 키운다. 그런 존재는 앞서 말한 '암세포'와 같다. 자기 혼자만 살겠다고 주변 세포를 죽이는 행위, 숙주를 죽이면 자기도 죽는다는 것을 모르는 어리석은 행위다.

공생의 진정한 의미는 완벽한 사랑, 조건 없는 사랑이다. 몸에 영양분이 들어왔는데 하나의 장기에서만 영양분을 독차지하고 다른 장기에는 영양분을 주지 않으면 몸은 병나고 망가진다. 몸 속의 세포 하나하나가 골고루 영양분을 나눠 먹으며 함께 살아야 오래 오래 건강하게 살아갈 수 있다. 혼자만 독식하면 주변의 존재가 죽으면서 자기도 함께 죽게 된다. 어리석고 이기적인 삶을 살아가는 사람들에게 깨달음을 주고자 한 시들을 만나보기로 하자.

2. 항암(抗癌)의 여러 양상들

산타는 어디로 갔나
기다리다 지친 그들
산타의 길목이라는
굴뚝으로 올라가
몇 해째 둥지를 틀고
내려오지 않는다.

지상의 난제들을
알처럼 품었지만
밖으로 날 수 없는
날개 다친 굴뚝새들
부화도, 투쟁도 겨워
망루 끝이 아슬하다.

고궁을 상징하는
현기 푸른 농성의 깃발
세간의 철새들이
굴뚝을 오르는 사이
또다시 산타가 없는
성탄절이 가고 있다.

—김진길, 「굴뚝새의 겨울」 전문, 『열린시학』, 2019, 여름호

산타는 성탄절에 아이들에게 선물을 주는 존재다. 하여, 굴뚝은 산타가 드나드는 통로로서 상징성을 갖는 곳인데 이 시에서는 사측의 부당한 대우에 항의하는 노동자들의 투쟁 장소가 되어 있다. 성탄절은 원래 태양이 사라졌다가 부활하는 상징성을 가진 태양절이기 때문에 산타

나 성탄절이 의미하는 것 자체가 부활과 희망, 이웃 간의 사랑이다. 굴뚝 위에 올라가 투쟁하던 사람들은 비정규직 혹은 사측으로부터 제대로 대우 받지 못하고 차별당하는 노동자들을 대변한다. 그들의 참담하고 냉혹한 현실은 "밖으로 날 수 없는/ 날개 다친 굴뚝새"로 비유된다. 날개 다친 굴뚝새의 모습은 노동자들이 망루위에 올라가 몇 달 동안 투쟁하고 농성하는 모습과 닮아 있다. 시간적인 배경이 되는 겨울은 배고프고 차가운 계절로 희망이나 변화, 타인에 대한 인정, 사랑의 의미를 담고 있는 산타의 이미지와 정반대의 상징성을 띤다. 신의 사랑을 느낄 수 없는, 신이 죽어버린 사회의 모습을 굴뚝새가 견뎌야 하는 겨울의 이미지로 그려내면서 냉철하게 노동현실을 비판하고 있다. "또다시 산타가 없는/ 성탄절이 가고 있다"는 마지막 구절은 구원 받지 못한 채 또 힘겨운 계절이 지나고 있는, 안타까운 현실을 묘사한다. 최저임금, 근무계약만료, 열악한 노동환경 등 부당한 근무조건을 감수하면서도 삶을 살아야 하는 이유가 절실한 그들에게 여전히 합의점을 내놓지 못하는 문제는 노사 간의 문제만이 아닌 우리 사회의 구조적 모순이 아닐까? 사측의 경제적 이윤을 남기기 위한 기계부품처럼 노동자의 노동력을 이용하다가 불필요해지면 언제든지 거리로 내몰 수 있는 노동의 현장을 비유적으로 잘 표현하였다.

쪽방 촌 막다른 길 오후 해가 지나간다
독거노인 안부 묻는 이웃돕기 박스 하나
그 누가 안고 왔는지 온기 아직 남았네요

못보고 사는 것쯤 이젠 제법 길났는데
찾아올 낌새 없던 내 자식 다녀간 양

황 노인 닫힌 가슴이 볕살 바라 열리네요

오래 된 형광등에 불빛이 깜빡대듯
밭은 숨결 풀어가며 한 발짝씩 다가서는
여기도 봄이 오느라 바람죽지 부푸네요

—이남순, 「봄은 평등한가」, 『열린시학』, 2019, 여름호

봄이라는 계절은 겨우내 움츠렸던 것들이 자신의 속살을 드러내면서 무엇이든 보여 주고 드러내는 것을 의미한다. 그런데 남 보기 좋은 것만 보여줄 수는 없다. 감추고 싶은 것과 부끄러운 것도 드러나게 마련이다. 그런 봄은 쪽방 촌 막다른 길에도 어김없이 찾아온다. 사회에서 소외되고 가난한 사람들이 많은 이곳에는 그야말로 막다른 삶이 겨우겨우 버티고 있다. 독거하는 노인이 많다는 것은 그만큼 인간 사회의 애정이 결핍되어 있다는 것과 가족 간의 관계가 해체되어 있다는 것을 의미한다. "못 보고 사는 것쯤 이젠 제법 길났는데"라는 표현에서 알 수 있듯이 화자는 자식을 못 본 지 꽤 오랜 시간이 흘렀다는 것이 오히려 자연스럽다. "그 누가 안고 왔는지" 모를 온기 남은 이웃돕기 박스를 보면서 화자는 "찾아올 낌새 없던 내 자식 다녀간 양" 무언가 희망이 움트는 걸 느낀다. 노인의 "닫힌 가슴이 볕살 따라 열리"지만 구체적인 온정은 드러나지 않는다. 현실적으로 희망이 보이지 않기 때문이다. 봄이 되어 기대감이 부풀어 올랐는데, 자원 봉사자나 사회복지사가 온 것처럼 혹여나 자식도 오지 않았을까 하는 마음이 독거노인의 삶을 더 슬프게 한다. "봄은 평등한가"라는 제목은 평등하지 않음을 보여주는 반어적 표현이다. (봄)볕이 비추는 곳에는 그늘도 짙은 법이다. 햇살도 많아지면서 모든 사람에게 골고루 희망이 생기길 바라는 마음에서 비롯되는 것이겠지만 실상은 그렇지 않다.

서울에선 하늘도 공짜가 아니라고?
중세유럽 주택세는
창문 수로 매겼다던데
고시촌 쪽방조차도 창 있으면 더 내라고?

까짓것
동안거 들 듯 면벽하면 그만이지
때때로 물숨 뿜는 흑등고래도 아니고
한 달에 4만 원이면
사나흘 치 컵밥 값인데

그러나 그게 아녀, 세상은 그게 아녀
화마가 지난 자리 엇갈린 삶과 죽음
더 이상 떠밀릴 곳이 이승 말고 또 있다니

막장 같은 가슴에도 복권은 들어 있다
비틀비틀 골목 불빛
이끌고 온 그 사내가
토악질 다독이듯이 다독이는
서울의 밤

—오승철, 「4만원」 전문, 『정형시학』, 2019, 여름호

다닥다닥 붙어 있는 고시촌은 그만큼 열악하여 화재가 나면 자칫 대형 참사로 번지기 쉽다. '창'이 의미하는 것은 세상과 통하는 문인데 고시촌 쪽방은 창의 크기도 작고 개수도 적다. 그래서 대피도 어렵고 바람도 잘 들지 않는다. 화자는 이런 복잡한 "서울에선 하늘도 공짜가 아"님을 느낀다. 공짜가 아니라는 것은 수고로움을 감당하며 노동을 해야 하고 대가를 치러야 한다는 것을 말한다. 서울에서 희망과 전망, 비전

을 가지고 살아가려면 그에 관련된 희망의 세금도 내야 한다는 이야기다. "동안거 들 듯 면벽하면 그만이지"라고 스스로가 처해 있는 현실을 받아들인다. '동안거'와 '면벽'은 불교 수행과 관련된 용어로, 면벽은 창이 없는 벽만 보며 수행하는 것이고, 동안거는 겨울에 한 곳에 머물면서 그곳에서만 수행하는 것이다. 현실에 아무런 희망도 없고 전망도 없는 답답한 상황이긴 하지만 참아 내겠다는 뜻이다. 흑등고래가 수면 위로 올라와 물을 뿜어내는 데에는 한참 시간이 걸린다. 참아 냈다가 숨통이 트이고 숨을 참았다가 뱉고 하는 고단한 삶을 빗대서 표현한 것이다. 이들은 삶을 견디며 참아내는 것이지 누리며 가지는 것이 아니다. 힘들어도 살아 있는 것이 낫다. 고시촌에 화재가 나서 몇은 죽고 몇은 살게 되었지만 그래도 죽는 것보단 살아서 쪽방에서라도 살아야 한다. 언젠가 쪽방을 벗어나리라는 희망이 있다는 것을 막장 같은 가슴에 품은 복권을 통해 암시하고 있다. "토악질 다독이듯이" 다독인다는 것은 스스로를 위로하는 행위인데, 그 위로의 이면에는 언젠가 새로운 희망을 통해 삶이 풍요로워 질 수 있지 않을까 하는 일말의 기대감을 보여준다. 그래서 서울은 희망고문 하는 곳이라는 것을 담고 있다. 같은 쪽방 안에 살고 있어도 모두 남남인 삶이 더욱더 서울의 밤을 낯설게 만들었는지 모른다.

> 서른 해 꼬박 넘기며 당신들 지켰어요
>
> 누구는 떠나가고 또 누구는 이사 와서
>
> 가로수 언저리 오가며 마음을 달랬겠죠

굴착기, 포클레인 불러 나무들 파재끼며

싸늘하게 달려드는 당신들이 무서워요

재개발, 그 낯섦으로 잃어버린 존재감

흙길은 밀어내고 화단은 지워버리고

당신들은 늙어가고 아파트는 솟아오르고

한남동 이데올로기 좌표에 나무들 졸했어요
—박희정, 「이데올로기 좌표」 전문, 『시조시학』, 2019, 여름호

사람들은 늙어 가지만 환경만은 항상 새롭고 신선하기를 요구한다. 오랫동안 한 마을을 지키고 있던 나무들이 재개발로 아파트가 들어서면서 일제히 사라졌다. 재개발 도심에 아파트를 짓는 일은 생명이 아닌 것을 생명이 있는 자리에 옮겨 심는 것과 다를 바 없다. 사람들의 편의와 이기심 때문에 생명이 없는 아파트를 이 자리에 꽂아 놓은 것이다. 여기서 '이데올로기 좌표'는 물신주의와 자본주의를 비롯하여 인간 생존이 우선시 되는 것을 총체적으로 표상한다. 생명이 배제되고 비생명적인 자본이 중심이 되어 돌아가는 상황을 꼭 집어 비판하고 있는 것이다. 밀어내고 지워버린 흙길이나 화단은 있는 그대로의 자연으로 생명적인 것을 표상하지만 아파트는 자연을 밀어내고 인간 중심적인 삶이 스며든 비생명적인 삶을 표상한다. 오래된 것을 버리고 새로운 것만을 취하고자 하는 행위는 우리가 지나왔던 흙길과 들판, 추억과 사랑을 지우고 새로 만드는 것과 다름없다. 경제적인 이윤이 남으니 건물을 올리

고 자연을 밀어내는 것이다. 공생의 미덕은 사라지고 오로지 인간의 편익을 위해 자연을 남용하는 이기적인 태도만 남아 있다. 인간은 아직도 자신이 자연에 굴복한 약자라고 생각하여 자연을 극복해야 할 대상이라 생각하는 지도 모른다. 인간이 자연에 피해의식과 공포의식이 있어서 그렇게 생각하는 것이 아니겠는가. 인간도 자연의 한 부분이기에 인간만을 살리려고 자연을 통제하고 지배하는 것은 자신의 숨통도 조이는 것과 같다. 공생의 방향성을 놓치면 다 같이 공멸한다는 것을 시인은 재개발 지역의 풍경 속에서 일깨워준다.

> 내전의 폐허에는 햇빛조차 날카롭다
>
> 비명 다 삼키고는 눈물을 잃었지만
>
> 무통의 알레포 아이들 장미보다 붉다
>
> 쏟아지던 탄알의 그 많은 기억 위에
>
> 구름이 남기고 간 하늘 올려다보면
>
> 누구도 감당치 못할 허공 너무 깊어
>
> 부어오른 눈으로 부러진 날개 펼쳐
>
> 흘러온 한 아이가 슬픔을 구부린다
>
> 핀치새, 핀치새처럼 부리를 바꿔달고
>
> ―박화남, 「백야」 전문, 『시와문화』, 2019, 여름호

2011년 1월 26일부터 현재까지 일어나고 있는 시리아 내전의 슬픔과 참혹한 생존 방식을 형상화한 작품이다. 내부 분열로 인한 독재 정권 타도를 주장한 반정부 시위는 대규모 유혈 사태를 일으키면서 현재까지 이어져 오고 있는 잔혹한 형극이다. 대규모 시위에 공권력(무력)이 개입되고, 반정부 시위가 전개되면서 시리아 정부는 전차와 저격수를 동원하여 진압의 강도를 높이고, 물과 전기 공급을 중지하는 등 사태의 심각성을 더해가고 있는 현실이다. 이렇게 내전이 일상화 되다 보니 사람들은 점점 내전으로부터 무감각해진다. 백야는 밤이 와도 잠들지 못하는 상황을 상징적으로 드러낸다. 낮처럼 빛이 가득하여 잠을 못자는 상황을 표현하기 위한 것이다. 밤은 휴식과 평화, 그리고 치유를 표상하는데, 이러한 편안함은 내전으로 인해 계속적으로 주어지지 않는다. 아이들은 이 생활에 적응하기 위해서 핀치새처럼 부리를 바꿔단다. 핀치새는 종류는 하나인데 살고 있는 섬이 달라지면서 부리 모양도 달라진다. 같은 종이지만 자신들이 서식하는 환경에 적합한 새들만이 그곳에서 살아간다. 환경에 따라 부리 모양이 벌레 먹기, 견과 먹기, 고기 잡기에 적당하게 바뀌지는 것인데 이는 적자생존의 한 방식이다. 환경에 적응한 존재만이 살아남을 수 있다. 환경에 적응하지 못하면 죽을 수밖에 없기 때문이다. 내전이 장기화되고 일상화 되다 보니 아이들도 그 환경 속에서 장미보다 더 붉은 빛을 갖게 된 것은 아닐까? 포탄을 얻어맞은 전쟁터에서는 가시나무가 많이 자란다. 가시나무도 자신을 보호하기 위해 온몸에 가시를 세우는 것이다. "햇빛조차 날카"로운 내전의 폐허에 "비명 다 삼키고" 눈물 다 잃은 아이들이 핀치새처럼 부리를 바꿔달고 백야를 견디고 있다.

중심을 꺾지 마라 네 몸은 직립이야

뽀송송 물오르는 백화점 인턴인 걸

배꼽에 나란한 두 손, 하늘 향해 벋어야지

억지로 웃지 마라 선거철이 아니잖아

돌아서면 뻣뻣한 목, 꿈들의 뒤태인 걸

구십 도 늪에 빠질라 마약같이 혼몽한
—김덕남, 「구십 도」, 『정음시조』, 2019, 창간호

백화점에서 손님맞이하는 점원이나 주차요원, 안내원이 이 시의 화자(들)에 해당한다. 그들이 고객을 향해서 구십 도로 배꼽인사를 해야 하는 비굴한 생존의 현장을 묘사한다. 서비스업 종사자들의 큰 스트레스 중 하나는 감정 서비스라 한다. 울화가 치밀어 올라도 고객을 향해 존대를 하며 친밀하게 대우해야 하는 직업군이기 때문이다. 선거 때 억지로 웃는 것은 유권자들의 마음을 사로잡기 위해서다. 이처럼 점원들은 고객의 마음을 사로잡기 위해 어떤 마음으로 웃는 걸까? 고객의 환심을 사야 물건을 팔 수 있기에 감정을 서비스하는, 이른바 자본주의 세태의 반영이 아닌가? 돈을 벌기 위해서 비굴하게 굽신거리는 모습은 때로 치욕스럽기도 하다. "마약같이 혼몽한"은 이런 생활이 중독이 되었음을 보여준다. 벗어날 수가 없는 고객의 노예이자, 돈의 노예가 된 삶의 표현이다. 돈을 쓰러 오는 사람들을 떠받드는 것, 깍듯이 모시는 것은 인간이 아닌, 그 인간이 가진 재력에 경의를 표하는 것이다. 화자

도 원래 직립이라 했는데 돈 앞에서는 직립도 꺾이는 법이다. 돈 앞에서 자기를 낮추는 겸손은 곧 생존의 한 방법이라는 것을 보여주는 이 작품은 첫 수와 둘째 수 마지막 음보를 각각 '걸'로 마무리하며 인턴사원 '걸(girl)'이라는 의미를 환기시키고 있다. "돌아서면 빳빳"하게 목을 세울 지라도 생존을 위해서는 어쩔 수 없이 '구십 도'로 꺾으며 자신을 낮춰야 하는 자본주의의 생태를 그린 작품이다.

3. 카나리아라는 이름으로

시인은 카나리아와 같은 존재다. 과거 광부에게 카나리아는 가장 중요한 필수품 중에 하나였다. 카나리아는 전자 가스탐지기가 발견되기 전 가스오염 지표로 이용되었다. 광부들은 새의 행동에 따라 일을 했다. 그러다 새가 노래를 멈추거나 넘어지기 시작하면 광부들은 재빨리 지상으로 대피했다. 카나리아는 가스에 매우 취약하고 민감하기 때문에 공기 중에 소량의 독성 및 폭발성 가스의 함량도 느낄 수 있었기 때문이다. 이처럼 시인도 사회가 안고 있는 부조리와 죄악, 폭력과 만행 등에 누구보다도 빠르고 민감하게 반응하여, 사회가 보다 건강하고 온전한 모습을 갖출 수 있도록 위태로운 조짐을 알리고 경계하는 역할을 하는 존재다.

상실로부터 증명되는 실존의식

1. '삶의 증명'을 위한 탐구

우리는 자신이 태어난 사회에서 사회적으로 승인된 사고방식과 생활 안에서 무비판적이고 무의식적으로 살아가는 경향이 있다. 이러한 일상의 삶에서 사회가 요구하는 가치 실현과 이에 뒤따르는 평판과 명예에 대한 집착이 사람을 지배한다. 우리는 그만큼 사회가 정한 규율 속에서 자유롭지 못하며 그것을 의식하며 살아가야 한다. 한참 유행처럼 번졌던 well－being이 어떻게 실현되었느냐에 따라 'well－dying'의 결과가 달라진다. 그만큼 어떻게 살아야 어떻게 죽는지에 대한 결론도 달라진다. 삶도 그렇지만 죽음 역시 누구에게도 평준화할 수 없으며, 획일적으로 처리할 수 없다. 죽음에는 삶에서 그러하듯이 각자의 고유한 삶이 반영되어 있는 까닭이다. 하이데거가 말한 실존은 인간이야말로 '나'라는 존재의 뿌리에 대해 의문을 던질 수 있다고 본다. '나'라는 존재에 대한 관심과 탐구는 인간의 근원적인 화두이며 '진정한 자아'를 찾아가는 계기가 된다. 이 계절에 읽은 시들의 주체는 스스로 실존을 묻고 '삶의 증명'을 위한 지속적인 탐구를 시도하는 듯 보인다.

2. 현대인의 자화상

산다화 배롱나무 그 옆 금강소나무
줄 장미 만발한 저긴 필시 아방궁이지

잔디밭 가든 테이블께로
페키니즈가 쫄랑대는데

오줌냄새 찌들은 골목길 반 지하방
맨손뿐인 아비어미 맨발의 여동생까지

빛 부신 지상을 향한
발 돋음에 안간 힘 쓴다

신문지 밑바닥에 종일 납작 엎드린
바퀴벌레 한밤중 스멀스멀 선을 넘다

전등불 확 켜든 순간
눈이 찔린 초상들

최저임금 꼬박꼬박 언제까지 모아야
저 만 평 그림 한 폭 완성할 수 있을까

골방 속 붙박이 청년의 봄
창밖은 내내 겨울이다

—장기숙, 「오백 년 후의 정원—기생충에서」 전문,
『열린시학』, 2019, 가을호

왜 공생(共生)이 어려운 것일까? 기생충은 숙주가 죽으면 다른 숙주를 찾아가기도 하지만 대체로 숙주가 죽으면 기생충도 죽는다. 영화 <기생충>을 모티프로 한 이 작품은 "오줌냄새 찌들은" 반 지하방과 아방궁을 연상케 하는 언덕 위의 집이라는 공간대비를 통해 더불어 살아남기 위한 초라하고 비참한 삶의 속성을 들춰낸다. 끝없이 내려가야 하는 그곳에서 "맨손뿐인 아비어미 맨발의 여동생까지" 모여 살며 "빛 부신 지상을 향한/ 발 돋음에 안간 힘"을 쓰는 그들은 기생충과 같은 존재들로 묘사된다. 최저임금 꼬박꼬박 모아봐야 "만 평 그림 한 폭"은 완성할 수 없고 가슴에 품은 달콤한 꿈이 언제나 허망하게 끝나버리는 냉혹한 현실은 철옹성처럼 단단하다. "골방 속 붙박이"라는 표현 속에는 "빛 부신 지상"으로 올라갈 수 없는 삶의 조건을 가졌음을 담고 있다.

이러한 극단의 공간대비 속에서 우러나오는 희비극의 시간은 바퀴벌레처럼 "한밤중 스멀스멀 선을 넘다"가 전등불 켜든 순간 "눈이 찔린" 상황과 만난다. 더 이상 더불어 살아가는 삶이 호락호락하지 않는 각박한 시대의 사람들은 우리 주변에 사는 누군가의 벗이자 이웃일 수 있는, 현대 사회의 자화상이다. 살면서 도저히 만날 일 없는 극과 극의 삶의 조건을 가진 이들의 삶은 영화 시나리오 속에서나 '어설픈 의도'와 '몇 번의 우연들'을 가장해 예측불허의 상황을 만들어내지만 실제로 두 극단의 운명은 공생을 꿈꾸는 것 자체가 공상이다. 우리는 늘 상생과 공생을 바라지만 현실 속에서는 그것 은 쉽지 않다는 것을 안다. 그것은 개인의 의지나 누구의 잘잘못과는 무관한 것이기에 더욱더 어려울 수밖에 없다. 기생충의 공간들은 동시대를 살고 있으면서도 만날 수 없는 서로 다른 조건을 가진 이들이 등장한다. 이들이 소유하고 있는 공간의 대조 속에서 "골방 속 붙박이 청년의 봄"은 오지 않고 "창밖은 내내 겨울"인 '기생충' 같은 현대인의 자화상이 떠오른다.

찬 겨울이 몸에 들어 턱을 괴고 앉았는지
잘린 그의 무릎에선 봄날에도 뼈가 언다

그 위를 주먹 쥔 꽃이
부서져라 두들기고

널브러져 조아리며 "한 푼 줍쇼!" 뇌이는데
잘린 뼈 단면에선 모래알이 떨어지고

그 밑에 쨍쨍 깨지는
슬픔의 돌멩이 몇 개

불로 지진 살과 뼈가 눈물보다 맵다는 건
다리 잘려 본 적 있어 그게 뭔지 나는 안다

한 발만, 제발 한 발만,
딛고 싶을 뿐 이었다

—서정택, 「퇴직을 권하는 사회」 전문,
『시조시학』, 2019, 가을호

현진건의 「술 권하는 사회」에서처럼 이제는 술만 권하는 것으로도 모자라 "퇴직을 권하는 사회"가 되었다. 명퇴와 조퇴라는 단어의 등장과 함께 육이오, 오륙도, 사오정, 삼팔선이란 말도 농담처럼 떠돈다. 심리적인 퇴직연령이 36.5세까지 내려온 상황이라니 취직도 힘들지만 퇴직 후의 삶은 준비가 되어 있지 않은 이들에게 오히려 더 암담하기만 하다. 퇴직을 권한다는 말 속에는 스스로 때가 되면 알아서 먼저 퇴직해 주기를 바라는 사측의 간곡한 어조가 담겼다. "퇴직 권하는 사회"에서 직장생활을 오래 하려면 퇴직을 권하는 사람이 되거나, 그런 능력이 없으면 일 잘하는 유능한 사람이 되거나, 그도 안 되면 다른 일을 할 준비를 하루라도 빨리 하는 것, 이 세 가지 옵션 중 하나라도 선택을 해야 하는 것이 현실이다. 퇴직은 다리 잘린 고통과 다르지 않다. 일을 해야 제대로 딛고 설 수 있는데 의도하지 않은 퇴직을 권고 받아 일을 못하게 하는 사회에 대한 애달픈 마음을 표현한다.

널브러져 조아리며 "한 푼 줍쇼!" 되뇌이는데, "잘린 뼈 단면에선 모래알이 떨어"지고, 그 밑에 "슬픔의 돌멩이 몇 개"가 쨍쨍 깨진다. 돌멩이에는 생명이 없다. 딱딱하게 굳어서 죽어버린 것을 표상하는 그것은 화자의 희망이 상실되었음을 의미한다. 퇴직을 권고 받은 상황은 이미 희망을 빼앗겨버린 것과 같기 때문이다. 퇴직은 무대 밖으로 쫓겨나는 것이므로, 직업, 직책, 지위 이 모든 것들을 내려놓고 무대를 내려와야 한다. 이렇게 직장을 잃거나 구직난 등으로 고통을 받고 심지어 자살까지 하는 사람들이 늘고 있는 현실, 술이 아닌, 퇴직을 권하는 우리 사회의 문제, 언제부터, 무엇이 문제인지 되짚어 보아야 할 때다. "한 발만, 제발 한 발만,/ 딛고 싶을 뿐이었"는데 그것마저도 허용하지 않고 두 자리를 잘라버린, 가혹한 사회현실을 제목을 통해 환기하고 있다.

3. '참나'를 모색하는 주체들

> 눈 내린 눈동자 속 깊숙이도 숨겨두었다
> 실눈으로 더듬대는 내 것과 네 것 사이
> 짓무른 낮과 밤들이 온 몸으로 번져온다

오늘 원했던 걸 내일도 원하고 있을까
눈 떠도 볼 수 없는 경계 모를 꿈을 품고
하얗게 삼켜버린 채 질리도록 걷기만 했다

이윽고 시야가 트이기를 기다릴 차례
내게서 말미암은 궤도를 그려야지
뭉개진 기억 더듬어 제자리 찾아내기를

—이나영, 「화이트 아웃」 전문, 『열린시학』, 2019, 가을호

극단적으로 무기력해져 어디로 가야 할지 무엇을 해야 할지 모를 때가 있다. 감도 잡을 수 없는 상황을 만날 때 우리는 보통 슬럼프에 빠졌다고 한다. 아무것도 할 수 없는 무기력에 빠진 상황에 직면하게 되거나 한 치 앞도 내다볼 수 없게 되는 화이트 아웃을 경험하게 되기도 한다. 기다리면 언젠가는 제자리로 돌아오겠지만 화자는 눈앞의 안개가 빨리 걷히기를 내심 기도한다. 화자는 "실눈으로 더듬대"며 내 것과 네 것 사이"로 번져오는 "짓무른 낮과 밤들"을 온몸으로 체감한다. 낮과 밤을 포함한다는 것은 때를 가리지 않고 경계가 사라진다는 것을 말한다. 경계가 있어야 앞으로 나아갈 수 있는데 경계가 보이지 않으니 내 것과 네 것의 구분도 되지 않는 것이다.

모든 것을 하얗게 삼켜버려서 어디로 가고 있는지도 모르게 화자는 질리도록 걷기만 했다. 터널에 들어서자마자 눈앞이 캄캄해지고 불빛은 어디에서도 보이지 않고 차는 어디로 가고 있는지 감을 잡을 수 없는, 블랙아웃과 유사하다. 뒤로 가는 것인지 앞으로 가는 것인지 알 수가 없는데, 이 순간은 오로지 기다려야 한다. 화자는 시야가 트이기를 기다리며 이제 "내게서 말미암은 궤도를 그"리겠다고 다짐한다. "뭉개진 기억"을 더듬는 행위는 지금 눈앞에는 보이지 않지만 예전에 있었던 시간을 되살

려서 앞으로 나아가는데 필요하다. 그 기억을 더듬어 제자리를 찾아내기를 바라는 열망으로 화자는 시야가 트이기를 기다리며 누군가에 의해서가 아닌 자기만의 궤도를 그리기 위한 준비를 하고 있다.

이름 하나 움켜쥔 채 한 세월을 살았구나 진흙 세상 건너면서 흙 안 묻힌 것만 해도 업어서 웬만한 강물쯤 건네줄 만하잖은가

이승 아니라면 저승 어느 모퉁이서라도 너 나랑 몸을 바꿔 생시인 양 살아보라 그러면 너도 알 테지 골마지 핀 이내 속을

그냥 한두 해 아닌 쉬흔 해의 이 저쪽을 가슴에 못 박고도 그 못자국 감춰온 죄 죄라면 죄랄 수밖에 몹쓸 놈의 몹쓸 죄

—박기섭, 「이름의 편력」 전문, 『시조시학』, 2019, 가을호

호사유피 인사유명(虎死留皮 人死留名)이라는 말은 '호랑이는 죽어서 가죽을 남기고 사람은 죽어서 이름을 남긴다'는 말이다. 그만큼 이름은 우리가 한 평생 어떻게 살아왔느냐에 따라 달리 기억될 수 있는, 평판이나 명예를 뜻하기도 한다. 김춘수 시인의 「꽃」에서처럼 누군가가 불러주었을 때 이름은 의미를 갖는다. 사전적으로 이름은 다른 것과 구별하기 위해 사람, 사물, 현상 등에 붙여져 그 전체를 한 단어로 대표하게 하는 말이라고 정의한다. 자신을 부르는 호칭으로서가 아니라 자신의 고유한 속성, 영역 등을 아우르는 폭넓은 의미를 지닌다. 화자는 이름값 하려고 그동안 참고 인내하며 살았는데 그것이 죄라면 죄라는 이야기를 꺼낸다. 이름에 누가 될까봐 하고픈 말도 못하고 행동도 조심하다보니 속으로 응어리가 진 것이다.

보편적으로 이름은 정의로움, 올바름, 떳떳함, 당당함, 인간다운 삶

을 표상한다. 자신의 이름을 걸고 무슨 일이든지 하겠다고 할 때는 이름이 명예가 되거나 정직함, 혹은 당당함이 되기도 한다. 이름값 한다는 말은 그 이름이 의미하는 바를 온전하게 완수하겠다는 의지를 표명한다. 그 이름이 자신을 상징하니까 내게 주어진 사명이나 업보를 온전하게 완수하고 회피하지 않겠다는 것이다. 그 과정을 완수하는 가운데 가슴에 못이 박히고 세상의 때도 많이 묻는다. 화자는 흙 안 묻히려고 하다 보니 더 힘들다는 이야기를 건네고 있다. 이름을 잘 짓는 일도 중요하지만 자신의 이름을 잘 지키는 일도 중요하다. 우리는 각자의 이름에 책임을 지고 살아가야 할 것이다. 그것이 진정한 의미의 이름값이 아니겠는가.

4. 상처 속에 돋은 새살

갈바람에 잎사귀가 무더기로 나부낀다

저렇듯 발산하는 자존의 뒷모습이

늦가을 잔광을 업고 천지는 숨소리다

안간힘을 다 쏟으며 뜨겁게 넘는구나

닥쳐올 겨울나기 예감이나 한 것처럼

몇 가닥 안 남은 계절 개켜 넣는 몸짓이다

지나치게 매달렸던 사랑 다 놓으려다

수업이 쏘아올린 화살에 터진 하늘

부어도 너무 부어버린 눈이 온통 발갛다
—김선희, 「겨울 놀빛」 전문, 『시조21』, 2019, 가을호

싸늘한 겨울을 감내하려면 가슴 속에 뜨거운 피멍이라도 품고 있어야 한다. 누군가를 내 보낸 자리에 아린 상처라도 품고 있어야 겨울을 견딜 수 있다. 피멍을 치유하기 위해서 추운 겨울을 지내게 되는 것이다. 치유하는 과정으로서 피멍이 존재한다. 그것을 잘 견뎌내야 봄이 왔을 때 건강한 새싹을 피워내는 일이 가능해진다. 비바람에 시달려봐야 식물도 건강하게 자란다. 겨울은 모든 오고 가는 자연물과 슬픔과 그리움의 감정들을 저장하고 지키는 계절이기에 일종의 건강한 자신을 만들기 위한 성장통이기도 하다. 겨울은 따뜻함이 가장 없는 계절이어서 불의 기운을 지키려고 한다. 그래서 땅 속 깊이, 가슴속 깊이 뜨거운 상처를 묻어두려고 하는 것이다.

화자는 "갈바람에 잎사귀가 무더기로 나부"끼는 "자존의 뒷모습"을 바라보며 "안간힘을 다 쏟으며 뜨겁게 넘는" 몸짓을 읽는다. "닥쳐올 겨울나기 예감이나 한 것"같은 "몇 가닥 안 남은 계절"을 개켜 넣는다. 이 시에서의 놀빛은 피멍이면서도 사랑의 씨앗이며, 새로운 희망 같은 느낌을 함께 준다. 못 다 이룬 사랑의 꿈이 남아있기 때문이기도 하다. "지나치게 매달렸던 사랑 다 놓으려다" "수없이 쏘아올린 화살에 터진 하늘"이 온통 발갛다. 지나치게, 매달렸던 탓에 크게 긁히고 물든 마음의 상처와 피멍의 시간을 가슴 깊이 품고 겨울에 든다. 사랑과 집착과

근심을 내려놓았기에 더 붉게 물들 수 있음을 겨울 놀빛의 이미지로 그리며 제 안에 품은 것들을 어루만진다.

> 손가락 마디마디
> 굳게 새긴 마음무늬
>
> 또렷했던 그 무늬
> 햇살 따라 풀어져서
>
> 닳도록 믿고 싶었던
> 기억마저 흐려져서
>
> 내가 나를 증명 못한
> 한순간 빠져리다
>
> 번번이 거절당한
> 낡은 지문 밖에서
>
> 시간은 또 누구 편에서
> 손 흔드나, 해밝게
>
> —김미정, 「지문」 전문, 『서정과 현실』, 2019, 하반기호

지문은 인간을 비롯한 영장류 대부분의 손가락 끝부분에 난 소용돌이 모양의 무늬. 또는 흔적으로, 태아의 발생과정에서 손끝의 땀샘 부분이 부분적으로 융기하면서 만들어진다고 한다. 지문의 모양은 사람들마다 미묘하게 다르기 때문에 본인확인을 위한 지문인식으로도 사용한다. 최근에는 지문인식의 사용빈도가 높아지면서 손으로 뭔가를

잡을 때 도와주는 정도의 용도로 사용되었던 지문은 사건 수사 용도와 날인용도 외에도 사용 범위가 커졌다. 지문의 모양은 같지만, 지문이 남긴 성분이 달라지면서 살아있는 사람이 남긴 지문과 죽은 사람이 남긴 지문도 다르게 나온다고 하니 지문의 중요성이 얼마나 큰지를 알 수 있다. 화자의 손바닥 무늬가 사라졌다는 것은 삶의 기억이 흐려져서 나를 더 이상 증명하지 못하는 것과 같다.

우리는 지문인식을 통해 문을 열고 자기를 증명할 뿐만 아니라 나란 존재가 아직도 실존해 있다는 것을 보여준다. 그런데 지문이 흐려져서 제대로 증명이 안 된다면 '나'라는 존재감도 사라져가는 느낌이다. 지문이 희미해져 "번번이 거절당한" "낡은 지문 밖에서" 나는 나를 찾기 위해 발을 동동 구른다. 시간은 그 누구의 편도 아니면서, 새로 태어난 자의 편이다. "굳게 새긴 마음무늬"처럼 자기 삶의 성격과 특색을 보여준다는 점에서 지문은 얼룩이다. 지울 수 없는 지문은 평생 삶의 흔적이 되는 것이기에 그것이 사라지면 자기가 사라지는 것이 된다. 살아서나 죽어서나 자신을 증명하는 지문이 여기 있다.

5. 재생을 위한 귀향

곤한 잠 흔들어 깨워 바다로 흘러가는 밤,

멀리서 들려오는 고양이 울음소리에 욱신대던 왼편의 기억이 몰래 그 뒤를 따라갑니다. 하늘로 무수히 날려 보냈으나 달이 되지 못한 채 날마다 뭉게뭉게 떠돌아다닌 오른쪽의 추억들 없는 듯 그 뒤를 따라갑니다.

한없이 마음 붉어진 남천도
그 뒤를 따라갑니다
—이교상, 「슬픈 귀향」 전문, 『서정과 현실』, 2019, 하반기호.

돌아가셨다는 것은 원래 있던 자리로 다시 돌아가는 것을 의미한다. '슬픈 귀향'이라는 제목은 누구든 때가 되면 돌아가야 하는 죽음의 길을 불러온다. 화자에겐 이미 사라진 기억들, 그 속을 뜨지 못한 오른쪽의 추억들과 왼편의 기억이 몰래, 없는 듯 그의 뒤를 뒤따른다. 정확히 말하면, 죽어서 모든 것이 사라져가는 길에 화자는 떠간다, 곤한 잠은 이번 생의 삶을, 바다는 애초 우리가 왔던 곳을 말한다. 이 시의 도입은 "곤한 잠 흔들어 깨워 바다로 흘러가는 밤"이라는 시간적 배경과 공간의 이동을 함께 제시한다. 바다는 죽어서 가는 세계로, 명계(冥界)를 뜻한다. 모든 것이 바다로 흘러 들어간다는 점에서 우리는 죽어 우리가 왔던 곳으로 다시 돌아가는 것임을 알 수 있다. 그래서 시인은 이를 '귀향'이라고 했다.

"고양이 울음소리에 욱신대던 왼편의 기억이 몰래 그 뒤를 따라"가고 "뭉게뭉게 떠돌아다닌 오른쪽의 추억들"도 뒤를 따라간다. 그리고 "한없이 마음 붉어진 남천도" 그 뒤를 이으며 따라간다. 사설조로 구성된 이 시는 초장에 시공간적 배경이 등장하고 중장과 종장은 이를 뒤따르는 방식으로 전개되어 있다. "왼편의 기억"과 "오른쪽의 추억", "붉어진 남천"은 모두 "바다"로 수렴되는 형상을 취한다. 하늘로 무수히 날려 보냈으나 달이 되지 못한 것은 만인에게 영향력을 행사하지 못한 것 아닌가? 달이 되지 못한 건 명예가 되지 못한 것과 꿈을 못 이룬 화자의 삶을 비유한 것일 수 있다. 바다는 끊임없이 요동치며 파도를 일으키고 물거품을 만든다. 그러나 물거품은 바다와 다시 한 몸이 되어 사라진다. 한순간 물거품으로서의 꿈은 사라지고 우린 스스로가 언제나 바다였다는 사실을 상기한다. 그러니 우린 그 언제라도 바다가 아니었던 적이 없는 것이다.

6. 침묵의 세계에 끝없는 목소리를

어느 이론가의 말처럼 시인은 세상에 대한 깨달음과 관심의 의무가 있다. 시인은 외부 세계 모두가 시인 자신을 위해 존재하는 것처럼 느끼는 존재로, 보잘것없는 대상에도 눈길을 주어야 하며 침묵의 세계를 위해 목소리를 내야 한다고 그는 말한다. 시인은 시를 통해 끊임없이 여린 존재들을 대신하여 말하고, 그들과 결합 혹은 분리하면서 세계 속에서 실재를 만들어내는 존재들이다. 그들은 무수한 존재들이 거쳐 갔을 시간과 공간의 흔적을 더듬으며 이미지를 그려낸다. 그리고 자신의 목소리를 통해 존재들 사이에 경계를 긋고 그 경계를 넘어 새로운 경계선을 만들어 내기도 한다. 그러한 과정 속에서 우리는 어떤 시간 속에 존재하고 어디에 있으며 무엇을 갈망하는지 알게 된다. 시인은 영혼에 대한 책임이 있다고 한 옥타비오 파스의 말은 시인이야말로 보이는 존재들과 보이지 않는 존재 모두를 포용하여야 한다는 것을 의미한다. 그것은 결국 시인 자신의 이야기이며 우리들의 이야기이기 때문이다.

일상을 통한 자아와의 대면

1. 진실로부터 생성되는 '부정적 감정'

인간의 온갖 부정적인 감정은 진실이 아닌 것을 진실인 것처럼 추구할 때 만들어진다. 이를테면, 수치심이나 죄책감, 무기력과 슬픔, 두려움과 욕망, 분노와 자만심 등이 부정적인 감정에서 비롯된다. 진실이 아닌 감정들을 추구하면 사람은 힘을 잃게 된다. 그런 감정들은 처음부터 실재하지 않는 것을 실재하는 것처럼 믿기 때문에 힘 자체가 없다. 부정적인 감정들을 품고 있다는 건 자신의 역량 혹은 잠재력, 그 모든 가능성을 강압적으로 억누르는 것과 같다. 하지만 진실 된 의식(감정)들 즉, 용기, 중용, 자발성, 수용, 이성(理性), 조건 없는 사랑과 기쁨, 평화와 깨달음과 같은 의식들은 우리의 본래적인 상태이자 실재하는 것으로서 우리가 가지고 있는 무한한 잠재력과 꿈을 펼칠 수 있도록 도와준다. 그래서 자신이 스스로 어떤 것을 믿고 상상할 때 밝고 긍정적인 감정이 생기지 않는다는 것은 스스로 거짓된 환상에 집어넣는 것이며 자기 자신을 부정하는 것이다. 그럼으로써 자신의 본래적인 상태를 망각하게 만든다.

소문 또한 진실이 아닌 경우가 대부분인데 진실인 듯 호도되어 퍼진 것이며, 알츠하이머도 망각으로 자기 자신을 잃어버린 무아지경의 상태다. 눈물점에 대한 속설을 믿는 것도, 말기 암 병동의 어둠과 막창 골목의 저녁과 겨울 항구의 풍경에서 보이는 부정적인 감정들도 무기력해진 자신의 모습을 성찰하고 진실 된 감정을 찾으려 하는 시적화자의 의지로 보인다. 슬픔의 감정은 스스로를 무너뜨리기 쉽다. 슬픔을 통해서 자신에게 주어진 삶과 인연에 대한 소중함을 깨달을 수 있다. 그런데 그와 같은 슬픔과 상실감은 인간의 본래적인 감정이 아니며, 온갖 부정적인 감정을 극복하는 과정 속에서 자신의 본래적인 모습을 찾아가는 것이다. 가령, 고통은 인간을 심판하고 벌을 주기 위해 존재하는 것이 아니라 스스로 잘못된 선택을 하고 있다는 것, 그래서 본래적인 모습에서 벗어나 있다는 것을 알려주기 위해 존재한다. 부정적인 감정도 마찬가지로 자신이 본래적인 감정을 추구하지 않기 때문에 생긴다. 인용한 시들은 저마다 고통과 슬픔, 시련을 통해 자기 자신을 다시 각성 혹은 자각시키는 역할을 한다.

2. 고통과 슬픔을 애도하는 자아

아무렇지 않은 듯이
아무렇게 하는 말들
지워지지 않을 말들 지울 수 없는 말들
당신이 입술에 맞춰 천리 가는 말들의 말

마음에 걸릴 말들

말하지 못한 말들
못한 말은 침묵으로 뱉은 말은 적막으로
입속을 빠져나온 말 시치미 잡아뗀다

—이석구, 「알츠하이머 대화(對話)」,
『시와문화』, 2019, 겨울호

자신이 했던 말을 기억하지 못해도 했던 말은 지워지지 않는다. "아무렇지 않은 듯" "아무렇게 하는 말들"은 지워지지 않은 기억에서 나온다. 그런데 그 말을 또 기억하지 못하는 아이러니한 상황이 빚어지며 반복된다. 자신이 한 말을 기억하지 못하니 시치미를 잡아뗄 수밖에 없다. 그런데 "입속을 빠져나온" 그 말이 가장 진실 된 말일 수밖에 없다. 왜냐하면 기억에서 완전히 지워지지 않고 남아 있는 말이 빠져나온 것이기 때문이다. 모든 것을 기억하는 것은 모든 것을 망각하는 것과 동일하다. 그래서 어느 정도의 망각이 새로운 것을 기억해낼 수 있게 돕는다. 그래서 망각 없이 무언가를 기억해낸다는 것은 거짓말이다. 잔을 비워야 새로운 것을 담을 수 있는 것처럼, 무언가를 비워내야 새로운 것을 저장하는 것이 가능해진다. 정확히 말하면 생존에 가장 유리한 것만 기억하고 나머지는 다 지워버리는 '선택적 지각'이 필요한 것이다.

알츠하이머는 심각하게도 너무 많은 것을 지워버린다. "못한 말은 침묵으로 뱉은 말은 적막으로" 들어갔다는 것에서 적막은 망각에 해당한다. 못한 말은 침묵이고 잊어버린 말은 적막이 된다. "마음에 걸릴 말들"을 침묵하고, "말하지 못한 말들"을 적막으로 밀어 넣는 것은 알츠하이머의 대화뿐이겠는가? 의도했든 의도하지 않았든 "아무렇지 않은 듯", "아무렇게 하는 말들"은 이미 "지워지지 않"고 "지울 수도 없는 말들"이다. 그만큼 내뱉으면 자기가 한 말에 책임을 져야 하는 말의 속성을 담고 있다. "마음에 걸"리더라도 침묵할 줄 알고, "말하지 못한 말들"에 다소 억울하더라도 자신의 "입술을 빠져나온 말"에 대한 저작권은 자신에게 있다. 말을 뱉고 시치미를 떼는 무책임성을 알츠하이머의 대화의 속성으로 전하고 있는 것은 아닐까? 온갖 색깔의 말들이 누군가의 목을 치러 천리를 가는 세상이다.

> 퍼즐을 짜맞춘 듯 쏘아올린 명적(鳴鏑)인 듯
>
> 한바탕 돌개바람 헛소문을 들쑤시며
>
> 와르르 찾아왔다가 휑하니 사라진다.
>
> 소문도 곰삭으면 적당히 간이 드나
>
> 한때는 사랑이던 시간의 꽃무늬가
>
> 이만큼 돌아서보니 흉터로 남아 있다.
>
> —홍오선, 「난장」, 『열린시학』, 2019, 겨울호

소문의 가장 큰 특징은 사실 검증이 되지 않았다는 데에 있다. 확인되지 않는 내용이 사실인 듯 떠돌면서 전혀 다른 의미로 왜곡되기도 하고, 새로운 의미가 만들어 지기도 한다. 어떤 행동과 연관 지어 전후 사정을 짐작한 후 퍼즐을 맞추듯 알리바이를 만들면 소문은 완성된다. 그 내용 또한 자극적이고 사람들의 호기심과 흥미를 돋우는 것이 많기에 소문이 퍼지는 데는 오랜 시간이 걸리지 않는다. 정확한 진위여부를 파악하지 않고 입에서 입으로만 번지는 뜬소문, 즉 '카더라' 통신을 타고

오는 소문들에 누군가는 고통 받고 쓰러지기도 하지만, 이 또한 "한바탕 들개바람" 같아서 들쑤시고 가면 책임지는 사람이 없다. 한때 사랑이었던 꽃무늬가 흉터가 되는 것은 순식간이다.

제목처럼 '난장'은 어지럽고 혼란스러운 장소다. 사람들은 자신이 좋아하는 이야기만 듣는 습성이 있다. 그것이 진실인지 아닌지는 중요하지 않다. 오직 듣고 싶고 하고 싶은 이야기에만 관심이 있다. "한때는 사랑이던" 꽃무늬가 사실 그대로의 모습이라면 사람들의 입방아에 오르내리던 꽃무늬는 각종 소문을 뒤집어 쓴 채 더렵혀져서 흉터가 되고 만다. "와르르 찾아왔다가 휑하니 사라"지는 소문은 찰나성을 띤다. 그러나 이것도 "곰삭으면 적당히 간이 드"는지 말이 더해지고 더해져 눈덩이처럼 불어나는 속성이 있다. "이만큼 돌아서보니" 자신도 모르게 "흉터로 남아 있"는 건 '발 없는 말이 천리'를 가는 소문의 속성을 반영한 것이다. 소문이 또 다른 소문을 낳는 '난장'의 공간이 우리가 서 있는 곳임을 깨달아야 한다.

> 실타래를 감다보면 단단해져 굴러가듯
> 항동의 걸음들은 저벅저벅 늘 분주하다
> 바다가 정박하지 않아 배마저도 숨이 차다
>
> 밑바닥부터 절여온 시간도 짜지만은 않아
> 덤으로 얹혀진 젓갈처럼 흘러 내린다
> 더디게 삭혀진 것들은 얼지 않는다
> 항동처럼
>
> * 항동 : 목포에 위치한 시장.
>
> —강경화, 「겨울, 항동에서」, 『정형시학』, 2019, 겨울호

삭혀졌다는 것과 절여졌다는 것의 의미는 무엇일까? 화자는 목포 항동 어느 시장에서 "더디게 삭혀진 것들은" 항동처럼 얼지 않는다는 것을 체감한다. 더디게, 서서히 세월의 무게를 견뎌낸 슬픔은 젓갈처럼 얼지 않는다. 그렇다면 그 슬픔은 어디서 온 것일까? 슬픔의 근원지는 드러나 있지 않지만 "밑바닥부터 절여온 시간"이라 했으니 이 또한 오래되었으리라 짐작한다. 그러나 그 시간마저도 결코 "짜지만은 않"다고 말한다. 바닷물과 눈물은 그 짜디짠 속성이 화자의 슬픔과 닮았다. 화자가 서 있는 목포는 항구도시다. 항구는 사람들이 바다를 통해서 나가는 곳이자 육지로 들어오는 곳이기도 하다. 그래서 만남과 헤어짐의 장소가 되기도 한다. 세월호의 아픔이 진도의 팽목항에 고스란히 담겨 있는 것과 같다. 아마도 슬픔은 항구에서 찾아야 하지 않을까? 항구에서 오랫동안 슬픔이 삭혀지고 곰삭아서 얼지 않게 된 것일지도 모른다. 누군가를 떠나보내고 누군가를 맞이하면서 곰삭은 슬픔은 언제 돌아올지 모를 기약 없는 기다림과 미련, 그리움이 만들어 낸 것이다. 항구는 슬픔이 머물러 있는 곳이다. 그리움, 미련은 물론 어떤 것에 대한 애착과 새로운 기대 같은 것이 가득하다. 기약 없이 떠나고 만나는 곳이기에 우리는 항구를 찾아 슬픔을 꺼내보는 것이 아니겠는가. 더디게 삭혀진 짜디짠 슬픔이 여전히 싱싱하다.

병실은 어두웠다 그들의 오늘처럼
여자의 병상 앞에 남자는 우두커니
면회가 다 끝나도록 아무 말도 못했다

빼앗긴 두 아들이 너무나 보고 싶어
애원하는 여자에게 남자는 냉정했다

팔팔한 서른여섯이 잔인하게 흘렀다고

그 흔한 불륜은 남자가 저지르고
길 잃은 여자는 제 감옥에 갇힌 채
말기 암 막다른 길로 잘못 들고 말았다

죽음도 길이므로 속수무책 길이므로
따지고 묻는 것은 이쪽의 일이므로
순순히 저쪽을 향해 여자는 들어갔다

—인은주, 「슬픔이여 안녕」, 『시조시학』, 2019, 겨울호

이혼한 남자와 여자가 병실에 있다. 여자는 면회가 끝나도록 아무 말도 못했고, 병실은 어두웠다. 침묵과 어둠이 감도는 병실을 배경으로, 남자의 불륜과 여자의 말기 암 판정, 두 아들의 양육권이 남자에게 넘어갔다는 것, 여자가 아들을 보고 싶어 한다는 것 등의 정보들이 공유되고 있다. 남자는 여자의 얼마 남지 않은 생 앞에서 냉정하다. 여자가 다가가고 있는 죽음은 자유이자 해방, 해탈이자 모든 것을 벗어던지는 궁극의 탈출구이기도 하다. 희노애락과 애증, 모든 번뇌와 집착, 무지, 탐욕, 분노 등도 다 내려놓고 갈 수 있는 곳이 죽음이다. 죽음이 불안과 공포로 다가올 수도 있지만 죽음이야말로 이 모든 것들을 내려놓을 수 있는 유일한 탈출구이자 해방구다. 그래서 여자가 순순히 저쪽을 향해 들어갈 수 있다고 말하는 것이다. '슬픔이여 안녕'이라는 제목에는 여자가 받아들이는 죽음의 세계가 이러한 번뇌의 굴레에서 벗어나는 길이기도 하다는 의미가 담긴 듯하다. 속세의 삶 자체가 번뇌와 슬픔과 고통으로 가득한 바다다.

불교에서는 윤회나 환생이 없이 완벽하게 신(神)과 합일된 상태, 즉

궁극의 존재와 합일된 상태, 다시 인세(人世)로 돌아오지 않는 것을 궁극의 해탈로 본다. 그것이 번뇌의 불이 꺼진 열반이라 한다. 남자가 아무 말이 없는 건 여자를 배려할 입장이 아니란 뜻이다. 무겁게 깔린 침묵은 단절이고 무관심이다. 빼앗겼다는 것, 불륜, 애원, 막다른 길 등은 속세의 모든 번뇌 요소다. 속세의 삶에서 느낄 수 있는 상실감, 결핍감, 피해의식 등을 표상하는 단어다. 남자의 불륜으로 이혼을 하게 되었는데 양육권마저 빼앗기고 자신은 말기 암 환자가 되었으니 세상에 대한 억울함과 분노로 가득 찼을 수 있다. 그러나 이 모든 것으로부터 해방된 공간이기에 여자는 순순히 저 쪽으로 들어간다고 말한다. 죽음 자체가 불가항력적이기에 순순히 받아들인다. 이 시의 제목이 '슬픔이여 안녕'인 이유를 또 다시 생각해 보게 된다. '어둠'은 직시하지 않는 것들의 상징이다. 가려짐, 감춤, 부끄러움의 상징인데, 병실이 어두웠으니 여자가 살아가는 환경 자체가 수치스럽고 불미스러워 감추고 싶은 곳이라는 의미를 담고 있다.

내 왼쪽 눈 아래엔 점이 하나 있다
눈물이 많을 거라 누구는 빼라 하고
누구는 왼쪽 오른쪽 뜻도 다르다 한다

태생적 모반(母斑)으로
꿈틀거리는 역심
—점 하나가 삼켜버릴 거대한 운명이라니!
—샘 하나 품을 수 없는 자비 없는 생이라고?

먼저 풀썩거리며 살비듬이나 털다 가는
이 생에서 눈물마저

스스로 도려내면
예언은 실현되는 것,
나는 울어야 한다

마른 땅 휘적시는 몇 방울
이슬처럼
갈증의 한나절에
반역하기 위하여
냉담과 눈먼 증오를
애도하기 위하여는

―류미야, 「눈물점」, 『시와문화』, 2019, 겨울호

눈물을 흘린다는 것에는 여러 가지 의미가 있는데, 그 중 하나는 자기의 부정적인 감정을 정화(淨化)하고 치유한다는 의미다. 상담심리학에서는 치료를 받으러 온 사람이 무언가에 큰 충격과 상처를 받았음에도 눈물이 없으면 치유의 가능성이 없다고 판단한다. 그러나 눈물을 펑펑 흘리면 치유의 가능성이 있다고 본다. 그렇다면 이 시에서처럼 눈물점을 빼 버리면 진정한 치유와 정화가 가능할까? 우리는 흔히 눈 아래 있는 점을 눈물점이라 하며 "눈물이 많을 거라" 하여 빼야 한다고 말한다. "점 하나가 삼켜버릴 거대한 운명"이며, "샘 하나 품을 수 없는 자비 없는 생"일까? 화자는 눈물을 흘리지 않는 생은 자비 없는 삶이라 한다. 누군가에게 연민이 들면 눈물을 흘리는데, 눈물점을 없애버리면 울지 못한다는 역설의 문장이다. 눈물점을 뽑아 버리면 이 삶이야말로 치유할 수 없는 것이 되고 동정 없고 자비 없는, 그야말로 메마른 삶이 되어 버린다. "풀썩거리며 살비듬이나 털다 가는/ 이 생에서" "눈물마저/ 스스로 도려"낸다면 "예언은 실현되는 것"인가? 그러나 우리는(나는) "울

어야 한다”. “반역하기 위하여”, “애도하기 위하여”서다. 세상에 대한 따뜻한 사랑과 연민을 잘 보여주고 있는 그 대상이 눈물샘이다. 눈물을 흘리며 따뜻해질 수 있는 삶을, 눈물점에 대한 속설을 통해 풀어가는 이색적인 이미지다.

어느 날 하루같이 그날이 그날 같아

무단히 악에 받쳐 시퍼렇게 날이 서는, 쐐기 톱날 맞물리듯 밑도 끝도 없는, 질긴 막창 씹는 입에 누군들 못 씹으랴 마개를 뽑아버린 역류성 식도염에 컬컬한 목 덥히다 막무가내 치미는 욕지기를 삼키다가 제풀에 스러져서 쇠 울음 우는 막창 골목

잔술에 취기가 돌아 내가 나를 달래는,

—한분옥, 「막창 골목」, 『시조시학』, 2019, 겨울호

역류성 식도염은 안에서 울컥 치밀어 오르는 현상이다. 역류성 식도염으로 인해 몸 속에서 무언가를 받아들이지 못하는 증상이다. 보통 무당이나 박수, 신을 모시는 사람들은 한동안 헛구역질을 하면서 빙의가 이뤄진다고 한다. 헛구역질 역시 제 몸에 받아들일 수 없거나 포용할 수 없는 것을 애써 받아들이려고 할 때 일어나는 증상이다. 흔히 소화를 시킨다는 것은 낯선 것을 내 것으로 만든다는 것인데 적응하거나 받아들이지 못하고 비위가 상하는 것을 말한다. “그날이 그날 같”은 하루를 보내며 화자는 “무단히 악에 받”친 자신의 삶을 한 잔 술로 달랜다. “질긴 막창”, “쇠 울음 우는 막창 골목”이라 묘사했으니 화자가 받아들일 수 없는 어떤 아픔이나 슬픔, 내 것으로 만들 수 없는 불편한 주변 환경이 얼마나 절망적인가를 짐작할 수 있다. 누가 대신해 줄 수 없기에

화자는 스스로 "내가 나를 달"랠 수밖에 없다. 막창은 원래 음식물이 통과하는 창자 같은 것으로 구석지고 좁고 감춰진 부분이라는 점에서 골목과 닮아 있다. 그러나 이 막창이 있고 골목이 있어야 음식을 소화하고 불필요한 것을 배출할 수 있기도 하다는 점에서 필요하다. 자기 자신을 달래며 자신을 막창으로 내 몬 누군가를 막창을 씹듯 씹고 삼키다가 결국 "제풀에 스러져서 쇠 울음"을 우는 이들은 생존경쟁에 희생당한 소시민들이다. 막창 골목의 풍경을 적나라하게 들추면서 화자는 막창의 질긴 삶을 스스로 달래는 존대들의 슬픈 표정이 담긴 막창 골목을 찾을 것이다.

3. 필연일 수밖에 없는 성장통

우리가 슬픔을 느끼는 이유는 모든 '유한하고 찰나'적인 것에 '무한하고 영원'한 의미와 가치를 부여해 애착을 품기 때문이다. 태어나는 모든 것들은 숙명적으로 죽어야 하기에 이별은 불가피하다. 그래서 슬픔은 동반될 수밖에 없다. 따라서 속세에 대한 그 어떤 집착도 고통을 동반할 수밖에 없다. 영원한 것은 없다. 슬픔의 과정을 통해 자신의 궁극적인 본래 모습을 찾아가는 것이다. 본래적인 자신의 모습은 순수의식의 상태다. 우리는 고통과 슬픔 등의 과정을 통해 원래의 상태를 자각한다. 부정적인 감정을 품는 것은 물고기가 깊은 바다 속에서 헤엄치면서 메마른 사막에서 목마름을 해결하고자 물을 찾아 방황하고 있는 꿈을 꾸는 것과 같다. 꿈에서 깨면 본래적인 상태로 돌아온다. 의식적으로 깨어나기만 하면 된다. 궁극의 각성이 물리적으로, 시간적으로 저 멀리에 있는 것이 아니라. 내가 눈만 뜨면 햇빛이 늘 자신을 비추고 있다는 사실을 각성하는 것과 같다. 자신에게 주어진 운명의 소용돌이 속에서 갈등하는 존재들은 결국 스스로를 끌어안고 달래는 모습을 통해 자기를 각성하고 지각하는 성장통을 겪고 있는 것이 아닐까 생각해 본다.

지금 우리는 '로딩중'

1.

아프리카 속담에 "잊혀지기 전까지는 진짜로 죽은 것이 아니다"라는 말이 있다. 세상 모든 것이 덧없이 바람 속의 먼지처럼 사라질지라도, 형체를 잃고 사라지는 모든 생명들을 잊지 않고 가슴에 품는다면, 우리는 유한하고 찰나적인 삶을 살다 가는 덧없는 소아(小我)가 아니라, 동시동체(同時同體)로서의 '참나[진아眞我]'를 깨닫고 조건 없는 무한한 사랑의 빛을 만날 것이다. 즉, '지금 여기'에 우리의 지나온 삶과 다가올 미래가 모두 있을 뿐만 아니라 그 어떤 것도 분리되어 있거나 떨어져 있지 않다는 것을 의미한다. 이 의미를 잘 인식한다면 우리는 잊었거나 감췄던 모든 것들을 다시 포용하고 치유할 수 있을 것이다. 이 계절에 만난 작품들은 이와 같이 우리에게 잊히거나 감춰진 어둠과 그림자, 슬픔과 상처를 다시 발굴해내어 그 질병과 고통을 회복하고 치유하는 과정 속에 진정한 자아를 찾아가는 여정을 섬세하고 선명하게 그려내고 있다.

2.

로그인, 로그아웃, 휴식 없는 단어들
처음이 사라진 불모의 공간에서
시작된 새로운 꿈, 나에게로 온다.

발명이 사라진, 발굴의 시대에서
고고학을, 되새김질 OR, GOGO 해봐요
나에게 오고 있는 것은 무엇이든 상관없어요

규칙 안에서 바뀌는 건 많아요
제발 끝내지 말아요, 타자 음은 아직도
울려요, 끝나지 않았어요. 보이는, 다시 시작

—김샴, 「로딩중……1%」 전문, 『열린시학』, 2020, 봄호

'로딩중 1%', 이제 막 시작된 출발지점에 화자는 서 있다. 로딩(loading)은 셋팅(setting)처럼 새로운 판을 다시 시작한다는 의미도 포함한다. 화자는 로그인과 로그아웃을 반복해야 하는 휴식 없는 삶에 갇혀 그동안 놓쳤던 자신의 꿈을 펼치고자 컴퓨터를 리셋(reset)하듯 자신을 업데이트(update)한다. "처음이 사라진 불모의 공간에서" 시작된 "새로운 꿈"이 이미 로딩 중이다. "발명이 사라진" "발굴의 시대"를 강조한 이 공간은 감춰져 있어서 잊었던 것을 새로 끄집어내는 곳이다. 마치 다 읽은 책을 다시 꺼내 읽는 반복적인 행위와 같다. 그래서 그것은 휴식 없는 삶일 수밖에 없다. 중요한 것은 과정'중'이라는 것이며 과정의 '시작'에 화자가 놓여 있다는 것이다. 고고학은 옛것을 곰곰이 살피고 생각한다는 의미인데, 그 의미를 다시 시작한다는 것으로 받아들

이게 된다. 말하자면, 온고지신(溫故知新)의 정신이다. "나에게 오고 있는 것은 무엇이든 상관없"다는 것은 기대에 가득 차 있음을 의미한다. 그 무엇이든 환영해 줄 준비가 되었다는 것이다. "규칙 안에서 바뀌는 게 많"다는 말 속에는 새로 업데이트되니까 항상 똑같은 것을 발굴해내더라도 그 안에서 새로운 것을 찾아낼 수 있다는 의미가 담겨 있다. 즉, 기능의 구체화, 작동의 편의성 등을 추가하는 것을 말한다. 하루하루의 삶이 늘 로딩 중이다. 어제와 같은 오늘이고, 오늘과 같은 내일이지만 조금씩 다르게 흘러가는, '차이'와 '반복', 그것이 일상이다.

> 밖으로 꺼내지 못한 숨겨둔 나의 일상
> 생각은 서쪽인데 동쪽으로 향한 입술
> 속되고
> 어지러운 실체,
> 언저리에 갇혔다
> 두레박에 퍼 올려진 달빛은 정직한데
> 알맹이가 빠져버린 한 줄 시의 가벼움아
> 비겁한 시차적응에 물이 마른 가슴아
>
> —서희정, 「우물」 전문, 『열린시학』, 2020, 봄호

'우물'은 그 누구도 대신할 수 없는 혼자만의 '공허'와 '우울'을 표상한다. 누구에게나 어디에나 우물이 있지만 쉽게 발견하지 못하는 것은 우물이 눈에 잘 띄지 않는 잡목숲 어귀에 있는 데다, 울타리도 돌담도 없기 때문이다. 그래서 홀로 풀숲을 걷다 자신도 모르게 우물에 빠져버리고 만다. 이 시에서 우물은 물까지 말라버린, 생명력이 없는 곳이다. 속되고 어지러운 실체는 언저리에 갇혔으니 어쩌지도 못한 메마른 우물 속에 갇힌 셈이다. 시차적응은 시대 적응으로 시류(時流)에 휩쓸린

다는 것 아닌가. 세상 변해가는 것에 발맞춰 나가야 생존할 수 있지만 화자는 그런 흐름에 별로 따르고 싶지 않다. 하지만 시간과 계절, 환경의 변화에 발맞춰 가려 하니 버거워서 우물의 물이 말라버린 것이다. 생명의 기운이 다 하여 물이 마른 우물에 갇혔다. 우물 밖으로 꺼내지 못한 화자의 일상에도 자신의 그림자가 있었을 것이다. 감추고 싶었을, 일부러 부정하거나, 억압했던 자신의 그림자들이 존재했을 것이다. "생각은 서쪽인데 동쪽으로 가야하는" 것이 "비겁한 시차적응"이다. 왜 사람들은 시류에 따라 살 수밖에 없을까? 알맹이가 빠졌다는 것은 진심이 없고 공감이 없고 진정한 소통이 없는, 초가을에 마른 껍데기만 남은 매미시체 같은 빈 가슴을 은유한다. 남들이 쉬쉬하는 온갖 갈등과 재앙과 어려움에 근본적인 문제를 되짚어 보는 시인의 사명과 숙명을 이야기하는 듯하다.

> 오늘 난 그림 없는 미술관에 다녀왔어
> 좋았던 기억 없는 그런 날을 지나쳐서
>
> 위대한 하루만으로 벽은 점점 비어 가
>
> 액자는 어쩌자고 창문이 되려나 봐
> 꽉 잠긴 가능성을 어떻게든 겨우 열면
>
> 조금도 괜찮지 않은 장면들이 나란히
>
> 그림은 그림 되는 일에만 몰두할 뿐
> 한 곳에 꼼짝없이 걸린 나를 지나쳤어
>
> 그림이 너무 많으면 없었던 것도 같아

—이가은, 「액자 속으로 바람이 분다」 전문,
『정형시학』, 2020, 봄호

화자가 다녀온 "그림 없는 미술관"은 과거에 머물렀던 장소, 추억이 묻어 있는 장소일 것이다. "좋았던 기억 없는 그런 날을 지나쳐서"야 비로소 닿을 수 있는 곳, 그곳에는 아스라한 추억이나 기억은 이미 잊었거나 사라지고 풍경만 남아 있다. 양자역학에는 하나의 무언가로 세상을 가득 채우고 있는 건, 실상 없는 것과 똑같다는 말이 있다. 하나의 무언가로 가득 채워지면, 그 무언가는 인식할 수 있는 대상이 될 수 없기 때문이다. 양극단에 놓인 존재는 다시 대극(對極)에 놓인 존재를 끌어들일 수밖에 없다. 그래서 지나간 삶의 추억이 너무 많으면 서로가 서로를 지우게 만드는 역할을 하기도 한다. 그리하여 서로를 상쇄시키며 풍경 속에서 사라지고 오직 풍경만 남게 되는 것은 아닐까. 액자 안에 바람이 불면 추억의 대상들은 사라지면서 텅 비어 가게 마련이다. 바람이 분다는 것 자체가 이미 시간의 흐름 속에 사라져 간다는 것을 의미하기 때문이다. 창문이 되는 것 역시 텅 비어지는 것이다. "꽉 잠긴 가능성을 어떻게든 겨우 열면" 여전히 "조금도 괜찮지 않은 장면들"과 나란히 마주하게 된다. 시인은 꽉 잠긴 가능성을 여는 행위를 통해 행여나 남아 있는 기억이나 추억을 붙들려고 하였으나 결국 마음 아픈 추억만 남아 있음을 확인하게 되는 스스로의 존재와 만나게 한다. 아픈 추억이 지워지고 풍경만 남게 되는 지금, 많은 그림 중에 화자도 그중 하나가 되어 타자화 된다. 자기 자신조차도 객체가 되는 것이다. 나그네처럼 손님처럼 지나가는 존재가 되는 것을 스스로가 안다. 지나간 시간은 재구성되면서 현재를 다시 빚어낸다. 과거는 늘 새롭게 재구축되면서 현재를 태어나게 한다.

3.

달콤한 눈물의 경계 변명하는 인연이라면

공기 중에 부풀었다 잘려나갈 페이지

기억을 홀대한 오늘 자랑스럽지 않겠네

잴 수 있는 무게로 저울질한 추억이라면

무늬가 된 상처조차 흘러간 생각의 물결

어제를 홀대한 대가 삶이 한 편 지워졌네

—김계정, 「홀대」 전문, 『열린시학』, 2020, 봄호

화자는 지난날에 받은 상처나 추억, 변명 등을 다 홀대했다. 과거가 없이 현재가 있을 수 없고 현재 없이 미래가 있을 수 없다. 부처는 지금을 보려거든 과거에 내가 했던 말과 행동을 살피면 되고 미래를 알려거든 자신의 지금 하고 있는 말과 행동을 보면 안다고 했다. 모든 것은 함께 묶여서 흘러간다는, 이른바 동체(同體)라는 이야기다. 어제와 기억, 과거를 홀대한다는 것은 지금의 나도 홀대하는 것이라는 점을 잊어서는 안 된다. 지금 화자가 보여주는 스스로에 대한 홀대는 옛 인연과 헤어진 쓰라린 추억을 애써 부정하고 억압하는 행위다. 기억의 한 장면이 잘려나갈 수 없으니 잘려나가길 애써 부정하는 행동이다. 기억을 홀대한 대가는 자랑스럽지 않을 것이다. "삶의 한 편"이 지워지는 것은 결국

자기 자신이 지나온 삶을 부정하고 있는 것이니 이 또한 쓰라리다. 페이지가 '잘려나갈' 것이라 했으니 이는 가까운 미래고, "무늬가 된 상처조차" "흘러간" 것이니 이는 이미 지나간 일이다. "공기 중에 부풀었다 잘려나갈 페이지"는 의지의 표현이고, "무늬가 된 상처조차 흘러간" 생각은 흘러가 버린 시간이다. 과거는 지울 수 있는 것이 아니며, 세월은 흘러가는 것이 아니라 쌓이는 것이다. 지나간 자신을 부정하면 지금의 자신도 부정되는 것이니 슬픔과 상처조차도 모두 자신의 삶이라는 인식으로 받아들여야 한다.

> 자유란 윤곽 없는 햇빛 같은 것일까
>
> 사과의 무게를 이야기하는 당신은
>
> 혁명의 사과나무를 심어야 한다고
>
> 눈길이 달려드는 자본의 기차 속에
>
> 오늘이 불안하듯 사과는 다양하고
>
> 완전한 새로운 것을 찾아야 편안한가
>
> 강풍에 다 떨어진, 빈 가지만 있더라도
>
> 어둠이 어둠에 대해 씨앗을 품으면
>
> 마음속 한가운데로 햇빛이 고여 든다
>
> —배경희, 「햇빛의 자유」 전문, 『시조시학』, 2020, 봄호

햇빛은 방사(放射)하는, 즉 사방(四方)으로 뻗쳐 나가는 힘이 있다. 자유보다는 해탈의 의미가 더 있지만, 구속되지 않는다는 점에서 감금의 상태에서 벗어나는 것, 무언가가 폭발해서 뻗쳐 나가는 이미지 때문에 자유의 의미를 포함한다. 비로소 햇빛을 통해 자유로워지는 것이다. 특히 봄 햇살은 땅속에 숨어 있던 새싹이 돋게 하고, 메마른 나뭇가지에 이파리가 피고 꽃망울을 터트리게 한다. 말하자면, 이 햇살 자체가 감춰져 있던 생명들을 드러나게 하는 역할을 한다. 그런 의미에서 자유를 가능하게 하는 햇빛이 아닐까. "강풍에 다 떨어진, 빈 가지만 있더라도" 씨앗을 품으면 "마음속 한가운데로 햇빛이 고여 든다"고 했으니 이것은 언젠가 다시 드러날 희망을 상징하는 것일 것이다. 어둠이 가장 깊을 시간에 여명이 멀지 않았음을 알고, 가장 추운 겨울이 왔을 때 봄이 가까웠음을 안다. "어둠이 어둠에 씨앗을 품"어서 햇빛이 고여든다"는 것에서 알 수 있듯이 부정의 부정은 긍정이다. 더 깊은 어둠속으로 들어갔을 때 빛의 세계로 나올 수 있다는 것을 암시한다. 태극문양을 보면 음극(陰極)에서 양(陽)이 시작되고, 양극(陽極)에서 음(陰)이 시작되고 있음을 알 수 있다. 가장 어렵고 힘든 시기에 빛이 고여 든다. 자유는 그렇게 자신을 드러내는 것이다.

그 여름 언니는 툭 하면 부러졌다
갈 곳 잃은 개들이 마당을 파헤치고
새들이 쪼아먹은 자두가 뒹구는 현관 앞

왜이리 현기증 나나했지 언니는
여름에 태어난 바람에 자주 지쳤다
스스로 바람이 되어 흔들리는 나무처럼

언니의 얼굴은 자두를 닮았나
훔쳐본 얼굴이 왜 이리 서글플까
가까워 머나먼 표정 들녘에 엎드린 채

언니 언니, 부르면 돌아보는 그림자
개들이 언니를 파헤치면 어떡해
새들이 언니 얼굴을 삼키면 어떡해

언니는 고요하고 쓸쓸히 말한다
"하늘에선 수평이 중요하지 않단다
그러니 답 없는 슬픔일랑 접어둬도 괜찮단다"

—최보윤, 「여름 아이」 전문, 『나래시조』, 2020, 봄호

여름은 모든 생명이 살아 꿈틀대며 치열하게 먹고 먹히는 약육강식의 각축장과 같다. 약육강식의 현실은 언니를 잊게 만든다. 언니보다 강인한 '개나 새'는 언니를 파헤치고 삼켜 버리며, 심약한 언니를 잊고 냉혹한 세속에 순응하며 살아가기를 종용하고 있다. 그러나 화자는 언니라는 존재의 흔적을 지우려는 짐승들의 모습에, 진실로 언니를 잊게 될까 걱정하고, 속세를 떠난 언니를 애타게 부른다. 언니를 잊지 않고 기억하려는 모습을 보여주려는 의도가 간절하다. 화자는 살아남은 자의 슬픔을 보여주는 존재다. 화자는 언니를 잊어야 살아남을 수 있다. 이미 죽은 자에 대한 애도와 연민을 지속한다면 생존의 답은 찾을 수 없다. 브레히트의 시 「살아남은 자의 슬픔」에 보면 화자의 꿈에 죽은 친구들이 나타나 "강한 자는 살아남는다. 그러자 나는 자신이 미워졌다"라고 말하는 구절이 있다. 강해서 살아남은 것이 아니라 오직 운이 좋았던 덕택에 살아남았다는 것이다. 어쩌면 언니는 강하지 못해서가

아니라, 운이 없어서, 뻔뻔스럽고 냉혈한 파괴자가 되지 못해서 살아남지 못한 것일 수도 있다. 그래서 떠나버린 언니를 화자가 부르며 걱정할 때, 언니는 하늘(저승)에서는 수평이 중요하지 않다며, 자신을 위해 더 이상 슬퍼하지 않아도 된다고 말한다. 누군가가 죽지 않으면 또 다른 누군가는 살 수 없는 역설이 여기 있다. 그 누구도 죽음의 세계로 넘어가는 것을 받아들이지 않는다면, 역설적이게도 그 누구도 살아남을 수 없다. 무덤 위에 새로운 생명이 태어나듯 우리는 누군가의 희생과 헌신 속에서 생존한다. 그러한 불편한 진실 뒤에 '나'라는 존재가 있다.

우리를 기억하는 방식들

1. '나'에 대한 증명

기억이 없다면 '나'라는 존재도 없는 것과 같다. 이 말은 달리 말해 기억 속에 내가 존재한다는 뜻이다. 우리는 기억을 통해서 잊고 있는 '나'를 찾고자 한다. 망가지거나 무너진, 혹은 복구되지 못한 자아를 찾는 길이다. 기억이 없으면 자신을 어떻게 보여줄 수 있을 것인가? 그 무엇도 '나'를 증명하지 못한다. 그러므로 우리는 '기억'에 의존하여 과거를 현재화한다. 그것은 그리움의 방식으로 혹은 트라우마의 방식으로 올 수 있다. '기억'이라는 말 속에는 이미 지나가버려 돌이킬 수 없는 과거라는 의미가 새겨져 있기에 현재를 구성하는 또 하나의 방식이 되기도 한다.

기억이 긍정적이든 부정적이든 우리는 기억의 문을 쉽게 닫지 못한다. 그것은 의도하지 않아도 경험 속에서 무의식적으로 되살아나기 때문이다. 애써 지우려 할수록 선명해지고 또렷해진다는 것은 그만큼 자신의 삶에 절대적인 영향을 주었기 때문이다. 이렇게 오랜 기억 속에 살아 숨 쉬는 존재들을 만난다. 이번 계절은 "길 위의 폐역처럼" 아득하고 적막하다. 사람들에게 출발지이자 종착지인 역은 힘 있고 우렁찬 기적소리를 내는 기차가 오가는 곳으로 우리의 욕망과 사랑을 표상했다. 그러나 여기 그리운 간이역에 앉은 여러 화자들이 보인다. 저물어가는 사람과 새와 빛과 사랑을 놓친 흔적들이 여기 있다. 이 모두의 그리움을 사랑할 수 있을까? 그러나 폐역에 앉은 오늘이 편하지만은 않다. 다 살아내지 못한 물오리의 삶이 남아 있다. 자본주의의 그늘은 춥고 외롭다.

2. 존재들에 대한 호명, 그리고 '연대'

사랑하는 사람의 기억을 지운다

태양 빛 꺼지고

별들이 사라진 밤

가슴속 무너지지 않도록 덮개들 누른다

아이야 울지 마라 외로움은 식량이란다

썰물처럼 밀려간 날들

검은 바위틈 사이

축축이 이슬에 젖는 달맞이꽃 두어 송이

—고성만—「고인돌」, 『열린시학』, 2020, 여름호

고인돌은 신분이 높은 지도자 혹은 지배층의 무덤이다. 그곳에는 고인(故人)만 들어가지 않고 살아생전 고인의 유품들도 함께 묻고, 경우에 따라서는 순장(殉葬)도 이뤄진다. “사랑하는 사람의 기억을 지운다”고 했으니 화자는 이제 그와의 기억마저도 묻는다. “태양 빛 꺼지고”, “별들이 사라진” 무덤으로 그와 공유하던 기억을 묻고 “가슴속 무너지지 않도록 덮개를 누”르고 살아남은 자들을 바라본다. 그는 아이에게 “울지 마라 외로움은 식량이란다”하고 위로의 말을 건넨다. 죽은 자는 이미 떠났으나, 아이에게는 어떻게든 살아야 할 삶이 있다. 아이는 죽은 자와 긴밀한 관계일 수 있는 존재일 텐데 가깝고 친밀했던 존재가 저세상으로 가버린 상황이다. 아이는 어쩔 수 없이 평생 외로움을 품고 살아야 한다. 외로움이 식량이 된다는 것은 외로움 때문에 살아간다는 반어적 의미를 동반한다. 그렇더라도 화자가 왜 아이에게 슬퍼하지 말라고 했을까. 죽음은 언제라도 우리들 곁으로 찾아올 수 있으며, 그러므로 죽음은 받아들여야 할 숙명이기 때문일 것이다.

‘(기억)을 지우는’ 행위와 ‘(썰물)은 빠져나간다’는 의미는 동류항이다. ‘기억’과 ‘썰물’은 언젠가는 묻어야 할 숙명적인 존재다. “가슴속 무너지지 않도록” 고인돌을 얹기는 하지만 땅속에 묻는 행위는 동일하다. 감춰지고 가려진다는 의미가 강하다. 사랑하는 사람의 기억을 지우는 것 자체가 외로움이다. 사랑하는 사람을 기억해서 외로움이 생기는 것이 아니라 지웠기 때문에 외로움이 만들어지고 그것이 곧 식량이 돼서 우리는 계속 살아가게 된다. 내 곁에 영원히 머무를 수 있는 것은 없다. “검은 바위틈 사이” “축축이 이슬에 젖는 달맞이꽃 두어 송이”는 죽은 자의 영적 상징물 아닐까? 영원히 머물 수 있는 것은 없으나 자신의 존재를 잊지 말아 달라는 의미의 표상일 것이다. 외로움이 식량이 될 수 없다는 역설이 여기 있다. 지우고, 꺼지고, 사라진 후 밀려가는 존재들을 우리는 어쩌면 '기억'이라는 방식으로 붙들며 외로움을 키우고 있는지도 모른다.

공책 한 장 뜯어내어 갈겨 쓴 혼잣말은

찢고 또 구기다가 쏟아지던 소나기처럼

활자가 순간 내지른 흐느낌을 듣곤 했다

바닥에 구구절절 쌓여가는 악기들은

내 몸을 빠져나와 불안해진 그림자처럼

사랑을 놓칠 때마다 불협화음 내곤 했다

—김진숙—「종이음악」, 『열린시학』, 2020, 여름호

두 수가 유사한 통사구조의 반복을 취하고 있는 이 시는 수줍은 고백일 수도 있고 불온한 폭로일 수도 있는 말들이 상대에게 가닿지 않는 상황을 곱씹고 있다. 혼자만의 메아리가 될 수도 있는 그것은 자신의 몸에서 빠져나오긴 했으나 갈 길을 모르고 떠도는 상태다. "갈겨 쓴 혼잣말"들이 찢겨지고 구겨지면서 "내지른 흐느낌"은 사랑을 놓쳐서 화음이 깨지는 상황으로 이어진다. 공책에 갈겨 쓴 혼잣말이 "바닥에 구구절절 쌓여가는 악기들"처럼 "내 몸을 빠져나와 불안해진 그림자처럼" 화자는 "사랑을 놓칠 때마다" "불협화음"을 내곤 했었다. 분명 흐느

낌을 듣곤 했다고 했으니 소리가 나지 않는 건 아니지만, 다른 사람과 통하지 않는 것임을 짐작할 수 있다.

화음은 함께 어울려서 내는 소리인데 불협화음은 그런 화음 자체가 이루어지지 않은 것이므로 엄밀한 의미에서 독백 혹은 혼잣말에 가깝다. 종이에 갇힌 소리이면서 글자다. 종이는 소리를 담는 그릇으로 은유된다. 이러한 종이는 그 속성 자체가 찢어지거나 구겨지기 쉬운 취약한 존재다. 화자는 종이에 자신의 사랑을 실은 마음을 전달하려 하는데 잘 이루어지지 않는다. 결국 조화롭지 않은 소리가 난다. 그러나 각 수 종장 마지막 음보에서 알 수 있듯 "(흐느낌을) 듣"는 행위와 "(불협화음) 내"는 행위는 과거다. 이미 과거가 된 사랑은 기억 속에서만 흐느끼는 것일까? 불현듯 쏟아지는 소나기처럼 자신도 모르게 몸 밖으로 새어 나온 혼잣말일 수도, 불협화음일 수도 있는 독백이 된 고백은 아직도 종이 위에서 머뭇거리고 있는 중이다.

> 살얼음 딛고 있는 저수지 물오리들
> 몸은 가만 떠 있어도 쉼 없이 젓고 있는
> 물갈퀴 가느다란 발목이 언 볼처럼 발갛다
>
> 면장갑도 아껴야 하는 차디찬 손끝으로
> 빈 박스 줍고 있는 허름한 저 노부부
> 체온을 건네주려고 서로 손을 비벼주는
>
> 하루를 건너는 일이 물속같이 어두워도
> 함께여서 갈 수 있는 저 길 끝 한 뼘 오지
> 때로는 따신 햇살이 훅, 번지는 날 있으리
>
> —강정숙—「겨울을 건너는 일」, 『정형시학』, 2020, 여름호

물오리나 백조는 물 위에 떠 있는 모습이 우아한 반면 물 속에서는 생존을 위해 물갈퀴를 정신없이 휘젓는다. 겉으로 드러나는 모습이 전부가 아니듯 물 속에서 빠르게 휘저어야 물 위에서 우아함을 선보일 수 있는 물오리와 같은 삶을 노부부에 비유하고 있다. 우리는 우아함에 가려져 보이지 않는 "살얼음 딛고 있는" 삶들을 눈여겨 보며 생존을 위해 움직여야만 하는 찬 바닥에 누운 가난하고 늙은 존재들을 보듬는다. 빈 박스를 주워 가면서 차디찬 손끝을 녹이고 있는 모습은 살얼음을 딛고 있는 물오리 한 쌍과 닮았다. 함께이기 때문에 겨울을 충분히 이겨낼 수 있다. 겨울을 건너는 일은 시련과 역경을 견뎌내는 일이다.

"때로는 따신 햇살"이 번지는 날도 있듯 겨울도 여름이 지나는 것처럼 시간이 흐르면 지나가게 마련이다. 겨울에는 물 위와 물속이 모두 추운 공간이다. 추울 때 몸을 움직이지 않으면 얼어 죽는다. 겨울은 움직이지 않으면 생존할 수 없는 계절이다. 서로의 얼어버린 몸을 녹일 수 있는 희망을 노래한 따뜻함이 담긴 시다. 시련을 건너면 봄이 올 거라는 위로와 희망을 보여주면서도 바라보면 안타깝고 애틋한 우리 주변의 삶을 어루만져 준 시다.

> 속도를 잃어버린 길 위의 폐역처럼
> 시간의 괄호 속에 묶여버린 기억이란
> 불빛에 반작거리는 은빛 하루살이 떼
>
> 때론 장롱 맨 아래쪽 꼭 닫힌 서랍처럼
> 장식된 그리움이란 고리로만 남아서
> 불빛에 반짝거리는 은빛 자개 무늬들
>
> 소리와 빛이 함께 말줄임표로 찍혀서

막다른 골목처럼 이제 내 앞의 이순이란
불빛에 반짝거리는 은빛 저녁 가랑비
—박권숙, 「저물녘의 소고」, 『시와문화』, 2020, 여름호

빛도 사라지고 사람들도 집으로 돌아가고 새들도 둥지로 돌아가는 저물녘, 이순에 가까운 화자에게도 막다른 골목에 다다른 것처럼 더 이상 갈 수 있는 곳이 없다. 이제는 "속도를 잃어버린 길 위의 폐역처럼" 화자의 걸음은 느려지고 젊음과 열정이 깃든 삶의 기능과 의미를 상실했다. 마치 "시간의 괄호 속에 묶여버린" 채 '기억'이란 방식으로 그것들은 현재화 될 뿐이다. "불빛에 반짝거리는 은빛 하루살이 떼"처럼 삶은 하루살이 같아서 순식간에 지나가고 어느덧 노년의 빛을 마주한다. "장식된 그리움이란 고리로만 남아서" "불빛에 반짝거리는 은빛 자개무늬들"로 새겨진 기억들은 이미 되돌릴 수 없는 시간이다. 세 수 종장에서 반복적으로 등장하는 "은빛"은 노년의 빛이며 저물녘의 빛이다. 불빛에 반짝거리는 은빛이 장면이 전환될 때마다 반복된다는 것은 화자의 시간과 연결된 중요한 표상이다.

하루살이 떼, 자개 무늬, 가랑비도 모두 사라지는 존재들이다. 그들이 만나는 '저물녘'은 삶과 죽음이 맞물린 교착점이다. 해가 지면 모두 집으로 돌아가거나 쉬거나 잠들거나 영원히 떠나는 것이다. 은빛 하루살이 떼가 표현하는 것은 시간에 묶여버린 기억이고, 은빛 자개가 표현하고 있는 것은 그리움이다. 더 이상 만날 수 없는 대상에 대한 그리움이 자개 무늬로 남는다. 이 그리움을 "장롱 맨 아래쪽 꼭 닫힌 서랍"처럼 비유하고 있으니 그것은 혼자만의 것이라는 의미가 된다. 은빛 저녁 가랑비는 이순이란 나이를 표상하는데, 이 가랑비는 이제 막다른 골목에 다다랐다. 이순(耳順)은 귀에 거슬리는 것이 없는 나이로 한 갑자(甲

子) 60년을 다 살아서, 또 다시 새로운 60년을 살기 시작한다는 환갑(還甲)을 뜻한다. 이제 한 바퀴를 다 돌았다는 의미의 저물녘을 이야기하고 있다. 잊혀지고 사라져 가는 존재들의 아쉬움을 표현한 시다.

실직 TV 앞에서 UFC에 빠진 홍부
비장에 불끈 힘을 주고 두 눈에 별을 켰다
참 좋은 세상이로다
실컷 맞고 벌다니

제비들 종적 묘연하여 박 농사도 못 짓는데
얻어맞는 매만큼 한 푼 두 푼 모으면
온 식구 둘러앉아서
설렁탕도 먹겠지

그 풍경을 위하여 나는 맞아야 하니
파운딩에 파묻혀도 레퍼리여 스톱은 마라
팔다리 목이 꺾여도
탭도 치지 않겠다

죽지 않고 버티려면 맷집 근성 필수이니
주걱이여 독촉장이여 온갖 악질 갑질이여
기꺼이 맞아주리라
부디 맘껏 패 다오

—김성영, 「홍부의 희망가」, 『좋은시조』, 2020, 여름호

얻어맞고 때리고 해야 돈을 버는 종합격투기 선수들을 앞세워 이 시대 홍부들의 삶을 담아내고 있다. 제비도 박씨를 물어다 주지 않는 세상인데, 화자는 격투기 선수처럼 "실컷 맞고" 돈이라도 벌어야 "온 식

구 둘러 앉아/설렁탕도 먹는" 날이 올 것이라 생각한다. 여기서 맞는 행위는 물리적으로 맞는 것뿐만 아니라 자본주의 시대의 갑질과 악질, 독촉장과 같은 것들을 포함한다. 일종의 직 · 간접적 폭행이다. 갑질의 폭행이 난무한 세상인데 그런 것들이 오히려 돈이 되는 자본주의의 씁쓸한 세태를 풍자하듯 비판한다. 얻어터진 만큼 돈을 벌 수 있기에 부조리함을 인식하면서도 목숨 걸고 맞아주겠다는 비굴한 생존의식을 '희망가'라는 역설적인 제목으로 담아내고 있다. 한 사람의 인격체로서의 배려와 존중은 없고 맞은 만큼 돈을 버는 폭력과 권위만 남았다.

가진 자가 모든 것을 독식하는 승자독식의 표본이다. 적자생존(適者生存), 약육강식(弱肉强食), 승자독식(勝者獨食)을 갖춘 자본주의는 야만적인 짐승의 세계와 다르지 않다. 야생의 생존법칙이 적용되고 있는 자본주의의 추악한 이면이다. 돈벌이가 된다면 무엇이라도 하겠다는 흥부의 입을 빌려 자본주의 세태의 이면을 들춘다. 우리의 고전 「흥부전」은 그 자체가 자본주의 시장경제의 모순과 부조리를 고발하고 있다. 권선징악을 위시한 이 고전소설은 장자(長子)인 놀부가 유산을 독식하면서, 경제 형편이 어려워진 동생 흥부가 어떻게 생존해 나가는지를 보여준 작품이다. 놀부는 자본주의 시장경제에 살아남기 위해 온갖 악행을 저지르며 유산을 유지하였고 자식도 딸 하나만 두었다. 반면 흥부는 무능한데다 열둘의 자식을 낳았으니 이 또한 현실감각이 뒤떨어진 존재로 인식된다. 시인은 「흥부전」을 모티프로 하여 풍자 뒤에 숨은 우리 사회의 씁쓸하고 우울한 단면을 읽게 한다.

3. 또 하나의 기억이 되는 '우리'

우리는 또 하나의 기억으로 남는다. 나의 의지와는 상관없는 또 다른 존재로 누군가에게 각인되고 기억되며 기록된다. 애틋한 사랑일 수도, 트라우마일 수도, 그리움일 수도 있는 기억은 언제나 우리가 무엇으로 존재해야 하는지를 상기시킨다. 우리는 그 기억을 붙들려고도 하고, 애써 지워버리려고도 한다. 그러나 애써 지우려고 해도, 곁에 남는 것이 있고, 붙들려고 해도 어쩔 수 없이 잊힌 것들이 있다. 이 계절에 만난 시들은 잠재된 기억을 끄집어내는 방식의 다양성을 치밀하게 보여주고 있다.

흔하지만 낯선 죽음의 양상들

1.

어떻게 잘 살아갈 것인가에 대한 생각은 어떻게 하면 잘 죽을 것인가에 대한 생각과 비등한 의미를 지닌다. '죽음'이라는 단어를 떠올리면서 대부분의 사람들은 두려움과 공포, 불안을 느낀다. 어렸을 때부터 가족의 죽음을 경험하며 어둡고 쓸쓸한 삶을 살았던 에드바르트 뭉크는 가족과 지인의 죽음, 병실의 이미지를 수없이 그림으로 남기면서 죽음과 대면했다. 그는 죽음을 간접적으로 경험하면서 자신의 불안과 고통과 슬픔을 '절규'로 승화시켰다. 우리는 그의 그림을 통해 죽음에 대한 공포를 간접 체험하며 죽음을 경외(警畏)하게 된다. 그러나 생각을 달리하여 죽어서 가는 곳이 본래 내가 있던 곳이며 지구는 단지 잠시 머물다가는 여행지라고 여기면 의미는 달라진다. 사람들이 죽을 때 흔히 쓰는 '돌아가셨다'는 말에는 왔던 곳으로 되돌아간다는 의미가 동반된다. 우리는 '잠'을 통해 잠깐의 죽음을 경험한다. 단, 잠은 언제라도 깨어날 수 있지만 죽음은 환생이나 윤회도, 천국이나 지옥도 확증할 수 없는 미지의 영역에 머물러 있다는 것이 다르다. 이렇게 죽음에 대한 무지는 사람을 불안과 공포로 인도한다.

이런 죽음에도 서열이 있을까? 살아생전 고인의 지위고하에 따라 우리는 다양한 방식으로 그의 부고를 접한다. 나아가 그의 죽음 또한 수직적인 위계질서 속에 서열화 된다. 진짜는 사장되고 위조된 가짜 서류들이 진짜인 척 날뛰는 세상 속에 살고 있다. 인간의 욕망에 의해 가죽이 벗겨져 처참하게 죽음을 맞이하는 동물들에 대해 우리는 윤리의식을 갖고 있는가? 갑작스런 사건 사고로 세상과 이별하는 죽음, 감염병으로 인한 죽음 등 우리 주위에 즐비하게 늘어선 죽음들이 여기 있다. 시인은 삶과 죽음을 아우르는 언어를 통해 우리가 미처 감지하지 못했던 그늘지고 소외된 삶과 죽음의 경계를 명료하게 드러낸다. 그와 같은 생사의 명료화를 통해 쉼 없이 굴러가는 생사(生死)의 수레바퀴 속에 살아가는 우리들의 불안과 두려움을 완화하고 감내할 수 있도록 이끌고 있다.

2.

나 죽어 부고에 뭐라 쓸까 궁금하네

종이신문 부고 보다 그게 문득 궁금하네 세상과 이별이라 별세했다 할 것인가 영원히 잠들었다 영면이라 할 것인가 고인 되었다 작고했다 인간계 떠났다 할 것인가 죽어 세상 떠나도 서열은 남아있어 사망 위에 별세 별세 위 타계 타계 위 서거 그 위에 또 뭘까 죽어 한 줌 재 누구나 매 한가진 걸

난 그냥,

잘 갔다고만
그렇게 좀 전해주오

—김영란, 「죽음의 서열」 전문, 『열린시학』, 2020, 가을호

'서열'이란 어떤 것에 우선순위 즉, 선후(先後)를 둔다는 것을 말한다. 그것이 차별일 수도 있지만 질서일 수도 있다. 유교에서는 사회질서를 유지하기 위한 신분 계급을 강조했으며, 신라시대에도 골품제도와 같은 엄격한 신분제도가 있었다. 이처럼 사람의 죽음에도 등급을 부여한 것인데, 살아생전에 지위나 명예에 맞게 죽음도 서열이 있다는 이야기다. 이를테면, 죽음의 서열은 삶의 서열이 되어 버린 것이다. 자신의 정체성과 존재 이유를 담고 있는 이름은 그 자체로 매우 중요하다. 태어날 때부터 죽고 난 이후에도 그 사람의 인생을 기억할 때는 그 이름으로 기억하기 때문이다. 죽음에 붙는 서열도 마찬가지다. 서열은 이름에 붙는 것이지, 그 사람 자체에 붙는 것은 아니다. 그런 명예나 지위나 이름에 너무 집착하지 말라는 것으로, 삼라만상의 자연이 그 무엇도 스스로를 내세우지 않는 것처럼 자기의 유명세나 지위를 내세우지 않고, 그저 자연스럽게 자연으로 돌아가라는 것이다. 자연에는 서열이 없다. 오로지 안간 만이 서열을 만들고 서열에 집착한다. 우리가 흔히 쓰는 '돌아가셨다'는 말은 이번 생을 짧은 여행으로 생각하는 것에서 온다. '나'라는 존재는 영원하고 무한해서 시공간의 제약을 받지 않는데 육신이라는 인간의 몸을 입고 한 세상을 살다가 다시 돌아간다는 것을 의미한다. 죽음의 표현은 다양하다. 다른 세상으로 넘어간다는 의미의 타계(他界), 완전히 떠났다는 서거(逝去), 갈라진 세계로 넘어가다는 의미의 별세(別世), 영원이 잠 들었다는 의미의 영면(永眠), 고인이 되었다는 작고(作故), 하늘이 불렀다는 소천(召天) 등, 이 외에도 많다. 그러나 죽음

앞에서는 지위고하도 없을 뿐만 아니라 부자도 가난한 사람도 매한가지다. 죽음을 어떻게 맞이하느냐가 중요한 것이지, 죽음에 붙는 이름이 뭐가 중요하겠냐는 이야기를 사설조로 풀어낸 시다.

알갱이 쏘옥 빠져 참 아득한 몸의 그릇
무엇에 목숨 걸 일 있겠냐 싶다가도
누군가 할 말 있다면 껍데기도 할 말 있다

입을 탁 틀어막는 목청을 가라앉히며
밑창 없는 신발도 엔진 들어낸 자동차도
악어 뱀 여우 수달도 속 비운 채 할 말 한다

살아서 내장된 칩 다 꺼내 버릴 호피(虎皮)
참다 참다 찬 바닥에 몸을 납작 엎드린다
귀먹고 눈마저 멀어 말 잃은 지 오래다

—한분옥, 「껍데기의 말」, 『문학청춘』, 2020, 가을호

동물의 모피(毛皮)는 지위나 품위를 드러내기 위한 도구로서 가방, 신발, 지갑, 심지어는 옷을 만드는데 쓰인다. 방한용과 장식용으로, 생활소품 등으로 제작하기 위해 동물은 인간에 손에 의해 잔인하게 다뤄지고 소비자는 비싼 돈을 주고 동물의 모피로 만들어진 제품을 구매한다. 심지어는 살아 있는 생명의 가죽을 벗기는 보도가 이어지면서 동물학대 논란은 더욱 거세지고 동물 가죽으로 연상되는 소품을 백화점에 입점 시켜 소란을 빚은 일들이 제기되기도 했다. "귀먹고 눈마저 멀어 말 잃은 지 오래"라는 말에서도 알 수 있듯 껍데기(가죽)가 무슨 말을 할 수 있겠는가. 동물들도 인간들에게 이용당하긴 싫었을 것이다. 그들

이 인간에게 말 못하고 당하는 심정을 잘 표현하였다. 껍데기는 대체로 단단해서 알갱이를 보호하는 기능을 하는데, 껍데기를 가져가 버리면 알갱이는 보호받지 못하므로 곧 죽을 수밖에 없다. 껍데기는 "참 아득한 몸의 그릇"으로서의 존재다. 그 그릇 같은 존재를 인간에게 빼앗긴 것이다. 껍데기의 말도 나와 있지 않고, 결국 말도 할 수 없지만 "참다 참다 찬 바닥에 몸을 납작 엎드"리는 행위는 그저 인간에게 속수무책 당하고만 있는 안타까운 모습을 암시하고 있다. 동물학대에 대한 인간의 잔혹함을 지적하며 우리가 지켜야할 윤리적 책임을 '껍데기의 말'을 통해 고발하고 있는 것이다.

> 똑같아 보이지만 결은 이미 다른 결요
>
> 단 한 점 구김 없이 손 벨 듯 날선 표정
>
> 애초의 붉은 인장은
>
> 뜨거웠죠
>
> 순수했죠

—이 광, 「당신, 원본인가요」,
『서정과 현실』, 2020. 하반기호

같아 보이지만 아닌 것, 겉은 비슷하나 속은 완전히 다른 것, 이는 사이비(似而非)의 원뜻이다. 심지어 도장까지도 위조해서 만들어 낼 수 있으니, 졸업장, 상장, 계약서, 각종 공문서 등도 위조가 가능한 세상이다. "애초의 붉은 인장"은 뜨겁고 순수하지만 가짜로 만들어낸 인장은 뜨겁거나 순수한 느낌이 없다. "단 한 점 구김 없"다는 것은 가짜이기에 가능한 모습이다. 진짜에는 구김도 있고 뭉툭한 느낌도 있다. 진짜보다는 가짜가 더 진짜인 듯 행동한다. 진짜는 있는 척, 가진 척 할 필요가 없기 때문에 자연스럽다. 그러나 가짜는 가짜임을 감추고 진짜인 듯해야 타인을 속일 수 있으니 실재인 척, 진짜인 척 하는 것이다. 진짜는 원래 있는 것이고 가짜는 진짜인 것처럼 만들어진 속임수다. 가짜는 실재하지 않는 것을 실재하는 것처럼 위장한 것이기에 무력하다. 그래서 진짜인 척하기 위해 힘을 더 많이 소모하게 된다. 그만큼 우리 사회에는 원본이 드물다는 이야기다. 가짜는 자신에게 주어진 일을 온전하게 수행하지 않으면서 진짜인 행세를 하는 존재다. 시인은 권리는 있으나 의무는 다 하지 않은 짝퉁 존재들에 대한 비판을 단수로 함축하여 알레고리화 한다. 정치계, 교육계를 비롯하여 우리 사회에 펼쳐진 가짜들의 자리를 구체적으로 지적하거나 언급하지 않으면서도 그들의 잘못된 관행을 끌어오는 발상과 구성력이 눈길을 끄는 작품이다.

3.

> 지금은 섬, 외딴 섬, 홀로인 섬, 말 없는 섬
> 만나서도 안 되고 말해서도 안 되는
> 물 위에 떠도는 시간, 섬이 아닌 섬 같은
>
> 수상한 시절 인연, 거리를 유지해야
> 섬과 섬에 다리 놓듯 살아갈 수 있다하니
> 한 시절 누더기 시간, 벗은 몸을 말리는 섬
>
> —김삼환, 「격리」, 『다층』, 2020, 가을호

격리(隔離)라는 말은 떨어져 이별하다는 의미로 쓰인다. 일정하게 거리를 두어서 마치 헤어진 것처럼 보이게 하는 일종의 '거리두기'다. 이 시는 격리된 낱낱의 사람을 '섬'으로 표현하고 있다. 섬을 수식하는 '외딴', '홀로인', '말 없는' 이라는 단어는 거리두기로 인해 "만나서도", "말해서도 안 되는" 상황에 처한 우리의 현실을 담고 있다. 어디에도 머물지 못하는 시간은 마치 "물 위의 떠"돌면서 "섬이 아닌 섬"처럼 살 수밖에 없는 상황을 묘사한다. 거리를 유지해야 관계성도 유지되고 "섬과 섬에 다리 놓듯" 생존도 가능하다. 코로나 시대를 누더기 시간으로 표현하면서 접촉하면 병이 감염될 수 있는 위험한 상황을 거리 두기를 통해 드러낸다. 누더기는 세상 모든 허물을 다 뒤집어쓰고 있는 접촉점이기 때문이다. 인간관계가 직접적인 대면을 통해서 접촉하다가 누더기가 된 것처럼, 코로나의 시대, 격리의 시간이 그렇다. "벗은 몸으로 몸을 말"려야 감염병을 예방할 수 있다, 우리는 생존을 위해 서로에게 섬이 되어 고독한 시간을 견뎌내야 하는 것이다.

> 일당을 받아 쥐기 두엇 시간 남겨놓고 2층까지 덮친 불길에 떠밀리고 떠밀려 더 이상 떠밀릴 곳 없어 허공중에 뛰었던가
>
> 물차가 떠나가고 타다 남은 잿더미 속 까맣게 핀 태꽃을 인양하듯 건져 올려 몇 번을 검문한 끝에 이름 얻어 길을 트나
>
> 비로소 베 옷 입고 꽃수레를 타러 가시나 허리에 차고 살았던 연장통 풀어놓고 다리 펼 땅 한 평을 찾아 길 떠나는 저 불혹
>
> —이남순, 「여행」, 『서정과 현실』, 2020. 하반기호

'여행은 경험'이다. 살아서 생각하고 말하고 행동하는 것도 모두 여

행의 일종이며, 죽어서야 비로소 여행이 끝난다. 그 누구도 시공간이라는 환상이 지배하는 세상 속에 영원히 무한하게 머무를 수가 없기에 이 모든 순간이 여행이 되어버린다. 불혹(不惑)이란 말은 나이 40을 가리키는 말로 '어떤 미혹에도 흔들림 없는 나이'란 뜻이지만, 이미 달관한 나이란 뜻이기도 하다는 점에서 인생에 재미나 행복을 못 느끼는 시기라고도 볼 수 있다. 삶의 유희나 희락이 없으면 기꺼이 저 세상으로 넘어가는데 미련이 없을 것이다. 2층까지 덮친 불길에 떠밀려 도망갈 곳이 없자 허공에서 뛰어 내리는 그는, "일당을 받아 쥐기 두엇 시간 남겨 놓"은 노동자다. 소방차가 와서 불을 끈 후 잿더미 속에 까맣게 핀 태꽃을 인양하듯. 조심스럽게 일일 노동자의 신원을 확인한다. 허공중에 뛰어 내린 것은 허공으로 도망쳤다는 것으로, 죽음의 세계로 뛰어들었다는 의미도 담고 있다. 불혹의 노동자는 이제 "허리에 차고 살았던 연장통을 풀어놓고" "다리 펼 땅 한 평을 찾아" 길을 떠나듯, 삶을 떠난다. 보통 여행은 자발적으로 가는 것인데, 여기서 죽음은 자발적인 여행이 아니다. 그가 떠나는 여행은 삶에 대한 미련과 애착, 그리움을 동반한 무거운 여정이기도 하다. 갑작스런 사고로 불행한 죽음을 맞이하는 안타까운 현장을 '여행'이라는 반어적 표현으로 은유하며 동행하는 자리에 시인은 서 있다.

4.

눈앞에 몰려오는 말 떼가 있거든

그중에 실한 놈 낚아 타 일단 타, 천천히 고삐 당겨 속도를 늦추는

거야, 처음부터 다그치다간 말 앞에 무릎 꿇어, 호흡을 맞추며 얼마
쯤 가다가 툭툭 이따금 박차도 가하는 거지, 아 참 그리고 고삐와 박
차는 동시에 쓰지 마 말이 멈춰 버려, 한참을 어르다 보면 손끝이 짜
릿한 게 느낌이 올 때가 있어 그때 달리는 거지

말처럼 쉬울 것 같아? 도망갔어, 내 시는!

—김정연, 「야생 말 길들이기」,
『서정과 현실』, 2020. 하반기호

박차는 안장용 발걸이로, 발을 거치하는 것, 승마 구두의 뒤축에 댄, 쇠로 만든 물건을 말한다. 고삐는 자동차의 브레이크와 같은 기능을, 박차는 자동차의 엑셀과 같은 기능으로 이해할 수 있는데, 시적 화자는 "눈앞에 몰려오는 말 떼" 중에서 "실한 놈" 하나를 골라 타서 고삐와 박차를 적절히 활용한다. 그러나 "고삐와 박차는 동시에 쓰"면 안 된다. 당근(고삐)과 채찍(박차)을 같이 주면 말이 멈춰 버린다. 말이 멈춘다는 것은 길들이기가 되지 않는다는 것이 된다. "한참을 어르다 보면 손끝이 짜릿한 게 느낌이 올 때가 있"으니 그때를 기회 삼아 달리라는 것이다. 대화의 기술과도 같은 것이기도 하고 사람의 말(언어) 자체가 공격이자 방어의 수단일 수도 있으니 인간이 하는 말 자체가 모두 그렇다는 이야기다. 그런데 시인은 "눈앞에 몰려오는 말 떼가 있거든"이라고 하면서 말꼬투리 잡기를 통한 말 길들이기에 더 방점을 둔다. 결국 시를 쓰기 위해 언어를 길들이는 것이다. 여기서 몰려오는 말떼는 시(언어)다. 어르고 어르다 어느 순간 만나는 손끝이 짜릿한 느낌은 시적 영감(靈感)이다. 언어를 다루는 요령과 방법을 이렇게 이야기하지만 "말처럼 쉬운 것"이 아니라서 시는 도망 가버리고 만다. 결과적으로 시 쓰기는 어려운 일이다. 말(言)과 마(馬) 사이의 언어유희를 활용하여 자기 시

에 대한 반성, 시 쓰기의 어려움에 대한 토로를 사설조로 풀어낸 생동감 넘치는 작품이다.

이처럼 시인은 삶과 죽음에 담긴 욕망과 정서를 외면하지 않고, 대신 말해주고 울어주며 치유와 회복의 순간을 경험하게 한다. 어떤 세계의 부조리와 억울함에 대해 말할 수 없을 때 기꺼이 입을 여는 존재가 시인이다. 이러한 책무 속에서 시인은 여전히 '약한 자의 슬픔'과 동행하며 이 땅에 부재한 이들의 슬픔까지도 애도할 수 있는 것이다. 위렌의 말처럼, 시는 시인의 정서적 확신이 아니라 그러한 확신을 위협하는 모든 반대개념들과 충돌하는 존재다.

거리두기의 미학

1. 관계들

우리는 수많은 관계 맺기 속에서 살아간다. 개체로서 홀로 떨어져 존재할 수 있는 것은 없다. 빛과 어둠, 남과 여, 삶과 죽음, 현실과 꿈 등이 상호의존적으로 이뤄져 있다. 즉 이 모든 것들이 관계 맺기 속에서 자신의 존재를 자각할 수 있다는 것이다. 그러나 관계 맺기는 너무 가까워지면 개인의 정체성을 침범하게 되고 너무 멀어지면 고립되어서 생존할 수 없게 된다. 너무 가까워도 죽고 너무 멀어도 죽는 그 절묘한 조화와 균형이 필요하다. 토머스 홉스(Hobbes, Thomas)는 인간관계는 결국 만인에 대한 만인의 투쟁 상태라며 자신에게 유익한 것은 욕망하고 해로운 것은 혐오하는 이해타산적인 관계라고 언급하였으며, 샤르트르(Chartres) 역시 온전히 타인의 시선에 의해 내 모습이 규정되는 닫힌 방은 지옥이라고 언급한다. 진정한 자신의 정체성은 망각한 채, 타인에 의해 부여되고 만들어진 수십 겹의 가면(Persona) 속에서, 인간관계 맺기의 고통을 '타인은 지옥이다'라고 언급한 것이다. 그만큼 인간관계는 수월하지 않다.

겨울철에 불을 멀리하면 춥고 또 너무 가까이하면 타버리게 되는 것처럼, 적당한 거리를 유지하는 것 자체가 긴장과 불안의 연속이다. 조금만 방심해도 안 되는 인간관계는 적절한 거리를 유지하는 것을 통해 서로 공생할 수 있는 것이다. 감염병의 전염을 막기 위해 자신뿐만 아니라 상대를 배려하는 거리두기에서부터 웃으며 뒤에서 화살을 쏘는 이들과 맺는 관계들, 벗어나고픈 나 자신과의 관계, 의도하지 않게 누군가에 스미는 그 모든 과정의 관계 속에 얽힌 주체들을 만나는 시간이다.

2. 상생과 공존을 위한 거리유지

> 세상 살아가며 어느 바람이 만만하리
> 미풍도 뼛속에 들면 정신 줄 놓는 것을
> 천지를 흔드는 놈을 누가 감히 꺾으리
> 반갑다 친구야 끌어안고 비비다가
> 저만치 저만치서 말없이 눈길만 주는
> 이제는 이골이 났어. 이래 살다 가는가
>
> 잎이 곧 뿌리거늘 속으로 지는 잎들
> 큰 속병 든 줄 모르고 개뿔도 없이 으스대다
> 이제 와 참 미안하네 시드는 내 나무여
> 등 돌리고 가는 바람 다그쳐 물어볼까
> 돌아설 수 없나, 다시 돌아설 수 없나
> 잔기침 잦아진 아침에 피로 쓰는 반성문

―리강룡, 「반성문―COVID―19」,
『시조21』, 2020, 겨울호

코로나 이전과 이후의 삶을 사람 사이의 물리적이면서 심리적인 거리의 변화로 표현한 작품이다. "미풍도 뼛속에 들면 정신 줄 놓는 것을" 세상에 만만한 바람은 없다는 전제아래 코로나 시대를 견뎌가는 우리의 모습을 담는다. "천지를 흔드는" 코로나는 서로 "끌어안고 비비"던 것에서 이젠 "저만치 말없이 눈길만 주는" 상황으로 전환되었다. 코로나 이전 시대로 갈 수 있을까 하는 의문 속에 거리두기를 자연스럽게 받아들이며 마스크로 표정을 숨기고 서로를 마주해야 하는 시대가 된 것일까. "큰 속병 든 줄 모르고 개뿔도 없이 으스대"던 시간을 돌아보며 그 미안함에 반성문을 쓰는 주체는 현재 코로나 확진으로 인한 자가격리 상태인 듯하다. 나뭇잎은 햇빛을 받아 광합성을 하여 양분을 만드는 중요한 기능을 하는 존재인데 그것이 상처입고 시들어 가고 있음을 몰랐던 것이다. 잎을 보면 뿌리가 건강한지 알 수 있는데 자만하고 있는 와중에 시드는 나무와 같은 자신의 존재를 마주한다. "돌아설 수 없나" 되짚어 보지만 이미 병든 시간은 되돌릴 수 없다. 자신으로 인해 감염이 될까봐 미안한 주체가 피를 쏟으며 반성문을 쓴다. 몰지각한 일부 종교단체들로 인해 집단감염이 확산되면서 일상은 어둠으로 물들었다. 자신뿐만 아니라 다른 사람을 위해 방역수칙을 지켜야 한다는 것을 생각하며, 우리는 관계 속에서 상생하는 존재임을 잊어서는 안 될 것이다.

무표정하게 다가와 비수를 꽂는가 했더니

웃으며 뒤에서 화살을 날려대네

그 화살 묘연한 행방 백년 가도 모르리.

—백이운, 「화살의 행방」, 『정형시학』, 2020, 겨울호

약육강식의 세계에서는 포식자가 먹이를 잡아먹기 위해 사방에서 으르렁거리고 있다. 적자생존의 세계에서는 그 누가 자신의 적이 될지 알 수가 없다. 열길 물속은 알아도 한 길 사람 속은 모른다는 속담은 지금, 이 시대의 사회구조와 인간관계를 방증한다. 영화 「대부」의 명대사 중 '친구는 가까이, 적은 더 가까이'란 말이 있다. "웃으며 뒤에서 화살을 날려"댈 수 있으니 항상 인간관계는 조심스럽고 신중해야 한다. 진정한 우정과 사랑은 숨은 그림처럼 찾기 힘들다. 악마는 선한 인상으로 웃으면서 우리에게 다가오지만 결국 우리를 파멸로 이끈다. 화살이 어디에서 날아오는지 모르지만, 그 화살은 원수, 적, 악마의 표상으로 스스로에게 치명상을 입힌다. 그런데 그들은 악의에 찬 모습이 아니라 세상 선한 친구, 천사, 은인의 모습으로 온다. 그래서 행방이 묘연하다고 하는 것이다.

함께 실린 「숨 고르기」 역시 관계에 집중한다. "검이든 도刀든 베기는 마찬가지// 사랑이든 우정이든 찌르기는 매한가지// 너에게 금사갑주金絲甲冑를 주랴, 눈먼 죽비를 주랴."로 구성된 단시조다. '검'은 양날이 있고, '도'는 한쪽에만 날이 있다. '도'는 한쪽으로만 휘둘러야 한다. '검'이든 '도'든, 사랑이든 우정이든 베거나 찌르기는 매한가지다. 이에 반해 금사갑주는 자기를 지킬 수 있는 환경적, 물질적 수단이다. 눈먼 죽비는 내면을 깨워 잘못된 것을 멀리하고 자기를 지켜주는 존재다. 즉, 죽비는 내면의 방어수단이고, 금사갑주는 외면의 방어 수단이다. '검'이나 '도'는 외부적인 요소이고, 사랑이나 우정은 내부적 요소인데, 외면이든 내면이든 자기를 다치게 하는 것은 마찬가지가 아니겠는가. 들숨은 받아들이는 것이며 날숨은 내뱉는 숨으로 생존을 위한 숨이다. 지금 우리에겐 숨 고르기가 필요하다.

3. 절망으로부터의 자유

청동빛 바다에
떠 있는 쪽배 하나
회칠한 벽 귀퉁이에 유화로 걸려 있다

붓끝이 지나간 자리에
유년이 숨는다

아무도 손 내밀지 않는
허기진 오후에

빈 속에서 울리는
아버지의 피리 소리

어둠이
바다를 지우며
두껍게 깔린다

—임성규, 「바다를 지우다」, 『열린시학』, 2020, 겨울호

어둠은 시적 주체의 유년을 품고 있다. 빛이 찾아드는 순간 지워졌다고 여겼던 유년의 외로움과 쓸쓸함은 회칠한 벽 귀퉁이에 고스란히 드러날 것이다. 주체는 여전히 청동바다에 쪽배로 떠 있다. 덧칠을 하면서 붓끝이 지나간 자리에 유년이 숨고, 허기진 오후가 배경으로 깔린다. '쪽배 하나'라는 표현에서도 짐작할 수 있듯 주체에게 손 내밀어 줄 존재란 없었던 것 같다. 이미 아버지는 닿을 수 없는 곳에 있고, 바다 위에 떠 있는 쪽배 곁에는 아무도 없다. 외롭고 쓸쓸한 유년시절이 바다

위 쪽배 하나로 걸려 있는데, 어둠이 그 유년을 덮어준다. 비어있는 곳에 "아버지의 피리 소리"가 고인다. 고립무원의 표상으로서 거친 풍파가 이는 바다 위의 쪽배는 힘겹게 끌고 가는 하루의 삶인데, 이것을 지우는 것은 어둠이면서 잠이다. 자꾸 어둠을 덧칠하다보면 색은 더 두꺼워지면서 유년을 품은 바다를 지운다. 유년의 주검 위에서 매일매일 눈을 뜨는 과정은 아버지의 피리소리가 울리고 쪽배를 타고 살아가는 또 다른 주체로서 나를 드러낸다. 이 고통스러운 생의 바다를 견디며, 또 그 바다를 지우며 살아가는 한 소년은 매일 매일 덧칠에 의해 반복되는 일상을 보낸다. 이 시는 덧칠로 새로운 이미지를 만들어 내는 유화의 속성을 통해 바다를 지우면서 또 새로 시작해야 한다는 절망감을 깔고 있는 주체의 삶을 조명한다.

지상의 속울음을 울울이 비워내고

떠돌던 세치 혀를 가만 뉘고 있을 때는

함부로
말하지 마라
절망하기 이르다

마음이 허공일 때 나는 벽이 그립다

아끼고 애태워도 짧고 짧은 순간인데

내줄까,
텅 빈 어깨를
그대가 괜찮다면
—김선희, 「기대어 보는 시간」, 『한국동서문학』, 2020, 겨울호

낮은 자존감은 자기학대로 이어지기 십상이다. 절망에 쉽게 빠지는 것은 자존감이 낮기 때문이다. “지상의 속울음”을 비워내고, “떠돌던 세치 혀를 가만 뉘고 있을 때는” 절망하기엔 이르니 함부로 속단하지 말라는 의미가 담겨 있다. 기회는 또 주어질 테니 낙담하지 말라는 말이다. 마음이 텅 비었을 때, 주체는 기대고 싶은 벽이 그립다고 한다. 여기에서 벽은 자신이 기댈 수 있는 버팀목을 의미한다. 기댄다는 것은 잠시 몸을 쉬고 싶다는 뜻일 것이다. “아끼고 애태워도 짧”은 순간인데 그대가 괜찮다면 텅 빈 어깨라도 내줄까 하며 이 시는 마무리된다. 우리는 서로가 힘든 순간, 기댈 수 있는 벽을 잊고 살아왔다. 그래서 서로가 서로에게 어깨를 내줄 수 있는 그런 존재감과 관계성에 대한 이야기이자 동시에 쉼 없이 달려온 스스로에게 주는 휴식 같은 시간을 이야기로 꺼낸 것이 아닐까. ‘기대어 보는 시간’이라는 제목 속에서 자신을 보호하기 위한 벽의 존재를 놓치고 있는 것은 아닌지 생각해 보게 한다.

4. 비움을 통한 존재의 각성

한 순간 나를 잃고 잃고 또 흘러가는

상처를 헤집을수록 마음은 탁해졌다

맞서지 않으려 해도 안은 또 갈라지고

눈부실수록 서러운 눈빛이 저리할까

한 생을 적시고 온 하늘마저 맑게 헹군

제 허물 어쩌지 못해 출렁이는 속울음

신열 앓듯 졸이던 언약도 물이 들고

더는 삭힐 수 없는 겨운 눈웃음으로

다 비운 마른 가슴을 하염없이 스민다

—권갑하, 「쪽빛」, 『나래시조』, 2020, 겨울호

주체는 자신의 본질을 망각하게 만드는 농밀한 트라우마(Trauma)를 갖고 있는 경우가 많다. 다른 색으로 물이 드는 염색의 과정에서 자신의 색을 잃어가는 과정, 즉 다른 것에 스며들 수밖에 없는 상황 속에 쓰라린 고통과 그로 인한 속울음이 있음을 담아낸 작품이다. "상처를 헤집을수록 마음"은 탁해지고 "맞서지 않으려 해도 안은 또 갈라지"는 고통의 순간을 견디면서 주체는 서서히 쪽빛이 되어간다. 물이 든다는 것은 자기 색을 내놓고 상대의 색으로 바꾸는 것이라 일종의 자기상실의 과정이기도 하다. 물이 들고 스미는 과정은 내가 비워지면서 새로운 색을 받아들일 수 있는 준비가 되어야 가능하다. 마음속 상처를 안고 상대를 받아들이는 건 쉬운 일이 아니다. 마음을 비운 다음에 상대를 받아 들여야 하는데, 마음을 비우는 것 자체가 자기를 지우는 일이라서 속울음을 울 수밖에 없는 것이다. 그래서 내게 스며드는 쪽빛이 눈부실수록 눈빛은 서럽고, "제 허물 어쩌지 못해" 결국 속울음을 운다. 이제는 "신열 앓듯 졸이던 언약도 물이 들고", "삭힐 수 없는 겨운 눈웃음으로" 다 비운 마른 가슴에 하염없이 스미는 것이다.

대는 노래를 위해 속을 채우지 않네

말간 이슬의 글체, 탄생이 그러하듯

나 오직 절창을 위해 가슴 한쪽 비우듯

구름처럼 순정한 첫 문장을 숨트네

바람 한 가닥으로 허공에 쓰는 초고

백 년의, 노을 머금어 혼잣말로 피는 꽃

첫 감정 퇴고 없이 나를 춤추게 하네

봄 산 진달래거나 가을 산 억새거나

계절이 계절을 비워 실명으로 오는 이
—이명숙, 「빈 속의 공식」, 『한국동서문학』, 2020, 겨울호.

엄밀하게 대나무는 나무가 아니라 풀이다. 나무는 나이테가 있는데 대나무에는 나이테가 없으며 풀로서 줄기 속이 비어있다. 바람 사이에서 대나무가 내는 소리를 우리는 대나무가 노래를 부르는 것으로 표현하곤 한다. 주체는 대가 노래를 위해 속을 채우지 않는 것처럼 절창을 위해 한쪽 가슴을 비운다. 노자의 『도덕경』에 보면, 우리는 컵을 쓰는 것이 아니라 컵이 만들어낸 텅 빈 공간을 이용한다고 했다. 그래야 그 안에 물 혹은 다른 액체를 담을 수 있다. 우린 텅 빈 공간, 즉 공망空亡 되어버린 공간을 쓴다. 속이 텅 비어야 쓰임새가 만들어지고, 새로운 것을 품는 존재가 된다. 대가 "노래를 위해 속을 채우지 않"듯 "절창을 위해 가슴 한쪽 비우"는 행위와 다를 바 없음을 첫 수에 풀고 있다. "구름처럼 순정한 첫 문장"으로 숨을 트고 "바람 한 가닥으로 허공에" 초고를 쓰고 나면 "백 년의, 노을 머금어 혼잣말로 피는 꽃"을 마주하게 된다. 주체는 좋은 시를 쓰기 위해 자신의 마음도 텅 비운다. 시 쓰기에 대한 나름의 공식을 '대'에게서 배운 것이다. 마음에 온갖 잡다한 것을 채우지 않고 텅 비워서 새로운 것을 담아낼 때 진정 시다운 시를 만날 수 있지 않을까. 버리지 못하고 품고 사는 그 모든 것들을 비워낼 때 비로소 본연의 소리를 낼 수 있는 것이라는 '빈 속의 공식'을 깨우쳐 가는 중이다.

5. 역지사지 혹은 동기감응

인간관계의 가장 기본적인 공식은 황금율이다. 역지사지라고도 하며, 동기감응이라도 한다. 내가 대접받고 싶은 대로 타인을 대접한다면, 인간관계에서 비롯된 재앙이나 고통은 나타나지 않을 것이다. 이 계절에 만난 시인들은 우리가 잊고 있던 인간관계 맺기의 상식적인 원칙과 방법을 다시금 일깨워주고 있다.

이송희

광주광역시에서 태어났다. 2003년 ≪조선일보≫ 신춘문예 시조부문에 당선하고, 『열린시학』 등에 평론을 쓰며 활동을 시작했다. 고산문학대상, 가람시조문학상 신인상, 오늘의시조시인상 등을 수상하였고, 아르코와 서울문화재단 창작기금을 받았다. 시집 『수많은 당신들 앞에 또 다른 당신이 되어』, 『이태리 면사무소』, 『이름의 고고학』, 『아포리아 숲』, 『환절기의 판화』가 있으며, 평론집 『아달린의 방』, 『길 위의 문장』, 『경계의 시학』이 있다. 연구서 『현대시와 인지시학』과 그 외 저서 『눈물로 읽는 사서함』이 있으며, 엮은 책과 공저로는 『단시조 156』 등 다수가 있다, 전남대학교 국문과에서 박사학위를 받고, 한국연구재단 Post-Doc 과정을 마쳤다. 현재 전남대학교에서 학생들을 가르치고 있다.

거울과 응시

초판 1쇄 인쇄일	2021년 9월 23일
초판 1쇄 발행일	2021년 9월 30일
지은이	이송희
펴낸이	한선희
편집/디자인	우정민 우민지
마케팅	정찬용 정구형
영업관리	정진이 김보선
책임편집	김보선
인쇄처	으뜸사
펴낸곳	국학자료원 새미(주)

등록일 2005 03 15 제25100－2005－000008호
경기도 고양시 일산동구 중앙로 1261번길 79 하이베라스 405호
Tel 442－4623 Fax 6499－3082
www.kookhak.co.kr
kookhak2001@hanmail.net

ISBN	979-11-6797-007-7 *93800
가격	25,000원

국학자료원 · 새미 · 북치는마을 · LIE는 국학자료원 새미(주)의 브랜드입니다.